I0748529

РАССКАЗЫ И ПОВЕСТИ

Антон Павлович Чехов

Рассказы и повести

Антон Павлович Чехов

Повести и рассказы Антона Павловича Чехова: "Дама с собачкой", "Дом с мезонином", "Палата № 6", "Попрыгунья", "Душечка", "Черный монах", "Учитель словесности", "О любви", "Ионыч" и др.

ISBN: 978-1-7637136-7-3

Рассказы и повести

1860—1904

Антон Чехов

Антон Павлович Чехов

Рассказы и повести

«В чем же дело? Кто произнес *те* слова? Он, или мне только послышалось?»

Эта неизвестность беспокоит ее, выводит из терпения. Бедная девочка не отвечает на вопросы, хмурится, готова заплакать.

– Не пойти ли нам домой? – спрашиваю я.

– А мне... мне нравится это катанье, – говорит она, краснея. – Не проехаться ли нам еще раз?

Ей «нравится» это катанье, а между тем, садясь в санки, она, как и в те разы, бледна, еле дышит от страха, дрожит. Мы спускаемся в третий раз, и я вижу, как она смотрит мне в лицо, следит за моими губами. Но я прикладываю к губам платок, кашляю и, когда достигаем середины горы, успеваю вымолвить:

– Я люблю вас, Надя!

И загадка остается загадкой! Наденька молчит, о чем-то думает... Я провожаю ее с катка домой, она старается идти тише, замедляет шаги и все ждет, не скажу ли я ей тех слов. И я вижу, как страдает ее душа, как она делает усилия над собой, чтобы не сказать:

«Не может же быть, чтоб их говорил ветер! И я не хочу, чтобы это говорил ветер!»

На другой день утром я получаю записочку: «Если пойдете сегодня на каток, то заходите за мной. *Н.».* И с этого дня я с Наденькой начинаю каждый день ходить на каток, и, слетая вниз на санках, я всякий раз произношу вполголоса одни и те же слова:

– Я люблю вас, Надя!

Скоро Наденька привыкает к этой фразе, как к вину или морфию. Она жить без нее не может. Правда, лететь с горы по-прежнему страшно, но теперь уже страх и опасность придают особое очарование словам о любви, словам, которые по-прежнему составляют загадку и томят душу. Подозреваются всё те же двое: я и ветер... Кто из двух признаётся ей в любви, она не знает, но ей, по-видимому, уже все равно; из какого сосуда ни пить – все равно, лишь бы быть пьяным.

Как-то в полдень я отправился на каток один; смешавшись с толпой, я вижу, как к горе подходит Наденька, как ищет глазами меня... Затем она робко идет вверх по лесенке... Страшно ехать одной, о, как страшно! Она бледна, как снег, дрожит, она идет точно на казнь, но идет, идет без оглядки, решительно. Она, очевидно, решила наконец попробовать: будут ли слышны те изумительные сладкие слова, когда меня нет? Я вижу, как она, бледная, с раскрытым от ужаса ртом, садится в санки, закрывает глаза и, простившись навеки с землей, трогается с места... «Жжжж...» – жужжат полозья. Слышит ли Наденька те слова, я не знаю... Я вижу только, как она поднимается из саней изнеможенная, слабая. И видно по ее лицу, она и сама не знает, слышала она что-нибудь или нет. Страх, пока она катила вниз, отнял у нее способность слышать, различать звуки, понимать...

Но вот наступает весенний месяц март... Солнце становится ласковее. Наша ледяная гора темнеет, теряет свой блеск и тает наконец. Мы перестаем кататься. Бедной Наденьке больше уж негде слышать тех слов, да и некому произносить их, так как ветра не слышно, а я собираюсь в Петербург – надолго, должно быть навсегда.

Как-то перед отъездом, дня за два, в сумерки сижу я в садике, а от двора, в котором живет Наденька, садик этот отделен высоким забором с гвоздями... Еще достаточно холодно, под навозом еще снег, деревья мертвы, но уже пахнет весной, и, укладываясь на ночлег, шумно кричат грачи. Я подхожу к забору и долго смотрю в щель. Я вижу, как Наденька выходит на крылечко и устремляет печальный, тоскующий взор на небо... Весенний ветер дует ей прямо в бледное, унылое лицо... Он напоминает ей о том ветре, который ревел нам тогда на горе, когда она слышала те четыре слова, и лицо у нее становится грустным-грустным, по щеке ползет слеза... И бедная девочка протягивает обе руки, как бы прося этот ветер принести ей еще раз те слова. И я, дождавшись ветра, говорю вполголоса:

– Я люблю вас, Надя!

Боже мой, что делается с Наденькой! Она вскрикивает, улыбается во все лицо и протягивает навстречу ветру руки, радостная, счастливая, такая красивая.

А я иду укладываться…

Это было уже давно. Теперь Наденька уже замужем; ее выдали, или она сама вышла – это все равно, за секретаря дворянской опеки, и теперь у нее уже трое детей. То, как мы вместе когда-то ходили на каток и как ветер доносил до нее слова «я вас люблю, Наденька», не забыто; для нее теперь это самое счастливое, самое трогательное и прекрасное воспоминание в жизни…

А мне теперь, когда я стал старше, уже не понятно, зачем я говорил те слова, для чего шутил…

1886

СКУЧНАЯ ИСТОРИЯ

(Из записок старого человека)

I

Есть в России заслуженный профессор Николай Степанович такой-то, тайный советник[1] и кавалер; у него так много русских и иностранных орденов, что когда ему приходится надевать их, то студенты величают его иконостасом. Знакомство у него самое аристократическое; по крайней мере за последние двадцать пять – тридцать лет в России нет и не было такого знаменитого ученого, с которым он не был бы коротко знаком. Теперь дружить ему не с кем, но если говорить о прошлом, то длинный список его славных друзей заканчивается такими именами, как Пирогов[2], Кавелин[3] и поэт Некрасов, дарившие его самой искренней и теплой дружбой. Он состоит членом всех русских и трех заграничных университетов. И прочее, и прочее. Все это и многое, что еще можно было бы сказать, составляет то, что называется моим именем.

---

[1] Тайный советник – один из высших гражданских чинов, гражданский чин 3-го класса.

[2] Пирогóв Николай Иванович (1810–1881) – русский хирург и анатом, основоположник военно-полевой хирургии

[3] Кавéлин Константин Дмитриевич (1818–1885) – русский историк и публицист.

Это мое имя популярно. В России оно известно каждому грамотному человеку, а за границею оно упоминается с кафедр с прибавкою известный и почтенный. Принадлежит оно к числу тех немногих счастливых имен, бранить которые или упоминать их всуе, в публике и в печати считается признаком дурного тона. Так это и должно быть. Ведь с моим именем тесно связано понятие о человеке знаменитом, богато одаренном и несомненно полезном. Я трудолюбив и вынослив, как верблюд, а это важно, и талантлив, а это еще важнее. К тому же, к слову сказать, я воспитанный, скромный и честный малый. Никогда я не совал своего носа в литературу и в политику, не искал популярности в полемике с невеждами, не читал речей ни на обедах, ни на могилах своих товарищей... Вообще на моем ученом имени нет ни одного пятна и пожаловаться ему не на что. Оно счастливо.

Носящий это имя, то есть я, изображаю из себя человека шестидесяти двух лет, с лысой головой, с вставными зубами и с неизлечимым tic'ом. Насколько блестяще и красиво мое имя, настолько тускл и безобразен я сам. Голова и руки у меня трясутся от слабости; шея, как у одной тургеневской героини, похожа на ручку контрабаса, грудь впалая, спина узкая. Когда я говорю или читаю, рот у меня кривится в сторону; когда улыбаюсь – все лицо покрывается старчески мертвенными морщинами. Ничего нет внушительного в моей жалкой фигуре; только разве когда бываю я болен tic'ом[1], у меня появляется какое-то особенное выражение, которое у всякого, при взгляде на меня, должно быть, вызывает суровую внушительную мысль: «По-видимому, этот человек скоро умрет».

Читаю я по-прежнему не худо; как и прежде, я могу удерживать внимание слушателей в продолжение двух часов. Моя страстность, литературность изложения и юмор делают почти незаметными недостатки моего голоса, а он у меня сух, резок и певуч, как у ханжи. Пишу же я дурно. Тот кусочек моего мозга, который заведует писательскою способностью, отказался служить. Память моя ослабела,

[1] Тик – нервная болезнь, выражающаяся в непроизвольных подергиваниях частей тела.

в мыслях недостаточно последовательности, и, когда я излагаю их на бумаге, мне всякий раз кажется, что я утерял чутье к их органической связи, конструкция однообразна, фраза скудна и робка. Часто пишу я не то, что хочу; когда пишу конец, не помню начала. Часто я забываю обыкновенные слова, и всегда мне приходится тратить много энергии, чтобы избегать в письме лишних фраз и ненужных вводных предложений – то и другое ясно свидетельствует об упадке умственной деятельности. И замечательно, чем проще письмо, тем мучительнее мое напряжение. За научной статьей я чувствую себя гораздо свободнее и умнее, чем за поздравительным письмом или докладной запиской. Еще одно: писать по-немецки или английски для меня легче, чем по-русски.

Что касается моего теперешнего образа жизни, то прежде всего я должен отметить бессонницу, которою страдаю в последнее время. Если бы меня спросили: что составляет теперь главную и основную черту твоего существования? Я ответил бы: бессонница. Как и прежде, по привычке, ровно в полночь я раздеваюсь и ложусь в постель. Засыпаю я скоро, но во втором часу просыпаюсь, и с таким чувством, как будто совсем не спал. Приходится вставать с постели и зажигать лампу. Час или два я хожу из угла в угол по комнате и рассматриваю давно знакомые картины и фотографии. Когда надоедает ходить, сажусь за свой стол. Сижу я неподвижно, ни о чем не думая и не чувствуя никаких желаний; если передо мной лежит книга, то машинально я придвигаю ее к себе и читаю без всякого интереса. Так, недавно в одну ночь я прочел машинально целый роман под странным названием: «О чем пела ласточка»[1]. Или же я, чтобы занять свое внимание, заставляю себя считать до тысячи, или воображаю лицо кого-нибудь из товарищей и начинаю вспоминать: в каком году и при каких обстоятельствах он поступил на службу? Люблю прислушиваться к звукам. То за две комнаты от меня быстро проговорит что-нибудь в бреду моя дочь Лиза, то жена пройдет через

[1] Роман немецкого писателя Ф. Шпильгагена (1829–1911).

залу со свечой и непременно уронит коробку со спичками, то скрипнет рассыхающийся шкап, или неожиданно загудит горелка в лампе – и все эти звуки почему-то волнуют меня.

Не спать ночью – значит каждую минуту сознавать себя ненормальным, а потому я с нетерпением жду утра и дня, когда я имею право не спать. Проходит много томительного времени, прежде чем на дворе закричит петух. Это мой первый благовеститель. Как только он прокричит, я уже знаю, что через час внизу проснется швейцар и, сердито кашляя, пойдет зачем-то вверх по лестнице. А потом за окнами начнет мало-помалу бледнеть воздух, раздадутся на улице голоса...

День начинается у меня приходом жены. Она входит ко мне в юбке, непричесанная, но уже умытая, пахнущая цветочным одеколоном, и с таким видом, как будто вошла нечаянно, и всякий раз говорит одно и то же:

– Извини, я на минутку... Ты опять не спал?

Затем она тушит лампу, садится около стола и начинает говорить. Я не пророк, но заранее знаю, о чем будет речь. Каждое утро одно и то же. Обыкновенно, после тревожных расспросов о моем здоровье, она вдруг вспоминает о нашем сыне-офицере, служащем в Варшаве. После двадцатого числа каждого месяца мы высылаем ему по пятьдесят рублей – это главным образом и служит темою для нашего разговора.

– Конечно, это нам тяжело, – вздыхает жена, – но пока он окончательно не стал на ноги, мы обязаны помогать ему. Мальчик на чужой стороне, жалованье маленькое... Впрочем, если хочешь, в будущем месяце мы пошлем ему не пятьдесят, а сорок. Как ты думаешь?

Ежедневный опыт мог бы убедить жену, что расходы не становятся меньше оттого, что мы часто говорим о них, но жена моя не признаёт опыта и аккуратно каждое утро рассказывает и о нашем офицере, и о том, что хлеб, слава богу, стал дешевле, а сахар подорожал на две копейки, – и все это таким тоном, как будто сообщает мне новость.

Я слушаю, машинально поддакиваю и, вероятно, оттого, что не спал ночь, странные, ненужные мысли овладевают мной. Я смотрю на свою жену и удивляюсь, как ребенок. В недоумении я спрашиваю себя: неужели эта старая, очень полная, неуклюжая женщина, с тупым выражением мелочной заботы и страха перед куском хлеба, со взглядом, отуманенным постоянными мыслями о долгах и нужде, умеющая говорить только о расходах и улыбаться только дешевизне, – неужели эта женщина была когда-то той самой тоненькой Варею, которую я страстно полюбил за хороший, ясный ум, за чистую душу, красоту и, как Отелло Дездемону, за «состраданье» к моей науке? Неужели это та самая жена моя Варя, которая когда-то родила мне сына?

Я напряженно всматриваюсь в лицо сырой, неуклюжей старухи, ищу в ней свою Варю, но от прошлого у ней уцелел только страх за мое здоровье, да еще манера мое жалованье называть нашим жалованьем, мою шапку – нашей шапкой. Мне больно смотреть на нее, и, чтобы утешить ее хоть немного, я позволяю ей говорить что угодно и даже молчу, когда она несправедливо судит о людях или журит меня за то, что я не занимаюсь практикой и не издаю учебников.

Кончается наш разговор всегда одинаково. Жена вдруг вспоминает, что я еще не пил чаю, и пугается.

– Что ж это я сижу? – говорит она, поднимаясь. – Самовар давно на столе, а я тут болтаю. Какая я стала беспамятная, господи!

Она быстро идет и останавливается у двери, чтобы сказать:

– Мы Егору должны за пять месяцев. Ты это знаешь? Не следует запускать жалованье прислуге, сколько раз я говорила! Отдать за месяц десять рублей гораздо легче, чем за пять месяцев – пятьдесят!

Выйдя за дверь, она опять останавливается и говорит:

– Никого мне так не жаль, как нашу бедную Лизу. Учится девочка в консерватории, постоянно в хорошем обществе, а одета бог знает как. Такая шубка, что на улицу стыдно показаться. Будь она чья-нибудь другая, это бы еще ничего, но ведь все знают, что ее отец знаменитый профессор, тайный советник!

И, попрекнув меня моим именем и чином, она наконец уходит. Так начинается мой день. Продолжается он не лучше.

Когда я пью чай, ко мне входит моя Лиза, в шубке, в шапочке и с нотами, уже совсем готовая, чтобы идти в консерваторию. Ей двадцать два года. На вид она моложе, хороша собой и немножко похожа на мою жену в молодости. Она нежно целует меня в висок и в руку и говорит:

– Здравствуй, папочка. Ты здоров?

В детстве она очень любила мороженое, и мне часто приходилось водить ее в кондитерскую. Мороженое для нее было мерилом всего прекрасного. Если ей хотелось похвалить меня, то она говорила: «Ты, папа, сливочный». Один пальчик назывался у нее фисташковым, другой сливочным, третий малиновым и т. д. Обыкновенно, когда по утрам она приходила ко мне здороваться, я сажал ее к себе на колени и, целуя ее пальчики, приговаривал:

– Сливочный… фисташковый… лимонный…

И теперь, по старой памяти, я целую пальцы Лизы и бормочу: «фисташковый… сливочный… лимонный…», но выходит у меня совсем не то. Я холоден, как мороженое, и мне стыдно. Когда входит ко мне дочь и касается губами моего виска, я вздрагиваю, точно в висок жалит меня пчела, напряженно улыбаюсь и отворачиваю свое лицо. С тех пор, как я страдаю бессонницей, в моем мозгу гвоздем сидит вопрос: дочь моя часто видит, как я, старик, знаменитый человек, мучительно краснею оттого, что должен лакею; она видит, как часто забота о мелких долгах заставляет меня бросать работу и по целым часам ходить из угла в угол и думать, но отчего же она ни разу тайком от матери не пришла ко мне и не шепнула: «Отец, вот мои часы, браслеты, сережки, платья… Заложи все это, тебе нужны деньги…»? Отчего она, видя, как я и мать, поддавшись ложному чувству, стараемся скрыть от людей свою бедность, отчего она не откажется от дорогого удовольствия заниматься музыкой? Я бы не принял ни часов, ни браслетов, ни жертв, храни меня Бог, – мне не это нужно.

Кстати вспоминаю я и про своего сына, варшавского офицера. Это умный, честный и трезвый человек. Но мне мало этого. Я думаю, если бы у меня был отец старик и если бы я знал, что у него бывают минуты, когда он стыдится своей бедности, то офицерское место я отдал бы кому-нибудь другому, а сам нанялся бы в работники. Подобные мысли о детях отравляют меня. К чему они? Таить в себе злое чувство против обыкновенных людей за то, что они не герои, может только узкий или озлобленный человек. Но довольно об этом.

В без четверти десять нужно идти к моим милым мальчикам читать лекцию. Одеваюсь и иду по дороге, которая знакома мне уже тридцать лет и имеет для меня свою историю. Вот большой серый дом с аптекой; тут когда-то стоял маленький домик, а в нем была портерная; в этой портерной я обдумывал свою диссертацию и написал первое любовное письмо к Варе. Писал карандашом, на листе с заголовком «Historia morbi»[1]. Вот бакалейная лавочка; когда-то хозяйничал в ней жидок, продававший мне в долг папиросы, потом толстая баба, любившая студентов за то, что «у каждого из них мать есть»; теперь сидит рыжий купец, очень равнодушный человек, пьющий чай из медного чайника. А вот мрачные, давно не ремонтированные университетские ворота; скучающий дворник в тулупе, метла, кучи снега... На свежего мальчика, приехавшего из провинции и воображающего, что храм науки в самом деле храм, такие ворота не могут произвести здорового впечатления. Вообще ветхость университетских построек, мрачность коридоров, копоть стен, недостаток света, унылый вид ступеней, вешалок и скамей в истории русского пессимизма занимают одно из первых мест на ряду причин предрасполагающих... Вот и наш сад. С тех пор, как я был студентом, он, кажется, не стал ни лучше, ни хуже. Я его не люблю. Было бы гораздо умнее, если бы вместо чахоточных лип, желтой акации и редкой стриженой сирени росли тут высокие сосны и хорошие дубы. Студент, настроение которого в большинстве создается обстановкой,

---

[1] «История болезни» *(лат.)*.

на каждом шагу, там, где он учится, должен видеть перед собою только высокое, сильное и изящное... Храни его Бог от тощих деревьев, разбитых окон, серых стен и дверей, обитых рваной клеенкой.

Когда подхожу я к своему крыльцу, дверь распахивается и меня встречает мой старый сослуживец, сверстник и тезка швейцар Николай. Впустив меня, он крякает и говорит:

– Мороз, ваше превосходительство!

Или же, если моя шуба мокрая, то:

– Дождик, ваше превосходительство!

Затем он бежит впереди меня и отворяет на моем пути все двери. В кабинете он бережно снимает с меня шубу и в это время успевает сообщить мне какую-нибудь университетскую новость. Благодаря короткому знакомству, какое существует между всеми университетскими швейцарами и сторожами, ему известно все, что происходит на четырех факультетах, в канцелярии, в кабинете ректора, в библиотеке. Чего только он не знает! Когда у нас злобою дня бывает, например, отставка ректора или декана, то я слышу, как он, разговаривая с молодыми сторожами, называет кандидатов и тут же поясняет, что такого-то не утвердит министр, такой-то сам откажется, потом вдается в фантастические подробности о каких-то таинственных бумагах, полученных в канцелярии, о секретном разговоре, бывшем якобы у министра с попечителем, и т. п. Если исключить эти подробности, то в общем он почти всегда оказывается правым. Характеристики, делаемые им каждому из кандидатов, своеобразны, но тоже верны. Если вам нужно узнать, в каком году кто защищал диссертацию, поступил на службу, вышел в отставку или умер, то призовите к себе на помощь громадную память этого солдата, и он не только назовет вам год, месяц и число, но и сообщит также подробности, которыми сопровождалось то или другое обстоятельство. Так помнить может только тот, кто любит.

Он хранитель университетских преданий. От своих предшественников-швейцаров он получил в наследство много легенд из университетской жизни, прибавил к этому богатству много своего добра, добытого за время службы, и если хотите, то он расскажет вам много длинных и коротких историй. Он может рассказать о необыкновенных мудрецах, знавших все, о замечательных тружениках, не спавших по неделям, о многочисленных мучениках и жертвах науки; добро торжествует у него над злом, слабый всегда побеждает сильного, мудрый глупого, скромный гордого, молодой старого... Нет надобности принимать все эти легенды и небылицы за чистую монету, но процедите их, и у вас на фильтре останется то, что нужно: наши хорошие традиции и имена истинных героев, признанных всеми.

В нашем обществе все сведения о мире ученых исчерпываются анекдотами о необыкновенной рассеянности старых профессоров и двумя-тремя остротами, которые приписываются то Груберу[1], то мне, то Бабухину[2]. Для образованного общества этого мало. Если бы оно любило науку, ученых и студентов так, как Николай, то его литература давно бы уже имела целые эпопеи, сказания и жития, каких, к сожалению, она не имеет теперь.

Сообщив мне новость, Николай придает своему лицу строгое выражение, и у нас начинается деловой разговор. Если бы в это время кто-нибудь посторонний послушал, как Николай свободно обращается с терминологией, то, пожалуй, мог бы подумать, что это ученый, замаскированный солдатом. Кстати сказать, толки об учености университетских сторожей сильно преувеличены. Правда, Николай знает больше сотни латинских названий, умеет собрать скелет, иногда приготовить препарат, рассмешить студентов какой-нибудь длинной ученой цитатой, но, например, незамысловатая теория кровообращения для него и теперь так же темна, как двадцать лет назад.

---

[1] Гру́бер Венцеслав Леопольдович (1814–1890) – профессор анатомии Петербургской медико-хирургической академии.

[2] Бабу́хин Александр Иванович (1827 или 1835–1891) – русский гистолог и физиолог, профессор Московского университета.

За столом в кабинете, низко нагнувшись над книгой или препаратом, сидит мой прозектор[1] Петр Игнатьевич, трудолюбивый, скромный, но бесталанный человек, лет тридцать пять, уже плешивый и с большим животом. Работает он от утра до ночи, читает массу, отлично помнит все прочитанное – и в этом отношении он не человек, а золото; в остальном же прочем – это ломовой конь или, как иначе говорят, ученый тупица. Характерные черты ломового коня, отличающие его от таланта, таковы: кругозор его тесен и резко ограничен специальностью; вне своей специальности он наивен, как ребенок. Помнится, как-то утром я вошел в кабинет и сказал:

– Представьте, какое несчастье! Говорят, Скобелев[2] умер.

Николай перекрестился, а Петр Игнатьевич обернулся ко мне и спросил:

– Какой это Скобелев?

В другой раз – это было несколько раньше – я объявил, что умер профессор Перов[3] Милейший Петр Игнатьевич спросил:

– А что он читал?

Кажется, запой у него под самым ухом Патти[4], напади на Россию полчища китайцев, случись землетрясение, он не пошевельнется ни одним членом и преспокойно будет смотреть прищуренным глазом в свой микроскоп. Одним словом, до Гекубы[5] ему нет никакого дела. Я бы дорого дал, чтобы посмотреть, как этот сухарь спит со своей женой.

Другая черта: фанатическая вера в непогрешимость науки и главным образом всего того, что пишут немцы. Он уверен в самом себе, в своих

---

[1] Прозéктор – врач патолого-анатомического отделения при лечебном учреждении.

[2] Скóбелев Михаил Дмитриевич (1843–1882) – русский генерал.

[3] П е р о в Василий Григорьевич (1833/34—1882) – русский живописец, профессор Московского училища живописи, ваяния и зодчества.

[4] Пáтти Аделина (1843–1919) – итальянская певица, неоднократно выступавшая в России

[5] Гекýба – жена троянского царя Приама, ставшая олицетворением беспредельной скорби и отчаяния (*гр. миф.*).

препаратах, знает цель жизни и совершенно незнаком с сомнениями и разочарованиями, от которых седеют таланты. Рабское поклонение авторитетам и отсутствие потребности самостоятельно мыслить. Разубедить его в чем-нибудь трудно, спорить с ним невозможно. Извольте-ка поспорить с человеком, который глубоко убежден, что самая лучшая наука – медицина, самые лучшие люди – врачи, самые лучшие традиции – медицинские. От недоброго медицинского прошлого уцелела только одна традиция – белый галстук, который носят теперь доктора; для ученого же и вообще образованного человека могут существовать только традиции общеуниверситетские, без всякого деления их на медицинские, юридические и т. п., но Петру Игнатьевичу трудно согласиться с этим, и он готов спорить с вами до Страшного суда.

Будущность его представляется мне ясно. За всю свою жизнь он приготовит несколько сотен препаратов необыкновенной чистоты, напишет много сухих, очень приличных рефератов, сделает с десяток добросовестных переводов, но пороха не выдумает. Для пороха нужны фантазия, изобретательность, умение угадывать, а у Петра Игнатьевича нет ничего подобного. Короче говоря, это не хозяин в науке, а работник.

Я, Петр Игнатьевич и Николай говорим вполголоса. Нам немножко не по себе. Чувствуешь что-то особенное, когда за дверью морем гудит аудитория. За тридцать лет я не привык к этому чувству и испытываю его каждое утро. Я нервно застегиваю сюртук, задаю Николаю лишние вопросы, сержусь... Похоже на то, как будто я трушу, но это не трусость, а что-то другое, чего я не в состоянии ни назвать, ни описать.

Без всякой надобности я смотрю на часы и говорю:

– Что ж? Надо идти.

И мы шествуем в таком порядке: впереди идет Николай с препаратами или с атласами, за ним я, а за мною, скромно поникнув головою, шагает ломовой конь; или же, если нужно, впереди на носилках несут труп, за трупом идет Николай и т. д. При моем появлении студенты встают, потом садятся, и шум моря внезапно стихает. Наступает штиль.

Я знаю, о чем буду читать, но не знаю, как буду читать, с чего начну и чем кончу. В голове нет ни одной готовой фразы. Но стоит мне только оглядеть аудиторию (она построена у меня амфитеатром) и произнести стереотипное «в прошлой лекции мы остановились на...», как фразы длинной вереницей вылетают из моей души и – пошла писать губерния! Говорю я неудержимо быстро, страстно, и, кажется, нет той силы, которая могла бы прервать течение моей речи. Чтобы читать хорошо, то есть нескучно и с пользой для слушателей, нужно кроме таланта иметь еще сноровку и опыт, нужно обладать самым ясным представлением о своих силах, о тех, кому читаешь, и о том, что составляет предмет твоей речи. Кроме того, надо быть человеком себе на уме, следить зорко и ни на одну секунду не терять поля зрения.

Хороший дирижер, передавая мысль композитора, делает сразу двадцать дел: читает партитуру, машет палочкой, следит за певцом, делает движение в сторону то барабана, то валторны и проч. То же самое и я, когда читаю. Предо мною полтораста лиц, непохожих одно на другое, и триста глаз, глядящих мне прямо в лицо. Цель моя – победить эту многоголовую гидру. Если я каждую минуту, пока читаю, имею ясное представление о степени ее внимания и о силе разумения, то она в моей власти. Другой мой противник сидит во мне самом. Это – бесконечное разнообразие форм, явлений и законов и множество ими обусловленных своих и чужих мыслей. Каждую минуту я должен иметь ловкость выхватывать из этого громадного материала самое важное и нужное и так же быстро, как течет моя речь, облекать свою мысль в такую форму, которая была бы доступна разумению гидры и возбуждала бы ее внимание, причем надо зорко следить, чтобы мысли передавались не по мере их накопления, а в известном порядке, необходимом для правильной компоновки картины, какую я хочу нарисовать. Далее я стараюсь, чтобы речь моя была литературна, определения кратки и точны, фраза возможно проста и красива. Каждую минуту я должен осаживать себя и помнить, что в моем распоряжении имеются только час и сорок минут. Одним словом, работы немало. В одно и то же время приходится изображать из себя и ученого, и педагога, и оратора, и плохо дело, если оратор победит в вас педагога и ученого, или наоборот.

Читаешь четверть, полчаса и вот замечаешь, что студенты начинают поглядывать на потолок, на Петра Игнатьевича, один полезет за платком, другой сядет поудобнее, третий улыбнется своим мыслям... Это значит, что внимание утомлено. Нужно принять меры. Пользуясь первым удобным случаем, я говорю какой-нибудь каламбур. Все полтораста лиц широко улыбаются, глаза весело блестят, слышится ненадолго гул моря... Я тоже смеюсь. Внимание освежилось, и я могу продолжать.

Никакой спорт, никакие развлечения и игры никогда не доставляли мне такого наслаждения, как чтение лекций. Только на лекции я мог весь отдаваться страсти и понимал, что вдохновение не выдумка поэтов, а существует на самом деле. И я думаю, Геркулес[1] после самого пикантного из своих подвигов не чувствовал такого сладостного изнеможения, какое переживал я всякий раз после лекций.

Это было прежде. Теперь же на лекциях я испытываю одно только мучение. Не проходит и получаса, как я начинаю чувствовать непобедимую слабость в ногах и в плечах; сажусь в кресло, но сидя читать я не привык; через минуту поднимаюсь, продолжаю стоя, потом опять сажусь. Во рту сохнет, голос сипнет, голова кружится... Чтобы скрыть от слушателей свое состояние, я то и дело пью воду, кашляю, часто сморкаюсь, точно мне мешает насморк, говорю невпопад каламбуры и в конце концов объявляю перерыв раньше, чем следует. Но главным образом мне стыдно.

Мои совесть и ум говорят мне, что самое лучшее, что я мог бы теперь сделать, – это прочесть мальчикам прощальную лекцию, сказать им последнее слово, благословить их и уступить свое место человеку,

[1] Геркулес – латинское имя героя греческой мифологии Геракла.

который моложе и сильнее меня. Но, пусть судит меня Бог, у меня не хватает мужества поступить по совести.

К несчастью, я не философ и не богослов. Мне отлично известно, что проживу я еще не больше полугода; казалось бы, теперь меня должны бы больше всего занимать вопросы о загробных потемках и о тех видениях, которые посетят мой могильный сон. Но почему-то душа моя не хочет знать этих вопросов, хотя ум и сознает всю их важность. Как двадцати – тридцати лет назад, так и теперь, перед смертию, меня интересует одна только наука. Испуская последний вздох, я все-таки буду верить, что наука – самое важное, самое прекрасное и нужное в жизни человека, что она всегда была и будет высшим проявлением любви и что только ею одною человек победит природу и себя. Вера эта, быть может, наивна и несправедлива в своем основании, но я не виноват, что верю так, а не иначе; победить же в себе этой веры я не могу.

Но не в этом дело. Я только прошу снизойти к моей слабости и понять, что оторвать от кафедры и учеников человека, которого судьбы костного мозга интересуют больше, чем конечная цель мироздания, равносильно тому, если бы его взяли да и заколотили в гроб, не дожидаясь, пока он умрет.

От бессонницы и вследствие напряженной борьбы с возрастающею слабостью со мной происходит нечто странное. Среди лекции к горлу вдруг подступают слезы, начинают чесаться глаза, и я чувствую страстное, истерическое желание протянуть вперед руки и громко пожаловаться. Мне хочется прокричать громким голосом, что меня, знаменитого человека, судьба приговорила к смертной казни, что через каких-нибудь полгода здесь, в аудитории, будет хозяйничать уже другой. Я хочу прокричать, что я отравлен; новые мысли, каких не знал я раньше, отравили последние дни моей жизни и продолжают жалить мой мозг, как москиты. И в это время мое положение представляется таким ужасным, что мне хочется, чтобы все мои слушатели ужаснулись, вскочили с мест и в паническом страхе, с отчаянным криком бросились к выходу.

Не легко переживать такие минуты.

II

После лекции я сижу у себя дома и работаю. Читаю журналы, диссертации или готовлюсь к следующей лекции, иногда пишу что-нибудь. Работаю с перерывами, так как приходится принимать посетителей.

Слышится звонок. Это товарищ пришел поговорить о деле. Он входит ко мне со шляпой, с палкой и, протягивая ко мне ту и другую, говорит:

– Я на минуту, на минуту! Сидите, collega! Только два слова!

Первым делом мы стараемся показать друг другу, что мы оба необыкновенно вежливы и очень рады видеть друг друга. Я усаживаю его в кресло, а он усаживает меня; при этом мы осторожно поглаживаем друг друга по талиям, касаемся пуговиц, и похоже на то, как будто мы ощупываем друг друга и боимся обжечься. Оба смеемся, хотя не говорим ничего смешного. Усевшись, наклоняемся друг к другу головами и начинаем говорить вполголоса. Как бы сердечно мы ни были расположены друг к другу, мы не можем, чтобы не золотить нашей речи всякой китайщиной, вроде: «Вы изволили справедливо заметить» или «Как я уже имел честь вам сказать», не можем, чтобы не хохотать, если кто из нас сострит, хотя бы неудачно. Кончив говорить о деле, товарищ порывисто встает и, помахивая шляпой в сторону моей работы, начинает прощаться. Опять щупаем друг друга и смеемся. Провожаю до передней; тут помогаю товарищу надеть шубу, но он всячески уклоняется от этой высокой чести. Затем, когда Егор отворяет дверь, товарищ уверяет меня, что я простужусь, а я делаю вид, что готов идти за ним даже на улицу. И когда наконец я возвращаюсь к себе в кабинет, лицо мое все еще продолжает улыбаться, должно быть по инерции.

Немного погодя – другой звонок. Кто-то входит в переднюю, долго раздевается и кашляет. Егор докладывает, что пришел студент. Я говорю: «Проси». Через минуту входит ко мне молодой человек приятной наружности. Вот уж год, как мы с ним находимся в натянутых отношениях: он отвратительно отвечает мне на экзаменах, а я ставлю ему единицы. Таких молодцов, которых я, выражаясь на студенческом языке, гоняю или проваливаю, у меня ежегодно набирается человек семь. Те из них, которые не выдерживают экзамена по неспособности или по болезни, обыкновенно несут свой крест терпеливо и не торгуются со мной; торгуются же и ходят ко мне на дом только сангвиники, широкие натуры, которым проволочка на экзаменах портит аппетит и мешает аккуратно посещать оперу. Первым я мирволю, а вторых гоняю по целому году.

– Садитесь, – говорю я гостю. – Что скажете?

– Извините, профессор, за беспокойство… – начинает он, заикаясь и не глядя мне в лицо. – Я бы не посмел беспокоить вас, если бы не… Я держал у вас экзамен уже пять раз и… и срезался. Прошу вас, будьте добры, поставьте мне «удовлетворительно», потому что…

Аргумент, который все лентяи приводят в свою пользу, всегда один и тот же: они прекрасно выдержали по всем предметам и срезались только на моем, и это тем более удивительно, что по моему предмету они занимались всегда очень усердно и знают его прекрасно; срезались же они благодаря какому-то непонятному недоразумению.

– Извините, мой друг, – говорю я гостю, – поставить вам «удовлетворительно» я не могу. Подите еще почитайте лекции и приходите. Тогда увидим.

Пауза. Мне приходит охота немножко помучить студента за то, что пиво и оперу он любит больше, чем науку, и я говорю со вздохом:

– По-моему, самое лучшее, что вы можете теперь сделать, это – совсем оставить медицинский факультет. Если при ваших способностях вам никак не удается выдержать экзамена, то, очевидно, у вас нет ни желания, ни призвания быть врачом.

Лицо сангвиника вытягивается.

– Простите, профессор, – усмехается он, – но это было бы с моей стороны по меньшей мере странно. Проучиться пять лет и вдруг… уйти!

– Ну да! Лучше потерять даром пять лет, чем потом всю жизнь заниматься делом, которого не любишь.

Но тотчас же мне становится жаль его, и я спешу сказать:

– Впрочем, как знаете. Итак, почитайте еще немножко и приходите.

– Когда? – глухо спрашивает лентяй.

– Когда хотите. Хоть завтра.

И в его добрых глазах я читаю: «Прийти-то можно, но ведь ты, скотина, опять меня прогонишь!»

– Конечно, – говорю я, – вы не станете ученее оттого, что будете у меня экзаменоваться еще пятнадцать раз, но это воспитает в вас характер. И на том спасибо.

Наступает молчание. Я поднимаюсь и жду, когда уйдет гость, а он стоит, смотрит на окно, теребит свою бородку и думает. Становится скучно.

Голос у сангвиника приятный, сочный, глаза умные, насмешливые, лицо благодушное, несколько помятое от частого употребления пива и долгого лежанья на диване; по-видимому, он мог бы рассказать мне много интересного про оперу, про свои любовные похождения, про товарищей, которых он любит, но, к сожалению, говорить об этом не принято. А я бы охотно послушал.

– Профессор! Даю вам честное слово, что если вы поставите мне «удовлетворительно», то я…

Как только дело дошло до «честного слова», я махаю руками и сажусь за стол. Студент думает еще минуту и говорит уныло:

– В таком случае прощайте… Извините.

– Прощайте, мой друг. Доброго здоровья.

Он нерешительно идет в переднюю, медленно одевается там и, выйдя на улицу, вероятно, опять долго думает; ничего не придумав, кроме «старого чёрта» по моему адресу, он идет в плохой ресторан пить пиво и обедать, а потом к себе домой спать. Мир праху твоему, честный труженик!

Третий звонок. Входит молодой доктор в новой черной паре, в золотых очках и, конечно, в белом галстуке. Рекомендуется. Прошу садиться и спрашиваю, что угодно. Не без волнения молодой жрец науки начинает говорить мне, что в этом году он выдержал экзамен на докторанта и что ему остается теперь только написать диссертацию. Ему хотелось бы поработать у меня, под моим руководством, и я бы премного обязал его, если бы дал ему тему для диссертации.

– Очень рад быть полезным, коллега, – говорю я, – но давайте сначала споемся относительно того, что такое диссертация. Под этим словом принято разуметь сочинение, составляющее продукт самостоятельного творчества. Не так ли? Сочинение же, написанное на чужую тему и под чужим руководством, называется иначе…

Докторант молчит. Я вспыхиваю и вскакиваю с места.

– Что вы все ко мне ходите, не понимаю? – кричу я сердито. – Лавочка у меня, что ли? Я не торгую темами! В тысячу первый раз прошу вас всех оставить меня в покое! Извините за неделикатность, но мне, наконец, это надоело!

Докторант молчит, и только около его скул выступает легкая краска. Лицо его выражает глубокое уважение к моему знаменитому имени и учености, а по глазам его я вижу, что он презирает и мой голос, и мою жалкую фигуру, и нервную жестикуляцию. В своем гневе я представляюсь ему чудаком.

– У меня не лавочка! – сержусь я. – И удивительное дело! Отчего вы не хотите быть самостоятельными? Отчего вам так противна свобода?

Говорю я много, а он все молчит. В конце концов я мало-помалу стихаю и, разумеется, сдаюсь. Докторант получит от меня тему, которой грош цена, напишет под моим наблюдением никому не нужную диссертацию, с достоинством выдержит скучный диспут и получит ненужную ему ученую степень.

Звонки могут следовать один за другим без конца, но я здесь ограничусь только четырьмя. Бьет четвертый звонок, и я слышу знакомые шаги, шорох платья, милый голос…

Восемнадцать лет тому назад умер мой товарищ, окулист, и оставил после себя семилетнюю дочь Катю и тысяч шестьдесят денег. В своем завещании он назначил опекуном меня. До десяти лет Катя жила в моей семье, потом была отдана в институт и живала у меня только в летние месяцы, во время каникул. Заниматься ее воспитанием было мне некогда, наблюдал я ее только урывками и потому о детстве ее могу сказать очень немного.

Первое, что я помню и люблю по воспоминаниям, это – необыкновенную доверчивость, с какою она вошла в мой дом, лечилась у докторов и которая всегда светилась на ее личике. Бывало, сидит где-нибудь в сторонке с подвязанной щекой и непременно смотрит на что-нибудь со вниманием; видит ли она в это время, как я пишу и перелистываю книги, или как хлопочет жена, или как кухарка в кухне чистит картофель, или как играет собака, у нее всегда неизменно глаза выражали одно и то же, а именно: «Все, что делается на этом свете, все прекрасно и умно». Она была любопытна и очень любила говорить со мной. Бывало, сидит за столом против меня, следит за моими движениями и задает вопросы. Ей интересно знать, что я читаю, что делаю в университете, не боюсь ли трупов, куда деваю свое жалованье.

– Студенты дерутся в университете? – спрашивает она.

– Дерутся, милая.

– А вы ставите их на колени?

– Ставлю.

И ей было смешно, что студенты дерутся и что я ставлю их на колени, и она смеялась. Это был кроткий, терпеливый и добрый ребенок. Нередко мне приходилось видеть, как у нее отнимали что-нибудь, наказывали понапрасну или не удовлетворяли ее любопытства; в это время к постоянному выражению доверчивости на ее лице примешивалась еще грусть – и только. Я не умел заступаться за нее, а только, когда видел грусть, у меня являлось желание привлечь ее к себе и пожалеть тоном старой няньки: «Сиротка моя милая!»

Помню также, она любила хороню одеваться и прыскаться духами. В этом отношении она походила на меня. Я тоже люблю красивую одежду и хорошие духи.

Жалею, что у меня не было времени и охоты проследить начало и развитие страсти, которая вполне уже владела Катею, когда ей было четырнадцать – пятнадцать лет. Я говорю об ее страстной любви к театру. Когда она приезжала к нам из института на каникулы и жила у нас, то ни о чем она не говорила с таким удовольствием и с таким жаром, как о пьесах и актерах. Своими постоянными разговорами о театре она утомляла нас. Жена и дети не слушали ее. У одного только меня не хватало мужества отказывать ей во внимании. Когда у нее являлось желание поделиться своими восторгами, она входила ко мне в кабинет и говорила умоляющим тоном:

– Николай Степаныч, позвольте мне поговорить с вами о театре!

Я показывал ей на часы и говорил:

– Даю тебе полчаса. Начинай.

Позднее она стала привозить с собою целыми дюжинами портреты актеров и актрис, на которых молилась; потом попробовала несколько раз участвовать в любительских спектаклях и в конце концов, когда кончила курс, объявила мне, что она родилась быть актрисой.

Я никогда не разделял театральных увлечений Кати. По-моему, если пьеса хороша, то, чтобы она произвела должное впечатление, нет надобности утруждать актеров: можно ограничиться одним только чтением. Если же пьеса плоха, то никакая игра не сделает ее хорошею.

В молодости я часто посещал театр, и теперь раза два в год семья берет ложу и возит меня «проветрить». Конечно, этого недостаточно, чтобы иметь право судить о театре, но я скажу о нем немного. По моему мнению, театр не стал лучше, чем он был тридцать – сорок лет назад. По-прежнему ни в театральных коридорах, ни в фойе я никак не могу найти стакан чистой воды. По-прежнему капельдинеры штрафуют меня за мою шубу на двугривенный, хотя в ношении теплого платья зимою нет ничего предосудительного. По-прежнему в антрактах играет без всякой надобности музыка, прибавляющая к впечатлению, получаемому от пьесы, еще новое, непрошеное. По-прежнему мужчины в антрактах ходят в буфет пить спиртные напитки. Если не видно прогресса в мелочах, то напрасно я стал бы искать его и в крупном. Когда актер, с головы до ног опутанный театральными традициями и предрассудками, старается читать простой, обыкновенный монолог «Быть или не быть» не просто, а почему-то непременно с шипением и с судорогами во всем теле или когда он старается убедить меня во что бы то ни стало, что Чацкий, разговаривающий много с дураками и любящий дуру, очень умный человек и что «Горе от ума» не скучная пьеса, то на меня от сцены веет тою же самой рутиной, которая скучна мне была еще сорок лет назад, когда меня угощали классическими завываниями и биением по персям. И всякий раз выхожу я из театра консервативным более, чем когда вхожу туда.

Сентиментальную и доверчивую толпу можно убедить в том, что театр в настоящем его виде есть школа. Но кто знаком со школой в истинном ее смысле, того на эту удочку не поймаешь. Не знаю, что будет через пятьдесят – сто лет, но при настоящих условиях театр может служить только развлечением. Но развлечение это слишком дорого для того, чтобы продолжать пользоваться им. Оно отнимает у государства тысячи молодых, здоровых и талантливых мужчин и женщин, которые, если бы не посвящали себя театру, могли бы быть хорошими врачами, хлебопашцами, учительницами, офицерами; оно отнимает у публики вечерние часы – лучшее время для умственного труда и товарищеских бесед. Не говорю уж о денежных затратах и о тех нравственных потерях, какие несет зритель, когда видит на сцене неправильно трактуемые убийство, прелюбодеяние или клевету.

Катя же была совсем другого мнения. Она уверяла меня, что театр, даже в настоящем его виде, выше аудиторий, выше книг, выше всего на свете. Театр – это сила, соединяющая в себе одной все искусства, а актеры – миссионеры. Никакое искусство и никакая наука в отдельности не в состоянии действовать так сильно и так верно на человеческую душу, как сцена, и недаром поэтому актер средней величины пользуется в государстве гораздо большею популярностью, чем самый лучший ученый или художник. И никакая публичная деятельность не может доставить такого наслаждения и удовлетворения, как сценическая.

И в один прекрасный день Катя поступила в труппу и уехала, кажется в Уфу, увезя с собою много денег, тьму радужных надежд и аристократические взгляды на дело.

Первые письма ее с дороги были удивительны. Я читал их и просто изумлялся, как это небольшие листки бумаги могут содержать в себе столько молодости, душевной чистоты, святой наивности и вместе с тем тонких, дельных суждений, которые могли бы сделать честь хорошему мужскому уму. Волгу, природу, города, которые она посещала, товарищей, свои успехи и неудачи она не описывала, а воспевала; каждая строчка дышала доверчивостью, какую я привык видеть на ее лице, – и при всем том масса грамматических ошибок, а знаков препинания почти совсем не было.

Не прошло и полгода, как я получил в высшей степени поэтическое и восторженное письмо, начинавшееся словами: «Я полюбила». К этому письму была приложена фотография, изображавшая молодого мужчину с бритым лицом, в широкополой шляпе и с пледом, перекинутым через плечо. Следующие затем письма были попрежнему великолепны, но уж показались в них знаки препинания, исчезли грамматические ошибки и сильно запахло от них мужчиною. Катя стала писать мне о том, что хорошо бы где-нибудь на Волге построить большой театр не иначе как на паях и привлечь к этому предприятию богатое купечество и пароходовладельцев; денег было бы много, сборы громадные, актеры играли бы на условиях товарищества… Может быть, все это и в самом деле хорошо, но мне кажется, что подобные измышления могут исходить только из мужской головы.

Как бы то ни было, полтора-два года, по-видимому, все обстояло благополучно: Катя любила, верила в свое дело и была счастлива; но потом в письмах я стал замечать явные признаки упадка. Началось с того, что Катя пожаловалась мне на своих товарищей – это первый и самый зловещий симптом; если молодой ученый или литератор начинает свою деятельность с того, что горько жалуется на ученых или литераторов, то это значит, что он уже утомился и не годен для дела. Катя писала мне, что ее товарищи не посещают репетиций и никогда не знают ролей; в постановке нелепых пьес и в манере держать себя на сцене видно у каждого из них полное неуважение к публике; в интересах сбора, о котором только и говорят, драматические актрисы унижаются до пения шансонеток, а трагики поют куплеты, в которых смеются над рогатыми мужьями и над беременностью неверных жен и т. д. В общем, надо изумляться, как это до сих пор не погибло еще провинциальное дело и как оно может держаться на такой тонкой и гнилой жилочке.

В ответ я послал Кате длинное и, признаться, очень скучное письмо. Между прочим я писал ей: «Мне нередко приходилось беседовать со стариками актерами, благороднейшими людьми, дарившими меня своим расположением; из разговоров с ними я мог понять, что их деятельностью руководят не столько их собственный разум и свобода, сколько мода и настроение общества; лучшим из них приходилось на своем веку играть и в трагедии, и в оперетке, и в парижских фарсах, и в феериях, и всегда одинаково им казалось, что они шли по прямому пути и приносили пользу. Значит, как видишь, причину зла нужно искать не в актерах, а глубже, в самом искусстве и в отношениях к нему всего общества». Это мое письмо только раздражило Катю. Она мне ответила: «Мы с вами поем из разных опер. Я вам писала не о благороднейших людях, которые дарили вас своим расположением, а о шайке пройдох, не имеющих ничего общего с благородством. Это табун диких людей, которые попали на сцену только потому, что их не приняли бы нигде в другом месте, и которые называют себя артистами только потому, что наглы. Ни одного таланта, но много бездарностей, пьяниц, интриганов, сплетников. Не могу вам высказать, как горько мне, что искусство, которое я так люблю, попало в руки ненавистных мне людей; горько, что лучшие люди видят зло только издали, не хотят подойти поближе и вместо того, чтоб вступиться, пишут тяжеловесным слогом общие места и никому не нужную мораль...» и так далее, все в таком роде.

Прошло еще немного времени, и я получил такое письмо: «Я бесчеловечно обманута. Не могу дольше жить. Распорядитесь моими деньгами, как это найдете нужным. Я любила вас, как отца и единственного моего друга. Простите».

Оказалось, что и ее *он* принадлежал тоже к «табуну диких людей». Впоследствии по некоторым намекам я мог догадаться, что было покушение на самоубийство. Кажется, Катя пробовала отравиться. Надо думать, что она потом была серьезно больна, так как следующее письмо я получил уже из Ялты, куда, по всей вероятности, ее послали доктора. Последнее письмо ее ко мне содержало в себе просьбу возможно скорее выслать ей в Ялту тысячу рублей, и оканчивалось оно так: «Извините, что письмо так мрачно. Вчера я похоронила своего ребенка». Прожив в Крыму около года, она вернулась домой.

Путешествовала она около четырех лет, и во все эти четыре года, надо сознаться, я играл по отношению к ней довольно незавидную и странную роль. Когда ранее она объявила мне, что идет в актрисы, и потом писала мне про свою любовь, когда ею периодически овладевал дух расточительности и мне то и дело приходилось, по ее требованию, высылать ей то тысячу, то две рублей, когда она писала мне о своем намерении умереть и потом о смерти ребенка, то всякий раз я терялся и все мое участие в ее судьбе выражалось только в том, что я много думал и писал длинные, скучные письма, которых я мог бы совсем не писать. А между тем ведь я заменял ей родного отца и любил ее, как дочь!

Теперь Катя живет в полуверсте от меня. Она наняла квартиру в пять комнат и обставилась довольно комфортабельно и с присущим ей вкусом. Если бы кто взялся нарисовать ее обстановку, то преобладающим настроением в картине получилась бы лень. Для ленивого тела – мягкие кушетки, мягкие табуретки, для ленивых ног – ковры, для ленивого зрения – линючие, тусклые или матовые цвета; для ленивой души – изобилие на стенах дешевых вееров и мелких картин, в которых оригинальность исполнения преобладает над содержанием, избыток столиков и полочек, уставленных совершенно ненужными и не имеющими цены вещами, бесформенные лоскутья вместо занавесей... Все это вместе с боязнью ярких цветов, симметрии и простора, помимо душевной лени, свидетельствует еще и об извращении естественного вкуса. По целым дням Катя лежит на кушетке и читает книги, преимущественно романы и повести. Из дому она выходит только раз в день, после полудня, чтобы повидаться со мной.

Я работаю, а Катя сидит недалеко от меня на диване, молчит и кутается в шаль, точно ей холодно. Оттого ли, что она симпатична мне, или оттого, что я привык к ее частым посещениям, когда она была еще девочкой, ее присутствие не мешает мне сосредоточиться. Изредка я задаю ей машинально какой-нибудь вопрос, она дает очень короткий ответ; или же, чтоб отдохнуть минутку, я оборачиваюсь к ней и гляжу, как она, задумавшись, просматривает какой-нибудь медицинский журнал или газету. И в это время я замечаю, что на лице ее уже нет прежнего выражения доверчивости. Выражение теперь холодное, безразличное, рассеянное, как у пассажиров, которым приходится долго ждать поезда. Одета она по-прежнему красиво и просто, но небрежно; видно, что платью и прическе немало достается от кушеток и качалок, на которых она лежит по целым дням. И уж она не любопытна, как была прежде. Вопросов она уж мне не задает, как будто все уж испытала в жизни и не ждет услышать ничего нового.

В исходе четвертого часа в зале и в гостиной начинается движение. Это из консерватории вернулась Лиза и привела с собою подруг. Слышно, как играют на рояли, пробуют голоса и хохочут; в столовой Егор накрывает на стол и стучит посудой.

– Прощайте, – говорит Катя. – Сегодня я не зайду к вашим. Пусть извинят. Некогда. Приходите.

Когда я провожаю ее до передней, она сурово оглядывает меня с головы до ног и говорит с досадой:

– А вы все худеете! Отчего не лечитесь? Я съезжу к Сергею Федоровичу и приглашу. Пусть вас посмотрит.

– Не нужно, Катя.

– Не понимаю, что ваша семья смотрит! Хороши, нечего сказать.

Она порывисто надевает свою шубку, и в это время из ее небрежно сделанной прически непременно падают на пол две-три шпильки. Поправлять прическу лень и некогда; она неловко прячет упавшие локоны под шапочку и уходит.

Когда я вхожу в столовую, жена спрашивает меня:

– У тебя была сейчас Катя? Отчего же она не зашла к нам? Это даже странно…

– Мама! – говорит ей укоризненно Лиза. – Если не хочет, то и бог с ней. Не на колени же нам становиться.

– Как хочешь, это пренебрежение. Сидеть в кабинете три часа и не вспомнить о нас. Впрочем, как ей угодно.

Варя и Лиза обе ненавидят Катю. Ненависть эта мне непонятна, и, вероятно, чтобы понимать ее, нужно быть женщиной. Я ручаюсь головою, что из тех полутораста молодых мужчин, которых я почти ежедневно вижу в своей аудитории, и из той сотни пожилых, которых мне приходится встречать каждую неделю, едва ли найдется хоть один такой, который умел бы понимать ненависть и отвращение к прошлому Кати, то есть к внебрачной беременности и к незаконному ребенку; и в то же время я никак не могу припомнить ни одной такой знакомой мне женщины или девушки, которая сознательно или инстинктивно не питала бы в себе этих чувств. И это не оттого, что женщина добродетельнее и чище мужчины, – ведь добродетель и чистота мало отличаются от порока, если они несвободны от злого чувства. Я объясняю это просто отсталостью женщин. Унылое чувство сострадания и боль совести, какие испытывает современный мужчина, когда видит несчастие, гораздо больше говорят мне о культуре и нравственном росте, чем ненависть и отвращение. Современная женщина так же слезлива и груба сердцем, как и в Средние века. И по-моему, вполне благоразумно поступают те, которые советуют ей воспитываться как мужчина.

Жена не любит Кати еще за то, что она была актрисой, за неблагодарность, за гордость, за эксцентричность и за все те многочисленные пороки, какие одна женщина всегда умеет находить в другой.

Кроме меня и моей семьи у нас обедают еще две-три подруги дочери и Александр Адольфович Гнеккер, поклонник Лизы и претендент на ее руку. Это молодой блондин, не старше тридцати лет, среднего роста, очень полный, широкоплечий, с рыжими бакенами около ушей и с нафабренными усиками, придающими его полному, гладкому лицу какое-то игрушечное выражение. Одет он в очень короткий пиджак, в цветную жилетку, в брюки с большими клетками, очень широкие сверху и очень узкие книзу, и в желтые ботинки без каблуков. Глаза у него выпуклые, рачьи, галстук похож на рачью шейку, и даже, мне кажется, весь этот молодой человек издает запах ракового супа. Бывает он у нас ежедневно, но никто в моей семье не знает, какого он происхождения, где учился и на какие средства живет. Он не играет и не поет, но имеет какое-то отношение и к музыке и к пению, продает где-то чьи-то рояли, бывает часто в консерватории, знаком со всеми знаменитостями и распоряжается на концертах; судит он о музыке с большим авторитетом, и, я заметил, с ним охотно все соглашаются.

Богатые люди имеют всегда около себя приживалов; науки и искусства тоже. Кажется, нет на свете такого искусства или науки, которые были бы свободны от присутствия «инородных тел» вроде этого г. Гнеккера. Я не музыкант и, быть может, ошибаюсь относительно Гнеккера, которого к тому же мало знаю. Но слишком уж кажутся мне подозрительными его авторитет и то достоинство, с каким он стоит около рояля и слушает, когда кто-нибудь поет или играет.

Будь вы сто раз джентльменом и тайным советником, но если у вас есть дочь, то вы ничем не гарантированы от того мещанства, которое часто вносят в ваш дом и в ваше настроение ухаживания, сватовство и свадьба. Я, например, никак не могу помириться с тем торжественным выражением, какое бывает у моей жены всякий раз, когда сидит у нас Гнеккер, не могу также помириться с теми бутылками лафита[1],

---

[1] Лафи́т – сорт вина.

портвейна и хереса, которые ставятся только ради него, чтобы он воочию убедился, как широко и роскошно мы живем. Не перевариваю я и отрывистого смеха Лизы, которому она научилась в консерватории, и ее манеры щурить глаза в то время, когда у нас бывают мужчины. А главное, я никак не могу понять, почему это ко мне каждый день ходит и каждый день со мною обедает существо, совершенно чуждое моим привычкам, моей науке, всему складу моей жизни, совершенно непохожее на тех людей, которых я люблю. Жена и прислуга таинственно шепчут, что «это жених», но я все-таки не понимаю его присутствия; оно возбуждает во мне такое же недоумение, как если бы со мною за стол посадили зулуса[1]. И мне также кажется странным, что моя дочь, которую я привык считать ребенком, любит этот галстук, эти глаза, эти мягкие щеки...

Прежде я любил обед или был к нему равнодушен, теперь же он не возбуждает во мне ничего, кроме скуки и раздражения. С тех пор, как я стал превосходительным и побывал в деканах факультета, семья моя нашла почему-то нужным совершенно изменить наше меню и обеденные порядки. Вместо тех простых блюд, к которым я привык, когда был студентом и лекарем, теперь меня кормят супом-пюре, в котором плавают какие-то белые сосульки, и почками в мадере. Генеральский чин и известность отняли у меня навсегда и щи, и вкусные пироги, и гуся с яблоками, и леща с кашей. Они же отняли у меня горничную Агашу, говорливую и смешливую старушку, вместо которой подает теперь обед Егор, тупой и надменный малый, с белой перчаткой на правой руке. Антракты коротки, но кажутся чрезмерно длинными, потому что их нечем наполнить. Уж нет прежней веселости, непринужденных разговоров, шуток, смеха, нет взаимных ласок и той радости, какая волновала детей, жену и меня, когда мы сходились, бывало, в столовой; для меня, занятого человека, обед был временем отдыха и свидания, а для жены и детей праздником, правда коротким, но светлым и радостным, когда они знали, что я на полчаса

[1] Зулу́с, зу́лу – представитель одного из народов Южно-Африканской Республики.

принадлежу не науке, не студентам, а только им одним и больше никому. Нет уже больше уменья пьянеть от одной рюмки, нет Агаши, нет леща с кашей, нет того шума, каким всегда встречались маленькие обеденные скандалы вроде драки под столом кошки с собакой или падения повязки с Катиной щеки в тарелку с супом.

Описывать теперешний обед так же невкусно, как есть его. На лице у жены торжественность, напускная важность и обычное выражение заботы. Она беспокойно оглядывает наши тарелки и говорит: «Я вижу, вам жаркое не нравится… Скажите: ведь не нравится?» И я должен отвечать: «Напрасно ты беспокоишься, милая, жаркое очень вкусно». А она: «Ты всегда за меня заступаешься, Николай Степаныч, и никогда не скажешь правды. Отчего же Александр Адольфович так мало кушал?» – и все в таком же роде в продолжение всего обеда. Лиза отрывисто хохочет и щурит глаза. Я гляжу на обеих, и только вот теперь за обедом для меня совершенно ясно, что внутренняя жизнь обеих давно уже ускользнула от моего наблюдения. У меня такое чувство, как будто когда-то я жил дома с настоящей семьей, а теперь обедаю в гостях у ненастоящей жены и вижу ненастоящую Лизу. Произошла в обеих резкая перемена, я прозевал тот долгий процесс, по которому эта перемена совершалась, и немудрено, что я ничего не понимаю. Отчего произошла перемена? Не знаю. Быть может, вся беда в том, что жене и дочери Бог не дал такой же силы, как мне. С детства я привык противостоять внешним влияниям и закалил себя достаточно; такие житейские катастрофы, как известность, генеральство, переход от довольства к жизни не по средствам, знакомства со знатью и проч., едва коснулись меня, и я остался цел и невредим; на слабых же, незакаленных жену и Лизу все это свалилось, как большая снеговая глыба, и сдавило их.

Барышни и Гнеккер говорят о фугах, контрапунктах, о певцах и пианистах, о Бахе и Брамсе, а жена, боясь, чтобы ее не заподозрили в музыкальном невежестве, сочувственно улыбается им и бормочет: «Это прелестно… Неужели? Скажите…» Гнеккер солидно кушает, солидно острит и снисходительно выслушивает замечания барышень. Изредка у него является желание поговорить на плохом французском языке, и тогда он почему-то находит нужным величать меня vorte excellence[1].

А я угрюм. Видимо, я всех их стесняю, а они стесняют меня. Никогда раньше я не был коротко знаком с сословным антагонизмом, но теперь меня мучает именно что-то вроде этого. Я стараюсь находить в Гнеккере одни только дурные черты, скоро нахожу их и терзаюсь, что на его жениховском месте сидит человек не моего круга. Присутствие его дурно влияет на меня еще и в другом отношении. Обыкновенно, когда я остаюсь сам с собою или бываю в обществе людей, которых люблю, я никогда не думаю о своих заслугах, а если начинаю думать, то они представляются мне такими ничтожными, как будто я стал ученым только вчера; в присутствии же таких людей, как Гнеккер, мои заслуги кажутся мне высочайшей горой, вершина которой исчезает в облаках, а у подножия шевелятся едва заметные для глаза Гнеккеры.

После обеда я иду к себе в кабинет и закуриваю там свою трубочку, единственную за весь день, уцелевшую от давно бывшей, скверной привычки дымить от утра до ночи. Когда я курю, ко мне входит жена и садится, чтобы поговорить со мной. Так же, как и утром, я заранее знаю, о чем у нас будет разговор.

– Надо бы нам с тобой поговорить серьезно, Николай Степаныч, – начинает она. – Я насчет Лизы… Отчего ты не обратишь внимания?

– То есть?

– Ты делаешь вид, что ничего не замечаешь, но это нехорошо. Нельзя быть беспечным… Гнеккер имеет насчет Лизы намерения… Что ты скажешь?

– Что он дурной человек, я не могу сказать, так как не знаю его, но что он мне не нравится, об этом я говорил тебе уже тысячу раз.

– Но так нельзя… нельзя…

Она встает и ходит в волнении.

---

[1] Ваше превосходительство (*фр.*).

– Так нельзя относиться к серьезному шагу… – говорит она. – Когда речь идет о счастье дочери, надо отбросить все личное. Я знаю, он тебе не нравится… Хорошо… Если мы откажем ему теперь, расстроим все, то чем ты поручишься, что Лиза всю жизнь не будет жаловаться на нас? Женихов теперь не бог весть сколько, и может случиться, что не представится другой партии… Он очень любит Лизу и, по-видимому, нравится ей… Конечно, у него нет определенного положения, но что же делать? Бог даст, со временем определится куда-нибудь. Он из хорошего семейства и богатый.

– Откуда тебе это известно?

– Он говорил. У его отца в Харькове большой дом и под Харьковом имение. Одним словом, Николай Степаныч, тебе непременно нужно съездить в Харьков.

– Зачем?

– Ты разузнаешь там… У тебя там есть знакомые профессора, они тебе помогут. Я бы сама поехала, но я женщина. Не могу…

– Не поеду я в Харьков, – говорю я угрюмо.

Жена пугается, и на лице ее появляется выражение мучительной боли.

– Ради бога, Николай Степаныч! – умоляет она меня, всхлипывая. – Ради бога, сними с меня эту тяжесть! Я страдаю!

Мне становится больно глядеть на нее.

– Хорошо, Варя, – говорю я ласково. – Если хочешь, то изволь, я съезжу в Харьков и сделаю все, что тебе угодно.

Она прижимает к глазам платок и уходит к себе в комнату плакать. Я остаюсь один.

Немного погодя приносят огонь. От кресел и лампового колпака ложатся на стены и пол знакомые, давно надоевшие тени, и когда я гляжу на них, мне кажется, что уже ночь и что уже начинается моя проклятая бессонница. Я ложусь в постель, потом встаю и хожу по комнате, потом опять ложусь… Обыкновенно после обеда, перед вечером, мое нервное возбуждение достигает своего высшего градуса. Я начинаю без причины плакать и прячу голову под подушку. В это время я боюсь, чтобы кто-нибудь не вошел, боюсь внезапно умереть, стыжусь своих слёз, и в общем получается в душе нечто нестерпимое. Я чувствую, что долее я не могу видеть ни своей лампы, ни книг, ни теней на полу, не могу слышать голосов, которые раздаются в гостиной. Какая-то невидимая и непонятная сила грубо толкает меня вон из моей квартиры. Я вскакиваю, торопливо одеваюсь и осторожно, чтоб не заметили домашние, выхожу на улицу. Куда идти?

Ответ на этот вопрос у меня давно уже сидит в мозгу: к Кате.

III

По обыкновению, она лежит на турецком диване или на кушетке и читает что-нибудь. Увидев меня, она лениво поднимает голову, садится и протягивает мне руку.

– А ты все лежишь, – говорю я, помолчав немного и отдохнув. – Это нездорово. Ты бы занялась чем-нибудь!

– А?

– Ты бы, говорю, занялась чем-нибудь.

– Чем? Женщина может быть только простой работницей или актрисой.

– Ну что ж? Если нельзя в работницы, иди в актрисы.

Молчит.

– Замуж бы выходила, – говорю я полушутя.

– Не за кого. Да и незачем.

– Так жить нельзя.

– Без мужа? Велика важность! Мужчин сколько угодно, была бы охота.

– Это, Катя, некрасиво.

– Что некрасиво?

– Да вот то, что ты сейчас сказала.

Заметив, что я огорчен, и желая сгладить дурное впечатление, Катя говорит:

– Пойдемте. Идите сюда. Вот.

Она ведет меня в маленькую, очень уютную комнатку и говорит, указывая на письменный стол:

– Вот… Я приготовила для вас. Тут вы будете заниматься. Приезжайте каждый день и привозите с собой работу. А там, дома, вам только мешают. Будете здесь работать? Хотите?

Чтобы не огорчить ее отказом, я отвечаю ей, что заниматься у нее буду и что комната мне очень нравится. Затем мы оба садимся в уютной комнатке и начинаем разговаривать.

Тепло, уютная обстановка и присутствие симпатичного человека возбуждают во мне теперь не чувство удовольствия, как прежде, а сильный позыв к жалобам и брюзжанию. Мне кажется почему-то, что если я поропщу и пожалуюсь, то мне станет легче.

– Плохо дело, моя милая! – начинаю я со вздохом. – Очень плохо…

– Что такое?

– Видишь ли, в чем дело, мой друг. Самое лучшее и самое святое право королей – это право помилования. И я всегда чувствовал себя королем, так как безгранично пользовался этим правом. Я никогда не судил, был снисходителен, охотно прощал всех направо и налево. Где другие протестовали и возмущались, там я только советовал и убеждал. Всю свою жизнь я старался только о том, чтобы мое общество было выносимо для семьи, студентов, товарищей, для прислуги. И такое мое отношение к людям, я знаю, воспитывало всех, кому приходилось быть около меня. Но теперь уж я не король. Во мне происходит нечто такое, что прилично только рабам, – в голове моей день и ночь бродят злые мысли, а в душе свили себе гнездо чувства, каких я не знал раньше. Я и ненавижу, и презираю, и негодую, и возмущаюсь, и боюсь. Я стал не в меру строг, требователен, раздражителен, нелюбезен, подозрителен. Даже то, что прежде давало мне повод только сказать лишний каламбур и добродушно посмеяться, родит во мне теперь тяжелое чувство. Изменилась во мне и моя логика: прежде я презирал только деньги, теперь же питаю злое чувство не к деньгам, а к богачам, точно они виноваты; прежде ненавидел насилие и произвол, а теперь ненавижу людей, употребляющих насилие, точно виноваты они одни, а не все мы, которые не умеем воспитывать друг друга. Что это значит? Если новые мысли и новые чувства произошли от перемены убеждений, то откуда могла взяться эта перемена? Разве мир стал хуже, а я лучше, или раньше я был слеп и равнодушен? Если же эта перемена произошла от общего упадка физических и умственных сил – я ведь болен и каждый день теряю в весе, – то положение мое жалко: значит, мои новые мысли ненормальны, нездоровы, я должен стыдиться их и считать ничтожными…

– Болезнь тут ни при чем, – перебивает меня Катя. – Просто у вас открылись глаза, вот и всё. Вы увидели то, чего раньше почему-то не хотели замечать. По-моему, прежде всего вам нужно окончательно порвать с семьей и уйти.

– Ты говоришь нелепости.

– Вы уж не любите их, что ж тут кривить душой? И разве это семья? Ничтожества! Умри они сегодня, и завтра же никто не заметит их отсутствия.

Катя презирает жену и дочь так же сильно, как те ее ненавидят. Едва ли можно в наше время говорить о праве людей презирать друг друга. Но если стать на точку зрения Кати и признать такое право существующим, то все-таки увидишь, что она имеет такое же право презирать жену и Лизу, как те ее ненавидеть.

– Ничтожества! – повторяет она. – Вы обедали сегодня? Как же это они не позабыли позвать вас в столовую? Как это они до сих пор помнят еще о вашем существовании?

– Катя, – говорю я строго, – прошу тебя замолчать.

– А вы думаете, мне весело говорить о них? Я была бы рада совсем их не знать. Слушайтесь же меня, мой дорогой, бросьте все и уезжайте. Поезжайте за границу. Чем скорее, тем лучше.

– Что за вздор! А университет?

– И университет тоже. Что он вам? Все равно никакого толку. Читаете вы уже тридцать лет, а где ваши ученики? Много ли у вас знаменитых ученых? Сочтите-ка! А чтобы размножать этих докторов, которые эксплоатируют невежество и наживают сотни тысяч, для этого не нужно быть талантливым и хорошим человеком. Вы лишний.

– Боже мой, как ты резка! – ужасаюсь я. – Как ты резка! Замолчи, иначе я уйду! Я не умею отвечать на твои резкости!

Входит горничная и зовет нас пить чай. Около самовара наш разговор, слава богу, меняется. После того, как я уже пожаловался, мне хочется дать волю другой своей старческой слабости – воспоминаниям. Я рассказываю Кате о своем прошлом и, к великому удивлению, сообщаю ей такие подробности, о каких я даже не подозревал, что они еще целы в моей памяти. А она слушает меня с умилением, с гордостью, притаив дыхание. Особенно я люблю рассказывать ей о том, как я когда-то учился в семинарии и как мечтал поступить в университет.

– Бывало, гуляю я по нашему семинарскому саду… – рассказываю я. – Донесет ветер из какого-нибудь далекого кабака пиликанье гармоники и песню или промчится мимо семинарского забора тройка с колоколами, и этого уже совершенно достаточно, чтобы чувство счастья вдруг наполнило не только грудь, но даже живот, ноги, руки… Слушаешь гармонику или затихающие колокола, а сам воображаешь себя врачом и рисуешь картины – одна другой лучше. И вот, как видишь, мечты мои сбылись. Я получил больше, чем смел мечтать. Тридцать лет я был любимым профессором, имел превосходных товарищей, пользовался почетною известностью. Я любил, женился по страстной любви, имел детей. Одним словом, если оглянуться назад, то вся моя жизнь представляется мне красивой, талантливо сделанной композицией. Теперь мне остается только не испортить финала. Для этого нужно умереть по-человечески. Если смерть в самом деле опасность, то нужно встретить ее так, как подобает это учителю, ученому и гражданину христианского государства, – бодро и со спокойной душой. Но я порчу финал. Я утопаю, бегу к тебе, прошу помощи, а ты мне: утопайте, это так и нужно.

Но вот в передней раздается звонок. Я и Катя узнаем его и говорим:

– Это, должно быть, Михаил Федорович.

И в самом деле, через минуту входит мой товарищ, филолог, Михаил Федорович, высокий, хорошо сложенный, лет пятидесяти, с густыми седыми волосами, с черными бровями и бритый. Это добрый человек и прекрасный товарищ. Происходит он от старинной дворянской фамилии, довольно счастливой и талантливой, играющей заметную роль в истории нашей литературы и просвещения. Сам он умен, талантлив, очень образован, но не без странностей. До некоторой степени все мы странны и все мы чудаки, но его странности представляют нечто исключительное и небезопасное для его знакомых. Между последними я знаю немало таких, которые за его странностями совершенно не видят его многочисленных достоинств.

Войдя к нам, он медленно снимает перчатки и говорит бархатным басом:

– Здравствуйте. Чай пьете? Это очень кстати. Адски холодно.

Затем он садится за стол, берет себе стакан и тотчас же начинает говорить. Самое характерное в его манере говорить – это постоянно шутливый тон, какая-то помесь философии с балагурством, как у шекспировских гробокопателей. Он всегда говорит о серьезном, но никогда не говорит серьезно. Суждения его всегда резки, бранчливы, но благодаря мягкому, ровному, шутливому тону как-то так выходит, что резкость и брань не режут уха и к ним скоро привыкаешь. Каждый вечер он приносит с собою штук пять-шесть анекдотов из университетской жизни и с них обыкновенно начинает, когда садится за стол.

– Ох, господи… – вздыхает он, насмешливо шевеля своими черными бровями. – Бывают же на свете такие комики!

– А что? – спрашивает Катя.

– Иду я сегодня с лекции и встречаю на лестнице этого старого идиота, нашего NN… Идет и, по обыкновению, выставил вперед свой лошадиный подбородок и ищет, кому бы пожаловаться на свой мигрень, на жену и на студентов, которые не хотят посещать его лекций. Ну, думаю, увидел меня – теперь погиб, пропало дело…

И так далее в таком роде. Или же он начинает так:

– Был вчера на публичной лекции нашего ZZ. Удивляюсь, как эта наша alma mater[1], не к ночи будь помянута, решается показывать публике таких балбесов и патентованных тупиц, как этот ZZ. Ведь это европейский дурак! Помилуйте, другого такого по всей Европе днем с огнем не сыщешь! Читает, можете себе представить, точно леденец сосет: сю-сю-сю… Струсил, плохо разбирает свою рукопись, мыслишки движутся еле-еле, со скоростью архимандрита, едущего на велосипеде, а главное, никак не разберешь, что он хочет сказать. Скучища страшная, мухи мрут. Эту скучищу можно сравнить только разве с тою, какая бывает у нас в актовом зале на годичном акте, когда читается традиционная речь, чтоб ее черт взял.

И тотчас же резкий переход:

– Года три тому назад, вот Николай Степанович помнит, пришлось мне читать эту речь. Жарко, душно, мундир давит под мышками – просто смерть! Читаю полчаса, час, полтора часа, два часа… Ну, думаю, слава богу, осталось еще только десять страниц. А в конце у меня были такие четыре страницы, что можно было совсем не читать, и я рассчитывал их выпустить. Значит, осталось, думаю, только шесть. Но, представьте, взглянул мельком вперед и вижу: в первом ряду сидят рядышком какой-то генерал с лентой и архиерей. Бедняги окоченели от скуки, таращат глаза, чтоб не уснуть, и все-таки тем не менее стараются изображать на своих лицах внимание и делают вид, что мое чтение им понятно и нравится. Ну, думаю, коли нравится, так нате же вам! Назло! Взял и прочел все четыре страницы.

Когда он говорит, то улыбаются у него, как вообще у насмешливых людей, одни только глаза и брови. В глазах у него в это время нет ни ненависти, ни злости, но много остроты и той особой лисьей хитрости, какую можно бывает подметить только у очень наблюдательных людей. Если продолжать говорить об его глазах, то я заметил еще одну их особенность. Когда он принимает от Кати стакан, или

---

[1] Мать-кормилица, здесь: университет *(лат.)*.

выслушивает ее замечание, или провожает ее взглядом, когда она зачем-нибудь ненадолго выходит из комнаты, то в его взгляде я замечаю что-то кроткое, молящееся, чистое…

Горничная убирает самовар и ставит на стол большой кусок сыру, фрукты и бутылку крымского шампанского, довольно плохого вина, которое Катя полюбила, когда жила в Крыму. Михаил Федорович берет с этажерки две колоды карт и раскладывает пасьянс. По его уверению, некоторые пасьянсы требуют большой сообразительности и внимания, но тем не менее все-таки, раскладывая их, он не перестает развлекать себя разговором. Катя внимательно следит за его картами и больше мимикой, чем словами, помогает ему. Вина за весь вечер она выпивает не больше двух рюмок, я выпиваю четверть стакана; остальная часть бутылки приходится на долю Михаила Федоровича, который может пить много и никогда не пьянеет.

За пасьянсом мы решаем разные вопросы, преимущественно высшего порядка, причем больше всего достается тому, что мы больше всего любим, то есть науке.

– Наука, слава богу, отжила свой век, – говорит Михаил Федорович с расстановкой. – Ее песня уже спета. Да-с. Человечество начинает уже чувствовать потребность заменить ее чем-нибудь другим. Выросла она на почве предрассудков, вскормлена предрассудками и составляет теперь такую же квинтэссенцию из предрассудков, как ее отжившие бабушки: алхимия, метафизика и философия. И в самом деле, что она дала людям? Ведь между учеными европейцами и китайцами, не имеющими у себя никаких наук, разница самая ничтожная, чисто внешняя. Китайцы не знали науки, но что они от этого потеряли?

– И мухи не знают науки, – говорю я, – но что же из этого?

– Вы напрасно сердитесь, Николай Степаныч. Я ведь это говорю здесь, между нами… Я осторожнее, чем вы думаете, и не стану говорить это публично, спаси бог! В массе живет предрассудок, что науки и искусства выше земледелия, торговли, выше ремесл. Наша секта кормится этим предрассудком, и не мне с вами разрушать его. Спаси бог!

За пасьянсом достается на орехи и молодежи.

– Измельчала нынче наша публика… – вздыхает Михаил Федорович. – Не говорю уже об идеалах и прочее, но хоть бы работать и мыслить умели толком! Вот уж именно: «Печально я гляжу на наше поколенье».

– Да, ужасно измельчали, – соглашается Катя. – Скажите, в последние пять – десять лет был ли у вас хоть один выдающийся?

– Не знаю, как у других профессоров, но у себя что-то не помню.

– Я видела на своем веку много студентов и ваших молодых ученых, много актеров… Что ж? Ни разу не сподобилась встретиться не только с героем или с талантом, но даже просто с интересным человеком. Все серо, бездарно, надуто претензиями…

Все эти разговоры об измельчании производят на меня всякий раз такое впечатление, как будто я нечаянно подслушал нехороший разговор о своей дочери. Мне обидно, что обвинения огульны и строятся на таких давно избитых общих местах, таких жупелах[1], как измельчание, отсутствие идеалов или ссылка на прекрасное прошлое. Всякое обвинение, даже если оно высказывается в дамском обществе, должно быть формулировано с возможною определенностью, иначе оно не обвинение, а пустое злословие, недостойное порядочных людей.

Я старик, служу уже тридцать лет, но не замечаю ни измельчания, ни отсутствия идеалов и не нахожу, чтобы теперь было хуже, чем прежде. Мой швейцар, Николай, опыт которого в данном случае имеет свою цену, говорит, что нынешние студенты не лучше и не хуже прежних.

Если бы меня спросили, что мне не нравится в теперешних моих учениках, то я ответил бы на это не сразу и не много, но с достаточной определенностью. Недостатки их я знаю, и мне поэтому нет надобности прибегать к туману общих мест. Мне не нравится, что они курят табак, употребляют спиртные напитки и поздно женятся; что они беспечны и часто равнодушны до такой степени, что терпят в

---

[1] Жу́пел – нечто внушающее страх, отвращение; то, чем пугают.

своей среде голодающих и не платят долгов в общество вспомоществования студентам. Они не знают новых языков и неправильно выражаются по-русски; не дальше как вчера мой товарищ, гигиенист, жаловался мне, что ему приходится читать вдвое больше, так как они плохо знают физику и совершенно незнакомы с метеорологией. Они охотно поддаются влиянию писателей новейшего времени, даже не лучших, но совершенно равнодушны к таким классикам, как, например, Шекспир, Марк Аврелий, Епиктет или Паскаль, и в этом неуменье отличать большое от малого наиболее всего сказывается их житейская непрактичность. Все затруднительные вопросы, имеющие более или менее общественный характер (например, переселенческий), они решают подписными листами, но не путем научного исследования и опыта, хотя последний путь находится в полном их распоряжении и наиболее соответствует их назначению. Они охотно становятся ординаторами, ассистентами, лаборантами, экстернами и готовы занимать эти места до сорока лет, хотя самостоятельность, чувство свободы и личная инициатива в науке не меньше нужны, чем, например, в искусстве или торговле. У меня есть ученики и слушатели, но нет помощников и наследников, и потому я люблю их и умиляюсь, но не горжусь ими. И т. д., и т. д...

Подобные недостатки, как бы много их ни было, могут породить пессимистическое или бранчливое настроение только в человеке малодушном и робком. Все они имеют случайный, переходящий характер и находятся в полной зависимости от жизненных условий; достаточно каких-нибудь десяти лет, чтобы они исчезли или уступили свое место другим, новым недостаткам, без которых не обойтись и которые в свою очередь будут пугать малодушных. Студенческие грехи досаждают мне часто, но эта досада ничто в сравнении с тою радостью, какую я испытываю уже тридцать лет, когда беседую с учениками, читаю им, приглядываюсь к их отношениям и сравниваю их с людьми не их круга.

Михаил Федорович злословит, Катя слушает, и оба не замечают, в какую глубокую пропасть мало-помалу втягивает их такое, по-видимому, невинное развлечение, как осуждение ближних. Они не чувствуют, как простой разговор постепенно переходит в глумление и в издевательство и как оба они начинают пускать в ход даже клеветнические приемы.

– Уморительные попадаются субъекты, – говорит Михаил Федорович. – Вчера прихожу я к нашему Егору Петровичу и застаю там студиоза, из ваших же медиков, третьего курса кажется. Лицо этакое… в добролюбовском стиле, на лбу печать глубокомыслия. Разговорились. «Такие-то дела, – говорю, – молодой человек. Читал я, – говорю, – что какой-то немец – забыл его фамилию – добыл из человеческого мозга новый алкалоид – идиотин». Что ж вы думаете? Поверил и даже на лице своем уважение изобразил: знай, мол, наших! А то намедни прихожу я в театр. Сажусь. Как раз впереди меня, в следующем ряду, сидят каких-то два: один «из насих» и, по-видимому, юрист, другой, лохматый – медик. Медик пьян как сапожник. На сцену – ноль внимания. Знай себе дремлет да носом клюет. Но как только какой-нибудь актер начнет громко читать монолог или просто возвысит голос, мой медик вздрагивает, толкает своего соседа в бок и спрашивает: «Что он говорит? Бла-а-родно?» – «Благородно, – отвечает «из насих». – «Брраво! – орет медик. – Бла-а-родно! Браво!» Он, видите ли, дубина пьяная, пришел в театр не за искусством, а за благородством. Ему благородство нужно.

А Катя слушает и смеется. Хохот у нее какой-то странный: вдыхания быстро и ритмически правильно чередуются с выдыханиями – похоже на то, как будто она играет на гармонике, – и на лице при этом смеются одни только ноздри. Я же падаю духом и не знаю, что говорить. Выйдя из себя, я вспыхиваю, вскакиваю с места и кричу:

– Замолчите, наконец! Что вы сидите тут, как две жабы, и отравляете воздух своими дыханиями? Довольно!

И, не дождавшись, когда они кончат злословить, я собираюсь уходить домой. Да уж и пора: одиннадцатый час.

– А я еще посижу немножко, – говорит Михаил Федорович. – Позволяете, Екатерина Владимировна?

– Позволяю, – отвечает Катя.

– Bene[1]. В таком случае прикажите подать еще бутылочку.

Оба провожают меня со свечами в переднюю, и, пока я надеваю шубу, Михаил Федорович говорит:

– В последнее время вы ужасно похудели и состарились, Николай Степанович. Что с вами? Больны?

– Да, болен немножко.

– И не лечится... – угрюмо вставляет Катя.

– Отчего же не лечитесь? Как можно так? Береженого, милый человек, Бог бережет. Кланяйтесь вашим и извинитесь, что не бываю. На днях, перед отъездом за границу, приду проститься. Непременно! На будущей неделе уезжаю.

Выхожу я от Кати раздраженный, напуганный разговорами о моей болезни и недовольный собою. Я себя спрашиваю: в самом деле, не полечиться ли у кого-нибудь из товарищей? И тотчас же я воображаю, как товарищ, выслушав меня, отойдет молча к окну, подумает, потом обернется ко мне и, стараясь, чтобы я не прочел на его лице правды, скажет равнодушным тоном: «Пока не вижу ничего особенного, но все-таки, коллега, я советовал бы вам прекратить занятия»... И это лишит меня последней надежды.

У кого нет надежд? Теперь, когда я сам ставлю себе диагноз и сам лечу себя, временами я надеюсь, что меня обманывает мое невежество, что я ошибаюсь и насчет белка и сахара, которые нахожу у себя, и насчет сердца, и насчет тех отеков, которые уже два раза видел у себя по утрам; когда я с усердием ипохондрика перечитываю учебники терапии и ежедневно меняю лекарства, мне все кажется, что я набреду на что-нибудь утешительное. Мелко все это.

Покрыто ли небо тучами или сияют на нем луна и звезды, я всякий раз, возвращаясь, гляжу на него и думаю о том, что скоро меня возьмет смерть. Казалось бы, в это время мысли мои должны быть глубоки, как небо, ярки, поразительны... Но нет! Я думаю о себе

---

[1] Хорошо *(лат.)*.

самом, о жене, Лизе, Гнеккере, о студентах, вообще о людях; думаю нехорошо, мелко, хитрю перед самим собою, и в это время мое миросозерцание может быть выражено словами, которые знаменитый Аракчеев сказал в одном из своих интимных писем: «Все хорошее в свете не может быть без дурного, и всегда более худого, чем хорошего». То есть все гадко, не для чего жить, а те шестьдесят два года, которые уже прожиты, следует считать пропащими. Я ловлю себя на этих мыслях и стараюсь убедить себя, что они случайны, временны и сидят во мне неглубоко, но тотчас же я думаю: «Если так, то зачем же каждый вечер тебя тянет к тем двум жабам?»

И я даю себе клятву больше никогда не ходить к Кате, хотя и знаю, что завтра же опять пойду к ней.

Дергая у своей двери за звонок и потом идя вверх по лестнице, я чувствую, что у меня уже нет семьи и нет желания вернуть ее. Ясно, что новые, аракчеевские мысли сидят во мне не случайно и не временно, а владеют всем моим существом. С больною совестью, унылый, ленивый, едва двигая членами, точно во мне прибавилась тысяча пудов весу, я ложусь в постель и скоро засыпаю.

А потом – бессонница…

IV

Наступает лето, и жизнь меняется.

В одно прекрасное утро входит ко мне Лиза и говорит шутливым тоном:

– Пойдемте, ваше превосходительство. Готово. Мое превосходительство ведут на улицу, сажают на извозчика и везут. Я еду и от нечего делать читаю вывески справа налево. Из слова «трактир» выходит «риткарт». Это годилось бы для баронской фамилии: баронесса Риткарт. Далее еду по полю мимо кладбища, которое не производит на меня ровно никакого впечатления, хотя я скоро буду лежать на нем; потом еду лесом и опять полем. Ничего интересного. После двухчасовой езды мое превосходительство ведут в нижний этаж дачи и помещают его в небольшой, очень веселенькой комнатке с голубыми обоями.

Ночью по-прежнему бессонница, но утром я уже не бодрствую и не слушаю жены, а лежу в постели. Я не сплю, а переживаю сонливое состояние, полузабытье, когда знаешь, что не спишь, но видишь сны. В полдень я встаю и сажусь по привычке за свой стол, но уж не работаю, а развлекаю себя французскими книжками в желтых обложках, которые присылает мне Катя. Конечно, было бы патриотичнее читать русских авторов, но, признаться, я не питаю к ним особенного расположения. Исключая двух-трех стариков, вся нынешняя литература представляется мне не литературой, а в своем роде кустарным промыслом, существующим только для того, чтобы его поощряли, но неохотно пользовались его изделиями. Самое лучшее из кустарных изделий нельзя назвать замечательным и нельзя искренно похвалить его без *но;* то же самое следует сказать и о всех тех литературных новинках, которые я прочел в последние десять – пятнадцать лет, – ни одной замечательной, и не обойдешься без *но.* Умно, благородно, но не талантливо; талантливо, благородно, но не умно, или, наконец, – талантливо, умно, но не благородно.

Я не скажу, чтобы французские книжки были и талантливы, и умны, и благородны. И они не удовлетворяют меня. Но они не так скучны, как русские, и в них не редкость найти главный элемент творчества – чувство личной свободы, чего нет у русских авторов. Я не помню ни одной такой новинки, в которой автор с первой же страницы не постарался бы опутать себя всякими условностями и контрактами со своею совестью. Один боится говорить о голом теле, другой связал себя по рукам и по ногам психологическим анализом, третьему нужно «теплое отношение к человеку», четвертый нарочно целые страницы размазывает описаниями природы, чтобы не быть заподозренным в тенденциозности... Один хочет быть в своих произведениях непременно мещанином, другой непременно дворянином и т. д. Умышленность, осторожность, себе на уме, но нет ни свободы, ни мужества писать, как хочется, а стало быть, нет и творчества.

Все это относится к так называемой изящной словесности.

Что же касается русских серьезных статей, например по социологии, по искусству и проч., то я не читаю их просто из робости. В детстве и в юности я почему-то питал страх к швейцарам и к театральным капельдинерам, и этот страх остался у меня до сих пор. Я и теперь боюсь их. Говорят, что кажется страшным только то, что непонятно. И в самом деле, очень трудно понять, отчего швейцары и капельдинеры так важны, надменны и величаво невежливы. Читая серьезные статьи, я чувствую точно такой же неопределенный страх. Необычайная важность, игривый генеральский тон, фамильярное обращение с иностранными авторами, уменье с достоинством переливать из пустого в порожнее – все это для меня непонятно, страшно, и все это не похоже на скромность и джентльменский покойный тон, к которым я привык, читая наших писателей-врачей и естественников. Не только статьи, но мне тяжело читать даже переводы, которые делают или редактируют русские серьезные люди. Чванный, благосклонный тон предисловий, изобилие примечаний от переводчика, мешающих мне сосредоточиться, знаки вопроса и sic [1] в скобках, разбросанные щедрым переводчиком по всей статье или книге, представляются мне покушением и на личность автора, и на мою читательскую самостоятельность.

Как-то раз я был приглашен экспертом в окружной суд; в антракте один из моих товарищей-экспертов обратил мое внимание на грубое отношение прокурора к подсудимым, среди которых были две интеллигентные женщины. Мне кажется, я нисколько не преувеличил, ответив товарищу, что это отношение не грубее тех, какие существуют у авторов серьезных статей друг к другу. В самом деле, эти отношения так грубы, что о них можно говорить только с тяжелым чувством. Друг к другу и к тем писателям, которых они критикуют, относятся они или излишне почтительно, не щадя своего достоинства, или же, наоборот, третируют их гораздо смелее, чем я в

1 Так (лат.). Это слово указывает на желание автора привлечь внимание к данному месту в тексте.

этих записках и мыслях своего будущего зятя Гнеккера. Обвинения в невменяемости, в нечистоте намерений и даже во всякого рода уголовщине составляют обычное украшение серьезных статей. А это уж, как любят выражаться в своих статейках молодые врачи, ultima ratio[1]! Такие отношения неминуемо должны отражаться на нравах молодого поколения пишущих, и поэтому я нисколько не удивляюсь, что в тех новинках, какие приобрела в последние десять – пятнадцать лет наша изящная словесность, герои пьют много водки, а героини недостаточно целомудренны.

Я читаю французские книжки и поглядываю на окно, которое открыто; мне видны зубцы моего палисадника, два-три тощих деревца, а там дальше, за палисадником, дорога, поле, потом широкая полоса хвойного леса. Часто я любуюсь, как какие-то мальчик и девочка, оба беловолосые и оборванные, карабкаются на палисадник и смеются над моей лысиной. В их блестящих глазенках я читаю: «Гляди, плешивый!» Это едва ли не единственные люди, которым нет никакого дела ни до моей известности, ни до чина.

Посетители теперь бывают у меня не каждый день. Упомяну только о посещениях Николая и Петра Игнатьевича. Николай приходит обыкновенно ко мне по праздникам, как будто за делом, но больше затем, чтоб повидаться. Приходит он сильно навеселе, чего с ним никогда не бывает зимою.

– Что скажешь? – спрашиваю я, выходя к нему в сени.

– Ваше превосходительство! – говорит он, прижимая руку к сердцу и глядя на меня с восторгом влюбленного. – Ваше превосходительство! Накажи меня Бог! Убей гром на этом месте! Гаудеамус игитур ювенестус[2]!

И он жадно целует меня в плечи, в рукава, в пуговицы.

---

[1] Последний довод *(лат.)*.

[2] Искаженное начало старинного студенческого гимна: Gaudeamus igitur, juvenes dum sumus! – «Будем веселиться, пока молоды!» *(лат.)*.

– Все у нас там благополучно? – спрашиваю я его.

– Ваше превосходительство! Как перед истинным…

Он не перестает божиться без всякой надобности, скоро наскучает мне, и я отсылаю его в кухню, где ему подают обедать. Петр Игнатьевич приезжает ко мне тоже по праздникам специально затем, чтобы проведать и поделиться со мною мыслями. Сидит он у меня обыкновенно около стола, скромный, чистенький, рассудительный, не решаясь положить ногу на ногу или облокотиться о стол; и все время он тихим, ровным голоском, гладко и книжно рассказывает мне разные, по его мнению, очень интересные и пикантные новости, вычитанные им из журналов и книжек. Все эти новости похожи одна на другую и сводятся к такому типу: один француз сделал открытие, другой – немец – уличил его, доказав, что это открытие было сделано еще в 1870 году каким-то американцем, а третий – тоже немец – перехитрил обоих, доказав им, что оба они опростоволосились, приняв под микроскопом шарики воздуха за темный пигмент. Петр Игнатьевич, даже когда хочет рассмешить меня, рассказывает длинно, обстоятельно, точно защищает диссертацию, с подробным перечислением литературных источников, которыми он пользовался, стараясь не ошибиться ни в числах, ни в номерах журналов, ни в именах, причем говорит не просто Пти, а непременно Жан Жак Пти. Случается, что он остается у нас обедать, и тогда в продолжение всего обеда он рассказывает все те же пикантные истории, наводящие уныние на всех обедающих. Если Гнеккер и Лиза заводят при нем речь о фугах и контрапунктах, о Брамсе и Бахе, то он скромно потупляет взоры и конфузится; ему стыдно, что в присутствии таких серьезных людей, как я и он, говорят о таких пошлостях.

При теперешнем моем настроении достаточно пяти минут, чтобы он надоел мне так, как будто я вижу и слушаю его уже целую вечность. Я ненавижу беднягу. От его тихого, ровного голоса и книжного языка я чахну, от рассказов тупею… Он питает ко мне самые хорошие чувства и говорит со мною только для того, чтобы доставить мне удовольствие, а я плачу ему тем, что в упор гляжу на него, точно хочу его загипнотизировать, и думаю: «Уйди, уйди, уйди...». Но он не поддается мысленному внушению и сидит, сидит, сидит...

Пока он сидит у меня, я никак не могу отделаться от мысли: «Очень возможно, что, когда я умру, его назначат на мое место», и моя бедная аудитория представляется мне оазисом, в котором высох ручей, и я с Петром Игнатьевичем нелюбезен, молчалив, угрюм, как будто в подобных мыслях виноват он, а не я сам. Когда он начинает, по обычаю, превозносить немецких ученых, я уж не подшучиваю добродушно, как прежде, а угрюмо бормочу:

– Ослы ваши немцы...

Это похоже на то, как покойный профессор Никита Крылов, купаясь однажды с Пироговым в Ревеле и рассердившись на воду, которая была очень холодна, выбранился: «Подлецы немцы!» Веду я себя с Петром Игнатьевичем дурно, и только когда он уходит и я вижу, как в окне за палисадником мелькает его серая шляпа, мне хочется окликнуть его и сказать: «Простите меня, голубчик!»

Обед у нас проходит скучнее, чем зимою. Тот же Гнеккер, которого я теперь ненавижу и презираю, обедает у меня почти каждый день. Прежде я терпел его присутствие молча, теперь же я отпускаю по его адресу колкости, заставляющие краснеть жену и Лизу. Увлекшись злым чувством, я часто говорю просто глупости и не знаю, зачем говорю их. Так случилось однажды, я долго глядел с презрением на Гнеккера и ни с того ни с сего выпалил:

Орлам случается и ниже кур спускаться,

Но курам никогда до облак не подняться![1]

И досаднее всего, что курица Гнеккер оказывается гораздо умнее орла-профессора. Зная, что жена и дочь на его стороне, он держится такой тактики: отвечает на мои колкости снисходительным молчанием (спятил, мол, старик – что с ним разговаривать?) или же добродушно подшучивает надо мной. Нужно удивляться, до какой

---

[1] Из басни И. А. Крылова «Орел и куры».

степени может измельчать человек! Я в состоянии в продолжение всего обеда мечтать о том, как Гнеккер окажется авантюристом, как Лиза и жена поймут свою ошибку и как я буду дразнить их, – подобные нелепые мечты в то время, когда одною ногой я стою уже в могиле!

Бывают теперь и недоразумения, о которых я прежде имел понятие только понаслышке. Как мне ни совестно, но опишу одно из них, случившееся на днях после обеда.

Я сижу у себя в комнате и курю трубочку. Входит, по обыкновению, жена, садится и начинает говорить о том, что хорошо бы теперь, пока тепло и есть свободное время, съездить в Харьков и разузнать там, что за человек наш Гнеккер.

– Хорошо, съезжу… – соглашаюсь я.

Жена, довольная мною, встает и идет к двери, но тотчас же возвращается и говорит:

– Кстати, еще одна просьба. Я знаю, ты рассердишься, но моя обязанность предупредить тебя… Извини, Николай Степаныч, но все наши знакомые и соседи стали уж поговаривать о том, что ты очень часто бываешь у Кати. Она умная, образованная, я не спорю, с ней приятно провести время, но в твои годы и с твоим общественным положением как-то, знаешь, странно находить удовольствие в ее обществе… К тому же у нее такая репутация, что…

Вся кровь вдруг отливает от моего мозга, из глаз сыплются искры, я вскакиваю и, схватив себя за голову, топоча ногами, кричу не своим голосом:

– Оставьте меня! Оставьте меня! Оставьте!

Вероятно, лицо мое ужасно, голос странен, потому что жена вдруг бледнеет и громко вскрикивает каким-то тоже не своим, отчаянным голосом. На наш крик вбегают Лиза, Гнеккер, потом Егор…

– Оставьте меня! – кричу я. – Вон! Оставьте!

Ноги мои немеют, точно их нет совсем, я чувствую, как падаю на чьи-то руки, потом недолго слышу плач и погружаюсь в обморок, который длится часа два-три.

Теперь о Кате. Она бывает у меня каждый день перед вечером, и этого, конечно, не могут не заметить ни соседи, ни знакомые. Она приезжает на минутку и увозит меня с собой кататься. У нее своя лошадь и новенький шарабан, купленный этим летом. Вообще живет она на широкую ногу: наняла дорогую дачу-особняк с большим садом и перевезла в нее всю свою городскую обстановку, имеет двух горничных, кучера...

Часто я спрашиваю ее:

– Катя, чем ты будешь жить, когда промотаешь отцовские деньги?

– Там увидим, – отвечает она.

– Эти деньги, мой друг, заслуживают более серьезного отношения к ним. Они нажиты хорошим человеком, честным трудом.

– Об этом вы уже говорили мне. Знаю.

Сначала мы едем по полю, потом по хвойному лесу, который виден из моего окна. Природа по-прежнему кажется мне прекрасною, хотя бес и шепчет мне, что все эти сосны и ели, птицы и белые облака на небе через три или четыре месяца, когда я умру, не заметят моего отсутствия. Кате нравится править лошадью и приятно, что погода хороша и что я сижу рядом с нею. Она в духе и не говорит резкостей.

– Вы очень хороший человек, Николай Степаныч, – говорит она. – Вы редкий экземпляр, и нет такого актера, который сумел бы сыграть вас. Меня или, например, Михаила Федорыча сыграет даже плохой актер, а вас никто. И я вам завидую, страшно завидую! Ведь что я изображаю из себя? Что?

Она минуту думает и спрашивает меня:

– Николай Степаныч, ведь я отрицательное явление? Да?

– Да, – отвечаю я.

– Гм... Что же мне делать?

Что ответить ей? Легко сказать «трудись», или «раздай свое имущество бедным», или «познай самого себя», и потому, что это легко сказать, я не знаю, что ответить.

Мои товарищи, терапевты, когда учат лечить, советуют «индивидуализировать каждый отдельный случай». Нужно послушаться этого совета, чтобы убедиться, что средства, рекомендуемые в учебниках за самые лучшие и вполне пригодные для шаблона, оказываются совершенно негодными в отдельных случаях. То же самое и в нравственных недугах.

Но ответить что-нибудь нужно, и я говорю:

– У тебя, мой друг, слишком много свободного времени. Тебе необходимо заняться чем-нибудь. В самом деле, отчего бы тебе опять не поступить в актрисы, если есть призвание?

– Не могу.

– Тон и манера у тебя таковы, как будто ты жертва. Это мне не нравится, друг мой. Сама ты виновата. Вспомни, ты начала с того, что рассердилась на людей и на порядки, но ничего не сделала, чтобы те и другие стали лучше. Ты не боролась со злом, а утомилась, и ты жертва не борьбы, а своего бессилия. Ну, конечно, тогда ты была молода, неопытна, теперь же все может пойти иначе. Право, поступай! Будешь ты трудиться, служить святому искусству…

– Не лукавьте, Николай Степаныч, – перебивает меня Катя. – Давайте раз навсегда условимся: будем говорить об актерах, об актрисах, писателях, но оставим в покое искусство. Вы прекрасный, редкий человек, но не настолько понимаете искусство, чтобы по совести считать его святым. К искусству у вас нет ни чутья, ни слуха. Всю жизнь вы были заняты, и вам некогда было приобретать это чутье. Вообще… я не люблю этих разговоров об искусстве! – продолжает она нервно. – Не люблю! И так уж опошлили его, благодарю покорно!

– Кто опошлил?

– Те опошлили его пьянством, газеты – фамильярным отношением, умные люди – философией.

– Философия тут ни при чем.

– При чем. Если кто философствует, то это значит, что он не понимает.

Чтобы дело не дошло до резкостей, я спешу переменить разговор и потом долго молчу. Только когда мы выезжаем из леса и направляемся к Катиной даче, я возвращаюсь к прежнему разговору и спрашиваю:

– Ты все-таки не ответила мне: отчего ты не хочешь идти в актрисы?

– Николай Степаныч, это, наконец, жестоко! – вскрикивает она и вдруг вся краснеет. – Вам хочется, чтобы я вслух сказала правду? Извольте, если это... это вам нравится! Таланта у меня нет! Таланта нет и... и много самолюбия! Вот!

Сделав такое признание, она отворачивает от меня лицо и, чтобы скрыть дрожь в руках, сильно дергает за вожжи.

Подъезжая к ее даче, мы уже издали видим Михаила Федоровича, который гуляет около ворот и нетерпеливо поджидает нас.

– Опять этот Михаил Федорыч! – говорит Катя с досадой. – Уберите его от меня, пожалуйста! Надоел, выдохся... Ну его!

Михаилу Федоровичу давно уже нужно ехать за границу, но он каждую неделю откладывает свой отъезд. В последнее время с ним произошли кое-какие перемены: он как-то осунулся, стал хмелеть от вина, чего с ним раньше никогда не бывало, и его черные брови начинают седеть. Когда наш шарабан останавливается у ворот, он не скрывает своей радости и своего нетерпения. Он суетливо высаживает Катю и меня, торопится задавать вопросы, смеется, потирает руки, и то кроткое, молящееся, чистое, что я прежде замечал только в его взгляде, теперь разлито по всему его лицу. Он радуется, и в то же время ему стыдно своей радости, стыдно этой привычки бывать у Кати каждый вечер, и он находит нужным мотивировать свой приезд какою-нибудь очевидною нелепостью, вроде: «Ехал мимо по делу и дай, думаю, заеду на минуту».

Все трое мы идем в комнаты; сначала пьем чай, потом на столе появляются давно знакомые мне две колоды карт, большой кусок сыру, фрукты и бутылка крымского шампанского. Темы для разговоров у нас не новы, все те же, что были и зимою. Достается и университету, и студентам, и литературе, и театру; воздух от злословия становится гуще, душнее, и отравляют его своими дыханиями уже не две жабы, как зимою, а целых три. Кроме бархатного, баритонного смеха и хохота, похожего на гармонику, горничная, которая служит нам, слышит еще неприятный, дребезжащий смех, каким в водевилях смеются генералы: хе-хе-хе…

V

Бывают страшные ночи с громом, молнией, дождем и ветром, которые в народе называются воробьиными. Одна точно такая же воробьиная ночь была и в моей личной жизни…

Я просыпаюсь после полуночи и вдруг вскакиваю с постели. Мне почему-то кажется, что я сейчас внезапно умру. Почему кажется? В теле нет ни одного такого ощущения, которое указывало бы на скорый конец, но душу мою гнетет такой ужас, как будто я вдруг увидел громадное зловещее зарево.

Я быстро зажигаю огонь, пью воду прямо из графина, потом спешу к открытому окну. Погода на дворе великолепная. Пахнет сеном и чем-то еще очень хорошим. Видны мне зубцы палисадника, сонные тощие деревца у окна, дорога, темная полоса леса; на небе спокойная, очень яркая луна и ни одного облака. Тишина, не шевельнется ни один лист. Мне кажется, что все смотрит на меня и прислушивается, как я буду умирать…

Жутко. Закрываю окно и бегу к постели. Щупаю у себя пульс и, не найдя на руке, ищу его в висках, потом в подбородке и опять на руке, и все это у меня холодно, склизко от пота. Дыхание становится все чаще и чаще, тело дрожит, все внутренности в движении, на лице и на лысине такое ощущение, как будто на них садится паутина.

Что делать? Позвать семью? Нет, не нужно. Я не понимаю, что будут делать жена и Лиза, когда войдут ко мне.

Я прячу голову под подушку, закрываю глаза и жду, жду… Спине моей холодно, она точно втягивается вовнутрь, и такое у меня чувство, как будто смерть подойдет ко мне непременно сзади, потихоньку…

– Киви-киви! – раздается вдруг писк в ночной тишине, и я не знаю, где это: в моей груди или на улице?

– Киви-киви!

Боже мой, как страшно! Выпил бы еще воды, но уж страшно открыть глаза и боюсь поднять голову. Ужас у меня безотчетный, животный, и я никак не могу понять, отчего мне страшно: оттого ли, что хочется жить, или оттого, что меня ждет новая, еще не изведанная боль?

Наверху, за потолком, кто-то не то стонет, не то смеется... Прислушиваюсь. Немного погодя на лестнице раздаются шаги. Кто-то торопливо идет вниз, потом опять наверх. Через минуту шаги опять раздаются внизу; кто-то останавливается около моей двери и прислушивается.

– Кто там? – кричу я.

Дверь отворяется, я смело открываю глаза и вижу жену. Лицо у нее бледно и глаза заплаканы.

– Ты не спишь, Николай Степаныч? – спрашивает она.

– Что тебе?

– Ради бога, сходи к Лизе и посмотри на нее. С ней что-то делается...

– Хорошо... с удовольствием... – бормочу я, очень довольный тем, что я не один. – Хорошо... Сию минуту.

Я иду за своей женой, слушаю, что она говорит мне, и ничего не понимаю от волнения. По ступеням лестницы прыгают светлые пятна от ее свечи, дрожат наши длинные тени, ноги мои путаются в полах халата, я задыхаюсь, и мне кажется, что за мной что-то гонится и хочет схватить меня за спину. «Сейчас умру здесь, на этой лестнице, – думаю я. – Сейчас...» Но вот миновали лестницу, темный коридор с итальянским окном и входим в комнату Лизы. Она сидит на постели в одной сорочке, свесив босые ноги, и стонет.

– Ах, боже мой... ах, боже мой! – бормочет она, жмурясь от нашей свечи. – Не могу, не могу...

– Лиза, дитя мое, – говорю я, – что с тобой?

Увидев меня, она вскрикивает и бросается мне на шею.

– Папа мой добрый... – рыдает она, – папа мой хороший... Крошечка мой, миленький... Я не знаю, что со мною... Тяжело!

Она обнимает меня, целует и лепечет ласкательные слова, какие я слышал от нее, когда она была еще ребенком.

– Успокойся, дитя мое, бог с тобой, – говорю я. – Не нужно плакать. Мне самому тяжело.

Я стараюсь укрыть ее, жена дает ей пить, и оба мы беспорядочно толчемся около постели; своим плечом я толкаю ее в плечо, и в это время мне вспоминается, как мы когда-то вместе купали наших детей.

– Да помоги же ей, помоги! – умоляет жена. – Сделай что-нибудь!

Что же я могу сделать? Ничего не могу. На душе у девочки какая-то тяжесть, но я ничего не понимаю, не знаю и могу только бормотать:

– Ничего, ничего... Это пройдет... Спи, спи...

Как нарочно, в нашем дворе раздается вдруг собачий вой, сначала тихий и нерешительный, потом громкий, в два голоса. Я никогда не придавал значения таким приметам, как вой собак или крик сов, но теперь сердце мое мучительно сжимается и я спешу объяснить себе этот вой.

«Пустяки... – думаю я. – Влияние одного организма на другой. Мое сильное нервное напряжение передалось жене, Лизе, собаке, вот и всё... Этой передачей объясняются предчувствия, предвидения...»

Когда я, немного погодя, возвращаюсь к себе в комнату, чтобы написать для Лизы рецепт, я уж не думаю о том, что скоро умру, но просто на душе тяжко, нудно, так что даже жаль, что я не умер внезапно. Долго я стою среди комнаты неподвижно и придумываю, что бы такое прописать для Лизы, но стоны за потолком умолкают, и я решаю ничего не прописывать, и все-таки стою...

Тишина мертвая, такая тишина, что, как выразился какой-то писатель, даже в ушах звенит. Время идет медленно, полосы лунного света на подоконнике не меняют своего положения, точно застыли... Рассвет еще не скоро.

Но вот в палисаднике скрипит калитка, кто-то крадется и, отломив от одного из тощих деревец ветку, осторожно стучит ею по окну.

– Николай Степаныч! – слышу я шепот. – Николай Степаныч!

Я отворяю окно, и мне кажется, что я вижу сон: под окном, прижавшись к стене, стоит женщина в черном платье, ярко освещенная луной, и глядит на меня большими глазами. Лицо ее бледно, строго и фантастично от луны, как мраморное, подбородок дрожит.

– Это я... – говорит она. – Я... Катя!

При лунном свете все женские глаза кажутся большими и черными, люди выше и бледнее, и потому, вероятно, я не узнал ее в первую минуту.

– Что тебе?

– Простите, – говорит она. – Мне вдруг почему-то стало невыносимо тяжело... Я не выдержала и поехала сюда... У вас в окне свет, и... и я решила постучать... Извините... Ах, если бы вы знали, как мне было тяжело! Что вы сейчас делаете?

– Ничего... Бессонница.

– У меня какое-то предчувствие было. Впрочем, пустяки.

Брови ее поднимаются, глаза блестят от слез, и все лицо озаряется, как светом, знакомым, давно невиданным выражением доверчивости.

– Николай Степаныч! – говорит она умоляюще, протягивая ко мне обе руки. – Дорогой мой, прошу вас... умоляю... Если вы не презираете моей дружбы и уважения к вам, то согласитесь на мою просьбу!

– Что такое?

– Возьмите от меня мои деньги!

– Ну вот еще что выдумала! На что мне твои деньги?

– Вы поедете куда-нибудь лечиться... Вам нужно лечиться. Возьмете? Да? Голубчик, да?

Она жадно всматривается в мое лицо и повторяет:

– Да? Возьмете?

– Нет, мой друг, не возьму... – говорю я. – Спасибо.

Она поворачивается ко мне спиной и поникает головой. Вероятно, я отказал ей таким тоном, который не допускал дальнейших разговоров о деньгах.

– Поезжай домой спать, – говорю я. – Завтра увидимся.

– Значит, вы не считаете меня своим другом? – спрашивает она уныло.

– Я этого не говорю. Но деньги твои теперь для меня бесполезны.

– Извините... – говорит она, понизив голос на целую октаву. – Я понимаю вас... Одолжаться у такого человека, как я... у отставной актрисы... Впрочем, прощайте...

И она уходит так быстро, что я не успеваю даже сказать ей «прощай».

VI

Я в Харькове.

Так как бороться с теперешним моим настроением было бы бесполезно, да и не в моих силах, то я решил, что последние дни моей жизни будут безупречны хотя с формальной стороны; если я не прав по отношению к своей семье, что я отлично сознаю, то буду стараться делать так, как она хочет. В Харьков ехать так в Харьков. К тому же в последнее время я так оравнодушел ко всему, что мне положительно все равно, куда ни ехать, в Харьков, в Париж ли или в Бердичев.

Приехал я сюда часов в двенадцать дня и остановился в гостинице, недалеко от собора. В вагоне меня укачало, продуло сквозняками, и теперь я сижу на кровати, держусь за голову и жду tic'a. Надо бы сегодня же поехать к знакомым профессорам, да нет охоты и силы.

Входит коридорный лакей-старик и спрашивает, есть ли у меня постельное белье. Я задерживаю его минут на пять и задаю ему несколько вопросов насчет Гнеккера, ради которого я приехал сюда. Лакей оказывается уроженцем Харькова, знает этот город как свои пять пальцев, но не помнит ни одного такого дома, который носил бы фамилию Гнеккера. Расспрашиваю насчет имений – то же самое.

В коридоре часы бьют час, потом два, потом три... Последние месяцы моей жизни, пока я жду смерти, кажутся мне гораздо длиннее всей моей жизни. И никогда раньше я не умел так мириться с медленностию времени, как теперь. Прежде, бывало, когда ждешь на вокзале поезда или сидишь на экзамене, четверть часа кажутся вечностью, теперь же я могу всю ночь сидеть неподвижно на кровати и совершенно равнодушно думать о том, что завтра будет такая же длинная бесцветная ночь, и послезавтра…

В коридоре бьет пять часов, шесть, семь… Становится темно.

В щеке тупая боль – это начинается tic. Чтобы занять себя мыслями, я становлюсь на прежнюю свою точку зрения, когда не был равнодушен, и спрашиваю: зачем я, знаменитый человек, тайный советник, сижу в этом маленьком нумере, на этой кровати с чужим серым одеялом? Зачем я гляжу на этот дешевый жестяной рукомойник и слушаю, как в коридоре дребезжат дрянные часы? Разве все это достойно моей славы и моего высокого положения среди людей? И на эти вопросы я отвечаю себе усмешкой. Смешна мне моя наивность, с какою я когда-то в молодости преувеличивал значение известности и того исключительного положения, каким будто бы пользуются знаменитости. Я известен, мое имя произносится с благоговением, мой портрет был и в «Ниве», и во «Всемирной иллюстрации», свою биографию я читал даже в одном немецком журнале – и что же из этого? Сижу я один-одинешенек в чужом городе, на чужой кровати, тру ладонью свою больную щеку… Семейные дрязги, немилосердие кредиторов, грубость железнодорожной прислуги, неудобства паспортной системы, дорогая и нездоровая пища в буфетах, всеобщее невежество и грубость в отношениях – все это и многое другое, что было бы слишком долго перечислять, касается меня не менее, чем любого мещанина, известного только своему переулку. В чем же выражается исключительность моего положения? Допустим, что я знаменит тысячу раз, что я герой, которым гордится моя родина; во всех газетах пишут бюллетени о моей болезни, по почте идут уже ко мне сочувственные адреса от товарищей, учеников и публики, но все это не помешает мне умереть на чужой кровати, в тоске, в совершенном одиночестве… В этом, конечно, никто не виноват, но, грешный человек, не люблю я своего популярного имени. Мне кажется, как будто оно меня обмануло.

Часов в десять я засыпаю и, несмотря на tic, сплю крепко и спал бы долго, если бы меня не разбудили. В начале второго часа вдруг раздается стук в дверь.

– Кто там?

– Телеграмма!

– Могли бы и завтра, – сержусь я, получая от коридорного телеграмму. – Теперь уж я не усну в другой раз.

– Виноват-с. У вас огонь горит, я думал, что вы не спите.

Я распечатываю телеграмму и прежде всего гляжу на подпись: от жены. Что ей нужно?

«Вчера Гнеккер тайно обвенчался с Лизой. Возвратись».

Я читаю эту телеграмму и пугаюсь ненадолго. Пугает меня не поступок Лизы и Гнеккера, а мое равнодушие, с каким я встречаю известие об их свадьбе. Говорят, что философы и истинные мудрецы равнодушны. Неправда, равнодушие – это паралич души, преждевременная смерть.

Опять ложусь я в постель и начинаю придумывать, какими бы занять себя мыслями. О чем думать? Кажется, все уж передумано и ничего нет такого, что было бы теперь способно возбудить мою мысль.

Когда рассветает, я сижу в постели, обняв руками колена, и от нечего делать стараюсь познать самого себя. «Познай самого себя» – прекрасный и полезный совет, жаль только, что древние не догадались указать способ, как пользоваться этим советом.

Когда мне прежде приходила охота понять кого-нибудь или себя, то я принимал во внимание не поступки, в которых все условно, а желания. Скажи мне, чего ты хочешь, и я скажу, кто ты.

И теперь я экзаменую себя: чего я хочу?

Я хочу, чтобы наши жены, дети, друзья, ученики любили в нас не имя, не фирму и не ярлык, а обыкновенных людей. Еще что? Я хотел бы иметь помощников и наследников. Еще что? Хотел бы проснуться лет через сто и хоть одним глазом взглянуть, что будет с наукой. Хотел бы еще пожить лет десять… Дальше что?

А дальше ничего. Я думаю, долго думаю и ничего не могу еще придумать. И сколько бы я ни думал и куда бы ни разбрасывались мои мысли, для меня ясно, что в моих желаниях нет чего-то главного, чего-то очень важного. В моем пристрастии к науке, в моем желании жить, в этом сиденье на чужой кровати и в стремлении познать самого себя, во всех мыслях, чувствах и понятиях, какие я составляю обо всем, нет чего-то общего, что связывало бы все это в одно целое. Каждое чувство и каждая мысль живут во мне особняком, и во всех моих суждениях о науке, театре, литературе, учениках и во всех картинках, которые рисует мое воображение, даже самый искусный аналитик не найдет того, что называется общей идеей, или богом живого человека.

А коли нет этого, то, значит, нет и ничего.

При такой бедности достаточно было серьезного недуга, страха смерти, влияния обстоятельств и людей, чтобы все то, что я прежде считал своим мировоззрением и в чем видел смысл и радость своей жизни, перевернулось вверх дном и разлетелось в клочья. Ничего же поэтому нет удивительного, что последние месяцы своей жизни я омрачил мыслями и чувствами, достойными раба и варвара, что теперь я равнодушен и не замечаю рассвета. Когда в человеке нет того, что выше и сильнее всех внешних влияний, то, право, достаточно для него хорошего насморка, чтобы потерять равновесие и начать видеть в каждой птице сову, в каждом звуке слышать собачий вой. И весь его пессимизм или оптимизм с его великими и малыми мыслями в это время имеют значение только симптома, и больше ничего.

Я побежден. Если так, то нечего же продолжать еще думать, нечего разговаривать. Буду сидеть и молча ждать, что будет.

Утром коридорный приносит мне чай и нумер местной газеты. Машинально я прочитываю объявление на первой странице, передовую, выдержки из газет и журналов, хронику... Между прочим в хронике я нахожу такое известие: «Вчера с курьерским поездом прибыл в Харьков наш известный ученый, заслуженный профессор Николай Степанович такой-то и остановился в такой-то гостинице».

Очевидно, громкие имена создаются для того, чтобы жить особняком, помимо тех, кто их носит. Теперь мое имя безмятежно гуляет по Харькову; месяца через три оно, изображенное золотыми буквами на могильном памятнике, будет блестеть, как самое солнце, – и это в то время, когда я буду уж покрыт мохом…

Легкий стук в дверь. Кому-то я нужен.

– Кто там? Войдите!

Дверь отворяется, и я, удивленный, делаю шаг назад и спешу запахнуть полы своего халата. Передо мной стоит Катя.

– Здравствуйте, – говорит она, тяжело дыша от ходьбы по лестнице. – Не ожидали? Я тоже… тоже сюда приехала.

Она садится и продолжает, заикаясь и не глядя на меня:

– Что же вы не здороваетесь? Я тоже приехала… сегодня… Узнала, что вы в этой гостинице, и пришла к вам.

– Очень рад видеть тебя, – говорю я, пожимая плечами, – но я удивлен… Ты точно с неба свалилась. Зачем ты здесь?

– Я? Так… просто взяла и приехала.

Молчание. Вдруг она порывисто встает и идет ко мне.

– Николай Степаныч! – говорит она, бледнея и сжимая на груди руки. – Николай Степаныч! Я не могу дольше так жить! Не могу! Ради истинного Бога, скажите скорее, сию минуту: что мне делать? Говорите, что мне делать?

– Что же я могу сказать? – недоумеваю я. – Ничего я не могу.

– Говорите же, умоляю вас! – продолжает она, задыхаясь и дрожа всем телом. – Клянусь вам, что я не могу дольше так жить! Сил моих нет!

Она падает на стул и начинает рыдать. Она закинула назад голову, ломает руки, топочет ногами; шляпка ее свалилась с головы и болтается на резинке, прическа растрепалась.

– Помогите мне! Помогите! – умоляет она. – Не могу я дольше!

Она достает из своей дорожной сумочки платок и вместе с ним вытаскивает несколько писем, которые с ее колен падают на пол. Я подбираю их с полу и на одном из них узнаю почерк Михаила Федоровича и нечаянно прочитываю кусочек какого-то слова «страсти...».

– Ничего я не могу сказать тебе, Катя, – говорю я.

– Помогите! – рыдает она, хватая меня за руку и целуя ее. – Ведь вы мой отец, мой единственный друг! Ведь вы умны, образованны, долго жили! Вы были учителем! Говорите же: что мне делать?

– По совести, Катя, не знаю...

Я растерялся, сконфужен, тронут рыданиями и едва стою на ногах.

– Давай, Катя, завтракать, – говорю я, натянуто улыбаясь. – Будет плакать!

И тотчас же я прибавляю упавшим голосом:

– Меня скоро не станет, Катя...

– Хоть одно слово, хоть одно слово! – плачет она, протягивая ко мне руки. – Что мне делать?

– Чудачка, право... – бормочу я. – Не понимаю! Такая умница и вдруг – на тебе! – расплакалась...

Наступает молчание. Катя поправляет прическу, надевает шляпу, потом комкает письма и сует их в сумочку – и все это молча и не спеша. Лицо, грудь и перчатки у нее мокры от слёз, но выражение лица уже сухо, сурово... Я гляжу на нее, и мне стыдно, что я счастливее ее. Отсутствие того, что товарищи философы называют общей идеей, я заметил в себе только незадолго перед смертью, на закате своих дней, а ведь душа этой бедняжки не знала и не будет знать приюта всю жизнь, всю жизнь!

– Давай, Катя, завтракать, – говорю я.

– Нет, благодарю, – отвечает она холодно.

Еще одна минута проходит в молчании.

– Не нравится мне Харьков, – говорю я. – Серо уж очень. Какой-то серый город.

– Да, пожалуй... Некрасивый... Я ненадолго сюда... Мимоездом. Сегодня же уеду.

– Куда?

– В Крым... то есть на Кавказ.

– Так. Надолго?

– Не знаю.

Катя встает и, холодно улыбнувшись, не глядя на меня, протягивает мне руку.

Мне хочется спросить: «Значит, на похоронах у меня не будешь?» Но она не глядит на меня, рука у нее холодная, словно чужая. Я молча провожаю ее до дверей... Вот она вышла от меня, идет по длинному коридору не оглядываясь. Она знает, что я гляжу ей вслед, и, вероятно, на повороте оглянется.

Нет, не оглянулась. Черное платье в последний раз мелькнуло, затихли шаги... Прощай, мое сокровище!

1889

ПОПРЫГУНЬЯ

I

На свадьбе у Ольги Ивановны были все ее друзья и добрые знакомые.

– Посмотрите на него: не правда ли, в нем что-то есть? – говорила она своим друзьям, кивая на мужа и как бы желая объяснить, почему это она вышла за простого, очень обыкновенного и ничем не замечательного человека.

Ее муж, Осип Степаныч Дымов, был врачом и имел чин титулярного советника. Служил он в двух больницах: в одной сверхштатным ординатором, а в другой – прозектором. Ежедневно от девяти часов утра до полудня он принимал больных и занимался у себя в палате, а после полудня ехал на конке в другую больницу, где вскрывал умерших больных. Частная практика его была ничтожна, рублей на пятьсот в год. Вот и всё. Что еще можно про него сказать? А между тем Ольга Ивановна и ее друзья и добрые знакомые были не совсем обыкновенные люди. Каждый из них был чем-нибудь замечателен и немножко известен, имел уже имя и считался знаменитостью, или же хотя и не был еще знаменит, но зато подавал блестящие надежды. Артист из драматического театра, большой, давно признанный талант, изящный, умный и скромный человек и отличный чтец, учивший Ольгу Ивановну читать; певец из оперы, добродушный толстяк, со вздохом уверявший Ольгу Ивановну, что она губит себя, – если бы она не ленилась и взяла себя в руки, то из нее вышла бы замечательная певица; затем несколько художников и во главе их жанрист, анималист и пейзажист Рябовский, очень красивый белокурый молодой человек, лет двадцати пяти, имевший успех на выставках и продавший свою последнюю картину за пятьсот рублей; он поправлял Ольге Ивановне ее этюды и говорил, что из нее, быть может, выйдет толк; затем виолончелист, у которого инструмент плакал и который откровенно сознавался, что из всех знакомых ему женщин умеет аккомпанировать одна только Ольга Ивановна; затем литератор, молодой, но уже известный, писавший повести, пьесы и рассказы. Еще кто? Ну, еще Василий Васильич, барин, помещик, дилетант-иллюстратор и виньетист, сильно чувствовавший старый русский стиль, былину и эпос; на бумаге, на фарфоре и на закопченных тарелках он производил буквально чудеса. Среди этой артистической, свободной избалованной судьбою и компании, правда деликатной и скромной, но вспоминавшей о существовании каких-то докторов только во время болезни и для которой имя Дымов звучало так же безразлично, как Сидоров или Тарасов, – среди этой компании Дымов казался чужим, лишним и маленьким, хотя был высок ростом и широк в плечах. Казалось, что на нем чужой фрак и что у него приказчицкая бородка. Впрочем, если бы он был писателем или художником, то сказали бы, что своей бородкой он напоминает Золя[1].

Артист говорил Ольге Ивановне, что со своими льняными волосами и в венчальном наряде она очень похожа на стройное вишневое деревцо, когда весною оно сплошь бывает покрыто нежными белыми цветами.

– Нет, вы послушайте! – говорила ему Ольга Ивановна, хватая его за руку. – Как это могло вдруг случиться? Вы слушайте, слушайте… Надо вам сказать, что отец служил вместе с Дымовым в одной больнице. Когда бедняжка отец заболел, то Дымов по целым дням и ночам дежурил около его постели. Столько самопожертвования! Слушайте, Рябовский… И вы, писатель, слушайте, это очень интересно. Подойдите поближе. Сколько самопожертвования, искреннего участия! Я тоже не спала ночи и сидела около отца, и вдруг – здравствуйте, победила добра молодца! Мой Дымов врезался по самые уши. Право, судьба бывает так причудлива. Ну, после смерти отца он иногда бывал у меня, встречался на улице и в один прекрасный вечер вдруг – бац! – сделал предложение… как снег на голову… Я всю ночь

[1] Зо́ля Эмиль (1840–1902) – французский писатель.

проплакала и сама влюбилась адски. И вот, как видите, стала супругой. Не правда ли, в нем есть что-то сильное, могучее, медвежье? Теперь его лицо обращено к нам в три четверти, плохо освещено, но когда он обернется, вы посмотрите на его лоб. Рябовский, что вы скажете об этом лбе? Дымов, мы о тебе говорим! – крикнула она мужу. – Иди сюда. Протяни свою честную руку Рябовскому… Вот так. Будьте друзьями.

Дымов, добродушно и наивно улыбаясь, протянул Рябовскому руку и сказал:

– Очень рад. Со мной кончил курс тоже некто Рябовский. Это не родственник ваш?

II

Ольге Ивановне было двадцать два года, Дымову тридцать один. Зажили они после свадьбы превосходно. Ольга Ивановна в гостиной увешала все стены сплошь своими и чужими этюдами в рамах и без рам, а около рояля и мебели устроила красивую тесноту из китайских зонтов, мольбертов, разноцветных тряпочек, кинжалов, бюстиков, фотографий… В столовой она оклеила стены лубочными картинами, повесила лапти и серпы, поставила в углу косу и грабли, и получилась столовая в русском вкусе. В спальне она, чтобы похоже было на пещеру, задрапировала потолок и стены темным сукном, повесила над кроватями венецианский фонарь, а у дверей поставила фигуру с алебардой. И все находили, что у молодых супругов очень миленький уголок.

Ежедневно, вставши с постели часов в одиннадцать, Ольга Ивановна играла на рояли или же, если было солнце, писала что-нибудь масляными красками. Потом, в первом часу, она ехала к своей портнихе. Так как у нее и Дымова денег было очень немного, в обрез, то, чтобы часто появляться в новых платьях и поражать своими нарядами, ей и ее портнихе приходилось пускаться на хитрости. Очень часто из старого перекрашенного платья, из ничего не стоящих кусочков тюля, кружев, плюша и шелка выходили просто чудеса, нечто обворожительное, не платье, а мечта. От портнихи Ольга

Ивановна обыкновенно ехала к какой-нибудь знакомой актрисе, чтобы узнать театральные новости и кстати похлопотать насчет билета к первому представлению новой пьесы или к бенефису. От актрисы нужно было ехать в мастерскую художника или на картинную выставку, потом к кому-нибудь из знаменитостей – приглашать к себе, или отдать визит, или просто поболтать. И везде ее встречали весело и дружелюбно и уверяли ее, что она хорошая, милая, редкая… Те, которых она называла знаменитыми и великими, принимали ее, как свою, как ровню, и пророчили ей в один голос, что при ее талантах, вкусе и уме, если она не разбросается, выйдет большой толк. Она пела, играла на рояли, писала красками, лепила, участвовала в любительских спектаклях, но все это не как-нибудь, а с талантом; делала ли она фонарики для иллюминации, рядилась ли, завязывала ли кому галстук – все у нее выходило необыкновенно художественно, грациозно и мило. Но ни в чем ее талантливость не сказывалась так ярко, как в ее уменье быстро знакомиться и коротко сходиться с знаменитыми людьми. Стоило кому-нибудь прославиться хоть немножко и заставить о себе говорить, как она уж знакомилась с ним, в тот же день дружилась и приглашала к себе. Всякое новое знакомство было для нее сущим праздником. Она боготворила знаменитых людей, гордилась ими и каждую ночь видела их во сне. Она жаждала их и никак не могла утолить своей жажды. Старые уходили и забывались, приходили на смену им новые, но и к этим она скоро привыкала или разочаровывалась в них и начинала жадно искать новых и новых великих людей, находила и опять искала. Для чего?

В пятом часу она обедала дома с мужем. Его простота, здравый смысл и добродушие приводили ее в умиление и восторг. Она то и дело вскакивала, порывисто обнимала его голову и осыпала ее поцелуями.

– Ты, Дымов, умный, благородный человек, – говорила она, – но у тебя есть один очень важный недостаток. Ты совсем не интересуешься искусством. Ты отрицаешь и музыку, и живопись.

– Я не понимаю их, – говорил он кротко. – Я всю жизнь занимался естественными науками и медициной, и мне некогда было интересоваться искусствами.

– Но ведь это ужасно, Дымов!

– Почему же? Твои знакомые не знают естественных наук и медицины, однако же ты не ставишь им этого в упрек. У каждого свое. Я не понимаю пейзажей и опер, но думаю так: если одни умные люди посвящают им всю свою жизнь, а другие умные люди платят за них громадные деньги, то, значит, они нужны. Я не понимаю, но не понимать не значит отрицать.

– Дай я пожму твою честную руку!

После обеда Ольга Ивановна ехала к знакомым, потом в театр или на концерт и возвращалась домой после полуночи. Так каждый день.

По средам у нее бывали вечеринки. На этих вечеринках хозяйка и гости не играли в карты и не танцевали, а развлекали себя разными художествами. Актер из драматического театра читал, певец пел, художники рисовали в альбомы, которых у Ольги Ивановны было множество, виолончелист играл, и сама хозяйка тоже рисовала, лепила, пела и аккомпанировала. В промежутках между чтением, музыкой и пением говорили и спорили о литературе, театре и живописи. Дам не было, потому что Ольга Ивановна всех дам, кроме актрис и своей портнихи, считала скучными и пошлыми. Ни одна вечеринка не обходилась без того, чтобы хозяйка не вздрагивала при каждом звонке и не говорила с победным выражением лица: «Это он!» – разумея под словом «он» какую-нибудь новую приглашенную знаменитость. Дымова в гостиной не было, и никто не вспоминал об его существовании. Но ровно в половине двенадцатого отворялась дверь, ведущая в столовую, показывался Дымов со своею добродушною кроткою улыбкой и говорил, потирая руки:

– Пожалуйте, господа, закусить.

Все шли в столовую и всякий раз видели на столе одно и то же: блюдо с устрицами, кусок ветчины или телятины, сардины, сыр, икру, грибы, водку и два графина с вином.

– Милый мой метрдотель! – говорила Ольга Ивановна, всплескивая руками от восторга. – Ты просто очарователен! Господа, посмотрите на его лоб! Дымов, повернись в профиль. Господа, посмотрите: лицо бенгальского тигра, а выражение доброе и милое, как у оленя. У, милый!

Гости ели и, глядя на Дымова, думали: «В самом деле, славный малый», но скоро забывали о нем и продолжали говорить о театре, музыке и живописи.

Молодые супруги были счастливы, и жизнь их текла как по маслу. Впрочем, третья неделя их медового месяца была проведена не совсем счастливо, даже печально. Дымов заразился в больнице рожей, пролежал в постели шесть дней и должен был остричь догола свои красивые черные волосы. Ольга Ивановна сидела около него и горько плакала, но, когда ему полегчало, она надела на его стриженую голову беленький платок и стала писать с него бедуина. И обоим было весело. Дня через три после того, как он, выздоровевши, стал опять ходить в больницы, с ним произошло новое недоразумение.

– Мне не везет, мама! – сказал он однажды за обедом. – Сегодня у меня было четыре вскрытия, и я себе сразу два пальца порезал. И только дома я это заметил.

Ольга Ивановна испугалась. Он улыбнулся и сказал, что это пустяки и что ему часто приходится во время вскрытий делать себе порезы на руках.

– Я увлекаюсь, мама, и становлюсь рассеянным.

Ольга Ивановна с тревогой ожидала трупного заражения и по ночам молилась Богу, но все обошлось благополучно. И опять потекла мирная счастливая жизнь без печалей и тревог. Настоящее было прекрасно, а на смену ему приближалась весна, уже улыбавшаяся издали и обещавшая тысячу радостей. Счастью не будет конца! В апреле, в мае и в июне дача далеко за городом, прогулки, этюды, рыбная ловля, соловьи, а потом, с июля до самой осени, поездка художников на Волгу, и в этой поездке, как непременный член сосьете[1], будет принимать участие и Ольга Ивановна. Она уже сшила себе два дорожных костюма из холстинки, купила на дорогу красок, кистей, холста и новую палитру. Почти каждый день к ней приходил Рябовский, чтобы посмотреть, какие она сделала успехи по живописи. Когда она показывала ему свою живопись, он засовывал руки глубоко в карманы, крепко сжимал губы, сопел и говорил:

– Так-с... Это облако у вас кричит: оно освещено не по-вечернему. Передний план как-то сжеван, и что-то, понимаете ли, не то... А избушка у вас подавилась чем-то и жалобно пищит... надо бы угол этот потемнее взять. А в общем недурственно... Хвалю.

И чем он непонятнее говорил, тем легче Ольга Ивановна его понимала.

III

На второй день Троицы после обеда Дымов купил закусок и конфет и поехал к жене на дачу. Он не виделся с нею уже две недели и сильно соскучился. Сидя в вагоне и потом отыскивая в большой роще свою дачу, он все время чувствовал голод и утомление и мечтал о том, как он на свободе поужинает вместе с женой и потом завалится спать. И ему весело было смотреть на свой сверток, в котором были завернуты икра, сыр и белорыбица.

Когда он отыскал свою дачу и узнал ее, уже заходило солнце. Старуха горничная сказала, что барыни нет дома и что, должно быть, они скоро придут. На даче, очень неприглядной на вид, с низкими потолками, оклеенными писчею бумагой, и с неровными щелистыми полами, было только три комнаты.

В одной стояла кровать, в другой на стульях и окнах валялись холсты, кисти, засаленная бумага и мужские пальто и шляпы, а в третьей Дымов застал трех каких-то незнакомых мужчин. Двое были брюнеты с бородками, и третий совсем бритый и толстый, по-видимому – актер. На столе кипел самовар.

[1] Общество (от *фр.* société).

– Что вам угодно? – спросил актер басом, нелюдимо оглядывая Дымова. – Вам Ольгу Ивановну нужно? Погодите, она сейчас придет.

Дымов сел и стал дожидаться. Один из брюнетов, сонно и вяло поглядывая на него, налил себе чаю и спросил:

– Может, чаю хотите?

Дымову хотелось и пить и есть, но, чтобы не портить себе аппетита, он отказался от чая. Скоро послышались шаги и знакомый смех; хлопнула дверь, и в комнату вбежала Ольга Ивановна в широкополой шляпе и с ящиком в руке, а вслед за нею с большим зонтом и со складным стулом вошел веселый, краснощекий Рябовский.

– Дымов! – вскрикнула Ольга Ивановна и вспыхнула от радости. – Дымов! – повторила она, кладя ему на грудь голову и обе руки. – Это ты! Отчего ты так долго не приезжал? Отчего? Отчего?

– Когда же мне, мама? Я всегда занят, а когда бываю свободен, то все случается так, что расписание поездов не подходит.

– Но как я рада тебя видеть! Ты мне всю, всю ночь снился, и я боялась, как бы ты не заболел. Ах, если б ты знал, как ты мил, как ты кстати приехал! Ты будешь моим спасителем. Ты один только можешь спасти меня! Завтра будет здесь преоригинальная свадьба, – продолжала она, смеясь и завязывая мужу галстук. – Женится молодой телеграфист на станции, некто Чикельдеев. Красивый молодой человек, ну, неглупый, и есть в лице, знаешь, что-то сильное, медвежье... Можно с него молодого варяга писать. Мы, все дачники, принимаем в нем участие и дали ему честное слово быть у него на свадьбе... Человек небогатый, одинокий, робкий, и, конечно, было бы грешно отказать ему в участии. Представь, после обедни венчанье, потом из церкви все пешком до квартиры невесты... Понимаешь, роща, пение птиц, солнечные пятна на траве, и все мы разноцветными пятнами на ярко-зеленом фоне – преоригинально, во вкусе французских экспрессионистов. Но, Дымов, в чем я пойду в церковь? – сказала Ольга Ивановна и сделала плачущее лицо. – У меня здесь ничего нет, буквально ничего! Ни платья, ни цветов, ни перчаток... Ты должен меня спасти. Если приехал, то, значит, сама судьба велит тебе спасать меня. Возьми, мой дорогой, ключи, поезжай домой и возьми там в гардеробе мое розовое платье. Ты его помнишь, оно висит первое... Потом в кладовой с правой стороны на полу ты увидишь две картонки. Как откроешь верхнюю, так там все тюль, тюль, тюль и разные лоскутки, а под ними цветы. Цветы все вынь осторожно, постарайся, дуся, не помять, их потом я выберу... И перчатки купи... перчатки купи.

– Хорошо, – сказал Дымов. – Я завтра поеду и пришлю.

– Когда же завтра? – спросила Ольга Ивановна и посмотрела на него с удивлением. – Когда же ты успеешь завтра? Завтра отходит первый поезд в девять часов, а венчание в одиннадцать. Нет, голубчик, надо сегодня, обязательно сегодня! Если завтра тебе нельзя будет приехать, то пришли с рассыльным. Ну, иди же... Сейчас должен прийти пассажирский поезд. Не опоздай, дуся.

– Хорошо.

– Ах, как мне жаль тебя отпускать, – сказала Ольга Ивановна, и слезы навернулись у нее на глазах. – И зачем я, дура, дала слово телеграфисту?

Дымов быстро выпил стакан чаю, взял баранку и, кротко улыбаясь, пошел на станцию. А икру, сыр, и белорыбицу съели два брюнета и толстый актер.

IV

В тихую лунную июльскую ночь Ольга Ивановна стояла на палубе волжского парохода и смотрела то на воду, то на красивые берега. Рядом с нею стоял Рябовский и говорил ей, что черные тени на воде не тени, а сон, что в виду этой колдовской воды с фантастическим блеском, в виду бездонного неба и грустных, задумчивых берегов, говорящих о суете нашей жизни и о существовании чего-то высшего, вечного, блаженного, хорошо бы забыться, умереть, стать воспоминанием. Прошедшее пошло и неинтересно, будущее ничтожно, а эта чудная, единственная в жизни ночь скоро кончится, сольется с вечностью – зачем же жить?

А Ольга Ивановна прислушивалась то к голосу Рябовского, то к тишине ночи и думала о том, что она бессмертна и никогда не умрет. Бирюзовый цвет воды, какого она раньше никогда не видала, небо, берега, черные тени и безотчетная радость, наполнявшая ее душу, говорили ей, что из нее выйдет великая художница и что где-то там за далью, за лунной ночью, в бесконечном пространстве ожидают ее успех, слава, любовь народа... Когда она, не мигая, долго смотрела вдаль, ей чудились толпы людей, огни, торжественные звуки музыки, крики восторга, сама она в белом платье и цветы, которые сыпались на нее со всех сторон. Думала она также о том, что рядом с нею, облокотившись о борт, стоит настоящий великий человек, гений, Божий избранник... Все, что он создал до сих пор, прекрасно, ново и необыкновенно, а то, что создаст он со временем, когда с возмужалостью окрепнет его редкий талант, будет поразительно, неизмеримо высоко, и это видно по его лицу, по манере выражаться и по его отношению к природе. О тенях, вечерних тонах, о лунном блеске он говорит как-то особенно, своим языком, так что невольно чувствуется обаяние его власти над природой. Сам он очень красив, оригинален, и жизнь его, независимая, свободная, чуждая всего житейского, похожа на жизнь птицы.

– Становится свежо, – сказала Ольга Ивановна и вздрогнула.

Рябовский окутал ее в свой плащ и сказал печально:

– Я чувствую себя в вашей власти. Я раб. Зачем вы сегодня так обворожительны?

Он все время глядел на нее не отрываясь, и глаза его были страшны, и она боялась взглянуть на него.

– Я безумно люблю вас... – шептал он, дыша ей на щеку. – Скажите мне одно слово, и я не буду жить, брошу искусство... – бормотал он в сильном волнении. – Любите меня, любите...

– Не говорите так, – сказала Ольга Ивановна, закрывая глаза. – Это страшно. А Дымов?

– Что Дымов? Почему Дымов? Какое мне дело до Дымова? Волга, луна, красота, моя любовь, мой восторг, а никакого нет Дымова... Ах, я ничего не знаю... Не нужно мне прошлого, мне дайте одно мгновение... один миг!

У Ольги Ивановны забилось сердце. Она хотела думать о муже, но все ее прошлое со свадьбой, с Дымовым и с вечеринками казалось ей маленьким, ничтожным, тусклым, ненужным и далеким-далеким... В самом деле: что Дымов? почему Дымов? какое ей дело до Дымова? Да существует ли он в природе и не сон ли он только?

«Для него, простого и обыкновенного человека, достаточно и того счастья, которое он уже получил, – думала она, закрывая лицо руками. – Пусть осуждают *там*, проклинают, а я вот назло всем возьму и погибну, возьму вот и погибну... Надо испытать все в жизни. Боже, как жутко и как хорошо!»

– Ну что? Что? – бормотал художник, обнимая ее и жадно целуя руки, которыми она слабо пыталась отстранить его от себя. – Ты меня любишь? Да? Да? О, какая ночь! Чудная ночь!

– Да, какая ночь! – прошептала она, глядя ему в глаза, блестящие от слёз, потом быстро оглянулась, обняла его и крепко поцеловала в губы.

– К Кинешме подходим! – сказал кто-то на другой стороне палубы.

Послышались тяжелые шаги. Это проходил мимо человек из буфета.

– Послушайте, – сказала ему Ольга Ивановна, смеясь и плача от счастья, – принесите нам вина.

Художник, бледный от волнения, сел на скамью, посмотрел на Ольгу Ивановну обожающими, благодарными глазами, потом закрыл глаза и сказал, томно улыбаясь:

– Я устал.

И прислонился головою к борту.

V

Второго сентября день был теплый и тихий, но пасмурный. Рано утром на Волге бродил легкий туман, а после девяти часов стал накрапывать дождь. И не было никакой надежды, что небо прояснится. За чаем Рябовский говорил Ольге Ивановне, что живопись

– самое неблагодарное и самое скучное искусство, что он не художник, что одни только дураки думают, что у него есть талант, и вдруг, ни с того ни с сего, схватил нож и поцарапал им свой самый лучший этюд. После чая он, мрачный, сидел у окна и смотрел на Волгу. А Волга уже была без блеска, тусклая, матовая, холодная на вид. Всё, всё напоминало о приближении тоскливой, хмурой осени. И казалось, что роскошные зеленые ковры на берегах, алмазные отражения лучей, прозрачную синюю даль и все щегольское и парадное природа сняла теперь с Волги и уложила в сундуки до будущей весны, и вороны летали около Волги и дразнили ее: «Голая! голая!» Рябовский слушал их карканье и думал о том, что он уже выдохся и потерял талант, что все на этом свете условно, относительно и глупо и что не следовало бы связывать себя с этой женщиной... Одним словом, он был не в духе и хандрил.

Ольга Ивановна сидела за перегородкой на кровати и, перебирая пальцами свои прекрасные льняные волосы, воображала себя то в гостиной, то в спальне, то в кабинете мужа; воображение уносило ее в театр, к портнихе и к знаменитым друзьям. Что-то они поделывают теперь? Вспоминают ли о ней? Сезон уже начался, и пора бы подумать о вечеринках. А Дымов? Милый Дымов! Как кротко и детски жалобно он просит ее в своих письмах поскорее ехать домой! Каждый месяц он высылал ей по семьдесят пять рублей, а когда она написала ему, что задолжала художникам сто рублей, то он прислал ей и эти сто. Какой добрый, великодушный человек! Путешествие утомило Ольгу Ивановну, она скучала, и ей хотелось поскорее уйти от этих мужиков, от запаха речной сырости и сбросить с себя это чувство физической нечистоты, которое она испытывала все время, живя в крестьянских избах и кочуя из села в село. Если бы Рябовский не дал честного слова художникам, что он проживет с ними здесь до двадцатого сентября, то можно было бы уехать сегодня же. И как бы это было хорошо!

– Боже мой, – простонал Рябовский, – когда же наконец будет солнце? Не могу же я солнечный пейзаж продолжать без солнца!..

– А у тебя есть этюд при облачном небе, – сказала Ольга Ивановна, выходя из-за перегородки. – Помнишь, на правом плане лес, а на левом – стадо коров и гуси. Теперь ты мог бы его кончить.

– Э! – поморщился художник. – Кончить! Неужели вы думаете, что сам я так глуп, что не знаю, что мне нужно делать!

– Как ты ко мне переменился!.. – вздохнула Ольга Ивановна.

– Ну и прекрасно.

У Ольги Ивановны задрожало лицо, она отошла к печке и заплакала.

– Да, недоставало только слёз. Перестаньте! У меня тысячи причин плакать, однако же я не плачу.

– Тысячи причин! – всхлипнула Ольга Ивановна. – Самая главная причина, что вы уже тяготитесь мной. Да! – сказала она и зарыдала. – Если говорить правду, то вы стыдитесь нашей любви. Вы все стараетесь, чтобы художники не заметили, хотя этого скрыть нельзя и им все давно уже известно.

– Ольга, я об одном прошу вас, – сказал художник умоляюще и приложив руку к сердцу, – об одном: не мучьте меня! Больше мне от вас ничего не нужно!

– Но поклянитесь, что вы меня все еще любите!

– Это мучительно! – процедил сквозь зубы художник и вскочил. – Кончится тем, что я брошусь в Волгу или сойду с ума! Оставьте меня!

– Ну убейте, убейте меня! – крикнула Ольга Ивановна. – Убейте!

Она опять зарыдала и пошла за перегородку. На соломенной крыше избы зашуршал дождь. Рябовский схватил себя за голову и прошелся из угла в угол, потом с решительным лицом, как будто желая что-то кому-то доказать, надел фуражку, перекинул через плечо ружье и вышел из избы.

По уходе его Ольга Ивановна долго лежала на кровати и плакала. Сначала она думала о том, что хорошо бы отравиться, чтобы вернувшийся Рябовский застал ее мертвою, потом же она унеслась мыслями в гостиную, в кабинет мужа и вообразила, как она сидит неподвижно рядом с Дымовым и наслаждается физическим покоем и чистотой и как вечером сидит в театре и слушает Мазини[1]. И тоска по цивилизации, по городскому шуму и известным людям защемила ее сердце. В избу вошла баба и стала не спеша топить печь, чтобы готовить обед. Запахло гарью, и воздух посинел от дыма. Приходили художники в высоких грязных сапогах и с мокрыми от дождя лицами, рассматривали этюды и говорили себе в утешение, что Волга даже и в дурную погоду имеет свою прелесть. А дешевые часы на стенке: тик-тик-тик… Озябшие мухи столпились в переднем углу около образов и жужжат, и слышно, как под лавками в толстых папках возятся прусаки…

Рябовский вернулся домой, когда заходило солнце. Он бросил на стол фуражку и, бледный, замученный, в грязных сапогах, опустился на лавку и закрыл глаза.

– Я устал… – сказал он и задвигал бровями, силясь поднять веки.

Чтобы приласкаться к нему и показать, что она не сердится, Ольга Ивановна подошла к нему, молча поцеловала и провела гребенкой по его белокурым волосам. Ей захотелось причесать его.

– Что такое? – спросил он, вздрогнув, точно к нему прикоснулись чем-то холодным, и открыл глаза. – Что такое? Оставьте меня в покое, прошу вас.

Он отстранил ее руками и отошел, и ей показалось, что лицо его выражало отвращение и досаду. В это время баба осторожно несла ему в обеих руках тарелку со щами, и Ольга Ивановна видела, как она обмочила во щах свои большие пальцы. И грязная баба с перетянутым животом, и щи, которые стал жадно есть Рябовский, и изба, и вся эта жизнь, которую вначале она так любила за простоту и художественный беспорядок, показались ей теперь ужасными. Она вдруг почувствовала себя оскорбленной и сказало холодно:

– Нам нужно расстаться на некоторое время, а то от скуки мы можем серьезно поссориться. Мне это надоело. Сегодня я уеду.

– На чем? На палочке верхом?

---

[1] Мази́ни Анджело (1844–1926) – итальянский певец.

– Сегодня четверг, значит, в половине десятого придет пароход.

– А? Да, да... Ну что ж, поезжай... – сказал мягко Рябовский, утираясь вместо салфетки полотенцем. – Тебе здесь скучно и делать нечего, и надо быть большим эгоистом, чтобы удерживать тебя. Поезжай, а после двадцатого увидимся.

Ольга Ивановна укладывалась весело, и даже щеки у нее разгорелись от удовольствия. Неужели это правда, – спрашивала она себя, – что скоро она будет писать в гостиной, а спать в спальне и обедать со скатертью? У нее отлегло от сердца, и она уже не сердилась на художника.

– Краски и кисти я оставлю тебе, Рябуша, – говорила она. – Что останется, привезешь... Смотри же, без меня тут не ленись, не хандри, а работай. Ты у меня молодчина, Рябуша.

В девять часов Рябовский, на прощанье, поцеловал ее для того, как она думала, чтобы не целовать на пароходе при художниках, и проводил на пристань. Подошел скоро пароход и увез ее.

Приехала она домой через двое с половиной суток. Не снимая шляпы и ватерпруфа[1], тяжело дыша от волнения, она прошла в гостиную, а оттуда в столовую. Дымов без сюртука, в расстегнутой жилетке сидел за столом и точил нож о вилку; перед ним на тарелке лежал рябчик. Когда Ольга Ивановна входила в квартиру, она была убеждена, что необходимо скрыть все от мужа и что на это хватит у нее уменья и силы, но теперь, когда она увидела широкую, кроткую, счастливую улыбку и блестящие радостные глаза, она почувствовала, что скрывать от этого человека так же подло, отвратительно и так же невозможно и не под силу ей, как оклеветать, украсть или убить, и она в одно мгновение решила рассказать ему все, что было. Давши ему поцеловать себя и обнять, она опустилась перед ним на колени и закрыла лицо.

– Что? Что, мама? – спросил он нежно. – Соскучилась?

[1] Ватерпу́ф – непромокаемое пальто.

Она подняла лицо, красное от стыда, и поглядела на него виновато и умоляюще, но страх и стыд помешали ей говорить правду.

– Ничего... – сказала она. – Это я так...

– Сядем, – сказал он, поднимая ее и усаживая за стол. – Вот так... Кушай рябчика. Ты проголодалась, бедняжка.

Она жадно вдыхала в себя родной воздух и ела рябчика, а он с умилением глядел на нее и радостно смеялся.

VI

По-видимому, с середины зимы Дымов стал догадываться, что его обманывают. Он, как будто у него была совесть нечиста, не мог уже смотреть жене прямо в глаза, не улыбался радостно при встрече с нею и, чтобы меньше оставаться с ней наедине, часто приводил к себе обедать своего товарища Коростелева, маленького стриженого человечка с помятым лицом, который когда разговаривал с Ольгой Ивановной, то от смущения расстегивал все пуговицы своего пиджака и опять их застегивал и потом начинал правой рукой щипать свой левый ус. За обедом оба доктора говорили о том, что при высоком стоянии диафрагмы иногда бывают перебои сердца, или что множественные невриты в последнее время наблюдаются очень часто, или что вчера Дымов, вскрывши труп с диагностикой «злокачественная анемия», нашел рак поджелудочной железы. И казалось, что оба они вели медицинский разговор только для того, чтобы дать Ольге Ивановне возможность молчать, то есть не лгать. После обеда Коростелев садился за рояль, а Дымов вздыхал и говорил ему:

– Эх, брат! Ну да что! Сыграй-ка что-нибудь печальное.

Подняв плечи и широко расставив пальцы, Коростелев брал несколько аккордов и начинал петь тенором «Укажи мне такую обитель, где бы русский мужик не стонал», а Дымов еще раз вздыхал, подпирал голову кулаком и задумывался.

В последнее время Ольга Ивановна вела себя крайне неосторожно. Каждое утро она просыпалась в самом дурном настроении и с мыслью, что она Рябовского уже не любит и что, слава богу, все уже кончено.

Но, напившись кофе, она соображала, что Рябовский отнял у нее мужа и что теперь она осталась без мужа и без Рябовского; потом она вспоминала разговоры своих знакомых о том, что Рябовский готовит к выставке нечто поразительное, смесь пейзажа с жанром, во вкусе Поленова[1], отчего все, кто бывает в его мастерской, приходят в восторг; но ведь это, думала она, он создал под ее влиянием и вообще благодаря ее влиянию, он сильно изменился к лучшему. Влияние ее так благотворно и существенно, что если она оставит его, то он, пожалуй, может погибнуть. И вспоминала она также, что в последний раз он приходил к ней в каком-то сером сюртучке с искрами и в новом галстуке и спрашивал томно: «Я красив?» И в самом деле, он, изящный, со своими длинными кудрями и с голубыми глазами, был очень красив (или, быть может, так показалось) и был ласков с ней.

Вспомнив про многое и сообразив, Ольга Ивановна одевалась и в сильном волнении ехала в мастерскую к Рябовскому. Она заставала его веселым и восхищенным своею, в самом деле, великолепною картиной; он прыгал, дурачился и на серьезные вопросы отвечал шутками. Ольга Ивановна ревновала Рябовского к картине и ненавидела ее, но из вежливости простаивала перед картиной молча минут пять и, вздохнув, как вздыхают перед святыней, говорила тихо:

– Да, ты никогда не писал еще ничего подобного. Знаешь, даже страшно.

Потом она начинала умолять его, чтобы он любил ее, не бросал, чтобы пожалел ее, бедную и несчастную. Она плакала, целовала ему руки, требовала, чтобы он клялся ей в любви, доказывала ему, что без ее хорошего влияния он собьется с пути и погибнет. И, испортив ему хорошее настроение духа и чувствуя себя униженной, она уезжала к портнихе или к знакомой актрисе похлопотать насчет билета.

Если она не заставала его в мастерской, то оставляла ему письмо, в котором клялась, что если он сегодня не придет к ней, то она непременно отравится. Он трусил, приходил к ней и оставался

---

[1] Поле́нов Василий Дмитриевич (1844–1927) – русский живописец-передвижник.

обедать. Не стесняясь присутствием мужа, он говорил ей дерзости, она отвечала ему тем же. Оба чувствовали, что они связывают друг друга, что они деспоты и враги, и злились, и от злости не замечали, что оба они неприличны и что даже стриженый Коростелев понимает все. После обеда Рябовский спешил проститься и уйти.

– Куда вы идете? – спрашивала его Ольга Ивановна в передней, глядя на него с ненавистью.

Он, морщась и щуря глаза, называл какую-нибудь даму, общую знакомую, и было видно, что это он смеется над ее ревностью и хочет досадить ей. Она шла к себе в спальню и ложилась в постель; от ревности, досады, чувства унижения и стыда она кусала подушку и начинала громко рыдать. Дымов оставлял Коростелева в гостиной, шел в спальню и, сконфуженный, растерянный, говорил тихо:

– Не плачь громко, мама... Зачем? Надо молчать об этом... Надо не подавать вида... Знаешь, что случилось, того уже не поправишь.

Не зная, как усмирить в себе тяжелую ревность, от которой даже в висках ломило, и думая, что еще можно поправить дело, она умывалась, пудрила заплаканное лицо и летела к знакомой даме. Не застав у нее Рябовского, она ехала к другой, потом к третьей... Сначала ей было стыдно так ездить, но потом она привыкла, и случалось, что в один вечер она объезжала всех знакомых женщин, чтобы отыскать Рябовского, и все понимали это.

Однажды она сказала Рябовскому про мужа:

– Этот человек гнетет меня своим великодушием!

Эта фраза ей так понравилась, что, встречаясь с художниками, которые знали об ее романе с Рябовским, она всякий раз говорила про мужа, делая энергический жест рукой:

– Этот человек гнетет меня своим великодушием!

Порядок жизни был такой же, как в прошлом году. По средам бывали вечеринки. Артист читал, художники рисовали, виолончелист играл, певец пел, и неизменно в половине двенадцатого открывалась дверь, ведущая в столовую, и Дымов, улыбаясь, говорил:

– Пожалуйте, господа, закусить.

По-прежнему Ольга Ивановна искала великих людей, находила и не удовлетворялась и опять искала. По-прежнему она каждый день возвращалась поздно ночью, но Дымов уже не спал, как в прошлом году, а сидел у себя в кабинете и что-то работал. Ложился он часа в три, а вставал в восемь.

Однажды вечером, когда она, собираясь в театр, стояла перед трюмо, в спальню вошел Дымов во фраке и в белом галстуке. Он кротко улыбался и, как прежде, радостно смотрел жене прямо в глаза. Лицо его сияло.

– Я сейчас диссертацию защищал, – сказал он, садясь и поглаживая колена.

– Защитил? – спросила Ольга Ивановна.

– Ого! – засмеялся он и вытянул шею, чтобы увидеть в зеркале лицо жены, которая продолжала стоять к нему спиной и поправлять прическу. – Ого! – повторил он. – Знаешь, очень возможно, что мне предложат приват-доцентуру по общей патологии. Этим пахнет.

Видно было по его блаженному, сияющему лицу, что если бы Ольга Ивановна разделила с ним его радость и торжество, то он простил бы ей все, и настоящее и будущее, и все бы забыл, но она не понимала, что значит приват-доцентура и общая патология, к тому же боялась опоздать в театр и ничего не сказала.

Он посидел две минуты, виновато улыбнулся и вышел.

VII

Это был беспокойнейший день.

У Дымова сильно болела голова; он утром не пил чаю, не пошел в больницу и все время лежал у себя в кабинете на турецком диване. Ольга Ивановна, по обыкновению, в первом часу отправилась к Рябовскому, чтобы показать ему свой этюд nature morte и спросить его, почему он вчера не приходил. Этюд казался ей ничтожным, и написала она его только затем, чтобы иметь лишний предлог сходить к художнику.

Она вошла к нему без звонка, и, когда в передней снимала калоши, ей послышалось, как будто в мастерской что-то тихо пробежало, по-женски шурша платьем, и когда она поспешила заглянуть в мастерскую, то увидела только кусок коричневой юбки, который мелькнул на мгновение и исчез за большой картиной, занавешенной вместе с мольбертом до пола черным коленкором. Сомневаться нельзя было – это пряталась женщина. Как часто сама Ольга Ивановна находила себе убежище за этой картиной! Рябовский, по-видимому очень смущенный, как бы удивился ее приходу, протянул к ней обе руки и сказал, натянуто улыбаясь:

– А-а-а-а! Очень рад вас видеть. Что скажете хорошенького?

Глаза у Ольги Ивановны наполнились слезами. Ей было стыдно, горько, и она за миллион не согласилась бы говорить в присутствии посторонней женщины, соперницы, лгуньи, которая стояла теперь за картиной и, вероятно, злорадно хихикала.

– Я принесла вам этюд... – сказала она робко, тонким голоском, и губы ее задрожали, – nature morte.

– А-а-а... этюд?

Художник взял в руки этюд и, рассматривая его, как бы машинально прошел в другую комнату. Ольга Ивановна покорно шла за ним.

– Nature morte... первый сорт, – бормотал он, подбирая рифму, – курорт... черт... порт...

Из мастерской послышались торопливые шаги и шуршанье платья. Значит, она ушла. Ольге Ивановне хотелось громко крикнуть, ударить художника по голове чем-нибудь тяжелым и уйти, но она ничего не видела сквозь слёзы, была подавлена своим стыдом и чувствовала себя уж не Ольгой Ивановной и не художницей, а маленькою козявкой.

– Я устал... – томно проговорил художник, глядя на этюд и встряхивая головой, чтобы побороть дремоту. – Это мило, конечно, но и сегодня этюд, и в прошлом году этюд, и через месяц будет этюд... Как вам не наскучит? Я бы на вашем месте бросил живопись и занялся серьезно музыкой или чем-нибудь. Ведь вы не художница, а музыкантша. Однако, знаете, как я устал! Я сейчас скажу, чтобы дали чаю… А?

Он вышел из комнаты, и Ольга Ивановна слышала, как он что-то приказывал своему лакею. Чтоб не прощаться, не объясняться, а главное, не зарыдать, она, пока не вернулся Рябовский, поскорее побежала в переднюю, надела калоши и вышла на улицу. Тут она легко вздохнула и почувствовала себя навсегда свободной и от Рябовского, и от живописи, и от тяжелого стыда, который так давил ее в мастерской. Все кончено!

Она поехала к портнихе, потом к Барнаю[1], который только вчера приехал, от Барная – в нотный магазин, и все время она думала о том, как она напишет Рябовскому холодное, жесткое, полное собственного достоинства письмо и как весною или летом она поедет с Дымовым в Крым, освободится там окончательно от прошлого и начнет новую жизнь.

Вернувшись домой поздно вечером, она, не переодеваясь, села в гостиной сочинять письмо. Рябовский сказал ей, что она не художница, и она в отместку напишет ему теперь, что он каждый год пишет все одно и то же и каждый день говорит одно и то же, что он застыл и что из него не выйдет ничего, кроме того, что уже вышло. Ей хотелось написать также, что он многим обязан ее хорошему влиянию, а если он поступает дурно, то это только потому, что ее влияние парализуется разными двусмысленными особами, вроде той, которая сегодня пряталась за картину.

– Мама! – позвал из кабинета Дымов, не отворяя двери. – Мама!

– Что тебе?

– Мама, ты не входи ко мне, а только подойди к двери. – Вот что… Третьего дня я заразился в больнице дифтеритом, и теперь… мне нехорошо. Пошли поскорее за Коростелевым.

---

[1] Барна́й Людвиг (1842–1924) – немецкий драматический актер.

Ольга Ивановна всегда звала мужа, как всех знакомых мужчин, не по имени, а по фамилии; его имя Осип не нравилось ей, потому что напоминало гоголевского Осипа и каламбур: «Осип охрип, а Архип осип». Теперь же она вскрикнула:

– Осип, это не может быть!

– Пошли! Мне нехорошо… – сказал за дверью Дымов, и слышно было, как он подошел к дивану и лег. – Пошли! – глухо послышался его голос.

«Что же это такое? – подумала Ольга Ивановна, холодея от ужаса. – Ведь это опасно!»

Без всякой надобности она взяла свечу и пошла к себе в спальню и тут, соображая, что ей нужно делать, нечаянно поглядела на себя в трюмо. С бледным, испуганным лицом, в жакете с высокими рукавами, с желтыми воланами на груди и с необыкновенным направлением полос на юбке, она показалась себе страшной и гадкой. Ей вдруг стало до боли жаль Дымова, его безграничной любви к ней, его молодой жизни и даже этой его осиротелой постели, на которой он давно уже не спал, и вспоминалась ей его обычная кроткая, покорная улыбка. Она горько заплакала и написала Коростелеву умоляющее письмо. Было два часа ночи.

VIII

Когда в восьмом часу утра Ольга Ивановна, с тяжелой от бессонницы головой, непричесанная, некрасивая и с виноватым выражением, вышла из спальни, мимо нее прошел в переднюю какой-то господин с черною бородой, по-видимому доктор. Пахло лекарствами. Около двери в кабинет стоял Коростелев и правою рукою крутил левый ус.

– К нему, извините, я вас не пущу, – угрюмо сказал он Ольге Ивановне. – Заразиться можно. Да и не к чему вам, в сущности. Он все равно в бреду.

– У него настоящий дифтерит? – спросила шепотом Ольга Ивановна.

– Тех, кто на рожон лезет, по-настоящему под суд отдавать надо, – пробормотал Коростелев, не отвечая на вопрос Ольги Ивановны. –

Знаете, отчего он заразился? Во вторник у мальчика высасывал через трубочку дифтеритные пленки. А к чему? Глупо... Так, сдуру...

– Опасно? Очень? – спросила Ольга Ивановна.

– Да, говорят, что форма тяжелая. Надо бы за Шреком послать, в сущности.

Приходил маленький, рыженький, с длинным носом и с еврейским акцентом, потом высокий, сутулый, лохматый, похожий на протодьякона, потом молодой, очень полный, с красным лицом и в очках. Это врачи приходили дежурить около своего товарища. Коростелев, отдежурив свое время, не уходил домой, а оставался и, как тень, бродил по всем комнатам. Горничная подавала дежурившим докторам чай и часто бегала в аптеку, и некому было убрать комнат. Было тихо и уныло.

Ольга Ивановна сидела у себя в спальне и думала о том, что это Бог ее наказывает за то, что она обманывала мужа. Молчаливое, безропотное, непонятное существо, обезличенное своею кротостью, бесхарактерное, слабое от излишней доброты, глухо страдало где-то там у себя на диване и не жаловалось. А если бы оно пожаловалось, хотя бы в бреду, то дежурные доктора узнали бы, что виноват тут не один только дифтерит. Спросили бы они Коростелева: он знает все и недаром на жену своего друга смотрит такими глазами, как будто она-то и есть самая главная, настоящая злодейка, а дифтерит только ее сообщник. Она уже не помнила ни лунного вечера на Волге, ни объяснений в любви, ни поэтической жизни в избе, а помнила только, что она из пустой прихоти, из баловства, вся, с руками и с ногами, вымазалась во что-то грязное, липкое, от чего никогда уж не отмоешься...

«Ах, как я страшно солгала! – думала она, вспоминая о беспокойной любви, какая у нее была с Рябовским. – Будь оно все проклято!..»

В четыре часа она обедала вместе с Коростелевым. Он ничего не ел, пил только красное вино и хмурился. Она тоже ничего не ела. То она мысленно молилась и давала обет Богу, что если Дымов выздоровеет, то она полюбит его опять и будет верною женой. То, забывшись на минуту, она смотрела на Коростелева и думала: «Неужели не скучно быть простым, ничем не замечательным, неизвестным человеком, да еще с таким помятым лицом и с дурными манерами». То ей казалось, что ее сию минуту убьет Бог за то, что она, боясь заразиться, ни разу еще не была в кабинете у мужа. А в общем, было тупое унылое чувство и уверенность, что жизнь уже испорчена и что ничем ее не исправишь...

После обеда наступили потемки. Когда Ольга Ивановна вышла в гостиную, Коростелев спал на кушетке, подложив под голову шелковую подушку, шитую золотом. «Кхи-пуа... – храпел он, – кхи-пуа».

И доктора, приходившие дежурить и уходившие, не замечали этого беспорядка. То, что чужой человек спал в гостиной и храпел, и этюды на стенах, и причудливая обстановка, и то, что хозяйка была непричесана и неряшливо одета – все это не возбуждало теперь ни малейшего интереса. Один из докторов нечаянно чему-то засмеялся, и как-то странно и робко прозвучал этот смех, даже жутко сделалось.

Когда Ольга Ивановна в другой раз вышла в гостиную, Коростелев уже не спал, а сидел и курил.

– У него дифтерит носовой полости, – сказал он вполголоса. – Уже и сердце неважно работает. В сущности, плохи дела.

– А вы пошлите за Шреком, – сказала Ольга Ивановна.

– Был уже. Он-то и заметил, что дифтерит перешел в нос. Э, да что Шрек! В сущности, ничего Шрек. Он Шрек, я Коростелев – и больше ничего.

Время тянулось ужасно долго. Ольга Ивановна лежала одетая в не убранной с утра постели и дремала. Ей чудилось, что вся квартира от полу до потолка занята громадным куском железа и что стоит только вынести вон железо, как всем станет весело и легко. Очнувшись, она вспомнила, что это не железо, а болезнь Дымова.

«Nature morte, порт... – думала она, опять впадая в забытье, – спорт... курорт... А как Шрек? Шрек, грек, врек... крек. А где-то теперь мои друзья? Знают ли они, что у нас горе? Господи, спаси... избави. Шрек, грек...»

И опять железо… Время тянулось длинно, а часы в нижнем этаже били часто. И то и дело слышались звонки; приходили доктора… Вошла горничная с пустым стаканом на подносе и спросила:

– Барыня, постель прикажете постлать?

И, не получив ответа, вышла. Пробили внизу часы, приснился дождь на Волге, и опять кто-то вошел в спальню, кажется посторонний. Ольга Ивановна вскочила и узнала Коростелева.

– Который час? – спросила она.

– Около трех.

– Ну что?

– Да что! Я пришел сказать: кончается…

Он всхлипнул, сел на кровать рядом с ней и вытер слёзы рукавом. Она сразу не поняла, но вся похолодела и стала медленно креститься.

– Кончается… – повторил он тонким голоском и опять всхлипнул. – Умирает, потому что пожертвовал собой… Какая потеря для науки! – сказал он с горечью. – Это, если всех нас сравнить с ним, был великий, необыкновенный человек! Какие дарования! Какие надежды он подавал нам всем! – продолжал Коростелев, ломая руки. – Господи боже мой, это был бы такой ученый, какого теперь с огнем не найдешь. Оська Дымов, Оська Дымов, что ты наделал! Ай-ай, боже мой!

Коростелев в отчаянии закрыл обеими руками лицо и покачал головой.

– А какая нравственная сила! – продолжал он, все больше и больше озлобляясь на кого-то. – Добрая, чистая, любящая душа – не человек, а стекло! Служил науке и умер от науки. А работал как вол день и ночь, никто его не щадил, и молодой ученый, будущий профессор, должен был искать себе практику и по ночам заниматься переводами, чтобы платить вот за эти… подлые тряпки!

Коростелев поглядел с ненавистью на Ольгу Ивановну, ухватился за простыню обеими руками и сердито рванул, как будто она была виновата.

– И сам себя не щадил, и его не щадили. Э, да что, в сущности!

– Да, редкий человек! – сказал кто-то басом в гостиной.

Ольга Ивановна вспомнила всю свою жизнь с ним, от начала до конца, со всеми подробностями, и вдруг поняла, что это был в самом деле необыкновенный, редкий и, в сравнении с теми, кого она знала, великий человек. И, вспомнив, как к нему относились ее покойный отец и все товарищи-врачи, она поняла, что все они видели в нем будущую знаменитость. Стены, потолок, лампа и ковер на полу замигали ей насмешливо, как бы желая сказать: «Прозевала! прозевала!» Она с плачем бросилась из спальни, шмыгнула в гостиной мимо какого-то незнакомого человека и вбежала в кабинет к мужу. Он лежал неподвижно на турецком диване, покрытый до пояса одеялом. Лицо его страшно осунулось, похудело и имело серовато-желтый цвет, какого никогда не бывает у живых; и только по лбу, по черным бровям да по знакомой улыбке можно было узнать, что это Дымов. Ольга Ивановна быстро ощупала его грудь, лоб и руки. Грудь еще была тепла, но лоб и руки были неприятно холодны. И полуоткрытые глаза смотрели не на Ольгу Ивановну, а на одеяло.

– Дымов! – позвала она громко. – Дымов!

Она хотела объяснить ему, что то была ошибка, что не все еще потеряно, что жизнь еще может быть прекрасной и счастливой, что он редкий, необыкновенный, великий человек и что она будет всю жизнь благоговеть перед ним, молиться и испытывать священный страх…

– Дымов! – звала она его, трепля его за плечо и не веря тому, что он уже никогда не проснется. – Дымов, Дымов же!

А в гостиной Коростелев говорил горничной:

– Да что тут спрашивать? Вы ступайте в церковную сторожку и спросите, где живут богаделки. Они и обмоют тело и уберут – все сделают, что нужно.

1892

ПАЛАТА № 6

I

В больничном дворе стоит небольшой флигель, окруженный целым лесом репейника, крапивы и дикой конопли. Крыша на нем ржавая, труба наполовину обвалилась, ступеньки у крыльца сгнили и поросли травой, а от штукатурки остались одни только следы. Передним фасадом обращен он к больнице, задним – глядит в поле, от которого отделяет его серый больничный забор с гвоздями. Эти гвозди, обращенные остриями кверху, и забор, и самый флигель имеют тот особый, унылый, окаянный вид, какой у нас бывает только у больничных и тюремных построек.

Если вы не боитесь ожечься о крапиву, то пойдемте по узкой тропинке, ведущей к флигелю, и посмотрим, что делается внутри. Отворив первую дверь, мы входим в сени. Здесь у стен и около печки навалены целые горы больничного хлама. Матрацы, старые изодранные халаты, панталоны, рубахи с синими полосками, никуда не годная, истасканная обувь – вся эта рвань свалена в кучи, перемята, спуталась, гниет и издает удушливый запах.

На хламе всегда с трубкой в зубах лежит сторож Никита, старый отставной солдат с порыжелыми нашивками. У него суровое, испитое лицо, нависшие брови, придающие лицу выражение степной овчарки, и красный нос; он невысок ростом, на вид сухощав и жилист, но осанка у него внушительная и кулаки здоровенные. Принадлежит он к числу тех простодушных, положительных, исполнительных и тупых людей, которые больше всего на свете любят порядок и потому убеждены, что *их* надо бить. Он бьет по лицу, по груди, по спине, по чем попало, и уверен, что без этого не было бы здесь порядка.

Далее вы входите в большую, просторную комнату, занимающую весь флигель, если не считать сеней. Стены здесь вымазаны грязно-голубою краской, потолок закопчен, как в курной избе, ясно, что здесь зимой дымят печи и бывает угарно. Окна изнутри обезображены железными решетками. Пол сер и занозист. Воняет кислою капустой, фитильною гарью, клопами и аммиаком, и эта вонь в первую минуту производит на вас такое впечатление, как будто вы входите в зверинец.

В комнате стоят кровати, привинченные к полу. На них сидят и лежат люди в синих больничных халатах и по-старинному в колпаках. Это – сумасшедшие.

Всех их здесь пять человек. Только один благородного звания, остальные же все мещане. Первый от двери, высокий, худощавый мещанин с рыжими блестящими усами и с заплаканными глазами, сидит, подперев голову, и глядит в одну точку. День и ночь он грустит, покачивая головой, вздыхая и горько улыбаясь; в разговорах он редко принимает участие и на вопросы обыкновенно не отвечает. Ест и пьет он машинально, когда дают. Судя по мучительному, бьющему кашлю, худобе и румянцу на щеках, у него начинается чахотка.

За ним следует маленький, живой, очень подвижный старик с острою бородкой и с черными, кудрявыми, как у негра, волосами. Днем он прогуливается по палате от окна к окну или сидит на своей постели, поджав по-турецки ноги, и неугомонно, как снегирь, насвистывает, тихо поет и хихикает. Детскую веселость и живой характер проявляет он и ночью, когда встает затем, чтобы помолиться Богу, то есть постучать себя кулаками по груди и поковырять пальцем в дверях. Это жид Мойсейка, дурачок, помешавшийся лет двадцать назад, когда у него сгорела шапочная мастерская.

Из всех обитателей палаты № 6 только ему одному позволяется выходить из флигеля и даже из больничного двора на улицу. Такой привилегией он пользуется издавна, вероятно, как больничный старожил и как тихий, безвредный дурачок, городской шут, которого давно уже привыкли видеть на улицах, окруженным мальчишками и собаками. В халатишке, в смешном колпаке и в туфлях, иногда босиком и даже без панталон, он ходит по улицам, останавливаясь у ворот и лавочек, и просит копеечку. В одном месте дадут ему квасу, в другом – хлеба, в третьем – копеечку, так что возвращается он во флигель обыкновенно сытым и богатым. Все, что он приносит с собой, отбирает у него Никита в свою пользу. Делает это солдат грубо, с сердцем, выворачивая карманы и призывая Бога в свидетели, что он никогда уже больше не станет пускать жида на улицу и что беспорядки для него хуже всего на свете.

Мойсейка любит услуживать. Он подает товарищам воду, укрывает их, когда они спят, обещает каждому принести с улицы по копеечке и сшить по новой шапке; он же кормит с ложки своего соседа с левой стороны, паралитика. Поступает он так не из сострадания и не из каких-либо соображений гуманного свойства, а подражая и невольно подчиняясь своему соседу с правой стороны Громову.

Иван Дмитрии Громов, мужчина лет тридцати трех, из благородных, бывший судебный пристав и губернский секретарь, страдает манией преследования. Он или лежит на постели, свернувшись калачиком, или же ходит из угла в угол, как бы для моциона, сидит же очень редко. Он всегда возбужден, взволнован и напряжен каким-то смутным, неопределенным ожиданием. Достаточно малейшего шороха в сенях или крика на дворе, чтобы он поднял голову и стал прислушиваться: не за ним ли это идут? Не его ли ищут? И лицо его при этом выражает крайнее беспокойство и отвращение.

Мне нравится его широкое, скуластое лицо, всегда бледное и несчастное, отражающее в себе, как в зеркале, замученную борьбой и продолжительным страхом душу. Гримасы его странны и болезненны, но тонкие черты, положенные на его лицо глубоким искренним страданием, разумны и интеллигентны, и в глазах теплый, здоровый блеск. Нравится мне он сам, вежливый, услужливый и необыкновенно деликатный в обращении со всеми, кроме Никиты. Когда кто-нибудь роняет пуговку или ложку, он быстро вскакивает с постели и поднимает. Каждое утро он поздравляет своих товарищей с добрым утром, ложась спать – желает им спокойной ночи.

Кроме постоянно напряженного состояния и гримасничанья сумасшествие его выражается еще в следующем. Иногда по вечерам он запахивается в свой халатик и, дрожа всем телом, стуча зубами, начинает быстро ходить из угла в угол и между кроватей. Похоже на то, как будто у него сильная лихорадка. По тому, как он внезапно останавливается и взглядывает на товарищей, видно, что ему хочется сказать что-то очень важное, но, по-видимому, соображая, что его не будут слушать или не поймут, он нетерпеливо встряхивает головой и продолжает шагать. Но скоро желание говорить берет верх над всякими соображениями, и он дает себе волю и говорит горячо и страстно. Речь его беспорядочна, лихорадочна, как бред, порывиста и не всегда понятна, но зато в ней слышится, и в словах и в голосе, что-то чрезвычайно хорошее. Когда он говорит, вы узнаёте в нем сумасшедшего и человека. Трудно передать на бумаге его безумную речь. Говорит он о человеческой подлости, о насилии, попирающем правду, о прекрасной жизни, какая со временем будет на земле, об оконных решетках, напоминающих ему каждую минуту о тупости и жестокости насильников. Получается беспорядочное, нескладное попурри из старых, но еще не допетых песен.

II

Лет двенадцать – пятнадцать тому назад в городе, на самой главной улице, в собственном доме проживал чиновник Громов, человек солидный и зажиточный. У него было два сына: Сергей и Иван. Будучи уже студентом четвертого курса, Сергей заболел скоротечной чахоткой и умер, и эта смерть как бы послужила началом целого ряда несчастий, которые вдруг посыпались на семью Громовых. Через неделю после похорон Сергея старик отец был отдан под суд за подлоги и растраты и вскоре умер в тюремной больнице от тифа. Дом и вся движимость были проданы с молотка, и Иван Дмитрии с матерью остались без всяких средств.

Прежде, при отце, Иван Дмитрии, проживая в Петербурге, где он учился в университете, получал шестьдесят – семьдесят рублей в месяц и не имел никакого понятия о нужде, теперь же ему пришлось резко изменить свою жизнь. Он должен был от утра до ночи давать грошовые уроки, заниматься перепиской и все-таки голодать, так как весь заработок посылался матери на пропитание. Такой жизни не выдержал Иван Дмитрии; он пал духом, захирел и, бросив университет, уехал домой. Здесь, в городке, он по протекции получил место учителя в уездном училище, но не сошелся с товарищами, не понравился ученикам и скоро бросил место. Умерла мать. Он с полгода ходил без места, питаясь только хлебом и водой, затем поступил в судебные пристава. Эту должность занимал он до тех пор, пока не был уволен по болезни.

Он никогда, даже в молодые студенческие годы, не производил впечатления здорового. Всегда он был бледен, худ, подвержен простуде, мало ел, дурно спал. От одной рюмки вина у него кружилась голова и делалась истерика. Его всегда тянуло к людям, но, благодаря своему раздражительному характеру и мнительности, он ни с кем близко не сходился и друзей не имел. О горожанах он всегда отзывался с презрением, говоря, что их грубое невежество и сонная животная жизнь кажутся ему мерзкими и отвратительными. Говорил он тенором, громко, горячо и не иначе как негодуя и возмущаясь или с восторгом и удивлением, и всегда искренно. О чем, бывало, ни заговоришь с ним, он все сводит к одному: в городе душно и скучно жить, у общества нет высших интересов, оно ведет тусклую, бессмысленную жизнь, разнообразя ее насилием, грубым развратом и лицемерием; подлецы сыты и одеты, а честные питаются крохами; нужны школы, местная газета с честным направлением, театр, публичные чтения, сплоченность интеллигентных сил; нужно, чтоб общество сознало себя и ужаснулось. В своих суждениях о людях он клал густые краски, только белую и черную, не признавая никаких оттенков; человечество делилось у него на честных и подлецов; середины же не было. О женщинах и любви он всегда говорил страстно, с восторгом, но ни разу не был влюблен.

В городе, несмотря на резкость его суждений и нервность, его любили и за глаза ласково называли Ваней. Его врожденная деликатность, услужливость, порядочность, нравственная чистота и его поношенный сюртучок, болезненный вид и семейные несчастия внушали хорошее, теплое и грустное чувство; к тому же он был хорошо образован и начитан, знал, по мнению горожан, всё и был в городе чем-то вроде ходячего справочного словаря.

Читал он очень много. Бывало, все сидит в клубе, нервно теребит бородку и перелистывает журналы и книги; и по лицу его видно, что он не читает, а глотает, едва успев разжевать. Надо думать, что чтение было одною из его болезненных привычек, так как он с одинаковою жадностью набрасывался на все, что попадало ему под руки, даже на прошлогодние газеты и календари. Дома у себя читал он всегда лежа.

III

Однажды осенним утром, подняв воротник своего пальто и шлепая по грязи, по переулкам и задворкам пробирался Иван Дмитрии к какому-то мещанину, чтобы получить по исполнительному листу. Настроение у него было мрачное, как всегда по утрам. В одном из переулков встретились ему два арестанта в кандалах и с ними четыре конвойных с ружьями. Раньше Иван Дмитрии очень часто встречал арестантов, и всякий раз они возбуждали в нем чувства сострадания и неловкости, теперь же эта встреча произвела на него какое-то особенное, странное впечатление. Ему вдруг почему-то показалось, что его тоже могут заковать в кандалы и таким же образом вести по грязи в тюрьму. Побывав у мещанина и возвращаясь к себе домой, он встретил около почты знакомого полицейского надзирателя, который поздоровался и прошел с ним по улице несколько шагов, и почему-то это показалось ему подозрительным. Дома целый день у него не выходили из головы арестанты и солдаты с ружьями, и непонятная душевная тревога мешала ему читать и сосредоточиться. Вечером он не зажигал у себя огня, а ночью не спал и все думал о том, что его могут арестовать, заковать и посадить в тюрьму. Он не знал за собой никакой вины и мог поручиться, что и в будущем никогда не убьет, не подожжет и не украдет; но разве трудно совершить преступление нечаянно, невольно, и разве не возможна клевета, наконец, судебная ошибка? Ведь недаром же вековой народный опыт учит от сумы да тюрьмы не зарекаться. А судебная ошибка при теперешнем судопроизводстве очень возможна, и ничего в ней нет мудреного. Люди, имеющие служебное, деловое отношение к чужому страданию, например судьи, полицейские, врачи, с течением времени, в силу привычки, закаляются до такой степени, что хотели бы, да не могут относиться к своим клиентам иначе как формально; с этой стороны они ничем не отличаются от мужика, который на задворках режет баранов и телят и не замечает крови. При формальном же, бездушном отношении к личности, для того чтобы невинного человека лишить всех прав состояния и присудить к каторге, судье нужно только одно: время. Только время на соблюдение кое-каких формальностей, за которые судье платят жалованье, а затем – все кончено. Ищи потом справедливости и защиты в этом маленьком грязном городишке, за двести верст от железной дороги! Да и не смешно ли помышлять о справедливости, когда всякое насилие встречается обществом как разумная и целесообразная необходимость и всякий акт милосердия, например оправдательный приговор, вызывает целый взрыв неудовлетворенного мстительного чувства?

Утром Иван Дмитрии поднялся с постели в ужасе, с холодным потом на лбу, совсем уже уверенный, что его могут арестовать каждую минуту. Если вчерашние тяжелые мысли так долго не оставляют его, думал он, то, значит, в них есть доля правды. Не могли же они в самом деле прийти в голову безо всякого повода.

Городовой не спеша прошел мимо окон: это недаром. Вот два человека остановились около дома и молчат. Почему они молчат?

И для Ивана Дмитрича наступили мучительные дни и ночи. Все проходившие мимо окон и входившие во двор казались шпионами и сыщиками. В полдень обыкновенно исправник проезжал на паре по улице; это он ехал из своего подгородного имения в полицейское правление, но Ивану Дмитричу казалось каждый раз, что он едет слишком быстро и с каким-то особенным выражением: очевидно, спешит объявить, что в городе проявился очень важный преступник. Иван Дмитрии вздрагивал при всяком звонке и стуке в ворота, томился, когда встречал у хозяйки нового человека; при встрече с полицейскими и жандармами улыбался и насвистывал, чтобы казаться равнодушным. Он не спал все ночи напролет, ожидая ареста, он громко храпел и вздыхал, как сонный, чтобы хозяйке казалось, что он спит; ведь если не спит, то, значит, его мучают угрызения совести – какая улика! Факты и здравая логика убеждали его, что все эти страхи – вздор и психопатия, что в аресте и тюрьме, если взглянуть на дело пошире, в сущности, нет ничего страшного, – была бы совесть спокойна; но чем умнее и логичнее он рассуждал, тем сильнее и мучительнее становилась душевная тревога.

Это было похоже на то, как один пустынник хотел вырубить себе местечко в девственном лесу; чем усерднее он работал топором, тем гуще и сильнее разрастался лес. Иван Дмитрии, в конце концов, видя, что это бесполезно, совсем бросил рассуждать и весь отдался отчаянию и страху.

Он стал уединяться и избегать людей. Служба и раньше была ему противна, теперь же она стала для него невыносима. Он боялся, что его как-нибудь подведут, положат ему незаметно в карман взятку и потом уличат, или он сам нечаянно сделает в казенных бумагах ошибку, равносильную подлогу, или потеряет чужие деньги. Странно, что никогда в другое время мысль его не была так гибка и изобретательна, как теперь, когда он каждый день выдумывал тысячи разнообразных поводов к тому, чтобы серьезно опасаться за свою свободу и честь. Но зато значительно ослабел интерес к внешнему миру, в частности к книгам, и стала сильно изменять память.

Весной, когда сошел снег, в овраге около кладбища нашли два полусгнивших трупа – старухи и мальчика, с признаками насильственной смерти. В городе только и разговора было, что об этих трупах и неизвестных убийцах. Иван Дмитрии, чтобы не подумали, что это он убил, ходил по улицам и улыбался, а при встрече со знакомыми бледнел, краснел и начинал уверять, что нет подлее преступления, как убийство слабых и беззащитных. Но эта ложь скоро утомила его, и, после некоторого размышления, он решил, что в его положении самое лучшее – это спрятаться в хозяйкин погреб. В погребе просидел он день, потом ночь и другой день, сильно озяб и, дождавшись потемок, тайком, как вор, пробрался к себе в комнату. До рассвета простоял он среди комнаты, не шевелясь и прислушиваясь. Рано утром до восхода солнца к хозяйке пришли печники. Иван Дмитрии хорошо знал, что они пришли затем, чтобы перекладывать в кухне печь, но страх подсказал ему, что это полицейские, переодетые печниками. Он потихоньку вышел из квартиры и, охваченный ужасом, без шапки и сюртука, побежал по улице. За ним с лаем гнались собаки, кричал где-то позади мужик, в ушах свистел воздух, и Ивану Дмитричу казалось, что насилие всего мира скопилось за его спиной и гонится за ним.

Его задержали, привели домой и послали хозяйку за доктором. Доктор Андрей Ефимыч, о котором речь впереди, прописал холодные примочки на голову и лавровишневые капли, грустно покачал головой и ушел, сказав хозяйке, что уж больше он не придет, потому что не следует мешать людям сходить с ума. Так как дома не на что было жить и лечиться, то скоро Ивана Дмитрича отправили в больницу и положили его там в палате для венерических больных. Он не спал по ночам, капризничал и беспокоил больных и скоро, по распоряжению Андрея Ефимыча, был переведен в палату № 6.

Через год в городе уже совершенно забыли про Ивана Дмитрича, и книги его, сваленные хозяйкой в сани под навесом, были растасканы мальчишками.

IV

Сосед с левой стороны у Ивана Дмитрича, как я уже сказал, жид Мойсейка, сосед же с правой – оплывший жиром, почти круглый мужик с тупым, совершенно бессмысленным лицом. Это – неподвижное, обжорливое и нечистоплотное животное, давно уже потерявшее способность мыслить и чувствовать. От него постоянно идет острый, удушливый смрад.

Никита, убирающий за ним, бьет его страшно, со всего размаха, не щадя своих кулаков; и страшно тут не то, что его бьют, – к этому можно привыкнуть, – а то, что это отупевшее животное не отвечает на побои ни звуком, ни движением, ни выражением глаз, а только слегка покачивается, как тяжелая бочка.

Пятый и последний обитатель палаты № 6 – мещанин, служивший когда-то сортировщиком на почте, маленький худощавый блондин с добрым, но несколько лукавым лицом. Судя по умным, покойным глазам, смотрящим ясно и весело, он себе на уме и имеет какую-то очень важную и приятную тайну. У него есть под подушкой и под матрацем что-то такое, чего он никому не показывает, но не из страха, что могут отнять или украсть, а из стыдливости. Иногда он подходит к окну и, обернувшись к товарищам спиной, надевает себе что-то на грудь и смотрит, нагнув голову; если в это время подойти к нему, то он сконфузится и сорвет что-то с груди. Но тайну его угадать нетрудно.

– Поздравьте меня, – говорит он часто Ивану Дмитричу, – я представлен к Станиславу второй степени со звездой. Вторую степень со звездой дают только иностранцам, но для меня почему-то хотят сделать исключение, – улыбается он, в недоумении пожимая плечами. – Вот уж, признаться, не ожидал!

– Я в этом ничего не понимаю, – угрюмо заявляет Иван Дмитрии.

– Но знаете, чего я рано и поздно добьюсь? – продолжает бывший сортировщик, лукаво щуря глаза. – Я непременно получу шведскую «Полярную звезду». Орден такой, что стоит похлопотать. Белый крест и черная лента. Это очень красиво.

Вероятно, нигде в другом месте так жизнь не однообразна, как во флигеле. Утром больные, кроме паралитика и толстого мужика, умываются в сенях из большого ушата и утираются фалдами халатов; после этого пьют из оловянных кружек чай, который приносит из главного корпуса Никита. Каждому полагается по одной кружке. В полдень едят щи из кислой капусты и кашу, вечером ужинают кашей, оставшеюся от обеда. В промежутках лежат, спят, глядят в окна и ходят из угла в угол. И так каждый день. Даже бывший сортировщик говорит все об одних и тех же орденах.

Свежих людей редко видят в палате № 6. Новых помешанных доктор давно уже не принимает, а любителей посещать сумасшедшие дома немного на этом свете. Раз в два месяца бывает во флигеле Семен Лазарич, цирюльник. Как он стрижет сумасшедших и как Никита помогает ему делать это и в какое смятение приходят больные всякий раз при появлении пьяного улыбающегося цирюльника, мы говорить не будем.

Кроме цирюльника, никто не заглядывает во флигель. Больные осуждены видеть изо дня в день одного только Никиту.

Впрочем, недавно по больничному корпусу разнесся довольно странный слух.

Распустился слух, что палату № 6 будто бы стал посещать доктор.

V

Странный слух!

Доктор Андрей Ефимыч Рагин – замечательный человек в своем роде. Говорят, что в ранней молодости он был очень набожен и готовил себя к духовной карьере и что, кончив в 1863 году курс в гимназии, он намеревался поступить в духовную академию, но будто бы его отец, доктор медицины и хирург, едко посмеялся над ним и заявил категорически, что не будет считать его своим сыном, если он пойдет в попы. Насколько это верно – не знаю, но сам Андрей Ефимыч не раз признавался, что он никогда не чувствовал призвания к медицине и вообще к специальным наукам.

Как бы то ни было, кончив курс по медицинскому факультету, он в священники не постригся. Набожности он не проявлял и на духовную особу в начале своей врачебной карьеры походил так же мало, как теперь.

Наружность у него тяжелая, грубая, мужицкая; своим лицом, бородой, плоскими волосами и крепким, неуклюжим сложением напоминает он трактирщика на большой дороге, разъевшегося, невоздержного и крутого. Лицо суровое, покрыто синими жилками, глаза маленькие, нос красный. При высоком росте и широких плечах у него громадные руки и ноги; кажется, хватит кулаком – дух вон. Но поступь у него тихая и походка осторожная, вкрадчивая; при встрече в узком коридоре он всегда первый останавливается, чтобы дать дорогу, и не басом, как ждешь, а тонким, мягким тенорком говорит: «Виноват!» У него на шее небольшая опухоль, которая мешает ему носить жесткие крахмальные воротнички, и потому он всегда ходит в мягкой полотняной или ситцевой сорочке. Вообще одевается он не по-докторски. Одну и ту же пару он таскает лет по десяти, а новая одежда, которую он обыкновенно покупает в жидовской лавке, кажется на нем такою же поношенною и помятою, как старая; в одном и том же сюртуке он и больных принимает, и обедает, и в гости ходит; но это не из скупости, а от полного невнимания к своей наружности.

Когда Андрей Ефимыч приехал в город, чтобы принять должность, «богоугодное заведение» находилось в ужасном состоянии. В палатах, коридорах и в больничном дворе тяжело было дышать от смрада. Больничные мужики, сиделки и их дети спали в палатах вместе с больными. Жаловались, что житья нет от тараканов, клопов и мышей. В хирургическом отделении не переводилась рожа. На всю больницу было только два скальпеля и ни одного термометра, в ваннах держали картофель. Смотритель, кастелянша и фельдшер грабили больных, а про старого доктора, предшественника Андрея Ефимыча, рассказывали, будто он занимался тайною продажей больничного спирта и завел себе из сиделок и больных женщин целый гарем. В городе отлично знали про эти беспорядки и даже преувеличивали их, но относились к ним спокойно; одни оправдывали их тем, что в больницу ложатся только мещане и мужики, которые не могут быть недовольны, так как дома живут гораздо хуже, чем в больнице; не рябчиками же их кормить! Другие же в оправдание говорили, что одному городу без помощи земства[1]не под силу содержать хорошую больницу; слава богу, что хоть плохая, да есть. А молодое земство не открывало лечебницы ни в городе, ни возле, ссылаясь на то, что город уже имеет свою больницу.

Осмотрев больницу, Андрей Ефимыч пришел к заключению, что это учреждение безнравственное и в высшей степени вредное для здоровья жителей. По его мнению, самое умное, что можно было сделать, это – выпустить больных на волю, а больницу закрыть. Но он рассудил, что для этого недостаточно одной только его воли и что это было бы бесполезно; если физическую и нравственную нечистоту прогнать с одного места, то она перейдет на другое; надо ждать, когда она сама выветрится. К тому же, если люди открывали больницу и терпят ее у себя, то, значит, она им нужна; предрассудки и все эти житейские гадости и мерзости нужны, так как они с течением времени перерабатываются во что-нибудь путное, как навоз в чернозем. На земле нет ничего такого хорошего, что в своем первоисточнике не имело бы гадости.

Приняв должность, Андрей Ефимыч отнесся к беспорядкам, по-видимому, довольно равнодушно. Он попросил только больничных мужиков и сиделок не ночевать в палатах и поставил два шкапа с инструментами; смотритель же, кастелянша, фельдшер и хирургическая рожа остались на своих местах.

Андрей Ефимыч чрезвычайно любит ум и честность, но, чтобы устроить около себя жизнь умную и честную, у него не хватает характера и веры в свое право. Приказывать, запрещать и настаивать он положительно не умеет. Похоже на то, как будто он дал обет никогда не возвышать голоса и не употреблять повелительного наклонения. Сказать «дай» или «принеси» ему трудно; когда ему хочется есть, он нерешительно покашливает и говорит кухарке: «Как

---

[1] Зе́мство – существовавшее в дореволюционной России с 1864 г. в центральных губерниях местное самоуправление, ведавшее устройством дорог, статистикой, благотворительными и лечебными заведениями, начальным образованием и прочими чисто хозяйственными вопросами в уездах и губерниях.

бы мне чаю…» или: «Как бы мне пообедать». Сказать же смотрителю, чтоб он перестал красть, или прогнать его, или совсем упразднить эту ненужную паразитную должность – для него совершенно не под силу. Когда обманывают Андрея Ефимыча, или льстят ему, или подносят для подписи заведомо подлый счет, то он краснеет как рак и чувствует себя виноватым, но счет все-таки подписывает; когда больные жалуются ему на голод или на грубых сиделок, он конфузится и виновато бормочет:

– Хорошо, хорошо, я разберу после… Вероятно, тут недоразумение…

В первое время Андрей Ефимыч работал очень усердно. Он принимал ежедневно с утра до обеда, делал операции и даже занимался акушерской практикой. Дамы говорили про него, что он внимателен и отлично угадывает болезни, особенно детские и женские. Но с течением времени дело заметно прискучило ему своим однообразием и очевидною бесполезностью. Сегодня примешь тридцать больных, а завтра, глядишь, привалило их тридцать пять, послезавтра сорок, и так изо дня в день, из года в год, а смертность в городе не уменьшается, и больные не перестают ходить. Оказать серьезную помощь сорока приходящим больным от утра до обеда нет физической возможности, значит, поневоле выходит один обман. Принято в отчетном году двенадцать тысяч приходящих больных, значит, попросту рассуждая, обмануто двенадцать тысяч человек. Класть же серьезных больных в палаты и заниматься ими по правилам науки тоже нельзя, потому что правило есть, а науки нет; если же оставить философию и педантически следовать правилам, как прочие врачи, то для этого, прежде всего, нужны чистота и вентиляция, а не грязь, здоровая пища, а не щи из вонючей кислой капусты и хорошие помощники, а не воры.

Да и к чему мешать людям умирать, если смерть есть нормальный и законный конец каждого? Что из того, если какой-нибудь торгаш или чиновник проживет лишних пять, десять лет? Если же видеть цель медицины в том, что лекарства облегчают страдания, то невольно напрашивается вопрос: зачем их облегчать? Во-первых, говорят, что страдания ведут человека к совершенству, и, во-вторых, если человечество в самом деле научится облегчать свои страдания пилюлями и каплями, то оно совершенно забросит религию и философию, в которых до сих пор находило не только защиту от всяких бед, но даже счастие. Пушкин перед смертью испытывал страшные мучения, бедняжка Гейне несколько лет лежал в параличе; почему же не поболеть какому-нибудь Андрею Ефимычу или Матрене Саввишне, жизнь которых бессодержательна и была бы совершенно пуста и похожа на жизнь амебы, если бы не страдания?

Подавляемый такими рассуждениями, Андрей Ефимыч опустил руки и стал ходить в больницу не каждый день.

VI

Жизнь его проходит так. Обыкновенно он встает утром часов в восемь, одевается и пьет чай. Потом садится у себя в кабинете читать или идет в больницу. Здесь, в больнице, в узком темном коридорчике сидят амбулаторные больные, ожидающие приемки. Мимо них, стуча сапогами по кирпичному полу, бегают мужики и сиделки, проходят тощие больные в халатах, проносят мертвецов и посуду с нечистотами, плачут дети, дует сквозной ветер. Андрей Ефимыч знает, что для лихорадящих, чахоточных и вообще впечатлительных больных такая обстановка мучительна, но что поделаешь? В приемной встречает его фельдшер Сергей Сергеич, маленький, толстый человек с бритым, чисто вымытым, пухлым лицом, с мягкими плавными манерами и в новом просторном костюме, похожий больше на сенатора, чем на фельдшера. В городе он имеет громадную практику, носит белый галстук и считает себя более сведущим, чем доктор, который совсем не имеет практики. В углу, в приемной, стоит большой образ в киоте, с тяжелою лампадой, возле – ставник[1] в белом чехле; на стенах висят портреты архиереев, вид Святогорского монастыря и венки из сухих васильков. Сергей Сергеич религиозен и любит благолепие. Образ поставлен его иждивением; по воскресеньям в приемной кто-нибудь

---

[1] Ставни́к – большой церковный подсвечник.

из больных, по его приказанию, читает вслух акафист, а после чтения сам Сергей Сергеич обходит все палаты с кадильницей и кадит в них ладаном.

Больных много, а времени мало, и потому дело ограничивается одним только коротким опросом и выдачей какого-нибудь лекарства, вроде летучей мази или касторки. Андрей Ефимыч сидит, подперев щеку кулаком, задумавшись, и машинально задает вопросы. Сергей Сергеич тоже сидит, потирает свои ручки и изредка вмешивается.

– Болеем и нужду терпим оттого, – говорит он, – что Господу милосердному плохо молимся. Да!

Во время приемки Андрей Ефимыч не делает никаких операций; он давно уже отвык от них, и вид крови его неприятно волнует. Когда ему приходится раскрывать ребенку рот, чтобы заглянуть в горло, а ребенок кричит и защищается ручонками, то от шума в ушах у него кружится голова и выступают слезы на глазах. Он торопится прописать лекарство и машет руками, чтобы баба поскорее унесла ребенка.

На приемке скоро ему прискучают робость больных и их бестолковость, близость благолепного Сергея Сергеича, портреты на стенах и свои собственные вопросы, которые он задает неизменно уже более двадцати лет. И он уходит, приняв пять-шесть больных. Остальных без него принимает фельдшер.

С приятною мыслью, что, слава богу, частной практики у него давно уже нет и что ему никто не помешает, Андрей Ефимыч, придя домой, немедленно садится в кабинете за стол и начинает читать. Читает он очень много и всегда с большим удовольствием. Половина жалованья уходит у него на покупку книг, и из шести комнат его квартиры три завалены книгами и старыми журналами. Больше всего он любит сочинения по истории и философии; по медицине же выписывает одного только «Врача», которого всегда начинает читать с конца. Чтение всякий раз продолжается без перерыва по нескольку часов и его не утомляет. Читает он не так быстро и порывисто, как когда-то читал Иван Дмитрии, а медленно, с проникновением, часто останавливаясь на местах, которые ему нравятся или непонятны. Около книги всегда стоит графинчик с водкой и лежит соленый огурец или моченое яблоко прямо на сукне, без тарелки. Через каждые полчаса он, не отрывая глаз от книги, наливает себе рюмку водки и выпивает, потом, не глядя, нащупывает огурец и откусывает кусочек.

В три часа он осторожно подходит к кухонной двери, кашляет и говорит:

– Дарьюшка, как бы мне пообедать…

После обеда, довольно плохого и неопрятного, Андрей Ефимыч ходит по своим комнатам, скрестив на груди руки, и думает. Бьет четыре часа, потом пять, а он все ходит и думает. Изредка поскрипывает кухонная дверь, и показывается из нее красное, заспанное лицо Дарьюшки.

– Андрей Ефимыч, вам не пора пиво пить? – спрашивает она озабоченно.

– Нет, еще не время… – отвечает он. – Я погожу… погожу…

К вечеру обыкновенно приходит почтмейстер, Михаил Аверьяныч, единственный во всем городе человек, общество которого для Андрея Ефимыча не тягостно. Михаил Аверьяныч когда-то был очень богатым помещиком и служил в кавалерии, но разорился и из нужды поступил под старость в почтовое ведомство. У него бодрый, здоровый вид, роскошные седые бакены, благовоспитанные манеры и громкий приятный голос. Он добр и чувствителен, но вспыльчив. Когда на почте кто-нибудь из посетителей протестует, не соглашается или просто начинает рассуждать, то Михаил Аверьяныч багровеет, трясется всем телом и кричит громовым голосом: «Замолчать!», так что за почтовым отделением давно уже установилась репутация учреждения, в котором страшно бывать. Михаил Аверьяныч уважает и любит Андрея Ефимыча за образованность и благородство души, к прочим же обывателям относится свысока, как к своим подчиненным.

– А вот и я! – говорит он, входя к Андрею Ефимычу. – Здравствуйте, мой дорогой! Небось я уже надоел вам, а?

– Напротив, очень рад, – отвечает ему доктор. – Я всегда рад вам.

Приятели садятся в кабинете на диван и некоторое время молча курят.

– Дарьюшка, как бы нам пива! – говорит Андрей Ефимыч.

Первую бутылку выпивают тоже молча: доктор – задумавшись, а Михаил Аверьяныч, с веселым, оживленным видом, как человек, который имеет рассказать что-то очень интересное. Разговор всегда начинает доктор.

– Как жаль, – говорит он медленно и тихо, покачивая головой и не глядя в глаза собеседнику (он никогда не смотрит в глаза), – как глубоко жаль, уважаемый Михаил Аверьяныч, что в нашем городе совершенно нет людей, которые бы умели и любили вести умную и интересную беседу. Это громадное для нас лишение. Даже интеллигенция не возвышается над пошлостью; уровень ее развития, уверяю вас, нисколько не выше, чем у низшего сословия.

– Совершенно верно. Согласен.

– Вы сами изволите знать, – продолжает доктор тихо и с расстановкой, – что на этом свете все незначительно и неинтересно, кроме высших духовных проявлений человеческого ума. Ум проводит резкую грань между животным и человеком, намекает на божественность последнего и в некоторой степени даже заменяет ему бессмертие, которого нет. Исходя из этого, ум служит единственно возможным источником наслаждения. Мы же не видим и не слышим около себя ума, – значит, мы лишены наслаждения. Правда, у нас есть книги, но это совсем не то, что живая беседа и общение. Если позволите сделать не совсем удачное сравнение, то книги – это ноты, а беседа – пение.

– Совершенно верно.

Наступает молчание. Из кухни выходит Дарьюшка и с выражением тупой скорби, подперев кулачком лицо, останавливается в дверях, чтобы послушать.

– Эх! – вздыхает Михаил Аверьяныч. – Захотели от нынешних ума!

И он рассказывает, как жилось прежде здорово, весело и интересно, какая была в России умная интеллигенция и как высоко она ставила понятия о чести и дружбе. Давали деньги взаймы без векселя, и считалось позором не протянуть руку помощи нуждающемуся товарищу. А какие были походы, приключения, стычки, какие товарищи, какие женщины! А Кавказ – какой удивительный край! А жена одного батальонного командира, странная женщина, надевала офицерское платье и уезжала по вечерам в горы, одна, без проводника. Говорят, что в аулах у нее был роман с каким-то князьком.

– Царица Небесная, матушка... – вздыхает Дарьюшка.

– А как пили! Как ели! А какие были отчаянные либералы!

Андрей Ефимыч слушает и не слышит, он о чем-то думает и прихлебывает пиво.

– Мне часто снятся умные люди и беседы с ними, – говорит он неожиданно, перебивая Михаила Аверьяныча. – Мой отец дал мне прекрасное образование, но под влиянием идей шестидесятых годов заставил меня сделаться врачом. Мне кажется, что если б я тогда не послушался его, то теперь я находился бы в самом центре умственного движения. Вероятно, был бы членом какого-нибудь факультета. Конечно, ум тоже не вечен и преходящ, но вы уже знаете, почему я питаю к нему склонность. Жизнь есть досадная ловушка. Когда мыслящий человек достигает возмужалости и приходит в зрелое сознание, то он невольно чувствует себя как бы в ловушке, из которой нет выхода. В самом деле, против его воли вызван он какими-то случайностями из небытия к жизни... Зачем? Хочет он узнать смысл и цель своего существования, ему не говорят или же говорят нелепости; он стучится – ему не отворяют; к нему приходит смерть – тоже против его воли. И вот, как в тюрьме люди, связанные общим несчастием, чувствуют себя легче, когда сходятся вместе, так и в жизни не замечаешь ловушки, когда люди, склонные к анализу и обобщениям, сходятся вместе и проводят время в обмене гордых свободных идей. В этом смысле ум есть наслаждение незаменимое.

– Совершенно верно.

Не глядя собеседнику в глаза, тихо и с паузами, Андрей Ефимыч продолжает говорить об умных людях и беседах с ними, а Михаил

Аверьяныч внимательно слушает его и соглашается: «Совершенно верно».

– А вы не верите в бессмертие души? – вдруг спрашивает почтмейстер.

– Нет, уважаемый Михаил Аверьяныч, не верю и не имею основания верить.

– Признаться, и я сомневаюсь. А хотя, впрочем, у меня такое чувство, как будто я никогда не умру. Ой, думаю себе, старый хрен, умирать пора! А в душе какой-то голосочек: не верь, не умрешь!..

В начале десятого часа Михаил Аверьяныч уходит. Надевая в передней шубу, он говорит со вздохом:

– Однако в какую глушь занесла нас судьба! Досаднее всего, что здесь и умирать придется. Эх!..

VII

Проводив приятеля, Андрей Ефимыч садится за стол и опять начинает читать. Тишина вечера и потом ночи не нарушается ни одним звуком, и время, кажется, останавливается и замирает вместе с доктором над книгой, и кажется, что ничего не существует, кроме этой книги и лампы с зеленым колпаком. Грубое, мужицкое лицо доктора мало-помалу озаряется улыбкой умиления и восторга перед движениями человеческого ума. «О, зачем человек не бессмертен? – думает он. – Зачем мозговые центры и извилины, зачем зрение, речь, самочувствие, гений, если всему этому суждено уйти в почву и в конце концов охладеть вместе с земною корой, а потом миллионы лет без смысла и без цели носиться с землей вокруг солнца? Для того чтобы охладеть и потом носиться, совсем не нужно извлекать из небытия человека с его высоким, почти Божеским умом и потом, словно в насмешку, превращать его в глину.

Обмен веществ! Но какая трусость утешать себя этим суррогатом бессмертия! Бессознательные процессы, происходящие в природе, ниже даже человеческой глупости, так как в глупости есть все-таки сознание и воля, в процессах же ровно ничего. Только трус, у которого больше страха перед смертью, чем достоинства, может утешать себя тем, что тело его будет со временем жить в траве, в камне, в жабе... Видеть свое бессмертие в обмене веществ так же странно, как пророчить блестящую будущность футляру после того, как разбилась и стала негодною дорогая скрипка».

Когда бьют часы, Андрей Ефимыч откидывается на спинку кресла и закрывает глаза, чтобы немножко подумать. И невзначай, под влиянием хороших мыслей, вычитанных из книги, он бросает взгляд на свое прошедшее и на настоящее. Прошлое противно, лучше не вспоминать о нем. А в настоящем то же, что в прошлом. Он знает, что в то время, когда его мысли носятся вместе с охлажденною землей вокруг солнца, рядом с докторской квартирой, в большом корпусе, томятся люди в болезнях и физической нечистоте; быть может, кто-нибудь не спит и воюет с насекомыми, кто-нибудь заражается рожей или стонет от туго положенной повязки, быть может, больные играют в карты с сиделками и пьют водку. В отчетном году было обмануто двенадцать тысяч человек; все больничное дело, как и двадцать лет назад, построено на воровстве, дрязгах, сплетнях, кумовстве, на грубом шарлатанстве, и больница по-прежнему представляет из себя учреждение безнравственное и в высшей степени вредное для здоровья жителей. Он знает, что в палате № 6 за решетками Никита колотит больных и что Мойсейка каждый день ходит по городу и собирает милостыню.

С другой же стороны, ему отлично известно, что за последние двадцать пять лет с медициной произошла сказочная перемена. Когда он учился в университете, ему казалось, что медицину скоро постигнет участь алхимии и метафизики, теперь же, когда он читает по ночам, медицина трогает его и возбуждает в нем удивление и даже восторг. В самом деле, какой неожиданный блеск, какая революция! Благодаря антисептике делают операции, какие великий Пирогов считал невозможными даже in spe[1] Обыкновенные земские врачи решаются производить резекцию коленного сустава, на сто чревосечений один только смертный случай, а каменная болезнь считается таким пустяком, что о ней даже не пишут. Радикально

---

1 В будущем *(лат.)*

излечивается сифилис. А теория наследственности, гипнотизм, открытия Пастера[1]и Коха[2], гигиена со статистикой, а наша русская земская медицина? Психиатрия с ее теперешнею классификацией болезней, методами распознавания и лечения – это в сравнении с тем, что было, целый Эльборус[3]. Теперь помешанным не льют на голову холодную воду и не надевают на них горячечных рубах; их содержат по-человечески и даже, как пишут в газетах, устраивают для них спектакли и балы. Андрей Ефимыч знает, что при теперешних взглядах и вкусах такая мерзость, как палата № 6, возможна разве только в двухстах верстах от железной дороги, в городке, где городской голова и все гласные – полуграмотные мещане, видящие во враче жреца, которому нужно верить без всякой критики, хотя бы он вливал в рот расплавленное олово; в другом же месте публика и газеты давно бы уже расхватали в клочья эту маленькую Бастилию.

«Но что же? – спрашивает себя Андрей Ефимыч, открывая глаза. – Что же из этого? И антисептика, и Кох, и Пастер, а сущность дела нисколько не изменилась. Болезненность и смертность все те же. Сумасшедшим устраивают балы и спектакли, а на волю их все-таки не выпускают. Значит, все вздор и суета, и разницы между лучшею венскою клиникой и моею больницей, в сущности, нет никакой!»

Но скорбь и чувство, похожее на зависть, мешают ему быть равнодушным. Это, должно быть, от утомления. Тяжелая голова склоняется к книге, он кладет под лицо руки, чтобы мягче было, и думает:

«Я служу вредному делу и получаю жалованье от людей, которых обманываю; я не честен. Но ведь сам по себе я ничто, я только частица необходимого социального зла: все уездные чиновники вредны и даром получают жалованье… Значит, в своей нечестности

---

[1] Пасте́р Луи (1822–1895) – французский ученый, основоположник современной микробиологии и иммунологии.

[2] Кох Роберт (1843–1910) – немецкий микробиолог, один из основоположников современной бактериологии и эпидемиологии.

[3] Эльбо́рус (Эльбрус) – высочайший горный массив Большого Кавказа.

виноват не я, а время... Родись я двумястами лет позже, я был бы другим».

Когда бьет три часа, он тушит лампу и уходит в спальню. Спать ему не хочется.

VIII

Года два тому назад земство расщедрилось и постановило выдавать триста рублей ежегодно в качестве пособия на усиление медицинского персонала в городской больнице впредь до открытия земской больницы, и на помощь Андрею Ефимычу был приглашен городом уездный врач Евгений Федорович Хоботов. Это еще очень молодой человек – ему нет и тридцати, – высокий брюнет с широкими скулами и маленькими глазками; вероятно, предки его были инородцами. Приехал он в город без гроша денег, с небольшим чемоданчиком и с молодою некрасивою женщиной, которую он называл своею кухаркой. У этой женщины грудной младенец. Ходит Евгений Федорыч в фуражке с козырьком и в высоких сапогах, а зимой в полушубке. Он близко сошелся с фельдшером Сергеем Сергеичем и с казначеем, а остальных чиновников называет почему-то аристократами и сторонится их. Во всей квартире у него есть только одна книга – «Новейшие рецепты венской клиники за 1881 г.». Идя к больному, он всегда берет с собой и эту книжку. В клубе по вечерам играет он в бильярд, карт же не любит. Большой охотник употреблять в разговоре такие слова, как канитель, мантифолия с уксусом, будет тебе тень наводить и т. п.

В больнице он бывает два раза в неделю, обходит палаты и делает приемку больных. Совершенное отсутствие антисептики и кровососные банки возмущают его, но новых порядков он не вводит, боясь оскорбить этим Андрея Ефимыча. Своего коллегу Андрея Ефимыча он считает старым плутом, подозревает у него большие средства и втайне завидует ему. Он охотно бы занял его место.

IX

В один из весенних вечеров, в конце марта, когда уже на земле не было снега и в больничном саду пели скворцы, доктор вышел проводить до ворот своего приятеля почтмейстера. Как раз в это время во двор входил жид Мойсейка, возвращавшийся с добычи. Он был без шапки и в мелких калошах на босую ногу и в руках держал небольшой мешочек с милостыней.

– Дай копеечку! – обратился он к доктору, дрожа от холода и улыбаясь.

Андрей Ефимыч, который никогда не умел отказывать, подал ему гривенник.

«Как это нехорошо, – подумал он, глядя на его босые ноги с красными тощими щиколками. – Ведь мокро».

И, побуждаемый чувством, похожим на жалость и на брезгливость, он пошел во флигель вслед за евреем, поглядывая то на его лысину, то на щиколки. При входе доктора с кучи хлама вскочил Никита и вытянулся.

– Здравствуй, Никита, – сказал мягко Андрей Ефимыч. – Как бы этому еврею выдать сапоги, что ли, а то простудится.

– Слушаю, ваше высокоблагородие. Я доложу смотрителю.

– Пожалуйста. Ты попроси его от моего имени. Скажи, что я просил.

Дверь из сеней в палату была отворена. Иван Дмитрия, лежа на кровати и приподнявшись на локоть, с тревогой прислушивался к чужому голосу и вдруг узнал доктора. Он весь затрясся от гнева, вскочил и с красным, злым лицом, с глазами навыкате, выбежал на середину палаты.

– Доктор пришел! – крикнул он и захохотал. – Наконец-то! Господа, поздравляю, доктор удостоивает нас своим визитом! Проклятая гадина! – взвизгнул он и в исступлении, какого никогда еще не видели в палате, топнул ногой. – Убить эту гадину! Нет, мало убить! Утопить в отхожем месте!

Андрей Ефимыч, слышавший это, выглянул из сеней в палату и спросил мягко:

– За что?

– За что? – крикнул Иван Дмитрии, подходя к нему с угрожающим видом и судорожно запахиваясь в халат. – За что? Вор! – проговорил он с отвращением и делая губы так, как будто желая плюнуть. – Шарлатан! Палач!

– Успокойтесь, – сказал Андрей Ефимыч, виновато улыбаясь. – Уверяю вас, я никогда ничего не крал, в остальном же, вероятно, вы сильно преувеличиваете. Я вижу, что вы на меня сердиты. Успокойтесь, прошу вас, если можете, и скажите хладнокровно: за что вы сердиты?

– А за что вы меня здесь держите?

– За то, что вы больны.

– Да, болен. Но ведь десятки, сотни сумасшедших гуляют на свободе, потому что ваше невежество не способно отличить их от здоровых. Почему же я и вот эти несчастные должны сидеть тут за всех, как козлы отпущения? Вы, фельдшер, смотритель и вся ваша больничная сволочь в нравственном отношении неизмеримо ниже каждого из нас, почему же мы сидим, а вы нет? Где логика?

– Нравственное отношение и логика тут ни при чем. Все зависит от случая. Кого посадили, тот сидит, а кого не посадили, тот гуляет, вот и всё. В том, что я доктор, а вы душевнобольной, нет ни нравственности, ни логики, а одна только пустая случайность.

– Этой ерунды я не понимаю… – глухо проговорил Иван Дмитрии и сел на свою кровать.

Мойсейка, которого Никита постеснялся обыскивать в присутствии доктора, разложил у себя на постели кусочки хлеба, бумажки и косточки и, все еще дрожа от холода, что-то быстро и певуче заговорил по-еврейски. Вероятно, он вообразил, что открыл лавочку.

– Отпустите меня, – сказал Иван Дмитрии, и голос его дрогнул.

– Не могу.

– Но почему же? Почему?

– Потому что это не в моей власти. Посудите, какая польза вам оттого, если я отпущу вас? Идите. Вас задержат горожане или полиция и вернут назад.

– Да, да, это правда... – проговорил Иван Дмитрии и потер себе лоб. – Это ужасно! Но что же мне делать? Что?

Голос Ивана Дмитрича и его молодое умное лицо с гримасами понравились Андрею Ефимычу. Ему захотелось приласкать молодого человека и успокоить его. Он сел рядом с ним на постель, подумал и сказал:

– Вы спрашиваете, что делать? Самое лучшее в вашем положении – бежать отсюда. Но, к сожалению, это бесполезно. Вас задержат. Когда общество ограждает себя от преступников, психически больных и вообще неудобных людей, то оно непобедимо. Вам остается одно: успокоиться на мысли, что ваше пребывание здесь необходимо.

– Никому оно не нужно.

– Раз существуют тюрьмы и сумасшедшие дома, то должен же кто-нибудь сидеть в них. Не вы – так я, не я – так кто-нибудь третий. Погодите, когда в далеком будущем закончат свое существование тюрьмы и сумасшедшие дома, то не будет ни решеток на окнах, ни халатов. Конечно, такое время рано или поздно настанет.

Иван Дмитрии насмешливо улыбнулся.

– Вы шутите, – сказал он, щуря глаза. – Таким господам, как вы и ваш помощник Никита, нет никакого дела до будущего, но можете быть уверены, милостивый государь, настанут лучшие времена! Пусть я выражаюсь пошло, смейтесь, но воссияет заря новой жизни, восторжествует правда, и на нашей улице будет праздник! Я не дождусь, издохну, но зато чьи-нибудь правнуки дождутся. Приветствую их от всей души и радуюсь, радуюсь за них! Вперед! Помогай вам Бог, друзья!

Иван Дмитрии с блестящими глазами поднялся и, протягивая руки к окну, продолжал с волнением в голосе:

– Из-за этих решеток благословляю вас! Да здравствует правда! Радуюсь!

– Я не нахожу особенной причины радоваться, – сказал Андрей Ефимыч, которому движение Ивана Дмитрича показалось театральным и в то же время очень понравилось. – Тюрем и сумасшедших домов не будет, и правда, как вы изволили выразиться, восторжествует, но ведь сущность вещей не изменится, законы природы останутся все те же. Люди будут болеть, стариться и умирать так же, как и теперь. Какая бы великолепная заря ни освещала вашу жизнь, все же в конце концов вас заколотят в гроб и бросят в яму.

– А бессмертие?

– Э, полноте!

– Вы не верите, ну а я верю. У Достоевского или у Вольтера кто-то говорит, что если бы не было Бога, то его выдумали бы люди. А я глубоко верю, что если нет бессмертия, то его рано или поздно изобретет великий человеческий ум.

– Хорошо сказано, – проговорил Андрей Ефимыч, улыбаясь от удовольствия. – Это хорошо, что вы веруете. С такою верой можно жить припеваючи даже замуравленному в стене. Вы изволили где-нибудь получить образование?

– Да, я был в университете, но не кончил.

– Вы мыслящий и вдумчивый человек. При всякой обстановке вы можете находить успокоение в самом себе. Свободное и глубокое мышление, которое стремится к уразумению жизни, и полное презрение к глупой суете мира – вот два блага, выше которых никогда не знал человек. И вы можете обладать ими, хотя бы вы жили за тремя решетками. Диоген жил в бочке, однако же был счастливее всех царей земных.

– Ваш Диоген был болван, – угрюмо проговорил Иван Дмитрии. – Что вы мне говорите про Диогена да про какое-то уразумение? – рассердился он вдруг и вскочил. – Я люблю жизнь, люблю страстно! У меня мания преследования, постоянный мучительный страх, но бывают минуты, когда меня охватывает жажда жизни, и тогда я боюсь сойти с ума. Ужасно хочу жить, ужасно!

Он в волнении прошелся по палате и сказал, понизив голос:

– Когда я мечтаю, меня посещают призраки. Ко мне ходят какие-то люди, я слышу голоса, музыку, и кажется мне, что я гуляю по каким-то лесам, по берегу моря, и мне так страстно хочется суеты, заботы... Скажите мне, ну, что там нового? – спросил Иван Дмитрии. – Что там?

– Вы про город желаете знать или вообще?

– Ну, сначала расскажите мне про город, а потом вообще.

– Что ж? В городе томительно-скучно... Не с кем слова сказать, некого послушать. Новых людей нет. Впрочем, приехал недавно молодой врач Хоботов.

– Он еще при мне приехал. Что, хам?

– Да, некультурный человек. Странно, знаете ли... Судя по всему, в наших столицах нет умственного застоя, есть движение, – значит, должны быть там и настоящие люди, но почему-то всякий раз оттуда присылают к нам таких людей, что не глядел бы. Несчастный город!

– Да, несчастный город!.. – вздохнул Иван Дмитрии и засмеялся. – А вообще как? Что пишут в газетах и журналах?

В палате было уже темно. Доктор поднялся и, стоя, начал рассказывать, что пишут за границей и в России и какое замечается теперь направление мысли. Иван Дмитрии внимательно слушал и задавал вопросы, но вдруг, точно вспомнив что-то ужасное, схватил себя за голову и лег на постель, спиной к доктору.

– Что с вами? – спросил Андрей Ефимыч.

– Вы от меня не услышите больше ни одного слова! – грубо проговорил Иван Дмитрии. – Оставьте меня!

– Отчего же?

– Говорю вам: оставьте! Какого дьявола?

Андрей Ефимыч пожал плечами, вздохнул и вышел. Проходя через сени, он сказал:

– Как бы здесь убрать, Никита... Ужасно тяжелый запах!

– Слушаю, ваше высокоблагородие.

«Какой приятный молодой человек! – думал Андрей Ефимыч, идя к себе на квартиру. – За все время, пока я тут живу, это, кажется, первый, с которым можно поговорить. Он умеет рассуждать и интересуется именно тем, чем нужно».

Читая и потом ложась спать, он все время думал об Иване Дмитриче, а проснувшись на другой день утром, вспомнил, что вчера познакомился с умным и интересным человеком, и решил сходить к нему еще раз при первой возможности.

X

Иван Дмитрии лежал в такой же позе, как вчера, обхватив голову руками и поджав ноги. Лица его не было видно.

– Здравствуйте, мой друг, – сказал Андрей Ефимыч. – Вы не спите?

– Во-первых, я вам не друг, – проговорил Иван Дмитрии в подушку, – а во-вторых, вы напрасно хлопочете: вы не добьетесь от меня ни одного слова.

– Странно… – пробормотал Андрей Ефимыч в смущении. – Вчера мы беседовали так мирно, но вдруг вы почему-то обиделись и сразу оборвали… Вероятно, я выразился как-нибудь неловко или, быть может, высказал мысль, несогласную с вашими убеждениями…

– Да, так я вам и поверю! – сказал Иван Дмитрия, приподнимаясь и глядя на доктора насмешливо и с тревогой; глаза у него были красны. – Можете идти шпионить и пытать в другое место, а тут вам нечего делать. Я еще вчера понял, зачем вы приходили.

– Странная фантазия! – усмехнулся доктор. – Значит, вы полагаете, что я шпион?

– Да, полагаю… Шпион или доктор, к которому положили меня на испытание, – это все равно.

– Ах, какой вы, право, извините… чудак!

Доктор сел на табурет возле постели и укоризненно покачал головой.

– Но допустим, что вы правы, – сказал он. – Допустим, что я предательски ловлю вас на слове, чтобы выдать полиции. Вас арестуют и потом судят. Но разве в суде и в тюрьме вам будет хуже, чем здесь? А если сошлют на поселение и даже на каторгу, то разве это хуже, чем сидеть в этом флигеле? Полагаю, не хуже… Чего же бояться?

Видимо, эти слова подействовали на Ивана Дмитрича. Он покойно сел.

Был пятый час вечера – время, когда обыкновенно Андрей Ефимыч ходит у себя по комнатам и Дарьюшка спрашивает его, не пора ли ему пиво пить. На дворе была тихая, ясная погода.

– А я после обеда вышел прогуляться, да вот и зашел, как видите, – сказал доктор. – Совсем весна.

– Теперь какой месяц? Март? – спросил Иван Дмитрия.

– Да, конец марта.

– Грязно на дворе?

– Нет, не очень. В саду уже тропинки.

– Теперь бы хорошо проехаться в коляске куда-нибудь за город, – сказал Иван Дмитрии, потирая свои красные глаза, точно спросонок, – потом вернуться бы домой в теплый, уютный кабинет и... полечиться у порядочного доктора от головной боли... Давно уже я не жил по-человечески. А здесь гадко! Нестерпимо гадко!

После вчерашнего возбуждения он был утомлен и вял и говорил неохотно. Пальцы у него дрожали, и по лицу видно было, что у него сильно болела голова.

– Между теплым, уютным кабинетом и этою палатой нет никакой разницы, – сказал Андрей Ефимыч. – Покой и довольство человека не вне его, а в нем самом.

– То есть как?

– Обыкновенный человек ждет хорошего или дурного извне, то есть от коляски и кабинета, а мыслящий – от самого себя.

– Идите, проповедуйте эту философию в Греции, где тепло и пахнет померанцем, а здесь она не по климату. С кем это я говорил о Диогене? С вами, что ли?

– Да, вчера со мной.

– Диоген не нуждался в кабинете и в теплом помещении; там и без того жарко. Лежи себе в бочке да кушай апельсины и оливки. И доведись ему в России жить, так он не то что в декабре, а в мае запросился бы в комнату. Небось скрючило бы от холода.

– Нет. Холод, как и вообще всякую боль, можно не чувствовать. Марк Аврелий сказал: «Боль есть живое представление о боли: сделай усилие воли, чтобы изменить это представление, откинь его, перестань жаловаться, и боль исчезнет». Это справедливо. Мудрец или попросту мыслящий, вдумчивый человек отличается именно тем, что презирает страдание; он всегда доволен и ничему не удивляется.

– Значит, я идиот, так как я страдаю, недоволен и удивляюсь человеческой подлости.

– Это вы напрасно. Если вы почаще будете вдумываться, то вы поймете, как ничтожно все то внешнее, что волнует нас. Нужно стремиться к уразумению жизни, а в нем – истинное благо.

– Уразумение… – поморщился Иван Дмитрии. – Внешнее, внутреннее… Извините, я этого не понимаю. Я знаю только, – сказал он, вставая и сердито глядя на доктора, – я знаю, что Бог создал меня из теплой крови и нервов, да-с! А органическая ткань, если она жизнеспособна, должна реагировать на всякое раздражение. И я реагирую! На боль я отвечаю криком и слезами, на подлость – негодованием, на мерзость – отвращением. По-моему, это, собственно, и называется жизнью. Чем ниже организм, тем он менее чувствителен и тем слабее отвечает на раздражение, и чем выше, тем он восприимчивее и энергичнее реагирует на действительность. Как не знать этого? Доктор, а не знает таких пустяков! Чтобы презирать страдание, быть всегда довольными и ничему не удивляться, нужно дойти вот до этакого состояния, – и Иван Дмитрии указал на толстого, заплывшего жиром мужика, – или же закалить себя страданиями до такой степени, чтобы потерять всякую чувствительность к ним, то есть, другими словами, перестать жить. Извините, я не мудрец и не философ, – продолжал Иван Дмитрии с раздражением, – и ничего я в этом не понимаю. Я не в состоянии рассуждать.

– Напротив, вы прекрасно рассуждаете.

– Стоики[1], которых вы парадируете, были замечательные люди, но учение их застыло еще две тысячи лет назад и ни капли не подвинулось вперед и не будет двигаться, так как оно не практично и не жизненно. Оно имело успех только у меньшинства, которое проводит свою жизнь в штудировании и смаковании всяких учений, большинство же не понимало его. Учение, проповедующее равнодушие к богатству, к удобствам жизни, презрение к страданиям и смерти, совсем непонятно для громадного большинства, так как это большинство никогда не знало ни богатства, ни удобств в жизни; а презирать страдания значило бы для него презирать самую жизнь, так как все существо человека состоит из ощущений голода, холода, обид, потерь и гамлетовского страха перед смертью. В этих ощущениях вся жизнь; ею можно тяготиться, ненавидеть ее, но не презирать. Да, так, повторяю, учение стоиков никогда не может иметь будущности, прогрессируют же, как видите, от начала века до сегодня борьба, чуткость к боли, способность отвечать на раздражение…

Иван Дмитрии вдруг потерял нить мыслей, остановился и досадливо потер лоб.

– Хотел сказать что-то важное, да сбился, – сказал он. – О чем я? Да! Так вот я и говорю: кто-то из стоиков продал себя в рабство затем, чтобы выкупить своего ближнего. Вот видите, значит, и стоик реагировал на раздражение, так как для такого великодушного акта, как уничтожение себя ради ближнего, нужна возмущенная, сострадающая душа. Я забыл тут в тюрьме все, что учил, а то бы еще что-нибудь вспомнил. А Христа взять? Христос отвечал на действительность тем, что плакал, улыбался, печалился, гневался, даже тосковал, – он не с улыбкой шел навстречу страданиям и не презирал смерти, а молился в саду Гефсиманском, чтобы его миновала чаша сия.

Иван Дмитрии засмеялся и сел.

---

[1] Сто́ик – последователь стоицизма, рационалистического философского учения в Древней Греции и Риме.

– Положим, покой и довольство человека не вне его, а в нем самом, – сказал он. – Положим, нужно презирать страдания и ничему не удивляться. Но вы-то на каком основании проповедуете это? Вы мудрец? Философ?

– Нет, я не философ, но проповедовать это должен каждый, потому что это разумно.

– Нет, я хочу знать, почему вы в деле уразумения, презрения к страданиям и прочее считаете себя компетентным? Разве вы страдали когда-нибудь? Вы имеет понятие о страданиях? Позвольте, вас в детстве секли?

– Нет, мои родители питали отвращение к телесным наказаниям.

– А меня отец порол жестоко. Мой отец был крутой, геморроидальный чиновник, с длинным носом и с желтою шеей. Но будем говорить о вас. Во всю вашу жизнь до вас никто не дотронулся пальцем, никто вас не запугивал, не забивал; здоровы вы, как бык. Росли вы под крылышком отца и учились на его счет, а потом сразу захватили синекуру[1]. Больше двадцати лет вы жили на бесплатной квартире, с отоплением, с освещением, с прислугой, имея притом право работать, как и сколько вам угодно, хоть ничего не делать. От природы вы человек ленивый, рыхлый и потому старались складывать свою жизнь так, чтобы вас ничто не беспокоило и не двигало с места. Дела вы сдали фельдшеру и прочей сволочи, а сами сидели в тепле да в тишине, копили деньги, книжки почитывали, услаждали себя размышлениями о разной возвышенной чепухе и (Иван Дмитрии посмотрел на красный нос доктора) выпивахом. Одним словом, жизни вы не видели, не знаете ее совершенно, а с действительностью знакомы только теоретически. А презираете вы страдания и ничему не удивляетесь по очень простой причине: суета сует, внешнее и внутреннее презрение к жизни, страданиям и смерти, уразумение, истинное благо – все это философия, самая подходящая для российского лежебока. Видите вы, например, как мужик бьет жену. Зачем вступаться? Пускай бьет, все равно оба помрут рано или поздно;

---

[1] Синеку́ра – хорошо оплачиваемая должность, не требующая никакого труда *(лат.)*.

и бьющий к тому же оскорбляет побоями не того, кого бьет, а самого себя. Пьянствовать глупо, неприлично, но пить – умирать и не пить – умирать. Приходит баба, зубы болят... Ну что ж? Боль есть представление о боли, и к тому же без болезней не проживешь на этом свете, все помрем, а потому ступай, баба, прочь, не мешай мне мыслить и водку пить. Молодой человек просит совета, что делать, как жить; прежде чем ответить, другой бы задумался, а тут уж готов ответ: стремись к уразумению или к истинному благу. А что такое это фантастическое «истинное благо»? Ответа нет, конечно. Нас держат здесь за решеткой, гноят, истязуют, но это прекрасно и разумно, потому что между этою палатой и теплым, уютным кабинетом нет никакой разницы. Удобная философия: и делать нечего, и совесть чиста, и мудрецом себя чувствуешь... Нет, сударь, это не философия, не мышление, не широта взгляда, а лень, факирство, сонная одурь... Да! – опять рассердился Иван Дмитрии. – Страдание презираете, а небось прищеми вам дверью палец, так заорете во все горло!

– А может, и не заору, – сказал Андрей Ефимыч, кротко улыбаясь.

– Да, как же! А вот если бы вас трахнул паралич или, положим, какой-нибудь дурак и наглец, пользуясь своим положением и чином, оскорбил вас публично и вы знали бы, что это пройдет ему безнаказанно, – ну, тогда бы вы поняли, как это – отсылать других к уразумению и истинному благу.

– Это оригинально, – сказал Андрей Ефимыч, смеясь от удовольствия и потирая руки. – Меня приятно поражает в вас склонность к обобщениям, а моя характеристика, которую вы только что изволили сделать, просто блестяща. Признаться, беседа с вами доставляет мне громадное удовольствие. Ну-с, я вас выслушал, теперь и вы благоволите выслушать меня.

XI

Этот разговор продолжался еще около часа и, по-видимому, произвел на Андрея Ефимыча глубокое впечатление. Он стал ходить во флигель каждый день. Ходил он туда по утрам и после обеда, и часто вечерняя темнота заставала его в беседе с Иваном Дмитричем. В первое время

Иван Дмитрия дичился его, подозревал в злом умысле и откровенно выражал свою неприязнь, потом же привык к нему и свое резкое обращение сменил на снисходительно-ироническое.

Скоро по больнице разнесся слух, что доктор Андрей Ефимыч стал посещать палату № 6. Никто – ни фельдшер, ни Никита, ни сиделки не могли понять, зачем он ходил туда, зачем просиживал там по целым часам, о чем разговаривал и почему не прописывал рецептов. Поступки его казались странными. Михаил Аверьяныч часто не заставал его дома, чего раньше никогда не случалось, и Дарьюшка была очень смущена, так как доктор пил пиво уже не в определенное время и иногда даже запаздывал к обеду.

Однажды, это было уже в конце июня, доктор Хоботов пришел по какому-то делу к Андрею Ефимычу; не застав его дома, он отправился искать его по двору; тут ему сказали, что старый доктор пошел к душевнобольным. Войдя во флигель и остановившись в сенях, Хоботов услышал такой разговор.

– Мы никогда не споемся и обратить меня в свою веру вам не удастся, – говорил Иван Дмитрии с раздражением. – С действительностью вы совершенно незнакомы, и никогда вы не страдали, а только, как пьяница, кормились около чужих страданий, я же страдал непрерывно со дня рождения до сегодня. Поэтому говорю откровенно: я считаю себя выше вас и компетентнее во всех отношениях. Не вам учить меня.

– Я совсем не имею претензии обращать вас в свою веру, – проговорил Андрей Ефимыч тихо и с сожалением, что его не хотят понять. – И не в этом дело, мой друг. Дело не в том, что вы страдали, а я нет. Страдания и радости преходящи; оставим их, бог с ними. А дело в том, что мы с вами мыслим; мы видим друг в друге людей, которые способны мыслить и рассуждать, и это делает нас солидарными, как бы различны ни были наши взгляды. Если бы вы знали, друг мой, как надоели мне всеобщее безумие, бездарность, тупость и с какою радостью я всякий раз беседую с вами! Вы умный человек, и я наслаждаюсь вами.

Хоботов отворил на вершок дверь и взглянул в палату; Иван Дмитрия в колпаке и доктор Андрей Ефимыч сидели рядом на постели. Сумасшедший гримасничал, вздрагивал и судорожно запахивался в халат, а доктор сидел неподвижно, опустив голову, и лицо у него было красное, беспомощное, грустное. Хоботов пожал плечами, усмехнулся и переглянулся с Никитой. Никита тоже пожал плечами.

На другой день Хоботов приходил во флигель вместе с фельдшером. Оба стояли в сенях и подслушивали.

– А наш дед, кажется, совсем сдрефил! – сказал Хоботов, выходя из флигеля.

– Господи, помилуй нас, грешных!.. – вздохнул благолепный Сергей Сергеич, старательно обходя лужицы, чтобы не запачкать своих ярко вычищенных сапогов. – Признаться, уважаемый Евгений Федорыч, я давно уже ожидал этого!

XII

После этого Андрей Ефимыч стал замечать кругом какую-то таинственность. Мужики, сиделки и больные при встрече с ним вопросительно взглядывали на него и потом шептались. Девочка Маша, дочь смотрителя, которую он любил встречать в больничном саду, теперь, когда он с улыбкой подходил к ней, чтобы погладить ее по головке, почему-то убегала от него. Почтмейстер Михаил Аверьяныч, слушая его, уже не говорил: «Совершенно верно», а в непонятном смущении бормотал: «Да, да, да…» – и глядел на него задумчиво и печально; почему-то он стал советовать своему другу оставить водку и пиво, но при этом, как человек деликатный, говорил не прямо, а намеками, рассказывая то про одного батальонного командира, отличного человека, то про полкового священника, славного малого, которые пили и заболели, но, бросив пить, совершенно выздоровели. Два-три раза приходил к Андрею Ефимычу коллега Хоботов; он тоже советовал оставить спиртные напитки и без всякого видимого повода рекомендовал принимать бромистый калий.

В августе Андрей Ефимыч получил от городского головы письмо с просьбой пожаловать по очень важному делу. Придя в назначенное время в управу, Андрей Ефимыч застал там воинского начальника, штатного смотрителя уездного училища, члена управы, Хоботова и еще какого-то полного, белокурого господина, которого представили ему как доктора. Этот доктор, с польскою, трудно выговариваемою фамилией, жил в тридцати верстах от города, на конском заводе, и был теперь в городе проездом.

– Тут заявленьице по вашей части-с, – обратился член управы к Андрею Ефимычу после того, как все поздоровались и сели за стол. – Вот Евгений Федорыч говорят, что аптеке тесновато в главном корпусе и что ее надо бы перевести в один из флигелей. Оно конечно, это ничего, перевести можно, но главная причина – флигель ремонту захочет.

– Да, без ремонта не обойтись, – сказал Андрей Ефимыч, подумав. – Если, например, угловой флигель приспособить для аптеки, то на это, полагаю, понадобится minimum рублей пятьсот. Расход непроизводительный.

Немного помолчали.

– Я уже имел честь докладывать десять лет назад, – продолжал Андрей Ефимыч тихим голосом, – что эта больница в настоящем ее виде является для города роскошью не по средствам. Строилась она в сороковых годах, но ведь тогда были не те средства. Город слишком много затрачивает на ненужные постройки и лишние должности. Я думаю, на эти деньги можно было бы, при других порядках, содержать две образцовые больницы.

– Так вот и давайте заводить другие порядки! – живо сказал член управы.

– Я уже имел честь докладывать: передайте медицинскую часть в ведение земства.

– Да, передайте земству деньги, а оно украдет! – засмеялся белокурый доктор.

– Это как водится, – согласился член управы и тоже засмеялся.

Андрей Ефимыч вяло и тускло посмотрел на белокурого доктора и сказал:

– Надо быть справедливым.

Опять помолчали. Подали чай. Воинский начальник, почему-то очень смущенный, через стол дотронулся до руки Андрея Ефимыча и сказал:

– Совсем вы нас забыли, доктор. Впрочем, вы монах: в карты не играете, женщин не любите. Скучно вам с нашим братом.

Все заговорили о том, как скучно порядочному человеку жить в этом городе. Ни театра, ни музыки, а на последнем танцевальном вечере в клубе было около двадцати дам и только два кавалера. Молодежь не танцует, а все время толпится около буфета или играет в карты. Андрей Ефимыч медленно и тихо, ни на кого не глядя, стал говорить о том, как жаль, как глубоко жаль, что горожане тратят свою жизненную энергию, свое сердце и ум на карты и сплетни, а не умеют и не хотят проводить время в интересной беседе и в чтении, не хотят пользоваться наслаждениями, какие дает ум. Только один ум интересен и замечателен, все же остальное мелко и низменно. Хоботов внимательно слушал своего коллегу и вдруг спросил:

– Андрей Ефимыч, какое сегодня число?

Получив ответ, он и белокурый доктор тоном экзаменаторов, чувствующих свою неумелость, стали спрашивать у Андрея Ефимыча, какой сегодня день, сколько дней в году и правда ли, что в палате № 6 живет замечательный пророк.

В ответ на последний вопрос Андрей Ефимыч покраснел и сказал:

– Да, это больной, но интересный молодой человек.

Больше ему не задавали никаких вопросов. Когда он в передней надевал пальто, воинский начальник положил руку ему на плечо и сказал со вздохом:

– Нам, старикам, на отдых пора!

Выйдя из управы, Андрей Ефимыч понял, что это была комиссия, назначенная для освидетельствования его умственных способностей. Он вспомнил вопросы, которые задавали ему, покраснел, и почему-то теперь первый раз в жизни ему стало горько жаль медицину.

«Боже мой, – думал он, вспоминая, как врачи только что исследовали его, – ведь они так недавно слушали психиатрию, держали экзамен, – откуда же это круглое невежество? Они понятия не имеют о психиатрии!»

И первый раз в жизни он почувствовал себя оскорбленным и рассерженным.

В тот же день вечером у него был Михаил Аверьяныч.

Не здороваясь, почтмейстер подошел к нему, взял его за обе руки и сказал взволнованным голосом:

– Дорогой мой, друг мой, докажите мне, что вы верите в мое искреннее расположение и считаете меня своим другом... Друг мой! – и, мешая говорить Андрею Ефимычу, он продолжал, волнуясь: – Я люблю вас за образованность и благородство души. Слушайте меня, мой дорогой. Правила науки обязывают докторов скрывать от вас правду, но я по-военному режу правду-матку: вы нездоровы! Извините меня, мой дорогой, но это правда, это давно уже заметили все окружающие. Сейчас мне доктор Евгений Федорыч говорил, что для пользы вашего здоровья вам необходимо отдохнуть и развлечься. Совершенно верно! Превосходно! На сих днях я беру отпуск и уезжаю понюхать другого воздуха. Докажите же, что вы мне друг, поедем вместе! Поедем, тряхнем стариной.

– Я чувствую себя совершенно здоровым, – сказал Андрей Ефимыч, подумав. – Ехать же не могу. Позвольте мне как-нибудь иначе доказать вам свою дружбу.

Ехать куда-то, неизвестно зачем, без книг, без Дарьюшки, без пива, резко нарушить порядок жизни, установившийся за двадцать лет, – такая идея в первую минуту показалась ему дикою и фантастическою. Но он вспомнил разговор, бывший в управе, и тяжелое настроение, какое он испытал, возвращаясь из управы домой, и мысль уехать ненадолго из города, где глупые люди считают его сумасшедшим, улыбнулась ему.

– А вы, собственно, куда намерены ехать? – спросил он.

– В Москву, в Петербург, в Варшаву… В Варшаве я провел пять счастливейших лет моей жизни. Что за город изумительный! Едемте, дорогой мой!

XIII

Через неделю Андрею Ефимычу предложили отдохнуть, то есть подать в отставку, к чему он отнесся равнодушно, а еще через неделю он и Михаил Аверьяныч уже сидели в почтовом тарантасе и ехали на ближайшую железнодорожную станцию. Дни были прохладные, ясные, с голубым небом и с прозрачною далью. Двести верст до станции проехали в двое суток и по пути два раза ночевали. Когда на почтовых станциях подавали к чаю дурно вымытые стаканы или долго запрягали лошадей, то Михаил Аверьяныч багровел, трясся всем телом и кричал: «Замолчать! не рассуждать!» А сидя в тарантасе, он, не переставая ни на минуту, рассказывал о своих поездках по Кавказу и Царству Польскому. Сколько было приключений, какие встречи! Он говорил громко и при этом делал такие удивленные глаза, что можно было подумать, что он лгал. Вдобавок, рассказывая, он дышал в лицо Андрею Ефимычу и хохотал ему в ухо. Это стесняло доктора и мешало ему думать и сосредоточиться.

По железной дороге ехали из экономии в третьем классе, в вагоне для некурящих. Публика наполовину была чистая. Михаил Аверьяныч скоро со всеми перезнакомился и, переходя от скамьи к скамье, громко говорил, что не следует ездить по этим возмутительным дорогам. Кругом мошенничество! То ли дело верхом на коне: отмахаешь в один день сто верст и потом чувствуешь себя здоровым и свежим. А неурожаи у нас оттого, что осушили Пинские болота. Вообще беспорядки страшные. Он горячился, говорил громко и не давал говорить другим. Эта бесконечная болтовня вперемежку с громким хохотом и выразительными жестами утомила Андрея Ефимыча.

«Кто из нас обоих сумасшедший? – думал он с досадой. – Я ли, который стараюсь ничем не обеспокоить пассажиров, или этот эгоист, который думает, что он здесь умнее и интереснее всех, и оттого никому не дает покоя?»

В Москве Михаил Аверьяныч надел военный сюртук без погонов и панталоны с красными кантами. На улице он ходил в военной фуражке и в шинели, и солдаты отдавали ему честь. Андрею Ефимычу теперь казалось, что это был человек, который из всего барского, которое у него когда-то было, промотал все хорошее и оставил себе одно только дурное. Он любил, чтобы ему услуживали, даже когда это было совершенно не нужно. Спички лежали перед ним на столе, и он их видел, но кричал человеку, чтобы тот подал ему спички; при горничной он не стеснялся ходить в одном нижнем белье; лакеям всем без разбора, даже старикам, говорил «ты» и, осердившись, величал их болванами и дураками. Это, как казалось Андрею Ефимычу, было барственно, но гадко.

Прежде всего Михаил Аверьяныч повел своего друга к Иверской. Он молился горячо, с земными поклонами и со слезами, и когда кончил, глубоко вздохнул и сказал:

– Хоть и не веришь, но оно как-то покойнее, когда помолишься. Приложитесь, голубчик.

Андрей Ефимыч сконфузился и приложился к образу, а Михаил Аверьяныч вытянул губы и, покачивая головой, помолился шепотом, и опять у него на глазах навернулись слезы. Затем пошли в Кремль и посмотрели там на Царь-пушку и Царь-колокол, и даже пальцами их потрогали, полюбовались видом на Замоскворечье, побывали в храме Спасителя и в Румянцевском музее.

Обедали они у Тестова. Михаил Аверьяныч долго смотрел в меню, разглаживая бакены, и сказал тоном гурмана, привыкшего чувствовать себя в ресторанах как дома:

– Посмотрим, чем вы нас сегодня покормите, ангел!

XIV

Доктор ходил, смотрел, ел, пил, но чувство у него было одно: досада на Михаила Аверьяныча. Ему хотелось отдохнуть от друга, уйти от него, спрятаться, а друг считал своим долгом не отпускать его ни на шаг от себя и доставлять ему возможно больше развлечений. Когда не на что было смотреть, он развлекал его разговорами. Два дня терпел Андрей Ефимыч, но на третий объявил своему другу, что он болен и хочет остаться на весь день дома. Друг сказал, что в таком случае и он остается. В самом деле, надо отдохнуть, а то этак ног не хватит. Андрей Ефимыч лег на диван, лицом к спинке, и, стиснув зубы, слушал своего друга, который горячо уверял его, что Франция рано или поздно непременно разобьет Германию, что в Москве очень много мошенников и что по наружному виду лошади нельзя судить о ее достоинствах. У доктора начались шум в ушах и сердцебиение, но попросить друга уйти или помолчать он из деликатности не решался. К счастию, Михаилу Аверьянычу наскучило сидеть в номере, и он после обеда ушел прогуляться.

Оставшись один, Андрей Ефимыч предался чувству отдыха. Как приятно лежать неподвижно на диване и сознавать, что ты один в комнате! Истинное счастие невозможно без одиночества. Падший ангел изменил Богу, вероятно, потому, что захотел одиночества, которого не знают ангелы. Андрей Ефимыч хотел думать о том, что он видел и слышал в последние дни, но Михаил Аверьяныч не выходил у него из головы.

«А ведь он взял отпуск и поехал со мной из дружбы, из великодушия, – думал доктор с досадой. – Хуже нет ничего, как эта дружеская опека. Ведь вот, кажется, и добр, и великодушен, и весельчак, а скучен. Нестерпимо скучен. Так же вот бывают люди, которые всегда говорят одни только умные и хорошие слова, но чувствуешь, что они тупые люди».

В следующие затем дни Андрей Ефимыч сказывался больным и не выходил из номера. Он лежал лицом к спинке дивана и томился, когда друг развлекал его разговорами, или же отдыхал, когда друг отсутствовал. Он досадовал на себя за то, что поехал, и на друга, который с каждым днем становился все болтливее и развязнее; настроить свои мысли на серьезный, возвышенный лад ему никак не удавалось.

«Это меня пробирает действительность, о которой говорил Иван Дмитрии, – думал он, сердясь на свою мелочность. – Впрочем, вздор... Приеду домой – и все пойдет по-старому...»

И в Петербурге то же самое: он по целым дням не выходил из номера, лежал на диване и вставал только затем, чтобы выпить пива.

Михаил Аверьяныч все время торопил ехать в Варшаву.

– Дорогой мой, зачем я туда поеду? – говорил Андрей Ефимыч умоляющим голосом. – Поезжайте одни, а мне позвольте ехать домой! Прошу вас!

– Ни под каким видом! – протестовал Михаил Аверьяныч. – Это изумительный город. В нем я провел пять счастливейших лет моей жизни!

У Андрея Ефимыча не хватило характера настоять на своем, и он скрепя сердце поехал в Варшаву. Тут он не выходил из номера, лежал на диване и злился на себя, на друга и на лакеев, которые упорно отказывались понимать по-русски, а Михаил Аверьяныч, по обыкновению, здоровый, бодрый и веселый, с утра до вечера гулял по городу и разыскивал своих старых знакомых. Несколько раз он не ночевал дома. После одной ночи, проведенной неизвестно где, он вернулся домой рано утром в сильно возбужденном состоянии, красный и непричесанный. Он долго ходил из угла в угол, что-то бормоча про себя, потом остановился и сказал:

– Честь прежде всего!

Походив еще немного, он схватил себя за голову и произнес трагическим голосом:

– Да, честь прежде всего! Будь проклята минута, когда мне впервые пришло в голову ехать в этот Вавилон! Дорогой мой, – обратился он к доктору, – презирайте меня: я проигрался! Дайте мне пятьсот рублей!

Андрей Ефимыч отсчитал пятьсот рублей и молча отдал их своему другу. Тот, все еще багровый от стыда и гнева, бессвязно произнес какую-то ненужную клятву, надел фуражку и вышел. Вернувшись часа через два, он повалился в кресло, громко вздохнул и сказал:

– Честь спасена! Едемте, мой друг! Ни одной минуты я не желаю остаться в этом проклятом городе. Мошенники! Австрийские шпионы!

Когда приятели вернулись в свой город, был уже ноябрь и на улицах лежал глубокий снег. Место Андрея Ефимыча занимал доктор Хоботов; он жил еще на старой квартире, в ожидании, когда Андрей Ефимыч приедет и очистит больничную квартиру. Некрасивая женщина, которую он называл своею кухаркой, уже жила в одном из флигелей.

По городу ходили новые больничные сплетни. Говорили, что некрасивая женщина поссорилась со смотрителем и этот будто бы ползал перед нею на коленях, прося прощения.

Андрею Ефимычу в первый же день по приезде пришлось отыскивать себе квартиру.

– Друг мой, – сказал ему почтмейстер, – извините за нескромный вопрос: какими средствами вы располагаете?

Андрей Ефимыч молча сосчитал свои деньги и сказал:

– Восемьдесят шесть рублей.

– Я не о том спрашиваю, – проговорил в смущении Михаил Аверьяныч, не поняв доктора. – Я спрашиваю, какие у вас средства вообще?

– Я же и говорю вам: восемьдесят шесть рублей... Больше у меня ничего нет.

Михаил Аверьяныч считал доктора честным и благородным человеком, но все-таки подозревал, что у него есть капитал по крайней мере тысяч в двадцать. Теперь же, узнав, что Андрей Ефимыч нищий, что ему нечем жить, он почему-то вдруг заплакал и обнял своего друга.

XV

Андрей Ефимыч жил в трехоконном домике мещанки Беловой. В этом домике было только три комнаты, не считая кухни. Две из них, с окнами на улицу, занимал доктор, а в третьей и кухне жили Дарьюшка и мещанка с тремя детьми. Иногда к хозяйке приходил ночевать любовник, пьяный мужик, бушевавший по ночам и наводивший на детей и на Дарьюшку ужас. Когда он приходил и, усевшись на кухне, начинал требовать водки, всем становилось очень тесно, и доктор из жалости брал к себе плачущих детей, укладывал их у себя на полу, и это доставляло ему большое удовольствие.

Вставал он по-прежнему в восемь часов и после чаю садился читать свои старые книги и журналы. На новые у него уже не было денег. Оттого ли, что книги были старые, или, может быть, от перемены обстановки, чтение уж не захватывало его глубоко и утомляло. Чтобы не проводить времени в праздности, он составлял подробный каталог своим книгам и приклеивал к их корешкам билетики, и эта механическая, кропотливая работа казалась ему интереснее, чем чтение. Однообразная кропотливая работа каким-то непонятным образом убаюкивала его мысли, он ни о чем не думал, и время проходило быстро. Даже сидеть в кухне и чистить с Дарьюшкой картофель или выбирать сор из гречневой крупы ему казалось интересно. По субботам и воскресеньям он ходил в церковь. Стоя около стены и зажмурив глаза, он слушал пение и думал об отце, о матери, об университете, о религиях; ему было покойно, грустно, и потом, уходя из церкви, он жалел, что служба так скоро кончилась.

Он два раза ходил в больницу к Ивану Дмитричу, чтобы поговорить с ним. Но в оба раза Иван Дмитрии был необыкновенно возбужден и зол; он просил оставить его в покое, так как ему давно уже надоела пустая болтовня, и говорил, что у проклятых подлых людей он за все страдания просит только одной награды – одиночного заключения. Неужели даже в этом ему отказывают? Когда Андрей Ефимыч прощался с ним в оба раза и желал покойной ночи, то он огрызался и говорил:

– К чёрту!

И Андрей Ефимыч не знал теперь, пойти ему в третий раз или нет. А пойти хотелось.

Прежде в послеобеденное время Андрей Ефимыч ходил по комнатам и думал, теперь же он от обеда до вечернего чая лежал на диване лицом к спинке и предавался мелочным мыслям, которых никак не мог побороть. Ему было обидно, что за его больше чем двадцатилетнюю службу ему не дали ни пенсии, ни единовременного пособия. Правда, он служил нечестно, но ведь пенсию получают все служащие без различия, честны они или нет. Современная справедливость и заключается именно в том, что чинами, орденами и пенсиями награждаются не нравственные качества и способности, а вообще служба, какая бы она ни была. Почему же он один должен составлять исключение? Денег у него совсем не было. Ему было стыдно проходить мимо лавочки и глядеть на хозяйку. За пиво должны уже тридцать два рубля. Мещанке Беловой тоже должны. Дарьюшка потихоньку продает старые платья и книги и лжет хозяйке, что скоро доктор получит очень много денег.

Он сердился на себя за то, что истратил на путешествие тысячу рублей, которая у него была скоплена. Как бы теперь пригодилась эта тысяча! Ему было досадно, что его не оставляют в покое люди. Хоботов считал своим долгом изредка навещать больного коллегу. Все было в нем противно Андрею Ефимычу: и сытое лицо, и дурной, снисходительный тон, и слово «коллега», и высокие сапоги; самое же противное было то, что он считал своею обязанностью лечить Андрея Ефимыча и думал, что в самом деле лечит. В каждое свое посещение он приносил склянку с бромистым калием и пилюли из ревеня.

И Михаил Аверьяныч тоже считал своим долгом навещать друга и развлекать его. Всякий раз он входил к Андрею Ефимычу с напускною развязностью, принужденно хохотал и начинал уверять его, что он сегодня прекрасно выглядит и что дела, слава богу, идут на поправку, и из этого можно было заключить, что положение своего друга он считал безнадежным. Он не выплатил еще своего варшавского долга и был удручен тяжелым стыдом, был напряжен и потому старался хохотать громче и рассказывать смешнее. Его анекдоты и рассказы казались теперь бесконечными и были мучительны и для Андрея Ефимыча, и для него самого.

В его присутствии Андрей Ефимыч ложился обыкновенно на диван лицом к стене и слушал, стиснув зубы; на душу его пластами ложилась накипь, и после каждого посещения друга он чувствовал, что накипь эта становится все выше и словно подходит к горлу.

Чтобы заглушить мелочные чувства, он спешил думать о том, что и он сам, и Хоботов, и Михаил Аверьяныч должны рано или поздно погибнуть, не оставив в природе даже отпечатка. Если вообразить, что через миллион лет мимо земного шара пролетит в пространстве какой-нибудь дух, то он увидит только глину и голые утесы. Все – и культура, и нравственный закон – пропадет и даже лопухом не порастет. Что же значат стыд перед лавочником, ничтожный Хоботов, тяжелая дружба Михаила Аверьяныча? Все это вздор и пустяки.

Но такие рассуждения уже не помогали. Едва он воображал земной шар через миллион лет, как из-за голого утеса показывался Хоботов в высоких сапогах или напряженно хохочущий Михаил Аверьяныч и даже слышался стыдливый шепот: «А варшавский долг, голубчик, возвращу на этих днях... Непременно».

XVI

Однажды Михаил Аверьяныч пришел после обеда, когда Андрей Ефимыч лежал на диване.

Случилось так, что в это же время явился и Хоботов с бромистым калием. Андрей Ефимыч тяжело поднялся, сел и уперся обеими руками о диван.

– А сегодня, дорогой мой, – начал Михаил Аверьяныч, – у вас цвет лица гораздо лучше, чем вчера. Да вы молодцом! Ей-богу, молодцом!

– Пора, пора поправляться, коллега, – сказал Хоботов, зевая. – Небось вам самим надоела эта канитель.

– И поправимся! – весело сказал Михаил Аверьяныч. – Еще лет сто жить будем! Так-тось!

– Сто не сто, а на двадцать еще хватит, – утешал Хоботов. – Ничего, ничего, коллега, не унывайте... Будет вам тень наводить.

– Мы еще покажем себя! – захохотал Михаил Аверьяныч и похлопал друга по колену. – Мы еще покажем! Будущим летом, Бог даст, махнем на Кавказ и весь его верхом объедем – гоп! гоп! гоп! А с Кавказа вернемся, гляди, чего доброго, на свадьбе гулять будем. – Михаил Аверьяныч лукаво подмигнул глазом. – Женим вас, дружка милого... женим...

Андрей Ефимыч вдруг почувствовал, что накипь подходит к горлу; у него страшно забилось сердце.

– Это пошло! – сказал он, быстро вставая и отходя к окну. – Неужели вы не понимаете, что говорите пошлости?

Он хотел продолжать мягко и вежливо, но против воли вдруг сжал кулаки и поднял их выше головы.

– Оставьте меня! – крикнул он не своим голосом, багровея и дрожа всем телом. – Вон! Оба вон, оба!

Михаил Аверьяныч и Хоботов встали и уставились на него сначала с недоумением, потом со страхом.

– Оба вон! – продолжал кричать Андрей Ефимыч. – Тупые люди! Глупые люди! Не нужно мне ни дружбы, ни твоих лекарств, тупой человек! Пошлость! Гадость!

Хоботов и Михаил Аверьяныч, растерянно переглядываясь, попятились к двери и вышли в сени. Андрей Ефимыч схватил склянку с бромистым калием и швырнул им вслед; склянка со звоном разбилась о порог.

– Убирайтесь к черту! – крикнул он плачущим голосом, выбегая в сени. – К черту!

По уходу гостей Андрей Ефимыч, дрожа, как в лихорадке, лег на диван и долго еще повторял:

– Тупые люди! Глупые люди!

Когда он успокоился, то прежде всего ему пришло на мысль, что бедному Михаилу Аверьянычу теперь, должно быть, страшно стыдно и тяжело на душе и что все это ужасно. Никогда раньше не случалось ничего подобного. Где же ум и такт? Где уразумение вещей и философское равнодушие?

Доктор всю ночь не мог уснуть от стыда и досады на себя, а утром, часов в десять, отправился в почтовую контору и извинился перед почтмейстером.

– Не будем вспоминать о том, что произошло, – сказал со вздохом растроганный Михаил Аверьяныч, крепко пожимая ему руку. – Кто старое помянет, тому глаз вон. Любавкин! – вдруг крикнул он так громко, что все почтальоны и посетители вздрогнули. – Подай стул. А ты подожди! – крикнул он бабе, которая сквозь решетку протягивала к нему заказное письмо. – Разве не видишь, что я занят? Не будем вспоминать старое, – продолжал он нежно, обращаясь к Андрею Ефимычу. – Садитесь, покорнейше прошу, мой дорогой.

Он минуту молча поглаживал себе колени и потом сказал:

– У меня и в мыслях не было обижаться на вас. Болезнь не свой брат, я понимаю. Ваш припадок испугал нас вчера с доктором, и мы долго потом говорили о вас. Дорогой мой, отчего вы не хотите серьезно заняться вашей болезнью? Разве можно так? Извините за дружескую откровенность, – зашептал Михаил Аверьяныч, – вы живете в самой неблагоприятной обстановке: теснота, нечистота, ухода за вами нет, лечиться не на что... Дорогой мой ДРУГ» умоляем вас вместе с доктором всем сердцем, послушайтесь нашего совета: ложитесь в больницу! Там и пища здоровая, и уход, и лечение. Евгений Федорович хотя и моветон[1], между нами говоря, но сведущий, на него вполне можно положиться. Он дал мне слово, что займется вами.

Андрей Ефимыч был тронут искренним участием и слезами, которые вдруг заблестели на щеках у почтмейстера.

– Уважаемый, не верьте! – зашептал он, прикладывая руку к сердцу. – Не верьте им! Это обман! Болезнь моя только в том, что за двадцать лет я нашел во всем городе одного только умного человека, да и тот сумасшедший. Болезни нет никакой, а просто я попал в заколдованный круг, из которого нет выхода. Мне все равно, я на все готов.

---

1 Здесь: человек дурного тона (от *фр.* mauvais ton – дурной тон).

– Ложитесь в больницу, дорогой мой.

– Мне все равно, хоть в яму.

– Дайте, голубчик, слово, что вы будете слушаться во всем Евгения Федорыча.

– Извольте, даю слово. Но, повторяю, уважаемый, я попал в заколдованный круг. Теперь все, даже искреннее участие моих друзей, клонится к одному – к моей погибели. Я погибаю и имею мужество сознавать это.

– Голубчик, вы выздоровеете.

– К чему это говорить? – сказал Андрей Ефи-мыч с раздражением. – Редкий человек под конец жизни не испытывает того же, что я теперь. Когда вам скажут, что у вас что-нибудь вроде плохих почек и увеличенного сердца и вы станете лечиться, или скажут, что вы сумасшедший или преступник, то есть, одним словом, когда люди вдруг обратят на вас внимание, то знайте, что вы попали в заколдованный круг, из которого уже не выйдете. Будете стараться выйти и еще больше заблудитесь. Сдавайтесь, потому что никакие человеческие усилия уже не спасут вас. Так мне кажется.

Между тем у решетки толпилась публика. Андрей Ефимыч, чтобы не мешать, встал и начал прощаться. Михаил Аверьяныч еще раз взял с него честное слово и проводил его до наружной двери. В тот же день, перед вечером, к Андрею Ефимычу неожиданно явился Хоботов в полушубке и в высоких сапогах и сказал таким тоном, как будто вчера ничего не случилось:

– А я к вам по делу, коллега. Пришел приглашать вас: не хотите ли со мной на консилиум, а?

Думая, что Хоботов хочет развлечь его прогулкой или, в самом деле, дать ему заработать, Андрей Ефимыч оделся и вышел с ним на улицу. Он рад был случаю загладить вчерашнюю вину и помириться и в душе благодарил Хоботова, который даже не заикнулся о вчерашнем и, по-видимому, щадил его. От этого некультурного человека трудно было ожидать такой деликатности.

– А где ваш больной? – спросил Андрей Ефимыч.

– У меня в больнице. Мне уж давно хотелось показать вам... Интереснейший случай.

Вошли в больничный двор и, обойдя главный корпус, направились к флигелю, где помещались умалишенные. И все это почему-то молча. Когда вошли во флигель, Никита, по обыкновению, вскочил и вытянулся.

– Тут у одного произошло осложнение со стороны легких, – сказал вполголоса Хоботов, входя с Андреем Ефимычем в палату. – Вы погодите здесь, а я сейчас. Схожу только за стетоскопом.

И вышел.

XVII

Уже смеркалось. Иван Дмитрии лежал на своей постели, уткнувшись лицом в подушку; паралитик сидел неподвижно, тихо плакал и шевелил губами. Толстый мужик и бывший сортировщик спали. Было тихо.

Андрей Ефимыч сидел на кровати Ивана Дмитрича и ждал. Но прошло с полчаса, и вместо Хоботова вошел в палату Никита, держа в охапке халат, чье-то белье и туфли.

– Пожалуйте одеваться, ваше высокоблагородие, – сказал он тихо. – Вот ваша постелька, пожалуйте сюда, – добавил он, указывая на пустую, очевидно недавно принесенную, кровать. – Ничего, Бог даст, выздоровеете.

Андрей Ефимыч все понял. Он, ни слова не говоря, перешел к кровати, на которую указал Никита, и сел; видя, что Никита стоит и ждет, он разделся догола, и ему стало стыдно. Потом он надел больничное платье; кальсоны были очень коротки, рубаха длинна, а от халата пахло копченою рыбой.

– Выздоровеете, Бог даст, – повторил Никита.

Он забрал в охапку платье Андрея Ефимыча, вышел и затворил за собой дверь.

«Все равно... – думал Андрей Ефимыч, стыдливо запахиваясь в халат и чувствуя, что в своем новом костюме он похож на арестанта. – Все равно... Все равно, что фрак, что мундир, что этот халат...»

Но как же часы? А записная книжка, что в боковом кармане? А папиросы? Куда Никита унес платье? Теперь, пожалуй, до самой смерти уже не придется надевать брюк, жилета и сапогов. Все это как-то странно и даже непонятно в первое время. Андрей Ефимыч и теперь был убежден, что между домом мещанки Беловой и палатой № 6 нет никакой разницы, что все на этом свете вздор и суета сует, а между тем у него дрожали руки, ноги холодели и было жутко от мысли, что скоро Иван Дмитрии встанет и увидит, что он в халате. Он встал, прошелся и опять сел.

Вот он просидел уже полчаса, час, и ему надоело до тоски; неужели здесь можно прожить день, неделю и даже годы, как эти люди? Ну, вот он сидел, прошелся и опять сел; можно пойти и посмотреть в окно и опять пройтись из угла в угол. А потом что?

Так сидеть все время, как истукан, и думать? Нет, это едва ли возможно.

Андрей Ефимыч лег, но тотчас же встал, вытер рукавом со лба холодный пот и почувствовал, что все лицо его запахло копченою рыбой. Он опять прошелся.

– Это какое-то недоразумение... – проговорил он, разводя руками в недоумении. – Надо объясниться, тут недоразумение...

В это время проснулся Иван Дмитрии. Он сел и подпер щеки кулаками. Сплюнул. Потом он лениво взглянул на доктора и, по-видимому, в первую минуту ничего не понял; но скоро сонное лицо его стало злым и насмешливым.

– Ага, и вас засадили сюда, голубчик! – проговорил он сиплым спросонок голосом, зажмурив один глаз. – Очень рад. То вы пили из людей кровь, а теперь из вас будут пить. Превосходно!

– Это какое-то недоразумение... – проговорил Андрей Ефимыч, пугаясь слов Ивана Дмитрича; он пожал плечами и повторил: – Недоразумение какое-то...

Иван Дмитрии опять сплюнул и лег.

– Проклятая жизнь! – проворчал он. – И что горько и обидно, ведь эта жизнь кончится не наградой за страдания, не апофеозом, как в опере, а смертью; придут мужики и потащат мертвого за руки и за ноги в подвал. Брр! Ну ничего… Зато на том свете будет наш праздник… Я с того света буду являться сюда тенью и пугать этих гадин. Я их поседеть заставлю.

Вернулся Мойсейка и, увидев доктора, протянул руку.

– Дай копеечку! – сказал он.

XVIII

Андрей Ефимыч отошел к окну и посмотрел в поле. Уже становилось темно, и на горизонте с правой стороны восходила холодная, багровая луна. Недалеко от больничного забора, в ста саженях, не больше, стоял высокий белый дом, обнесенный каменною стеной. Это была тюрьма.

«Вот она, действительность!» – подумал Андрей Ефимыч, и ему стало страшно.

Были страшны и луна, и тюрьма, и гвозди на заборе, и далекий пламень в костопальном заводе. Сзади послышался вздох. Андрей Ефимыч оглянулся и увидел человека с блестящими звездами и с орденами на груди, который улыбался и лукаво подмигивал глазом. И это показалось страшным.

Андрей Ефимыч уверял себя, что в луне и в тюрьме нет ничего особенного, что и психически здоровые люди носят ордена и что все со временем сгниет и обратится в глину, но отчаяние вдруг овладело им, он ухватился обеими руками за решетку и изо всей силы потряс ее. Крепкая решетка не поддалась.

Потом, чтобы не так было страшно, он пошел к постели Ивана Дмитрича и сел.

– Я пал духом, дорогой мой, – пробормотал он, дрожа и утирая холодный пот. – Пал духом.

– А вы пофилософствуйте, – сказал насмешливо Иван Дмитрия.

– Боже мой, боже мой... Да, да... Вы как-то изволили говорить, что в России нет философии, но философствуют все, даже мелюзга. Но ведь от философствования мелюзги никому нет вреда, – сказал Андрей Ефимыч таким тоном, как будто хотел заплакать и разжалобить. – Зачем же, дорогой мой, этот злорадный смех? И как же философствовать этой мелюзге, если она не удовлетворена? Умному, образованному, гордому, свободолюбивому человеку, подобию Божию, нет другого выхода, как идти лекарем в грязный, глупый городишко, и всю жизнь банки, пиявки, горчичники! Шарлатанство, узость, пошлость! О боже мой!

– Вы болтаете глупости. Если в лекаря противно, шли бы в министры.

– Никуда, никуда нельзя, слабы мы, дорогой... Был я равнодушен, бодро и здраво рассуждал, а стоило только жизни грубо прикоснуться ко мне, как я пал духом... прострация... Слабы мы, дрянные мы... И вы тоже, дорогой мой. Вы умны, благородны, с молоком матери всосали благие порывы, но едва вступили в жизнь, как утомились и заболели... Слабы, слабы!

Что-то еще неотвязчивое, кроме страха и чувства обиды, томило Андрея Ефимыча все время с наступления вечера. Наконец он сообразил, что это ему хочется пива и курить.

– Я выйду отсюда, дорогой мой, – сказал он. – Скажу, чтобы сюда огня дали... не могу так... не в состоянии.

Андрей Ефимыч пошел к двери и отворил ее, но тотчас же Никита вскочил и загородил ему дорогу.

– Куда вы? Нельзя, нельзя, – сказал он. – Пора спать!

– Но я только на минуту, по двору пройтись! – оторопел Андрей Ефимыч.

– Нельзя, нельзя, не приказано. Сами знаете.

Никита захлопнул дверь и прислонился к ней спиной.

– Но если я выйду отсюда, что кому сделается от этого? – спросил Андрей Ефимыч, пожимая плечами. – Не понимаю! Никита, я должен выйти! – сказал он дрогнувшим голосом. – Мне нужно!

– Не заводите беспорядков, нехорошо! – сказал наставительно Никита.

– Это черт знает что такое! – вскрикнул вдруг Иван Дмитрич и вскочил. – Какое он имеет право не пускать? Как они смеют держать нас здесь? В законе, кажется, ясно сказано, что никто не может быть лишен свободы без суда! Это насилие! Произвол!

– Конечно, произвол! – сказал Андрей Ефимыч, подбодряемый криком Ивана Дмитрича. – Мне нужно, я должен выйти! Он не имеет права! Отпусти, тебе говорят!

– Слышишь, тупая скотина? – крикнул Иван Дмитрич и постучал кулаком в дверь. – Отвори, а то я дверь выломаю! Живодер!

– Отвори! – крикнул Андрей Ефимыч, дрожа всем телом. – Я требую!

– Поговори еще! – ответил за дверью Никита. – Поговори!

– По крайней мере, поди позови сюда Евгения Федорыча! Скажи, что я прошу его пожаловать... на минуту!

– Завтра они сами придут.

– Никогда нас не выпустят! – продолжал между тем Иван Дмитрич. – Сгноят нас здесь! О господи, неужели же в самом деле на том свете нет ада и эти негодяи будут прощены? Где же справедливость? Отвори, негодяй, я задыхаюсь! – крикнул он сиплым голосом и навалился на дверь. – Я размозжу себе голову! Убийцы!

Никита быстро отворил дверь, грубо, обеими руками и коленом отпихнул Андрея Ефимыча, потом размахнулся и ударил его кулаком по лицу. Андрею Ефимычу показалось, что громадная соленая волна накрыла его с головой и потащила к кровати; в самом деле, во рту было солоно: вероятно, из зубов пошла кровь. Он, точно желая выплыть, замахал руками и ухватился за чью-то кровать, и в это время почувствовал, что Никита два раза ударил его в спину.

Громко вскрикнул Иван Дмитрии. Должно быть, и его били.

Затем все стихло. Жидкий лунный свет шел сквозь решетки, и на полу лежала тень, похожая на сеть. Было страшно. Андрей Ефимыч лег и притаил дыхание; он с ужасом ждал, что его ударят еще раз. Точно кто взял серп, воткнул в него и несколько раз повернул в груди и в кишках. От боли он укусил подушку и стиснул зубы, и вдруг в голове его, среди хаоса, ясно мелькнула страшная, невыносимая мысль, что такую же точно боль должны были испытывать годами, изо дня в день эти люди, казавшиеся теперь при лунном свете черными тенями. Как могло случиться, что в продолжение больше чем двадцати лет он не знал и не хотел знать этого? Он не знал, не имел понятия о боли, значит, он не виноват, но совесть, такая же несговорчивая и грубая, как Никита, заставила его похолодеть от затылка до пят. Он вскочил, хотел крикнуть изо всех сил и бежать скорее, чтоб убить Никиту, потом Хоботова, смотрителя и фельдшера, потом себя, но из груди не вышло ни одного звука, и ноги не повиновались; задыхаясь, он рванул на груди халат и рубаху, порвал и без чувств повалился на кровать.

XIX

Утром на другой день у него болела голова, гудело в ушах и во всем теле чувствовалось недомогание. Вспоминать о вчерашней своей слабости ему не было стыдно. Он был вчера малодушен, боялся даже луны, искренне высказывал чувства и мысли, каких раньше и не подозревал у себя. Например, мысли о неудовлетворенности философствующей мелюзги. Но теперь ему было все равно.

Он не ел, не пил, лежал неподвижно и молчал.

«Мне все равно, – думал он, когда ему задавали вопросы. – Отвечать не стану… Мне все равно».

После обеда пришел Михаил Аверьяныч и принес четвертку чаю и фунт мармеладу. Дарьюшка тоже приходила и целый час стояла около кровати с выражением тупой скорби на лице. Посетил его и доктор Хоботов. Он принес склянку с бромистым калием и приказал Никите покурить в палате чем-нибудь.

Под вечер Андрей Ефимыч умер от апоплексического удара[1]. Сначала он почувствовал потрясающий озноб и тошноту; что-то отвратительное, как казалось, проникая во все тело, даже в пальцы, потянуло от желудка к голове и залило глаза и уши. Позеленело в

1 Апоплекси́ческий удар – то же, что инсульт, кровоизлияние в мозг.

глазах. Андрей Ефимыч понял, что ему пришел конец, и вспомнил, что Иван Дмитрии, Михаил Аверьяныч и миллионы людей верят в бессмертие. А вдруг оно есть? Но бессмертия ему не хотелось, и он думал о нем только одно мгновение. Стадо оленей, необыкновенно красивых и грациозных, о которых он читал вчера, пробежало мимо него; потом баба протянула к нему руку с заказным письмом… Сказал что-то Михаил Аверьяныч. Потом все исчезло, и Андрей Ефимыч забылся навеки.

Пришли мужики, взяли его за руки и за ноги и отнесли в часовню. Там он лежал на столе с открытыми глазами, и луна ночью освещала его. Утром пришел Сергей Сергеич, набожно помолился на распятие и закрыл своему бывшему начальнику глаза.

Через день Андрея Ефимыча хоронили. На похоронах были только Михаил Аверьяныч и Дарьюшка.

1892

ЧЕРНЫЙ МОНАХ

I

Андрей Васильевич Коврин, магистр, утомился и расстроил себе нервы. Он не лечился, но как-то вскользь, за бутылкой вина, поговорил с приятелем-доктором, и тот посоветовал ему провести весну и лето в деревне. Кстати же пришло длинное письмо от Тани Песоцкой, которая просила его приехать в Борисовку и погостить. И он решил, что ему в самом деле нужно проехаться.

Сначала – это было в апреле – он поехал к себе, в свою родовую Ковринку, и здесь прожил в уединении три недели; потом, дождавшись хорошей дороги, отправился на лошадях к своему бывшему опекуну и воспитателю Песоцкому, известному в России садоводу. От Ковринки до Борисовки, где жили Песоцкие, считалось не больше семидесяти верст, и ехать по мягкой весенней дороге в покойной рессорной коляске было истинным наслаждением.

Дом у Песоцкого был громадный, с колоннами, со львами, на которых облупилась штукатурка, и с фрачным лакеем у подъезда. Старинный парк, угрюмый и строгий, разбитый на английский манер, тянулся чуть ли не на целую версту от дома до реки и здесь оканчивался обрывистым, крутым глинистым берегом, на котором росли сосны с обнажившимися корнями, похожими на мохнатые лапы; внизу нелюдимо блестела вода, носились с жалобным писком кулики, и всегда тут было такое настроение, что хоть садись и балладу пиши. Зато около самого дома, во дворе и в фруктовом саду, который вместе с питомниками занимал десятин тридцать, было весело и жизнерадостно даже в дурную погоду. Таких удивительных роз, лилий, камелий, таких тюльпанов всевозможных цветов, начиная с ярко-белого и кончая черным как сажа, вообще такого богатства цветов, как у Песоцкого, Коврину не случалось видеть нигде в другом месте. Весна была еще только в начале, и самая настоящая роскошь цветников пряталась еще в теплицах, но уж и того, что цвело вдоль аллей и там и сям на клумбах, было достаточно, чтобы, гуляя по саду, почувствовать себя в царстве нежных красок, особенно в ранние часы, когда на каждом лепестке сверкала роса.

То, что было декоративною частью сада и что сам Песоцкий презрительно обзывал пустяками, производило на Коврина когда-то в детстве сказочное впечатление. Каких только тут не было причуд, изысканных уродств и издевательств над природой!

Тут были шпалеры из фруктовых деревьев, груша, имевшая форму пирамидального тополя, шаровидные дубы и липы, зонт из яблони, арки, вензеля, канделябры и даже 1862 из слив – цифра, означавшая год, когда Песоцкий впервые занялся садоводством. Попадались тут и красивые стройные деревца с прямыми и крепкими, как у пальм, стволами, и, только пристально всмотревшись, можно было узнать в этих деревцах крыжовник или смородину. Но что больше всего веселило в саду и придавало ему оживленный вид, так это постоянное движение. От раннего утра до вечера около деревьев, кустов, на аллеях и клумбах, как муравьи, копошились люди с тачками, мотыгами, лейками…

Коврин приехал к Песоцким вечером, в десятом часу. Таню и ее отца, Егора Семеныча, он застал в большой тревоге. Ясное, звездное небо и термометр пророчили мороз к утру, а между тем садовник Иван Карлыч уехал в город, и положиться было не на кого. За ужином говорили только об утреннике, и было решено, что Таня не ляжет спать и в первом часу пройдется по саду и посмотрит, все ли в порядке, а Егор Семеныч встанет в три часа и даже раньше.

Коврин просидел с Таней весь вечер и после полуночи отправился с ней в сад. Было холодно. Во дворе уже сильно пахло гарью. В большом фруктовом саду, который назывался коммерческим и приносил Егору Семенычу ежегодно несколько тысяч чистого дохода, стлался по земле черный, густой, едкий дым и, обволакивая деревья, спасал от мороза эти тысячи. Деревья тут стояли в шашечном порядке, ряды их были прямы и правильны, точно шеренги солдат, и эта строгая педантическая правильность и то, что все деревья были одного роста и имели совершенно одинаковые кроны и стволы, делали картину однообразной и даже скучной. Коврин и Таня прошли по рядам, где тлели костры из навоза, соломы и всяких отбросов, и изредка им встречались работники, которые бродили в дыму, как тени. Цвели только вишни, сливы и некоторые сорта яблонь, но весь сад утопал в дыму, и только около питомников Коврин вздохнул полной грудью.

– Я еще в детстве чихал здесь от дыма, – сказал он, пожимая плечами, – но до сих пор не понимаю, как это дым может спасти от мороза.

– Дым заменяет облака, когда их нет… – ответила Таня.

– А для чего нужны облака?

– В пасмурную и облачную погоду не бывает утренников.

– Вот как!

Он засмеялся и взял ее за руку. Ее широкое, очень серьезное, озябшее лицо с тонкими черными бровями, поднятый воротник пальто, мешавший ей свободно двигать головой, и вся она, худощавая, стройная, в подобранном от росы платье, умиляла его.

– Господи, она уже взрослая! – сказал он. – Когда я уезжал отсюда в последний раз, пять лет назад, вы были еще совсем дитя. Вы были такая тощая, длинноногая, простоволосая, носили короткое платьице, и я дразнил вас цаплей… Что делает время!

– Да, пять лет!.. – вздохнула Таня. – Много воды утекло с тех пор. Скажите, Андрюша, по совести, – живо заговорила она, глядя ему в лицо, – вы отвыкли от нас? Впрочем, что же я спрашиваю? Вы мужчина, живете уже своею, интересною жизнью, вы величина… Отчуждение так естественно! Но как бы ни было, Андрюша, мне хочется, чтобы вы считали нас своими. Мы имеем на это право.

– Я считаю, Таня.

– Честное слово?

– Да, честное слово.

– Вы сегодня удивлялись, что у нас так много ваших фотографий. Ведь вы знаете, мой отец обожает вас. Иногда мне кажется, что вас он любит больше, чем меня. Он гордится вами. Вы ученый, необыкновенный человек, вы сделали себе блестящую карьеру, и он уверен, что вы вышли такой оттого, что он воспитал вас. Я не мешаю ему так думать. Пусть.

Уже начинался рассвет, и это особенно было заметно по той отчетливости, с какою стали выделяться в воздухе клубы дыма и кроны деревьев. Пели соловьи, и с полей доносился крик перепелов.

– Однако пора спать, – сказала Таня. – Да и холодно. – Она взяла его под руку. – Спасибо, Андрюша, что приехали. У нас неинтересные знакомые, да и тех мало. У нас только сад, сад, сад – и больше ничего. Штамб, полуштамб, – засмеялась она, – апорт, ранет, боровинка, окулировка, копулировка… Вся, вся наша жизнь ушла в сад, мне даже ничего никогда не снится, кроме яблонь и груш. Конечно, это хорошо, полезно, но иногда хочется и еще чего-нибудь для разнообразия. Я помню, когда вы, бывало, приезжали к нам на каникулы или просто так, то в доме становилось как-то свежее и светлее, точно с люстры и с мебели чехлы снимали. Я была тогда девочкой и все-таки понимала.

Она говорила с большим чувством. Ему почему-то вдруг пришло в голову, что в течение лета он может привязаться к этому маленькому, слабому, многоречивому существу, увлечься и влюбиться, – в положении их обоих это так возможно и естественно! Эта мысль умилила и насмешила его; он нагнулся к милому, озабоченному лицу и запел тихо:

Онегин, я скрывать не стану,

Безумно я люблю Татьяну…

Когда пришли домой, Егор Семеныч уже встал. Коврину не хотелось спать, он разговорился со стариком и вернулся с ним в сад. Егор Семеныч был высокого роста, широк в плечах, с большим животом и страдал одышкой, но всегда ходил так быстро, что за ним трудно было поспеть. Вид он имел крайне озабоченный, все куда-то торопился и с таким выражением, как будто опоздай он хоть на одну минуту, то все погибло!

– Вот, брат, история… – начал он, останавливаясь, чтобы перевести дух. – На поверхности земли, как видишь, мороз, а подними на палке термометр сажени на две повыше земли, там тепло… Отчего это так?

– Право, не знаю, – сказал Коврин и засмеялся.

– Гм… Всего знать нельзя, конечно… Как бы обширен ум ни был, всего туда не поместишь. Ты ведь все больше насчет философии?

– Да. Читаю психологию, занимаюсь же вообще философией.

– И не прискучает?

– Напротив, этим только я и живу.

– Ну, дай Бог… – проговорил Егор Семеныч, в раздумье поглаживая свои седые бакены. – Дай Бог… Я за тебя очень рад… рад, братец…

Но вдруг он прислушался и, сделавши страшное лицо, побежал в сторону и скоро исчез за деревьями, в облаках дыма.

– Кто это привязал лошадь к яблоне? – послышался его отчаянный, душу раздирающий крик. – Какой это мерзавец и каналья осмелился привязать лошадь к яблоне? Боже мой, боже мой! Перепортили, перемерзили, пересквернили, перепакостили! Пропал сад! Погиб сад! Боже мой!

Когда он вернулся к Коврину, лицо у него было изнеможенное, оскорбленное.

– Ну что ты поделаешь с этим анафемским народом? – сказал он плачущим голосом, разводя руками. – Степка возил ночью навоз и привязал лошадь к яблоне! Замотал, подлец, вожжищи туго-натуго, так что кора в трех местах потерлась. Каково! Говорю ему, а он – толкач толкачом и только глазами хлопает! Повесить мало!

Успокоившись, он обнял Коврина и поцеловал в щеку.

– Ну, дай Бог… дай Бог… – забормотал он. – Я очень рад, что ты приехал. Несказанно рад… Спасибо.

Потом он все тою же быстрою походкой и с озабоченным лицом обошел весь сад и показал своему бывшему воспитаннику все оранжереи, теплицы, грунтовые сараи и свои две пасеки, которые называл чудом нашего столетия.

Пока они ходили, взошло солнце и ярко осветило сад. Стало тепло. Предчувствуя ясный, веселый, длинный день, Коврин вспомнил, что ведь это еще только начало мая и что еще впереди целое лето, такое же ясное, веселое, длинное, и вдруг в груди его шевельнулось радостное молодое чувство, какое он испытывал в детстве, когда бегал по этому саду. И он сам обнял старика и нежно поцеловал его. Оба, растроганные, пошли в дом и стали пить чай из старинных фарфоровых чашек, со сливками, с сытными, сдобными кренделями – и эти мелочи опять напомнили Коврину его детство и юность. Прекрасное настоящее и просыпавшиеся в нем впечатления прошлого сливались вместе; от них в душе было тесно, но хорошо. Он дождался, когда проснулась Таня, и вместе с нею напился кофе, погулял, потом пошел к себе в комнату и сел за работу. Он внимательно читал, делал заметки и изредка поднимал глаза, чтобы взглянуть на открытые окна или на свежие, еще мокрые от росы цветы, стоявшие в вазах на столе, и опять опускал глаза в книгу, и ему казалось, что в нем каждая жилочка дрожит и играет от удовольствия.

II

В деревне он продолжал вести такую же нервную и беспокойную жизнь, как в городе. Он много читал и писал, учился итальянскому языку и, когда гулял, с удовольствием думал о том, что скоро опять сядет за работу. Он спал так мало, что все удивлялись; если нечаянно уснет днем на полчаса, то уже потом не спит всю ночь и после бессонной ночи, как ни в чем не бывало, чувствует себя бодро и весело.

Он много говорил, пил вино и курил дорогие сигары. К Песоцким часто, чуть ли не каждый день, приезжали барышни-соседки, которые вместе с Таней играли на рояле и пели; иногда приезжал молодой человек, сосед, хорошо игравший на скрипке. Коврин слушал музыку и пение с жадностью и изнемогал от них, и последнее выражалось физически тем, что у него слипались глаза и клонило голову набок.

Однажды после вечернего чая он сидел на балконе и читал. В гостиной в это время Таня – сопрано, одна из барышень – контральто и молодой человек на скрипке разучивали известную серенаду Брага. Коврин вслушивался в слова – они были русские – и никак не мог понять их смысла. Наконец, оставив книгу и вслушавшись внимательно, он понял: девушка, больная воображением, слышала ночью в саду какие-то таинственные звуки, до такой степени прекрасные и странные, что должна была признать их гармонией священной, которая нам, смертным, непонятна и потому обратно улетает в небеса. У Коврина[1] стали слипаться глаза. Он встал и в изнеможении прошелся по гостиной, потом по зале. Когда пение прекратилось, он взял Таню под руку и вышел с нею на балкон.

– Меня сегодня с самого утра занимает одна легенда, – сказал он. – Не помню, вычитал ли я ее откуда или слышал, но легенда какая-то странная, ни с чем не сообразная. Начать с того, что она не отличается ясностью. Тысячу лет тому назад какой-то монах, одетый в черное, шел по пустыне, где-то в Сирии или Аравии… За несколько миль от того места, где он шел, рыбаки видели другого черного монаха, который медленно двигался по поверхности озера.

Этот второй монах был мираж. Теперь забудьте все законы оптики, которых легенда, кажется, не признает, и слушайте дальше. От миража получился другой мираж, потом от другого третий, так что образ черного монаха стал без конца передаваться из одного слоя атмосферы в другой. Его видели то в Африке, то в Испании, то в Индии, то на Дальнем Севере… Наконец, он вышел из пределов земной атмосферы и теперь блуждает по всей Вселенной, все никак не попадая в те условия, при которых он мог бы померкнуть. Быть может, его видят теперь где-нибудь на Марсе или на какой-нибудь

---

[1] Имеется в виду «Валахская легенда» («Серенада ангелов», 1867) итальянского композитора и виолончелиста Гаэтано Бра́га (1829–1907).

звезде Южного Креста. Но, милая моя, самая суть, самый гвоздь легенды заключается в том, что ровно через тысячу лет после того, как монах шел по пустыне, мираж опять попадет в земную атмосферу и покажется людям. И будто бы эта тысяча лет уже на исходе... По смыслу легенды, черного монаха мы должны ждать не сегодня завтра.

– Странный мираж, – сказала Таня, которой не понравилась легенда.

– Но удивительнее всего, – засмеялся Коврин, – что я никак не могу вспомнить, откуда попала мне в голову эта легенда. Читал где? Слышал? Или, быть может, черный монах снился мне? Клянусь Богом, не помню. Но легенда меня занимает. Я сегодня о ней целый день думаю.

Отпустив Таню к гостям, он вышел из дому и в раздумье прошелся около клумб. Уже садилось солнце. Цветы, оттого что их только что полили, издавали влажный, раздражающий запах. В доме опять запели, и издали скрипка производила впечатление человеческого голоса. Коврин, напрягая мысль, чтобы вспомнить, где он слышал или читал легенду, направился не спеша в парк и незаметно дошел до реки.

По тропинке, бежавшей по крутому берегу мимо обнаженных корней, он спустился вниз к воде, обеспокоил тут куликов, спугнул двух уток. На угрюмых соснах кое-где еще отсвечивали последние лучи заходящего солнца, но на поверхности реки был уже настоящий вечер. Коврин по лавам[1] перешел на другую сторону. Перед ним теперь лежало широкое поле, покрытое молодою, еще не цветущею рожью. Ни человеческого жилья, ни живой души вдали, и кажется, что тропинка, если пойти по ней, приведет в то самое неизвестное загадочное место, куда только что опустилось солнце и где так широко и величаво пламенеет вечерняя заря.

«Как здесь просторно, свободно, тихо! – думал Коврин, идя по тропинке. – И кажется, весь мир смотрит на меня, притаился и ждет, чтобы я понял его...»

[1] Ла́вы – мостки через реку.

Но вот по ржи пробежали волны, и легкий вечерний ветерок нежно коснулся его непокрытой головы. Через минуту опять порыв ветра, но уже сильнее, – зашумела рожь, и послышался сзади глухой ропот сосен. Коврин остановился в изумлении. На горизонте, точно вихрь или смерч, поднимался от земли до неба высокий черный столб. Контуры у него были неясны, но в первое же мгновение можно было понять, что он не стоял на месте, а двигался с страшною быстротой, двигался именно сюда, прямо на Коврина, и чем ближе он подвигался, тем становился все меньше и яснее. Коврин бросился в сторону, в рожь, чтобы дать ему дорогу, и едва успел это сделать…

Монах в черной одежде, с седою головой и черными бровями, скрестив на груди руки, пронесся мимо… Босые ноги его не касались земли. Уже пронесясь сажени на три, он оглянулся на Коврина, кивнул головой и улыбнулся ему ласково и в то же время лукаво. Но какое бледное, страшно бледное, худое лицо! Опять начиная расти, он пролетел через реку, неслышно ударился о глинистый берег и сосны и, пройдя сквозь них, исчез как дым.

– Ну, вот видите ли… – пробормотал Коврин. – Значит, в легенде правда.

Не стараясь объяснить себе странное явление, довольный одним тем, что ему удалось так близко и так ясно видеть не только черную одежду, но даже лицо и глаза монаха, приятно взволнованный, он вернулся домой.

В парке и в саду покойно ходили люди, в доме играли, – значит, только он один видел монаха. Ему сильно хотелось рассказать обо всем Тане и Егору Семенычу, но он сообразил, что они наверное сочтут его слова за бред, и это испугает их; лучше промолчать. Он громко смеялся, пел, танцевал мазурку, ему было весело, и все, гости и Таня, находили, что сегодня у него лицо какое-то особенное, лучезарное, вдохновенное, и что он очень интересен.

III

После ужина, когда уехали гости, он пошел к себе в комнату и лег на диван: ему хотелось думать о монахе. Но через минуту вошла Таня.

– Вот, Андрюша, почитайте статьи отца, – сказала она, подавая ему пачку брошюр и оттисков. – Прекрасные статьи. Он отлично пишет.

– Ну уж и отлично! – говорил Егор Семеныч, входя за ней и принужденно смеясь; ему было совестно. – Не слушай, пожалуйста, не читай! Впрочем, если хочешь уснуть, то, пожалуй, читай: прекрасное снотворное средство.

– По-моему, великолепные статьи, – сказала Таня с глубоким убеждением. – Вы прочтите, Андрюша, и убедите папу писать почаще. Он мог бы написать полный курс садоводства.

Егор Семеныч напряженно захохотал, покраснел и стал говорить фразы, какие обыкновенно говорят конфузящиеся авторы. Наконец он стал сдаваться.

– В таком случае прочти сначала статью Гоше[1] и вот эти русские статейки, – забормотал он, перебирая дрожащими руками брошюры, – а то тебе будет непонятно. Прежде чем читать мои возражения, надо знать, на что я возражаю. Впрочем, ерунда… скучища. Да и спать пора, кажется.

Таня вышла. Егор Семеныч подсел к Коврину на диван и глубоко вздохнул.

– Да, братец ты мой… – начал он после некоторого молчания. – Так-то, любезнейший мой магистр. Вот я и статьи пишу, и на выставках участвую, и медали получаю… У Песоцкого, говорят, яблоки с голову, и Песоцкий, говорят, садом себе состояние нажил. Одним словом, «богат и славен Кочубей». Но спрашивается: к чему все это? Сад, действительно, прекрасный, образцовый… Это не сад, а целое учреждение, имеющее высокую государственную важность, потому что это, так сказать, ступень в новую эру русского хозяйства и русской промышленности. Но к чему? Какая цель?

– Дело говорит само за себя.

---

[1] Гошé Николай (1846–1911) – немецкий садовод-практик.

– Я не в том смысле. Я хочу спросить: что будет с садом, когда я помру? В том виде, в каком ты видишь его теперь, он без меня не продержится и одного месяца. Весь секрет успеха не в том, что сад велик и рабочих много, а в том, что я люблю дело – понимаешь? – люблю, быть может, больше, чем самого себя. Ты посмотри на меня: я все сам делаю. Я работаю от утра до ночи. Все прививки я делаю сам, обрезку – сам, посадки – сам, все – сам. Когда мне помогают, я ревную и раздражаюсь до грубости. Весь секрет в любви, то есть в зорком хозяйском глазе, да в хозяйских руках, да в том чувстве, когда поедешь куда-нибудь в гости на часок, сидишь, а у самого сердце не на месте, сам не свой: боишься, как бы в саду чего не случилось. А когда я умру, кто будет смотреть? Кто будет работать? Садовник? Работники? Да? Так вот что я тебе скажу, друг любезный, первый враг в нашем деле не заяц, не хрущ и не мороз, а чужой человек.

– А Таня? – спросил Коврин, смеясь. – Нельзя, чтобы она была вреднее, чем заяц. Она любит и понимает дело.

– Да, она любит и понимает. Если после моей смерти ей достанется сад и она будет хозяйкой, то, конечно, лучшего и желать нельзя. Ну а если, не дай бог, она выйдет замуж? – зашептал Егор Семеныч и испуганно посмотрел на Коврина. – То-то вот и есть! Выйдет замуж, пойдут дети, тут уже о саде некогда думать. Я чего боюсь главным образом: выйдет за какого-нибудь молодца, а тот сжадничает и сдаст сад в аренду торговкам, и все пойдет к черту в первый же год! В нашем деле бабы – бич Божий!

Егор Семеныч вздохнул и помолчал немного.

– Может, это и эгоизм, но откровенно говорю: не хочу, чтобы Таня шла замуж. Боюсь! Тут к нам ездит один ферт со скрипкой и пиликает; знаю, что Таня не пойдет за него, хорошо знаю, но видеть его не могу! Вообще, брат, я большой таки чудак. Сознаюсь.

Егор Семеныч встал и в волнении прошелся по комнате, и видно было, что он хочет сказать что-то очень важное, но не решается.

– Я тебя горячо люблю и буду говорить с тобой откровенно, – решился он наконец, засовывая руки в карманы. – К некоторым щекотливым вопросам я отношусь просто и говорю прямо то, что думаю, и терпеть не могу так называемых сокровенных мыслей. Говорю прямо: ты единственный человек, за которого я не побоялся бы выдать дочь. Ты человек умный, с сердцем и не дал бы погибнуть моему любимому делу. А главная причина – я тебя люблю, как сына... и горжусь тобой. Если бы у вас с Таней наладился как-нибудь роман, то – что ж – я был бы очень рад и даже счастлив. Говорю это прямо, без жеманства, как честный человек.

Коврин засмеялся. Егор Семеныч открыл дверь, чтобы выйти, и остановился на пороге.

– Если бы у тебя с Таней сын родился, то я бы из него садовода сделал, – сказал он, подумав. – Впрочем, сие есть мечтание пустое... Спокойной ночи.

Оставшись один, Коврин лег поудобнее и принялся за статьи. У одной было такое заглавие: «О промежуточной культуре», у другой: «Несколько слов по поводу заметки г. Z. о перештыковке почвы под новый сад», у третьей: «Еще об окулировке спящим глазком» – и всё в таком роде. Но какой непокойный, неровный тон, какой нервный, почти болезненный задор! Вот статья, кажется, с самым мирным заглавием и безразличным содержанием: говорится в ней о русской антоновской яблоне. Но начинает ее Егор Семеныч с «audiatur altera pars»[1] и кончает – «sapient sati»[2], а между этими изречениями целый фонтан разных ядовитых слов по адресу «ученого невежества наших патентованных гг. садоводов, наблюдающих природу с высоты своих кафедр», или г. Гоше, «успех которого создан профанами и дилетантами», и тут же некстати натянутое и неискреннее сожаление, что мужиков, ворующих фрукты и ломающих при этом деревья, уже нельзя драть розгами.

«Дело красивое, милое, здоровое, но и тут страсти и война, – подумал Коврин. – Должно быть, везде и на всех поприщах идейные люди

[1] Пусть выслушают другую сторону (*лат.*).

[2] Умному достаточно (*лат.*).

нервны и отличаются повышенной чувствительностью. Вероятно, это так нужно».

Он вспомнил про Таню, которой так нравятся статьи Егора Семеныча. Небольшого роста, бледная, тощая, так что ключицы видно; глаза широко раскрытые, темные, умные, все куда-то вглядываются и чего-то ищут; походка, как у отца, мелкая, торопливая. Она много говорит, любит поспорить и при этом всякую даже незначительную фразу сопровождает выразительною мимикой и жестикуляцией. Должно быть, нервна в высшей степени.

Коврин стал читать дальше, но ничего не понял и бросил. Приятное возбуждение, то самое, с каким он давеча танцевал мазурку и слушал музыку, теперь томило его и вызывало в нем множество мыслей. Он поднялся и стал ходить по комнате, думая о черном монахе. Ему пришло в голову, что если этого странного, сверхъестественного монаха видел только он один, то, значит, он болен и дошел уже до галлюцинаций. Это соображение испугало его, но ненадолго.

«Но ведь мне хорошо, и я никому не делаю зла; значит, в моих галлюцинациях нет ничего дурного», – подумал он, и ему опять стало хорошо.

Он сел на диван и обнял голову руками, сдерживая непонятную радость, наполнявшую все его существо, потом опять прошелся и сел за работу. Но мысли, которые он вычитывал из книги, не удовлетворяли его. Ему хотелось чего-то гигантского, необъятного, поражающего. Под утро он разделся и нехотя лег в постель: надо же было спать!

Когда послышались шаги Егора Семеныча, уходившего в сад, Коврин позвонил и приказал лакею принести вина. Он с наслаждением выпил несколько рюмок лафита, потом укрылся с головой; сознание его затуманилось, и он уснул.

IV

Егор Семеныч и Таня часто ссорились и говорили друг другу неприятности.

Как-то утром они о чем-то повздорили. Таня заплакала и ушла к себе в комнату. Она не выходила ни обедать, ни чай пить. Егор Семеныч сначала ходил важный, надутый, как бы желая дать понять, что для него интересы справедливости и порядка выше всего на свете, но скоро не выдержал характера и пал духом. Он печально бродил по парку и все вздыхал: «*Ах,* боже мой, боже мой!» – и за обедом не съел ни одной крошки. Наконец, виноватый, замученный совестью, он постучал в запертую дверь и позвал робко:

– Таня! Таня?

И в ответ ему из-за двери послышался слабый, изнемогший от слёз и в то же время решительный голос:

– Оставьте меня, прошу вас.

Томление хозяев отражалось на всем доме, даже на людях, которые работали в саду. Коврин был погружен в свою интересную работу, но под конец и ему стало скучно и неловко. Чтобы как-нибудь развеять общее дурное настроение, он решил вмешаться и перед вечером постучался к Тане. Его впустили.

– Ай-ай, как стыдно! – начал он шутливо, с удивлением глядя на заплаканное, покрытое красными пятнами, скорбное лицо Тани. – Неужели так серьезно? Ай-ай!

– Но если бы вы знали, как он меня мучит! – сказала она, и слезы, горючие, обильные слезы брызнули из ее больших глаз. – Он замучил меня! – продолжала она, ломая руки. – Я ему ничего не говорила… ничего… Я только сказала, что нет надобности держать… лишних работников, если… если можно когда угодно иметь поденщиков. Ведь… ведь работники уже целую неделю ничего не делают… Я… я только это сказала, а он раскричался и наговорил мне… много обидного, глубоко оскорбительного. За что?

– Полно, полно, – проговорил Коврин, поправляя ей прическу. – Побранились, поплакали, и будет. Нельзя долго сердиться, это нехорошо… тем более что он вас бесконечно любит.

– Он мне… мне испортил всю жизнь, – продолжала Таня, всхлипывая. – Только и слышу одни оскорбления и… и обиды. Он считает меня лишней в его доме. Что же? Он прав. Я завтра уеду отсюда, поступлю в телеграфистки… Пусть…

– Ну, ну, ну… Не надо плакать, Таня. Не надо, милая… Вы оба вспыльчивы, раздражительны, и оба виноваты. Пойдемте, я вас помирю.

Коврин говорил ласково и убедительно, а она продолжала плакать, вздрагивая плечами и сжимая руки, как будто ее в самом деле постигло страшное несчастье. Ему было жаль ее тем сильнее, что горе у нее было не серьезное, а страдала она глубоко. Каких пустяков было достаточно, чтобы сделать это создание несчастным на целый день, да и, пожалуй, на всю жизнь! Утешая Таню, Коврин думал о том, что, кроме этой девушки и ее отца, во всем свете днем с огнем не сыщешь людей, которые любили бы его, как своего, как родного; если бы не эти два человека, то, пожалуй, он, потерявший отца и мать в раннем детстве, до самой смерти не узнал бы, что такое искренняя ласка и та наивная, не рассуждающая любовь, какую питают только к очень близким, кровным людям. И он чувствовал, что его полубольным, издерганным нервам, как железо магниту, отвечают нервы этой плачущей, вздрагивающей девушки. Он никогда бы уж не мог полюбить здоровую, крепкую, краснощекую женщину, но бледная, слабая, несчастная Таня ему нравилась.

И он охотно гладил ее по волосам и плечам, пожимал ей руки и утирал слезы… Наконец она перестала плакать. Она еще долго жаловалась на отца и на свою тяжелую, невыносимую жизнь в этом доме, умоляя Коврина войти в ее положение; потом стала мало-помалу улыбаться и вздыхать, что Бог послал ей такой дурной характер, в конце концов, громко рассмеявшись, назвала себя дурой и выбежала из комнаты.

Когда немного погодя Коврин вышел в сад, Егор Семеныч и Таня уже как ни в чем не бывало гуляли рядышком по аллее и оба ели ржаной хлеб с солью, так как оба были голодны.

V

Довольный, что ему так удалась роль миротворца, Коврин пошел в парк. Сидя на скамье и размышляя, он слышал стук экипажей и женский смех – это приехали гости. Когда вечерние тени стали ложиться в саду, неясно послышались звуки скрипки, поющие голоса, и это напомнило ему про черного монаха. Где-то, в какой-то стране или на какой планете носится теперь эта оптическая несообразность?

Едва он вспомнил легенду и нарисовал в своем воображении то темное привидение, которое видел на ржаном поле, как из-за сосны, как раз напротив, вышел неслышно, без малейшего шороха, человек среднего роста с непокрытою седою головой, весь в темном и босой, похожий на нищего, и на его бледном, точно мертвом, лице резко выделялись черные брови. Приветливо кивая головой, этот нищий или странник бесшумно подошел к скамье и сел, и Коврин узнал в нем черного монаха. Минуту оба смотрели друг на друга – Коврин с изумлением, а монах ласково и, как и тогда, немножко лукаво, с выражением себе на уме.

– Но ведь ты мираж, – проговорил Коврин. – Зачем же ты здесь и сидишь на одном месте? Это не вяжется с легендой.

– Это все равно, – ответил монах не сразу, тихим голосом, обращаясь к нему лицом. – Легенда, мираж и я – все это продукт твоего возбужденного воображения. Я – призрак.

– Значит, ты не существуешь? – спросил Коврин.

– Думай как хочешь, – сказал монах и слабо улыбнулся. – Я существую в твоем воображении, а воображение твое есть часть природы, значит, я существую и в природе.

– У тебя очень старое, умное и в высшей степени выразительное лицо, точно ты в самом деле прожил больше тысячи лет, – сказал Коврин. – Я не знал, что мое воображение способно создавать такие феномены. Но что ты смотришь на меня с таким восторгом? Я тебе нравлюсь?

– Да. Ты один из тех немногих, которые по справедливости называются избранниками Божиими. Ты служишь вечной правде. Твои мысли, намерения, твоя удивительная наука и вся твоя жизнь носят на себе Божественную, небесную печать, так как посвящены они разумному и прекрасному, то есть тому, что вечно.

– Ты сказал: вечной правде... Но разве людям доступна и нужна вечная правда, если нет вечной жизни?

– Вечная жизнь есть, – сказал монах.

– Ты веришь в бессмертие людей?

– Да, конечно. Вас, людей, ожидает великая, блестящая будущность. И чем больше на земле таких, как ты, тем скорее осуществится это будущее. Без вас, служителей высшему началу, живущих сознательно и свободно, человечество было бы ничтожно; развиваясь естественным порядком, оно долго бы еще ждало конца своей земной истории. Вы же на несколько тысяч лет раньше введете его в царство вечной правды – и в этом ваша высокая заслуга. Вы воплощаете собой благословение Божие, которое почило на людях.

– А какая цель вечной жизни? – спросил Коврин.

– Как и всякой жизни – наслаждение. Истинное наслаждение в познании, а вечная жизнь представит бесчисленные и неисчерпаемые источники для познания, и в этом смысле сказано: в дому Отца Моего обители многи суть.

– Если бы ты знал, как приятно слушать тебя! – сказал Коврин, потирая от удовольствия руки.

– Очень рад.

– Но я знаю: когда ты уйдешь, меня будет беспокоить вопрос о твоей сущности. Ты призрак, галлюцинация. Значит, я психически болен, ненормален?

– Хотя бы и так. Что смущаться? Ты болен, потому что работал через силу и утомился, а это значит, что свое здоровье ты принес в жертву идее и близко время, когда ты отдашь ей и самую жизнь. Чего лучше?

Это – то, к чему стремятся все вообще одаренные свыше благородные натуры.

– Если я знаю, что я психически болен, то могу ли я верить себе?

– А почему ты знаешь, что гениальные люди, которым верит весь свет, тоже не видели призраков? Говорят же теперь ученые, что гений сродни умопомешательству. Друг мой, здоровы и нормальны только заурядные, стадные люди. Соображения насчет нервного века, переутомления, вырождения и т. и. могут серьезно волновать только тех, кто цель жизни видит в настоящем, то есть стадных людей.

– Римляне говорили: mens sana in corpore sano[1].

– Не все то правда, что говорили римляне или греки. Повышенное настроение, возбуждение, экстаз – все то, что отличает пророков, поэтов, мучеников за идею от обыкновенных людей, противно животной стороне человека, то есть его физическому здоровью. Повторяю: если хочешь быть здоров и нормален, иди в стадо.

– Странно, ты повторяешь то, что часто мне самому приходит в голову, – сказал Коврин. – Ты как будто подсмотрел и подслушал мои сокровенные мысли. Но давай говорить не обо мне. Что ты разумеешь под вечною правдой?

Монах не ответил. Коврин взглянул на него и не разглядел лица: черты его туманились и расплывались. Затем у монаха стали исчезать голова, руки; туловище его смешалось со скамьей и с вечерними сумерками, и он исчез совсем.

– Галлюцинация кончилась! – сказал Коврин и засмеялся. – А жаль.

Он пошел назад к дому веселый и счастливый. То немногое, что сказал ему черный монах, льстило не самолюбию, а всей душе, всему существу его. Быть избранником, служить вечной правде, стоять в ряду тех, которые на несколько тысяч лет раньше сделают человечество достойным Царствия Божия, то есть избавят людей от нескольких лишних тысяч лет борьбы, греха и страданий, отдать идее

---

[1] Здоровый дух в здоровом теле *(лат.)*.

все – молодость, силы, здоровье, быть готовым умереть для общего блага – какой высокий, какой счастливый удел! У него пронеслось в памяти его прошлое, чистое, целомудренное, полное труда, он вспомнил то, чему учился и чему сам учил других, и решил, что в словах монаха не было преувеличения.

Навстречу по парку шла Таня. На ней было уже другое платье.

– Вы здесь? – сказала она. – А мы вас ищем, ищем… Но что с вами? – удивилась она, взглянув на его восторженное, сияющее лицо и на глаза, полные слёз. – Какой вы странный, Андрюша.

– Я доволен, Таня, – сказал Коврин, кладя ей руки на плечи. – Я больше чем доволен, я счастлив! Таня, милая Таня, вы чрезвычайно симпатичное существо. Милая Таня, я так рад, так рад!

Он горячо поцеловал ей обе руки и продолжал:

– Я только что пережил светлые, чудные, неземные минуты. Но я не могу рассказать вам всего, потому что вы назовете меня сумасшедшим или не поверите мне. Будем говорить о вас. Милая, славная Таня! Я вас люблю и уже привык любить. Ваша близость, встречи наши по десяти раз на день стали потребностью моей души. Не знаю, как я буду обходиться без вас, когда уеду к себе.

– Ну! – засмеялась Таня. – Вы забудете про нас через два дня. Мы люди маленькие, а вы великий человек.

– Нет, будем говорить серьезно! – сказал он. – Я возьму вас с собой, Таня. Да? Вы поедете со мной? Вы хотите быть моей?

– Ну! – сказала Таня и хотела опять засмеяться, но смеха не вышло, и красные пятна выступили у нее на лице.

Она стала часто дышать и быстро-быстро пошла, но не к дому, а дальше в парк.

– Я не думала об этом… не думала! – говорила она, как бы в отчаянии сжимая руки.

А Коврин шел за ней и говорил все с тем же сияющим, восторженным лицом:

– Я хочу любви, которая захватила бы меня всего, и эту любовь только вы, Таня, можете дать мне. Я счастлив! Счастлив!

Она была ошеломлена, согнулась, съежилась и точно состарилась сразу на десять лет, а он находил ее прекрасной и громко выражал свой восторг:

– Как она хороша!

VI

Узнав от Коврина, что не только роман наладился, но что даже будет свадьба, Егор Семеныч долго ходил из угла в угол, стараясь скрыть волнение. Руки у него стали трястись, шея надулась и побагровела, он велел заложить беговые дрожки и уехал куда-то. Таня, видевшая, как он хлестнул по лошади и как глубоко, почти на уши, надвинул фуражку, поняла его настроение, заперлась у себя и проплакала весь день.

В оранжереях уже поспели персики и сливы; упаковка и отправка в Москву этого нежного и прихотливого груза требовала много внимания, труда и хлопот. Благодаря тому, что лето было очень жаркое и сухое, понадобилось поливать каждое дерево, на что ушло много времени и рабочей силы, и появилась во множестве гусеница, которую работники и даже Егор Семеныч и Таня, к великому омерзению Коврина, давили прямо пальцами. При всем том нужно уже было принимать заказы к осени на фрукты и деревья и вести большую переписку. И в самое горячее время, когда, казалось, ни у кого не было свободной минуты, наступили полевые работы, которые отняли у сада больше половины рабочих; Егор Семеныч, сильно загоревший, замученный, злой, скакал то в сад, то в поле и кричал, что его разрывают на части и что он пустит себе пулю в лоб.

А тут еще возня с приданым, которому Песоцкие придавали немалое значение; от звяканья ножниц, стука швейных машин, угара утюгов и от капризов модистки, нервной, обидчивой дамы, у всех в доме кружились головы. И как нарочно, каждый день приезжали гости, которых надо было забавлять, кормить и даже оставлять ночевать. Но вся эта каторга прошла незаметно, как в тумане. Таня чувствовала себя так, как будто любовь и счастье захватили ее врасплох, хотя с четырнадцати лет была уверена почему-то, что Коврин женится именно на ней. Она изумлялась, недоумевала, не верила себе… То вдруг нахлынет такая радость, что хочется улететь под облака и там молиться Богу, а то вдруг вспомнится, что в августе придется расставаться с родным гнездом и оставлять отца, или, бог весть откуда, придет мысль, что она ничтожна, мелка и недостойна такого великого человека, как Коврин, – и она уходит к себе, запирается на ключ и горько плачет в продолжение нескольких часов. Когда бывают гости, вдруг ей покажется, что Коврин необыкновенно красив и что в него влюблены все женщины и завидуют ей, и душа ее наполняется восторгом и гордостью, как будто она победила весь свет, но стоит ему приветливо улыбнуться какой-нибудь барышне, как она уж дрожит от ревности, уходит к себе – и опять слезы.

Эти новые ощущения завладели ею совершенно, она помогала отцу машинально и не замечала ни персиков, ни гусениц, ни рабочих, ни того, как быстро бежало время.

С Егором Семенычем происходило почти то же самое. Он работал с утра до ночи, все спешил куда-то, выходил из себя, раздражался, но все это в каком-то волшебном полусне. В нем уже сидело как будто бы два человека: один был настоящий Егор Семеныч, который, слушая садовника Ивана Карлыча, докладывавшего ему о беспорядках, возмущался и в отчаянии хватал себя за голову, и другой, не настоящий, точно полупьяный, который вдруг на полуслове прерывал деловой разговор, трогал садовника за плечо и начинал бормотать:

– Что ни говори, а кровь много значит. Его мать была удивительная, благороднейшая, умнейшая женщина. Было наслаждением смотреть на ее доброе, ясное, чистое лицо, как у ангела. Она прекрасно рисовала, писала стихи, говорила на пяти иностранных языках, пела… Бедняжка, царство ей небесное, скончалась от чахотки.

Не настоящий Егор Семеныч вздыхал и, помолчав, продолжал:

– Когда он был мальчиком и рос у меня, то у него было такое же ангельское лицо, ясное и доброе. У него и взгляд, и движения, и разговор нежны и изящны, как у матери. А ум? Он всегда поражал нас своим умом. Да и то сказать, недаром он магистр! Недаром! А погоди, Иван Карлыч, каков он будет лет через десять! Рукой не достанешь!

Но тут настоящий Егор Семеныч, спохватившись, делал страшное лицо, хватал себя за голову и кричал:

– Черти! Пересквернили, перепоганили, перемерзши! Пропал сад! Погиб сад!

А Коврин работал с прежним усердием и не замечал сутолоки. Любовь только подлила масла в огонь. После каждого свидания с Таней он, счастливый, восторженный, шел к себе и с тою же страстностью, с какою он только что целовал Таню и объяснялся ей в любви, брался за книгу или за свою рукопись. То, что говорил черный монах об избранниках Божиих, вечной правде, о блестящей будущности человечества и проч., придавало его работе особенное, необыкновенное значение и наполняло его душу гордостью, сознанием собственной высоты. Раз или два в неделю, в парке или в доме, он встречался с черным монахом и подолгу беседовал с ним, но это не пугало, а, напротив, восхищало его, так как он был уже крепко убежден, что подобные видения посещают только избранных, выдающихся людей, посвятивших себя служению идее.

Однажды монах явился во время обеда и сел в столовой у окна. Коврин обрадовался и очень ловко завел разговор с Егором Семенычем и с Таней о том, что могло быть интересно для монаха; черный гость слушал и приветливо кивал головой, а Егор Семеныч и Таня тоже слушали и весело улыбались, не подозревая, что Коврин говорит не с ними, а со своей галлюцинацией.

Незаметно подошел Успенский пост, а за ним скоро и день свадьбы, которую, по настойчивому желанию Егора Семеныча, отпраздновали «с треском», то есть с бестолковою гульбой, продолжавшеюся двое суток. Съели и выпили тысячи на три, но от плохой наемной музыки, крикливых тостов и лакейской беготни, от шума и тесноты не поняли вкуса ни в дорогих винах, ни в удивительных закусках, выписанных из Москвы.

VII

Как-то в одну из длинных зимних ночей Коврин лежал в постели и читал французский роман. Бедняжка Таня, у которой по вечерам болела голова от непривычки жить в городе, давно уже спала и изредка в бреду произносила какие-то бессвязные фразы.

Пробило три часа. Коврин потушил свечу и лег; долго лежал с закрытыми глазами, но уснуть не мог оттого, как казалось ему, что в спальне было очень жарко и бредила Таня. В половине пятого он опять зажег свечу и в это время увидел черного монаха, который сидел в кресле около постели.

– Здравствуй, – сказал монах и, помолчав немного, спросил: – О чем ты теперь думаешь?

– О славе, – ответил Коврин. – Во французском романе, который я сейчас читал, изображен человек, молодой ученый, который делает глупости и чахнет от тоски по славе. Мне эта тоска непонятна.

– Потому что ты умен. Ты к славе относишься безразлично, как к игрушке, которая тебя не занимает.

– Да, это правда.

– Известность не улыбается тебе. Что лестного, или забавного, или поучительного в том, что твое имя вырежут на могильном памятнике и потом время сотрет эту надпись вместе с позолотой? Да и, к счастью, вас слишком много, чтобы слабая человеческая память могла удержать ваши имена.

– Понятно, – согласился Коврин. – Да и зачем их помнить? Но давай поговорим о чем-нибудь другом. Например, о счастье. Что такое счастье?

Когда часы били пять, он сидел на кровати, свесив ноги на ковер, и говорил, обращаясь к монаху:

– В древности один счастливый человек в конце концов испугался своего счастья – так оно было велико! – и, чтобы умилостивить богов, принес им в жертву свой любимый перстень. Знаешь? И меня, как Поликрата, начинает немножко беспокоить мое счастье. Мне кажется странным, что от утра до ночи я испытываю одну только радость, она наполняет всего меня и заглушает все остальные чувства. Я не знаю, что такое грусть, печаль или скука. Вот я не сплю, у меня бессонница, но мне не скучно. Серьезно говорю: я начинаю недоумевать.

– Но почему? – изумился монах. – Разве радость сверхъестественное чувство? Разве она не должна быть нормальным состоянием человека? Чем выше человек по умственному и нравственному развитию, чем он свободнее, тем большее удовольствие доставляет ему жизнь. Сократ, Диоген и Марк Аврелий испытывали радость, а не печаль. И апостол говорит: постоянно радуйтеся. Радуйся же и будь счастлив.

– А вдруг прогневаются боги? – пошутил Коврин и засмеялся. – Если они отнимут у меня комфорт и заставят меня зябнуть и голодать, то это едва ли придется мне по вкусу.

Таня между тем проснулась и с изумлением и ужасом смотрела на мужа. Он говорил, обращаясь к креслу, жестикулировал и смеялся; глаза его блестели и в смехе было что-то странное.

– Андрюша, с кем ты говоришь? – спросила она, хватая его за руку, которую он протянул к монаху. – Андрюша! С кем?

– А? С кем? – смутился Коврин. – Вот с ним… Вот он сидит, – сказал он, указывая на черного монаха.

– Никого здесь нет… никого! Андрюша, ты болен!

Таня обняла мужа и прижалась к нему, как бы защищая его от видений, и закрыла ему глаза рукой.

– Ты болен! – зарыдала она, дрожа всем телом. – Прости меня, милый, дорогой, но я давно уже заметила, что душа у тебя расстроена чем-то… Ты психически болен, Андрюша…

Дрожь ее сообщилась и ему. Он взглянул еще раз на кресло, которое уже было пусто, почувствовал вдруг слабость в руках и ногах, испугался и стал одеваться.

– Это ничего, Таня, ничего… – бормотал он, дрожа. – В самом деле, я немножко нездоров… пора уже сознаться в этом.

– Я уже давно замечала… и папа заметил, – говорила она, стараясь сдерживать рыдания. – Ты сам с собой говоришь, как-то странно улыбаешься… не спишь. О, Боже мой, Боже мой, спаси нас! – проговорила она в ужасе. – Но ты не бойся, Андрюша, не бойся, бога ради, не бойся…

Она тоже стала одеваться. Только теперь, глядя на нее, Коврин понял всю опасность своего положения, понял, что значат черный монах и беседы с ним. Для него теперь было ясно, что он сумасшедший.

Оба, сами не зная зачем, оделись и пошли в залу: она впереди, он за ней. Тут уж, разбуженный рыданиями, в халате и со свечой в руках стоял Егор Семеныч, который гостил у них.

– Ты не бойся, Андрюша, – говорила Таня, дрожа как в лихорадке, – не бойся… Папа, это все пройдет… все пройдет…

Коврин от волнения не мог говорить. Он хотел сказать тестю шутливым тоном:

– Поздравьте, я, кажется, сошел с ума, – но пошевелил только губами и горько улыбнулся.

В девять часов утра на него надели пальто и шубу, окутали его шалью и повезли в карете к доктору. Он стал лечиться.

VIII

Опять наступило лето, и доктор приказал ехать в деревню. Коврин уже выздоровел, перестал видеть черного монаха, и ему оставалось только подкрепить свои физические силы. Живя у тестя в деревне, он пил много молока, работал только два часа в сутки, не пил вина и не курил.

Под Ильин день вечером в доме служили всенощную. Когда дьячок подал священнику кадило, то в старом громадном зале запахло точно кладбищем, и Коврину стало скучно. Он вышел в сад. Не замечая роскошных цветов, он погулял по саду, посидел на скамье, потом прошелся по парку; дойдя до реки, он спустился вниз и тут постоял в раздумье, глядя на воду. Угрюмые сосны с мохнатыми корнями, которые в прошлом году видели его здесь таким молодым, радостным и бодрым, теперь не шептались, а стояли неподвижные и немые, точно не узнавали его. И в самом деле, голова у него острижена, длинных красивых волос уже нет, походка вялая, лицо, сравнительно с прошлым летом, пополнело и побледнело.

По лавам он перешел на тот берег. Там, где в прошлом году была рожь, теперь лежал в рядах скошенный овес. Солнце уже зашло, и на горизонте пылало широкое красное зарево, предвещавшее на завтра ветреную погоду. Было тихо. Всматриваясь по тому направлению, где в прошлом году показался впервые черный монах, Коврин постоял минут двадцать, пока не начала тускнуть вечерняя заря…

Когда он, вялый, неудовлетворенный, вернулся домой, всенощная уже кончилась. Егор Семеныч и Таня сидели на ступенях террасы и пили чай. Они о чем-то говорили, но, увидев Коврина, вдруг замолчали, и он заключил по их лицам, что разговор у них шел о нем.

– Тебе, кажется, пора уже молоко пить, – сказала Таня мужу.

– Нет, не пора… – ответил он, садясь на самую нижнюю ступень. – Пей сама. Я не хочу.

Таня тревожно переглянулась с отцом и сказала виноватым голосом:

– Ты сам замечаешь, что молоко тебе полезно.

– Да, очень полезно! – усмехнулся Коврин. – Поздравляю вас: после пятницы во мне прибавился еще один фунт весу. – Он крепко сжал руками голову и проговорил с тоской: – Зачем, зачем вы меня лечили? Бромистые препараты, праздность, теплые ванны, надзор, малодушный страх за каждый глоток, за каждый шаг – все это в конце концов доведет меня до идиотизма. Я сходил с ума, у меня была мания величия, но зато я был весел, бодр и даже счастлив, я был интересен и оригинален. Теперь я стал рассудительнее и солиднее, но зато я такой, как все: я – посредственность, мне скучно жить… О, как вы жестоко поступили со мной! Я видел галлюцинации, но кому это мешало? Я спрашиваю: кому это мешало?

– Бог знает что ты говоришь!.. – вздохнул Егор Семеныч. – Даже слушать скучно.

– А вы не слушайте.

Присутствие людей, особенно Егора Семеныча, теперь уж раздражало Коврина, он отвечал ему сухо, холодно и даже грубо и иначе не смотрел на него, как насмешливо и с ненавистью, а Егор Семеныч смущался и виновато покашливал, хотя вины за собой никакой не чувствовал. Не понимая, отчего так резко изменились их милые, благодушные отношения, Таня жалась к отцу и с тревогой заглядывала ему в глаза; она хотела понять и не могла, и для нее ясно было только, что отношения с каждым днем становятся все хуже и хуже, что отец в последнее время сильно постарел, а муж стал раздражителен, капризен, придирчив и неинтересен. Она уже не могла смеяться и петь, за обедом ничего не ела, не спала по целым ночам, ожидая чего-то ужасного, и так измучилась, что однажды пролежала в обмороке от обеда до вечера. Во время всенощной ей показалось, что отец плакал, и теперь, когда они втроем сидели на террасе, она делала над собой усилия, чтобы не думать об этом.

– Как счастливы Будда и Магомет или Шекспир, что добрые родственники и доктора не лечили их от экстаза и вдохновения! – сказал Коврин. – Если бы Магомет принимал от нервов бромистый калий, работал только два часа в сутки и пил молоко, то после этого замечательного человека осталось бы так же мало, как после его собаки. Доктора и добрые родственники в конце концов сделают то, что человечество отупеет, посредственность будет считаться гением и цивилизация погибнет. Если бы вы знали, – сказал Коврин с досадой, – как я вам благодарен!

Он почувствовал сильное раздражение и, чтобы не сказать лишнего, быстро встал и пошел в дом. Было тихо, и в открытые окна несся из сада аромат табака и ялапы. В громадном темном зале на полу и на рояли зелеными пятнами лежал лунный свет. Коврину припомнились восторги прошлого лета, когда так же пахло ялапой и в окнах светилась луна. Чтобы вернуть прошлогоднее настроение, он быстро пошел к себе в кабинет, закурил крепкую сигару и приказал лакею принести вина. Но от сигары во рту стало горько и противно, а вино оказалось не такого вкуса, как в прошлом году. И что значит отвыкнуть! От сигары и двух глотков вина у него закружилась голова и началось сердцебиение, так что понадобилось принимать бромистый калий.

Перед тем как ложиться спать, Таня говорила ему:

– Отец обожает тебя. Ты на него сердишься за что-то, и это убивает его. Посмотри: он стареет не по дням, а по часам. Умоляю тебя, Андрюша, бога ради, ради своего покойного отца, ради моего покоя, будь с ним ласков!

– Не могу и не хочу.

– Но почему? – спросила Таня, начиная дрожать всем телом. – Объясни мне: почему?

– Потому, что он мне не симпатичен, вот и все, – небрежно сказал Коврин и пожал плечами, – но не будем говорить о нем: он твой отец.

– Не могу, не могу понять! – проговорила Таня, сжимая себе виски и глядя в одну точку. – Что-то непостижимое, ужасное происходит у нас в доме. Ты изменился, стал на себя не похож… Ты, умный, необыкновенный человек, раздражаешься из-за пустяков, вмешиваешься в дрязги… Такие мелочи волнуют тебя, что иной раз просто удивляешься и не веришь: ты ли это? Ну, ну, не сердись, не сердись, – продолжала она, пугаясь своих слов и целуя ему руки. – Ты умный, добрый, благородный. Ты будешь справедлив к отцу. Он такой добрый!

– Он не добрый, а добродушный. Водевильные дядюшки, вроде твоего отца, с сытыми добродушными физиономиями, необыкновенно хлебосольные и чудаковатые, когда-то умиляли меня и смешили и в повестях, и в водевилях, и в жизни, теперь же они мне противны. Это эгоисты до мозга костей. Противнее всего мне их сытость и этот желудочный, чисто бычий или кабаний оптимизм.

Таня села на постель и положила голову на подушку.

– Это пытка, – проговорила она, и по ее голосу видно было, что она уже крайне утомлена и что ей тяжело говорить. – С самой зимы ни одной покойной минуты… Ведь это ужасно, боже мой! Я страдаю…

– Да, конечно, я – Ирод, а ты и твой папенька – египетские младенцы. Конечно!

Его лицо показалось Тане некрасивым и неприятным. Ненависть и насмешливое выражение не шли к нему. Да и раньше она замечала, что на его лице уже чего-то недостает, как будто с тех пор, как он остригся, изменилось и лицо. Ей захотелось сказать ему что-нибудь обидное, но тотчас же она поймала себя на неприязненном чувстве, испугалась и пошла из спальни.

IX

Коврин получил самостоятельную кафедру. Вступительная лекция была назначена на второе декабря, и об этом было вывешено объявление в университетском коридоре. Но в назначенный день он известил инспектора студентов телеграммой, что читать лекции не будет по болезни.

У него шла горлом кровь. Он плевал кровью, но случалось раза два в месяц, что она текла обильно, и тогда он чрезвычайно слабел и впадал в сонливое состояние. Эта болезнь не особенно пугала его, так как ему было известно, что его покойная мать жила точно с такою же болезнью десять лет, даже больше; и доктора уверяли, что это не опасно, и советовали только не волноваться, вести правильную жизнь и поменьше говорить.

В январе лекция опять не состоялась по той же причине, а в феврале было уже поздно начинать курс. Пришлось отложить до будущего года.

Жил он уже не с Таней, а с другой женщиной, которая была на два года старше его и ухаживала за ним, как за ребенком. Настроение у него было мирное, покорное: он охотно подчинялся, и когда Варвара Николаевна – так звали его подругу – собралась везти его в Крым, то он согласился, хотя предчувствовал, что из этой поездки не выйдет ничего хорошего.

Они приехали в Севастополь вечером и остановились в гостинице, чтобы отдохнуть и завтра ехать в Ялту. Обоих утомила дорога. Варвара Николаевна напилась чаю, легла спать и скоро уснула. Но

Коврин не ложился. Еще дома, за час до отъезда на вокзал, он получил от Тани письмо и не решился его распечатать, и теперь оно лежало у него в боковом кармане, и мысль о нем неприятно волновала его. Искренно, в глубине души, свою женитьбу на Тане он считал теперь ошибкой, был доволен, что окончательно разошелся с ней, и воспоминание об этой женщине, которая в конце концов обратилась в ходячие живые мощи и в которой, как кажется, все уже умерло, кроме больших, пристально вглядывающихся, умных глаз, воспоминание о ней возбуждало в нем одну только жалость и досаду на себя. Почерк на конверте напомнил ему, как он года два назад был несправедлив и жесток, как вымещал на ни в чем не повинных людях свою душевную пустоту, скуку, одиночество и недовольство жизнью. Кстати же он вспомнил, как однажды он рвал на мелкие клочки свою диссертацию и все статьи, написанные за время болезни, и как бросал в окно, и клочки, летая по ветру, цеплялись за деревья и цветы; в каждой строчке видел он странные, ни на чем не основанные претензии, легкомысленный задор, дерзость, манию величия, и это производило на него такое впечатление, как будто он читал описание своих пороков; но когда последняя тетрадка была разорвана и полетела в окно, ему почему-то вдруг стало досадно и горько, он пошел к жене и наговорил ей много неприятного. Боже мой, как он изводил ее! Однажды, желая причинить ей боль, он сказал ей, что ее отец играл в их романе непривлекательную роль, так как просил его жениться на ней; Егор Семеныч нечаянно подслушал это, вбежал в комнату и с отчаяния не мог выговорить ни одного слова и только топтался на одном месте и как-то странно мычал, точно у него отнялся язык, а Таня, глядя на отца, вскрикнула раздирающим голосом и упала в обморок. Это было безобразно.

Все это приходило на память при взгляде на знакомый почерк. Коврин вышел на балкон; была тихая теплая погода, и пахло морем. Чудесная бухта отражала в себе луну и огни и имела цвет, которому трудно подобрать название. Это было нежное и мягкое сочетание синего с зеленым; местами вода походила цветом на синий купорос, а местами, казалось, лунный свет сгустился и вместо воды наполнял бухту, а в общем какое согласие цветов, какое мирное, покойное и высокое настроение!

В нижнем этаже, под балконом, окна, вероятно, были открыты, потому что отчетливо слышались женские голоса и смех. По-видимому, там была вечеринка.

Коврин сделал над собой усилие, распечатал письмо и, войдя к себе в номер, прочел:

«Сейчас умер мой отец. Этим я обязана тебе, так как ты убил его. Наш сад погибает, в нем хозяйничают уже чужие, то есть происходит то самое, чего так боялся бедный отец. Этим я обязана тоже тебе. Я ненавижу тебя всею моею душой и желаю, чтобы ты скорее погиб. О, как я страдаю! Мою душу жжет невыносимая боль… Будь ты проклят! Я приняла тебя за необыкновенного человека, за гения, я полюбила тебя, но ты оказался сумасшедшим…»

Коврин не мог дальше читать, изорвал письмо и бросил. Им овладело беспокойство, похожее на страх. За ширмами спала Варвара Николаевна, и слышно было, как она дышала; из нижнего этажа доносились женские голоса и смех, но у него было такое чувство, как будто во всей гостинице, кроме него, не было ни одной живой души. Оттого, что несчастная, убитая горем Таня в своем письме проклинала его и желала его погибели, ему было жутко, и он мельком взглядывал на дверь, как бы боясь, чтобы не вошла в номер и не распорядилась им опять та неведомая сила, которая в какие-нибудь два года произвела столько разрушений в его жизни и в жизни близких.

Он уже по опыту знал, что когда разгуляются нервы, то лучшее средство от них – это работа. Надо сесть за стол и заставить себя, во что бы то ни стало, сосредоточиться на одной какой-нибудь мысли. Он достал из своего красного портфеля тетрадку, на которой был набросан конспект небольшой компилятивной работы, придуманной им на случай, если в Крыму покажется скучно без дела. Он сел за стол и занялся этим конспектом, и ему казалось, что к нему возвращается его мирное, покорное, безразличное настроение. Тетрадка с конспектом навела даже на размышление о суете мирской. Он думал о том, как много берет жизнь за те ничтожные или весьма обыкновенные блага, какие она может дать человеку. Например, чтобы получить под сорок лет кафедру, быть обыкновенным профессором, излагать вялым, скучным, тяжелым языком обыкновенные и притом чужие мысли, – одним словом, для того, чтобы достигнуть положения посредственного ученого, ему, Коврину, нужно было учиться пятнадцать лет, работать дни и ночи, перенести тяжелую психическую болезнь, пережить неудачный брак и проделать много всяких глупостей и несправедливостей, о которых приятно было бы не помнить. Коврин теперь ясно сознавал, что он – посредственность, и охотно мирился с этим, так как, по его мнению, каждый человек должен быть доволен тем, что он есть.

Конспект совсем было успокоил его, но разорванное письмо белело на полу и мешало ему сосредоточиться. Он встал из-за стола, подобрал клочки письма и бросил в окно, но подул с моря легкий ветер, и клочки рассыпались по подоконнику. Опять им овладело беспокойство, похожее на страх, и стало казаться, что во всей гостинице, кроме него, нет ни одной души… Он вышел на балкон. Бухта, как живая, глядела на него множеством голубых, синих, бирюзовых и огненных глаз и манила к себе. В самом деле, было жарко и душно и не мешало бы выкупаться.

Вдруг в нижнем этаже под балконом заиграла скрипка, и запели два нежных женских голоса. Это было что-то знакомое. В романсе, который пели внизу, говорилось о какой-то девушке, больной воображением, которая слышала ночью в саду таинственные звуки и решила, что это гармония священная, нам, смертным, непонятная… У Коврина захватило дыхание, и сердце сжалось от грусти, и чудесная, сладкая радость, о которой он давно уже забыл, задрожала в его груди.

Черный высокий столб, похожий на вихрь или смерч, показался на том берегу бухты. Он с страшною быстротой двигался через бухту по направлению к гостинице, становясь все меньше и темнее, и Коврин едва успел посторониться, чтобы дать дорогу… Монах с непокрытою седою головой и с черными бровями, босой, скрестивши на груди руки, пронесся мимо и остановился среди комнаты.

– Отчего ты не поверил мне? – спросил он с укоризной, глядя ласково на Коврина. – Если бы ты поверил мне тогда, что ты гений, то эти два года ты провел бы не так печально и скудно.

Коврин уже верил тому, что он избранник Божий и гений, он живо припомнил все свои прежние разговоры с черным монахом и хотел говорить, но кровь текла у него из горла прямо на грудь, и он, не зная, что делать, водил руками по груди, и манжетки стали мокрыми от крови. Он хотел позвать Варвару Николаевну, которая спала за ширмами, сделал усилие и проговорил:

– Таня!

Он упал на пол и, поднимаясь на руки, опять позвал:

– Таня!

Он звал Таню, звал большой сад с роскошными цветами, обрызганными росой, звал парк, сосны с мохнатыми корнями, ржаное поле, свою чудесную науку, свою молодость, смелость, радость, звал жизнь, которая была так прекрасна. Он видел на полу около своего лица большую лужу крови и не мог уже от слабости выговорить ни одного слова, но невыразимое, безграничное счастье наполняло все его существо. Внизу под балконом играли серенаду, а черный монах шептал ему, что он гений и что он умирает потому только, что его слабое человеческое тело уже утеряло равновесие и не может больше служить оболочкой для гения.

Когда Варвара Николаевна проснулась и вышла из-за ширм, Коврин был уже мертв, и на лице его застыла блаженная улыбка.

УЧИТЕЛЬ СЛОВЕСНОСТИ

I

Послышался стук лошадиных копыт о бревенчатый пол; вывели из конюшни сначала вороного Графа Нулина, потом белого Великана, потом сестру его Майку. Все это были превосходные и дорогие лошади. Старик Шелестов оседлал Великана и сказал, обращаясь к своей дочери Маше:

– Ну, Мария Годфруа, иди садись. Опля!

Маша Шелестова была самой младшей в семье; ей было уже восемнадцать лет, но в семье еще не отвыкли считать ее маленькой и потому все звали ее Маней и Манюсей; а после того как в городе побывал цирк, который она усердно посещала, ее все стали звать Марией Годфруа.

– Опля! – крикнула она, садясь на Великана.

Сестра ее Варя села на Майку, Никитин – на Графа Нулина, офицеры – на своих лошадей, и длинная красивая кавалькада, пестрея белыми офицерскими кителями и черными амазонками, шагом потянулась со двора.

Никитин заметил, что, когда садились на лошадей, потом выехали на улицу, Манюся почему-то обращала внимание только на него одного. Она озабоченно оглядывала его и Графа Нулина и говорила: – Вы, Сергей Васильевич, держите его все время на мундштуке. Не давайте ему пугаться. Он притворяется.

И оттого ли, что ее Великан был в большой дружбе с Графом Нулиным, или выходило это случайно, она, как вчера и третьего дня, ехала все время рядом с Никитиным. А он глядел на ее маленькое стройное тело, сидевшее на белом гордом животном, на ее тонкий профиль, на цилиндр, который вовсе не шел к ней и делал ее старее, чем она была, глядел с радостью, с умилением, с восторгом, слушал ее, мало понимал и думал:

«Даю себе честное слово, клянусь Богом, что не буду робеть и сегодня же объяснюсь с ней...»

Был седьмой час вечера – время, когда белая акация и сирень пахнут так сильно, что, кажется, воздух и сами деревья стынут от своего запаха. В городском саду уже играла музыка. Лошади звонко стучали по мостовой; со всех сторон слышались смех, говор, хлопанье калиток. Встречные солдаты козыряли офицерам, гимназисты кланялись Никитину; и, видимо, всем гуляющим, спешившим в сад на музыку, было очень приятно глядеть на кавалькаду. А как тепло, как мягки на вид облака, разбросанные в беспорядке по небу, как кротки и уютны тени тополей и акаций – тени, которые тянутся через всю широкую улицу и захватывают на другой стороне дома до самых балконов и вторых этажей!

Выехали за город и побежали рысью по большой дороге. Здесь уже не пахло акацией и сиренью, не слышно было музыки, но зато пахло полем, зеленели молодые рожь и пшеница, пищали суслики, каркали грачи. Куда ни взглянешь, везде зелено, только кое-где чернеют бахчи да далеко влево, на кладбище, белеет полоса отцветающих яблонь.

Проехали мимо боен, потом мимо пивоваренного завода, обогнали толпу солдат-музыкантов, спешивших в загородный сад.

– У Полянского очень хорошая лошадь, я не спорю, – говорила Манюся Никитину, указывая глазами на офицера, ехавшего рядом с Варей. – Но она бракованная. Совсем уж некстати это белое пятно на левой ноге, и, поглядите, головой закидывает. Теперь уж ее ничем не отучишь, так и будет закидывать, пока не издохнет.

Манюся была такой же страстной лошадницей, как и ее отец. Она страдала, когда видела у кого-нибудь хорошую лошадь, и была рада, когда находила недостатки у чужих лошадей. Никитин же ничего не понимал в лошадях, для него было решительно все равно, держать ли лошадь на поводьях или на мундштуке, скакать ли рысью или галопом; он только чувствовал, что поза у него была неестественная, напряженная и что поэтому офицеры, которые умеют держаться на седле, должны нравиться Манюсе больше, чем он. И он ревновал ее к офицерам.

Когда ехали мимо загородного сада, кто-то предложил заехать и выпить сельтерской воды. Заехали. В саду росли одни только дубы; они стали распускаться только недавно, так что теперь сквозь молодую листву виден был весь сад с его эстрадой, столиками, качелями, видны были все вороньи гнезда, похожие на большие шапки. Всадники и их дамы спешились около одного из столиков и потребовали сельтерской воды. К ним стали подходить знакомые, гулявшие в саду. Между прочим, подошли военный доктор в высоких сапогах и капельмейстер, дожидавшийся своих музыкантов. Должно быть, доктор принял Никитина за студента, потому что спросил:

– Вы изволили на каникулы приехать?

– Нет, я здесь постоянно живу, – ответил Никитин. – Я служу преподавателем в гимназии.

– Неужели? – удивился доктор. – Так молоды и уже учительствуете?

– Где же молод? Мне двадцать шесть лет... Слава тебе господи.

– У вас и борода и усы, но все ж на вид вам нельзя дать больше двадцати двух – двадцать трех лет. Как вы моложавы!

«Что за свинство! – подумал Никитин. – И этот считает меня молокососом!»

Ему чрезвычайно не нравилось, когда кто-нибудь заводил речь об его молодости, особенно в присутствии женщин или гимназистов. С тех пор как он приехал в этот город и поступил на службу, он стал ненавидеть свою моложавость. Гимназисты его не боялись, старики величали молодым человеком, женщины охотнее танцевали с ним, чем слушали его длинные рассуждения. И он дорого дал бы за то, чтобы постареть теперь лет на десять.

Из сада поехали дальше, на ферму Шелестовых. Здесь остановились около ворот, вызвали жену приказчика Прасковью и потребовали парного молока. Молока никто не стал пить, все переглянулись, засмеялись и поскакали назад. Когда ехали обратно, в загородном саду уже играла музыка; солнце спряталось за кладбище, и половина неба была багрова от зари.

Манюся опять ехала рядом с Никитиным. Ему хотелось заговорить о том, как страстно он ее любит, но он боялся, что его услышат офицеры и Варя, и молчал. Манюся тоже молчала, и он чувствовал, отчего она молчит и почему едет рядом с ним, и был так счастлив, что земля, небо, городские огни, черный силуэт пивоваренного завода – все сливалось у него в глазах во что-то очень хорошее и ласковое, и ему казалось, что его Граф Нулин едет по воздуху и хочет вскарабкаться на багровое небо.

Приехали домой. На столе в саду уже кипел самовар, и на одном краю стола со своими приятелями, чиновниками окружного суда, сидел старик Шелестов и, по обыкновению, что-то критиковал.

– Это хамство! – говорил он. – Хамство, и больше ничего. Да-с, хамство-с!

Никитину с тех пор, как он влюбился в Манюсю, все нравилось у Шелестовых: и дом, и сад при доме, и вечерний чай, и плетеные стулья, и старая нянька, и даже слово «хамство», которое любил часто произносить старик. Не нравилось ему только изобилие собак и кошек да египетские голуби, которые уныло стонали в большой клетке на террасе. Собак дворовых и комнатных было так много, что за все время знакомства с Шелестовыми он научился узнавать только двух: Мушку и Сома. Мушка была маленькая облезлая собачонка с мохнатою мордой, злая и избалованная. Никитина она ненавидела; увидев его, она всякий раз склоняла голову набок, скалила зубы и начинала: «ррр... нга-нга-нга-нга... ррр...»

Потом садилась под стул. Когда же он пытался прогнать ее из-под своего стула, она заливалась пронзительным лаем, а хозяева говорили:

– Не бойтесь, она не кусается. Она у нас добрая.

Сом же представлял из себя огромного черного пса на длинных ногах и с хвостом, жестким, как палка. За обедом и за чаем он обыкновенно ходил молча под столом и стучал хвостом по сапогам и по ножкам стола. Это был добрый глупый пес, но Никитин терпеть его не мог за то, что он имел привычку класть свою морду на колени обедающим и пачкать слюною брюки. Никитин не раз пробовал бить его по большому лбу колодкой ножа, щелкал по носу, бранился, жаловался, но ничто не спасало его брюк от пятен.

После прогулки верхом чай, варенье, сухари и масло показались очень вкусными. Первый стакан все выпили с большим аппетитом и молча, перед вторым же принялись спорить. Споры всякий раз за чаем и за обедом начинала Варя. Ей было уже двадцать три года, она была хороша собой, красивее Манюси, считалась самой умной и образованной в доме и держала себя солидно, строго, как это и подобало старшей дочери, занявшей в доме место покойной матери. На правах хозяйки она ходила при гостях в блузе, офицеров величала по фамилии, на Манюсю глядела как на девочку и говорила с нею тоном классной дамы. Называла она себя старою девой – значит, была уверена, что выйдет замуж.

Всякий разговор, даже о погоде, она непременно сводила на спор. У нее была какая-то страсть – ловить всех на слове, уличать в противоречии, придираться к фразе. Вы начинаете говорить с ней о чем-нибудь, а она уже пристально смотрит вам в лицо и вдруг перебивает: «Позвольте, позвольте, Петров, третьего дня вы говорили совсем противоположное!»

Или же она насмешливо улыбается и говорит: «Однако, я замечаю, вы начинаете проповедовать принципы Третьего отделения[1]. Поздравляю вас».

---

[1] Третье отделение Собственной его императорского величества канцелярии – высший орган политической полиции.

Если вы сострили или сказали каламбур, тотчас же вы слышите ее голос: «Это старо!» или: «Это плоско!». Если же острит офицер, то она делает презрительную гримасу и говорит: «Арррмейская острота!»

И это «ррр...» выходило у нее так внушительно, что Мушка непременно отвечала ей из-под стула: «ррр... нга-нга-нга...»

Теперь за чаем спор начался с того, что Никитин заговорил о гимназических экзаменах.

– Позвольте, Сергей Васильевич, – перебила его Варя. – Вот вы говорите, что ученикам трудно. А кто виноват, позвольте вас спросить? Например, вы задали ученикам восьмого класса сочинение на тему: «Пушкин как психолог». Во-первых, нельзя задавать таких трудных тем, а во-вторых, какой же Пушкин психолог? Ну, Щедрин или, положим, Достоевский – другое дело, а Пушкин великий поэт, и больше ничего.

– Щедрин сам по себе, а Пушкин сам по себе, – угрюмо ответил Никитин.

– Я знаю, у вас в гимназии не признают Щедрина, но не в этом дело. Вы скажите мне, какой же Пушкин психолог?

– А то разве не психолог? Извольте, я приведу вам примеры.

И Никитин продекламировал несколько мест из «Онегина», потом из «Бориса Годунова».

– Никакой не вижу тут психологии... – вздохнула Варя. – Психологом называется тот, кто описывает изгибы человеческой души, а это прекрасные стихи, и больше ничего.

– Я знаю, какой вам нужно психологии! – обиделся Никитин. – Вам нужно, чтобы кто-нибудь пилил мне тупой пилою палец и чтобы я орал во все горло, – это, по-вашему, психология.

– Плоско! Однако вы все-таки не доказали мне: почему же Пушкин психолог?

Когда Никитину приходилось оспаривать то, что казалось ему рутиной, узостью или чем-нибудь вроде этого, то обыкновенно он вскакивал с места, хватал себя обеими руками за голову и начинал со стоном бегать из угла в угол. И теперь тоже самое: он вскочил, схватил себя за голову и со стоном прошелся вокруг стола, потом сел поодаль.

За него вступились офицеры. Штабс-капитан Полянский стал уверять Варю, что Пушкин в самом деле психолог, и в доказательство привел два стиха из Лермонтова; поручик Гернет сказал, что если бы Пушкин не был психологом, то ему не поставили бы в Москве памятника.

– Это хамство! – доносилось с другого конца стола. – Я так и губернатору сказал: это, ваше превосходительство, хамство!

– Я больше не спорю! – крикнул Никитин. – Это его же царствию не будет конца! Баста! Ах, да поди ты прочь, поганая собака! – крикнул он на Сома, который положил ему на колени голову и лапу.

«Ррр... нга-нга-нга...» – послышалось из-под стула.

– Сознайтесь, что вы не правы! – крикнула Варя. – Сознайтесь!

Но пришли гостьи-барышни, и спор прекратился сам собой. Все отправились в зал. Варя села за рояль и стала играть танцы. Протанцевали сначала вальс, потом польку, потом кадриль с grand-rond[1], которое провел по всем комнатам штабс-капитан Полянский, потом опять стали танцевать вальс.

Старики во время танцев сидели в зале, курили и смотрели на молодежь. Между ними находился и Шебалдин, директор городского кредитного общества, славившийся своей любовью к литературе и сценическому искусству. Он положил начало местному «Музыкально-драматическому кружку» и сам принимал участие в спектаклях, играя почему-то всегда только одних смешных лакеев или читая нараспев «Грешницу[2]». Звали его в городе мумией, так как он был высок, очень тощ, жилист и имел всегда торжественное выражение лица и тусклые неподвижные глаза. Сценическое искусство он любил так искренно,

---

[1] Большой круг, старинная танцевальная фигура (*фр.*).

[2] «Грешница» (1858) – стихотворение А. К. Толстого.

что даже брил себе усы и бороду, а это еще больше делало его похожим на мумию.

После grand-rond он нерешительно, как-то боком подошел к Никитину, кашлянул и сказал:

– Я имел удовольствие присутствовать за чаем во время спора. Вполне разделяю ваше мнение. Мы с вами единомышленники, и мне было бы очень приятно поговорить с вами. Вы изволили читать «Гамбургскую драматургию» Лессинга?[1]

– Нет, не читал.

Шебалдин ужаснулся и замахал руками так, как будто ожег себе пальцы, и, ничего не говоря, попятился от Никитина. Фигура Шебалдина, его вопрос и удивление показались Никитину смешными, но он все-таки подумал:

«В самом деле неловко. Я – учитель словесности, а до сих пор еще не читал Лессинга. Надо будет прочесть».

Перед ужином все, молодые и старые, сели играть в «судьбу». Взяли две колоды карт: одну сдали всем поровну. Другую положили на стол «рубашкой» вверх.

– У кого на руках эта карта, – начал торжественно старик Шелестов, поднимая верхнюю карту второй колоды, – тому судьба пойти сейчас в детскую и поцеловаться там с няней.

Удовольствие целоваться с няней выпало на долю Шебалдина. Все гурьбой окружили его, повели в детскую и со смехом, хлопая в ладоши, заставили поцеловаться с няней. Поднялся шум, крик…

– Не так страстно! – кричал Шелестов, плача от смеха. – Не так страстно!

Никитину вышла судьба исповедовать всех. Он сел на стул среди залы. Принесли шаль и накрыли его с головой. Первой пришла к нему исповедоваться Варя.

---

[1] Ле́ссинг Готхольд Эфраим (1729–1781) – немецкий философ-просветитель, критик и драматург.

– Я знаю ваши грехи, – начал Никитин, глядя в потемках на ее строгий профиль. – Скажите мне, сударыня, с какой это стати вы каждый день гуляете с Полянским? Ох, недаром, недаром она с гусаром!

– Это плоско, – сказала Варя и ушла.

Затем под шалью заблестели большие неподвижные глаза, обозначился в потемках милый профиль и запахло чем-то дорогим, давно знакомым, что напоминало Никитину комнату Манюси.

– Мария Годфруа, – сказал он и не узнал своего голоса – так он был нежен и мягок, – в чем вы грешны?

Манюся прищурила глаза и показала ему кончик языка, потом засмеялась и ушла. А через минуту она уже стояла среди залы, хлопала в ладоши и кричала:

– Ужинать, ужинать, ужинать!

И все повалили в столовую.

За ужином Варя опять спорила и на этот раз с отцом. Полянский солидно ел, пил красное вино и рассказывал Никитину, как он раз зимою, будучи на войне, всю ночь простоял по колено в болоте; неприятель был близко, так что не позволялось ни говорить, ни курить, ночь была холодная, темная, дул пронзительный ветер. Никитин слушал и косился на Манюсю. Она глядела на него неподвижно, не мигая, точно задумалась о чем-то или забылась… Для него это было и приятно, и мучительно.

«Зачем она на меня так смотрит? – мучился он. – Это неловко. Могут заметить. Ах, как она еще молода, как наивна!»

Гости стали расходиться в полночь. Когда Никитин вышел за ворота, во втором этаже дома хлопнуло окошко и показалась Манюся.

– Сергей Васильевич! – окликнула она.

– Что прикажете?

– Вот что… – проговорила Манюся, видимо, придумывая, что бы сказать. – Вот что… Полянский обещал прийти на днях со своей фотографией и снять всех нас. Надо будет собраться.

– Хорошо.

Манюся скрылась, окно хлопнуло, и тотчас же в доме кто-то заиграл на рояле.

«Ну, дом! – думал Никитин, переходя через улицу. – Дом, в котором стонут одни только египетские голуби, да и те потому, что иначе не умеют выражать своей радости!»

Но не у одних только Шелестовых жилось весело. Не прошел Никитин и двухсот шагов, как и из другого дома послышались звуки рояля. Прошел он еще немного и увидел у ворот мужика, играющего на балалайке. В саду оркестр грянул попурри из русских песен.

Никитин жил в полуверсте от Шелестовых, в квартире из восьми комнат, которую он нанимал за триста рублей в год вместе со своим товарищем, учителем географии и истории Ипполитом Ипполитычем. Этот Ипполит Ипполитыч, еще не старый человек, с рыжей бородкой, курносый, с лицом грубоватым и неинтеллигентным, как у мастерового, но добродушным, когда вернулся домой Никитин, сидел у себя за столом и поправлял ученические карты. Самым нужным и самым важным считалось у него по географии черчение карт, а по истории – знание хронологии; по целым ночам сидел он и синим карандашом поправлял карты своих учеников и учениц или же составлял хронологические таблички.

– Какая сегодня великолепная погода! – сказал Никитин, входя к нему. – Удивляюсь вам, как это вы можете сидеть в комнате.

Ипполит Ипполитыч был человек неразговорчивый; он или молчал, или же говорил только о том, что всем давно уже известно. Теперь он ответил так:

– Да, прекрасная погода. Теперь май, скоро будет настоящее лето. А лето не то что зима. Зимою нужно печи топить, а летом и без печей тепло. Летом откроешь ночью окна, и все-таки тепло, а зимою – двойные рамы, и все-таки холодно.

Никитин посидел около стола не больше минуты и соскучился.

– Спокойной ночи! – сказал он, поднимаясь и зевая. – Хотел было я рассказать вам нечто романтическое, меня касающееся, но ведь вы –

география! Начнешь вам о любви, а вы сейчас: «В каком году была битва при Калке?» Ну вас к черту с вашими битвами и с Чукотскими носами![1]

– Что же вы сердитесь?

– Да досадно!

И, досадуя, что он не объяснился еще с Манюсей и что ему не с кем теперь поговорить о своей любви, он пошел к себе в кабинет и лег на диван. В кабинете было темно и тихо. Лежа и глядя в потемки, Никитин стал почему-то думать о том, как через два или три года он поедет зачем-нибудь в Петербург, как Манюся будет провожать его на вокзал и плакать; в Петербурге он получит от нее длинное письмо, в котором она будет умолять его скорее вернуться домой. И он напишет ей… Свое письмо начнет так: «Милая моя крыса…»

– Именно, «милая моя крыса», – сказал он и засмеялся.

Ему было неудобно лежать. Он подложил руки под голову и задрал левую ногу на спинку дивана. Стало удобно. Между тем окно начало заметно бледнеть, на дворе заголосили сонные петухи. Никитин продолжал думать о том, как он вернется из Петербурга, как встретит его на вокзале Манюся и, вскрикнув от радости, бросится ему на шею; или, еще лучше, он схитрит: приедет ночью потихоньку, кухарка отворит ему, потом на цыпочках пройдет он в спальню, бесшумно разденется и – бултых в постель! А она проснется и – о радость!

Воздух совсем побелел. Кабинета и окна уж не было. На крылечке пивоваренного завода, того самого, мимо которого сегодня проезжали, сидела Манюся и что-то говорила. Потом она взяла Никитина под руку и пошла с ним в загородный сад. Тут он увидел дубы и вороньи гнезда, похожие на шапки. Одно гнездо закачалось, выглянул из него Шебалдин и громко крикнул: «Вы не читали Лессинга!»

Никитин вздрогнул всем телом и открыл глаза. Перед диваном стоял Ипполит Ипполитыч и, откинув назад голову, надевал галстук.

---

[1] Чукóткий нос – мыс Дежнёва, крайняя восточная материковая точка России и Евразии.

– Вставайте, пора на службу, – говорил он. – А в одежде спать нельзя. От этого одежда портится. Спать надо в постели, раздевшись…

И он, по обыкновению, стал длинно и с расстановкой говорить о том, что всем давно уже известно.

Первый урок у Никитина был по русскому языку, во втором классе. Когда он ровно в девять часов вошел в этот класс, то здесь, на черной доске, были написаны мелом две большие буквы: «М. Ш.» Это, вероятно, значило: Маша Шелестова.

«Уж пронюхали, подлецы… – подумал Никитин. – И откуда они всё знают?»

Второй урок по словесности был в пятом классе. И тут на доске было написано «М. Ш.», а когда он, кончив урок, выходил из этого класса, сзади него раздался крик, точно в театральном райке:

– Ура-а-а! Шелестова!!

От спанья в одежде было нехорошо в голове, тело изнемогало от лени. Ученики, каждый день ждавшие роспуска перед экзаменами, ничего не делали, томились, шалили от скуки. Никитин тоже томился, не замечал шалостей и то и дело подходил к окну. Ему была видна улица, ярко освещенная солнцем. Над домами прозрачное голубое небо, птицы, а далеко-далеко, за зелеными садами и домами, просторная, бесконечная даль с синеющими рощами, с дымком от бегущего поезда…

Вот по улице в тени акаций, играя хлыстиками, прошли два офицера в белых кителях. Вот на линейке проехала куча евреев с седыми бородами и в картузах. Гувернантка гуляет с директорскою внучкой… Пробежал куда-то Сом с двумя дворняжками… А вот, в простеньком сером платье и в красных чулочках, держа в руке «Вестник Европы», прошла Варя. Была, должно быть, в городской библиотеке…

А уроки кончатся еще не скоро – в три часа! После же уроков нужно идти не домой и не к Шелестовым, а к Вольфу на урок. Этот Вольф, богатый еврей, принявший лютеранство, не отдавал своих детей в гимназию, а приглашал к ним гимназических учителей и платил по пяти рублей за урок…

«Скучно, скучно, скучно!»

В три часа он пошел к Вольфу и высидел у него, как ему показалось, целую вечность. Вышел от него в пять часов, а в седьмом уже должен был идти в гимназию, на педагогический совет – составлять расписание устных экзаменов для четвертого и шестого классов!

Когда, поздно вечером, шел он из гимназии к Шелестовым, сердце у него билось и лицо горело. Неделю и месяц тому назад всякий раз, собираясь объясниться, он приготовлял целую речь с предисловием и с заключением, теперь же у него не было наготове ни одного слова, в голове все перепуталось, и он только знал, что сегодня он *наверное* объяснится и что дольше ждать нет никакой возможности.

«Я приглашу ее в сад, – обдумывал он, – немножно погуляю и объяснюсь...»

В передней не было ни души; он вошел в залу, потом в гостиную... Тут тоже никого не было. Слышно было, как наверху, во втором этаже, с кем-то спорила Варя и как в детской стучала ножницами наемная швея.

Была в доме комнатка, которая носила три названия: маленькая, проходная и темная. В ней стоял большой старый шкап с медикаментами, с порохом и охотничьими принадлежностями. Отсюда вела во второй этаж узкая деревянная лестничка, на которой всегда спали кошки. Были тут двери: одна – в детскую, другая – в гостиную. Когда вошел сюда Никитин, чтобы отправиться наверх, дверь из детской отворилась и хлопнула так, что задрожали и лестница и шкап; вбежала Манюся, в темном платье, с куском синей материи в руках, и, не замечая Никитина, шмыгнула к лестнице.

– Постойте... – остановил ее Никитин. – Здравствуйте, Годфруа... Позвольте...

Он запыхался, не знал, что говорить; одною рукой держал ее за руку, а другою – за синюю материю. А она не то испугалась, не то удивилась и глядела на него большими глазами.

– Позвольте… – продолжал Никитин, боясь, чтоб она не ушла. – Мне нужно вам кое-что сказать… Только… здесь неудобно. Я не могу, не в состоянии… Понимаете ли, Годфруа, а не могу… вот и всё…

Синяя материя упала на пол, и Никитин взял Манюсю за другую руку. Она побледнела, зашевелила губами, потом попятилась назад от Никитина и очутилась в углу между стеной и шкапом.

– Честное слово, уверяю вас… – сказал он тихо. – Манюся, честное слово…

Она откинула назад голову, а он поцеловал ее в губы, и, чтоб этот поцелуй продолжался дольше, он взял ее за щеки пальцами; и как-то так вышло, что сам он очутился в углу между шкапом и стеной, а она обвила руками его шею и прижалась к его подбородку головой.

Потом оба побежали в сад.

Сад у Шелестовых был большой, на четырех десятинах. Тут росло с два десятка старых кленов и лип, была одна ель, все же остальное составляли фруктовые деревья: черешни, яблони, груши, дикий каштан, серебристая маслина… Много было и цветов.

Никитин и Манюся молча бегали по аллеям, смеялись, задавали изредка друг другу отрывистые вопросы, на которые не отвечали, а над садом светил полумесяц, и на земле из темной травы, слабо освещенной этим полумесяцем, тянулись сонные тюльпаны и ирисы, точно прося, чтобы и с ними объяснились в любви.

Когда Никитин и Манюся вернулись в дом, офицеры и барышни были уже в сборе и танцевали мазурку. Опять Полянский водил по всем комнатам grand-rond, опять после танцев играли в судьбу. Перед ужином, когда гости пошли из залы в столовую, Манюся, оставшись одна с Никитиным, прижалась к нему и сказала:

– Ты сам поговори с папой и Варей. Мне стыдно…

После ужина он говорил со стариком. Выслушав его, Шелестов подумал и сказал:

– Очень вам благодарен за честь, которую вы оказываете мне и дочери, но позвольте мне поговорить с вами по-дружески. Буду говорить с вами не как отец, а как джентльмен с джентльменом. Скажите, пожалуйста, что вам за охота так рано жениться? Это только мужики женятся рано, но там, известно, хамство, а вы-то с чего? Что за удовольствие в такие молодые годы надевать на себя кандалы?

– Я вовсе не молод! – обиделся Никитин. – Мне двадцать седьмой год.

– Папа, коновал пришел! – крикнула из другой комнаты Варя.

И разговор прекратился. Домой провожали Никитина Варя, Манюся и Полянский. Когда подошли к его калитке, Варя сказала:

– Что это ваш таинственный Митрополит Митрополитыч никуда не показывается? Пусть бы к нам пришел.

Таинственный Ипполит Ипполитыч, когда вошел к нему Никитин, сидел у себя на постели и снимал панталоны.

– Не ложитесь, голубчик! – сказал ему Никитин, задыхаясь. – Постойте, не ложитесь!

Ипполит Ипполитыч быстро надел панталоны и спросил встревоженно:

– Что такое?

– Я женюсь!

Никитин сел рядом с товарищем и, глядя на него удивленно, точно удивляясь самому себе, сказал:

– Представьте, женюсь! На Маше Шелестовой! Сегодня предложение сделал.

– Что ж? Она девушка, кажется, хорошая. Только молода очень.

– Да, молода!.. – вздохнул Никитин и озабоченно пожал плечами. – Очень, очень молода!

– Она у меня в гимназии училась. Я ее знаю. По географии училась ничего себе, а по истории – плохо. И в классе была невнимательна.

Никитину вдруг почему-то стало жаль своего товарища и захотелось сказать ему что-нибудь ласковое, утешительное.

– Голубчик, отчего вы не женитесь? – спросил он. – Ипполит Ипполитыч, отчего бы вам, например, на Варе не жениться? Это чудная, превосходная девушка! Правда, она очень любит спорить, но зато сердце… какое сердце! Она сейчас про вас спрашивала. Женитесь на ней, голубчик! А?

Он отлично знал, что Варя не пойдет за этого скучного курносого человека, но все-таки убеждал его жениться на ней. Зачем?

– Женитьба – шаг серьезный, – сказал Ипполит Ипполитыч, подумав. – Надо обсудить все, взвесить, а так нельзя. Благоразумие никогда не мешает, а в особенности в женитьбе, когда человек, перестав быть холостым, начинает новую жизнь.

И он заговорил о том, что всем давно уже известно. Никитин не стал слушать его, простился и пошел к себе. Он быстро разделся и быстро лег, чтобы поскорее начать думать о своем счастии, о Манюсе, о будущем, улыбнулся и вдруг вспомнил, что он не читал еще Лессинга.

«Надо будет прочесть… – подумал он. – Впрочем, зачем мне его читать? Ну его к чёрту!»

И, утомленный своим счастьем, он тотчас же уснул и улыбался до самого утра.

Снился ему стук лошадиных копыт о бревенчатый пол; снилось, как из конюшни вывели сначала вороного Графа Нулина, потом белого Великана, потом сестру его Майку…

II

«В церкви было очень тесно и шумно, и раз даже кто-то вскрикнул, и протоиерей, венчавший меня и Манюсю, взглянул через очки на толпу и сказал сурово:

– Не ходите по церкви и не шумите, а стойте тихо и молитесь. Надо страх Божий иметь.

Шаферами у меня были два моих товарища, а у Мани – штабс-капитан Полянский и поручик Гернет. Архиерейский хор пел великолепно. Треск свечей, блеск, наряды, офицеры, множество веселых, довольных лиц и какой-то особенный, воздушный вид у Мани, и вся вообще обстановка и слова венчальных молитв трогали меня до слёз, наполняли торжеством. Я думал: как расцвела, как поэтически красиво сложилась в последнее время моя жизнь! Два года назад я был еще студентом, жил в дешевых номерах на Неглинном, без денег, без родных и, как казалось мне тогда, без будущего. Теперь же я – учитель гимназии в одном из лучших губернских городов, обеспечен, любим, избалован. Для меня вот, думал я, собралась теперь эта толпа, для меня горят три паникадила, ревет протодьякон, стараются певчие, и для меня так молодо, изящно и радостно это молодое существо, которое немного погодя будет называться моею женой. Я вспомнил первые встречи, наши поездки за город, объяснение в любви и погоду, которая, как нарочно, все лето была дивно хороша; и то счастье, которое когда-то на Неглинном представлялось мне возможным только в романах и повестях, теперь я испытывал на самом деле, казалось, брал его руками.

После венчания все в беспорядке толпились около меня и Мани и выражали свое искреннее удовольствие, поздравляли и желали счастья. Бригадный генерал, старик лет под семьдесят, поздравил одну только Манюсю и сказал ей старческим скрипучим голосом, так громко, что пронеслось по всей церкви:

– Надеюсь, милая, и после свадьбы вы останетесь все таким же розаном.

Офицеры, директор и все учителя улыбнулись из приличия, и я тоже почувствовал на своем лице приятную неискреннюю улыбку. Милейший Ипполит Ипполитыч, учитель истории и географии, всегда говоривший то, что всем давно известно, крепко пожал мне руку и сказал с чувством:

– До сих пор вы были не женаты и жили один, а теперь вы женаты и будете жить вдвоем.

Из церкви поехали в двухэтажный нештукатуренный дом, который я получаю теперь в приданое. Кроме этого дома за Маней деньгами тысяч двадцать и еще какая-то Мелитоновская пустошь со сторожкой, где, как говорят, множество кур и уток, которые без надзора становятся дикими. По приезде из церкви я потягивался, развалясь у себя в новом кабинете на турецком диване, и курил; мне было мягко, удобно и уютно, как никогда в жизни, а в это время гости кричали «ура», и в передней плохая музыка играла туши и всякий вздор. Варя, сестра Мани, вбежала в кабинет с бокалом в руке и с каким-то странным, напряженным выражением, точно у нее рот был полон воды; она, по-видимому, хотела бежать дальше, но вдруг захохотала и зарыдала, и бокал со звоном покатился по полу. Мы подхватили ее под руки и увели.

– Никто не может понять! – бормотала она потом в самой дальней комнате, лежа на постели у кормилицы. – Никто, никто! Боже мой, никто не может понять!

Но все отлично понимали, что она старше своей сестры Мани на четыре года и все еще не замужем и что плакала она не из зависти, а из грустного сознания, что время ее уходит и, быть может, даже ушло. Когда танцевали кадриль, она была уже в зале, с заплаканным, сильно напудренным лицом, и я видел, как штабс-капитан Полянский держал перед ней блюдечко с мороженым, а она кушала ложечкой…

Уже шестой час утра. Я взялся за дневник, чтобы описать свое полное, разнообразное счастье, и думал, что напишу листов шесть и завтра прочту Мане, но, странное дело, у меня в голове все перепуталось, стало неясно, как сон, и мне припоминается резко только этот эпизод с Варей и хочется написать: бедная Варя! Вот так бы все сидел и писал: бедная Варя! Кстати же зашумели деревья: будет дождь; каркают вороны, и у моей Мани, которая только что уснула, почему-то грустное лицо».

Потом Никитин долго не трогал своего дневника. В первых числах августа начались у него переэкзаменовки и приемные экзамены, а после Успеньева дня – классные занятия. Обыкновенно в девятом часу утра он уходил на службу и уже в десятом начинал тосковать по Мане и по своем новом доме и посматривал на часы. В низших классах он заставлял кого-нибудь из мальчиков диктовать и, пока дети писали, сидел на подоконнике с закрытыми глазами и мечтал; мечтал ли он о будущем, вспоминал ли о прошлом – все у него выходило одинаково прекрасно, похоже на сказку. В старших классах читали вслух Гоголя или прозу Пушкина, и это нагоняло на него дремоту, в воображении вырастали люди, деревья, поля, верховые лошади, и он говорил со вздохом, как бы восхищаясь автором:

– Как хорошо!

Во время большой перемены Маня присылала ему завтрак в белой как снег салфеточке, и он съедал его медленно, с расстановкой, чтобы продлить наслаждение, а Ипполит Ипполитыч, обыкновенно завтракавший одною только булкой, смотрел на него с уважением и с завистью и говорил что-нибудь известное, вроде:

– Без пищи люди не могут существовать.

Из гимназии Никитин шел на частные уроки, и когда наконец в шестом часу возвращался домой, то чувствовал и радость и тревогу, как будто не был дома целый год. Он вбегал по лестнице, запыхавшись, находил Маню, обнимал ее, целовал и клялся, что любит ее, жить без нее не может, уверял, что страшно соскучился, и со страхом спрашивал ее, здорова ли она и отчего у нее такое невеселое лицо. Потом вдвоем обедали. После обеда он ложился в кабинете на диван и курил, а она садилась возле и рассказывала вполголоса.

Самыми счастливыми днями у него были теперь воскресенья и праздники, когда он с утра до вечера оставался дома. В эти дни он принимал участие в наивной, но необыкновенно приятной жизни, напоминавшей ему пастушеские идиллии. Он не переставая наблюдал, как его разумная и положительная Маня устраивала гнездо, и сам тоже, желая показать, что он не лишний в доме, делал что-нибудь бесполезное, например, выкатывал из сарая шарабан и оглядывал его со всех сторон. Манюся завела от трех коров настоящее молочное хозяйство, и у нее в погребе и на погребице было много кувшинов с молоком и горшочков со сметаной, и все это она берегла для масла. Иногда ради шутки Никитин просил у нее стакан молока; она пугалась, так как это был непорядок, но он со смехом обнимал ее и говорил:

– Ну, ну, я пошутил, золото мое! Пошутил!

Или же он посмеивался над ее педантизмом, когда она, например, найдя в шкапу завалящий, твердый, как камень, кусочек колбасы или сыру, говорила с важностью:

– Это съедят в кухне.

Он замечал ей, что такой маленький кусочек годится только в мышеловку, а она начинала горячо доказывать, что мужчины ничего не понимают в хозяйстве и что прислугу ничем не удивишь, пошли ей в кухню хоть три пуда закусок, и он соглашался и в восторге обнимал ее. То, что в ее словах было справедливо, казалось ему необыкновенным, изумительным; то же, что расходилось с его убеждениями, было, по его мнению, наивно и умилительно.

Иногда на него находил философский стих, и он начинал рассуждать на какую-нибудь отвлеченную тему, а она слушала и смотрела ему в лицо с любопытством.

– Я бесконечно счастлив с тобой, моя радость, – говорил он, перебирая ей пальчики или распуская и опять заплетая ей косу. – Но на это свое счастье я не смотрю как на нечто такое, что свалилось на меня случайно, точно с неба. Это счастье – явление вполне естественное, последовательное, логически верное. Я верю в то, что человек есть творец своего счастья, и теперь я беру именно то, что я сам создал. Да, говорю без жеманства, это счастье создал я сам и владею им по праву. Тебе известно мое прошлое. Сиротство, бедность, несчастное детство, тоскливая юность – все это борьба, это путь, который я прокладывал к счастью…

В октябре гимназия понесла тяжелую потерю: Ипполит Ипполитыч заболел рожей головы и скончался. Два последних дня перед смертью он был в бессознательном состоянии и бредил, но и в бреду говорил только то, что всем известно:

– Волга впадает в Каспийское море… Лошади кушают овес и сено…

В тот день, когда его хоронили, учения в гимназии не было. Товарищи и ученики несли крышку и гроб, и гимназический хор всю дорогу до кладбища пел «Святый Боже». В процессии участвовало три священника, два дьякона, вся мужская гимназия и архиерейский хор в парадных кафтанах. И, глядя на торжественные похороны, встречные прохожие крестились и говорили:

– Дай Бог всякому так помереть.

Вернувшись с кладбища домой, растроганный Никитин отыскал в столе свой дневник и написал:

«Сейчас опустили в могилу Ипполита Ипполитовича Рыжицкого.

Мир праху твоему, скромный труженик! Маня, Варя и все женщины, бывшие на похоронах, искренно плакали, быть может, оттого, что знали, что этого неинтересного, забитого человека не любила никогда ни одна женщина. Я хотел сказать на могиле товарища теплое слово, но меня предупредили, что это может не понравиться директору, так как он не любил покойного. После свадьбы это, кажется, первый день, когда у меня нелегко на душе...»

Затем во весь учебный сезон не было никаких особенных событий.

Зима была вялая, без морозов, с мокрым снегом; под Крещенье, например, всю ночь ветер жалобно выл по-осеннему и текло с крыш, а утром во время водосвятия полиция не пускала никого на реку, так как, говорили, лед надулся и потемнел. Но, несмотря на дурную погоду, Никитину жилось так же счастливо, как и летом. Даже еще прибавилось одно лишнее развлечение: он научился играть в винт. Только одно иногда волновало и сердило его и, казалось, мешало ему быть вполне счастливым: это кошки и собаки, которых он получил в приданое. В комнатах всегда, особенно по утрам, пахло, как в зверинце, и этого запаха ничем нельзя было заглушить; кошки часто дрались с собаками. Злую Мушку кормили по десяти раз в день, она по-прежнему не признавала Никитина и ворчала на него:

«Ррр... нга-нга-нга...»

Как-то Великим постом в полночь возвращался он домой из клуба, где играл в карты. Шел дождь, было темно и грязно. Никитин чувствовал на душе неприятный осадок и никак не мог понять, отчего это: оттого ли, что он проиграл в клубе двенадцать рублей, или оттого, что один из партнеров, когда расплачивались, сказал, что у Никитина куры денег не клюют, очевидно намекая на приданое? Двенадцать рублей было не жалко, и слова партнера не содержали в себе ничего обидного, но все-таки было неприятно. Даже домой не хотелось.

– Фуй, как нехорошо! – проговорил он, останавливаясь около фонаря.

Ему пришло в голову, что двенадцати рублей ему оттого не жалко, что они достались ему даром. Вот если бы он был работником, то знал бы цену каждой копейке и не был бы равнодушен к выигрышу и проигрышу. Да и все счастье, рассуждал он, досталось ему даром, понапрасну и в сущности было для него такою же роскошью, как лекарство для здорового; если бы он, подобно громадному большинству людей, был угнетен заботой о куске хлеба, боролся за существование, если бы у него болели спина и грудь от работы, то ужин, теплая уютная квартира и семейное счастье были бы потребностью, наградой и украшением его жизни; теперь же все это имело какое-то странное, неопределенное значение.

– Фуй, как нехорошо! – повторил он, отлично понимая, что эти рассуждения сами по себе уже дурной знак.

Когда он пришел домой, Маня была в постели. Она ровно дышала и улыбалась и, по-видимому, спала с большим удовольствием. Возле нее, свернувшись клубочком, лежал белый кот и мурлыкал. Пока Никитин зажигал свечу и закуривал, Маня проснулась и с жадностью выпила стакан воды.

– Мармеладу наелась, – сказала она и засмеялась. – Ты у наших был? – спросила она, помолчав.

– Нет, не был.

Никитин уже знал, что штабс-капитан Полянский, на которого в последнее время сильно рассчитывала Варя, получил перевод в одну из западных губерний и уже делал в городе прощальные визиты, и поэтому в доме тестя было скучно.

– Вечером заходила Варя, – сказала Маня, садясь. – Она ничего не говорила, но по лицу видно, как ей тяжело, бедняжке. Терпеть не могу Полянского. Толстый, обрюзг, а когда ходит или танцует, щеки трясутся… Не моего романа. Но все-таки я считала его порядочным человеком.

– Я и теперь считаю его порядочным.

– А зачем он так дурно поступил с Варей?

– Почему же дурно? – спросил Никитин, начиная чувствовать раздражение против белого кота, который потягивался, выгнув спину. – Насколько мне известно, он предложения не делал и обещаний никаких не давал.

– А зачем он часто бывал в доме? Если не намерен жениться, то не ходи.

Никитин потушил свечу и лег. Но не хотелось ни спать, ни лежать. Ему казалось, что голова у него громадная и пустая, как амбар, и что в ней бродят новые, какие-то особенные мысли в виде длинных теней. Он думал о том, что кроме мягкого лампадного света, улыбающегося тихому семейному счастью, кроме этого мирка, в котором так спокойно и сладко живется ему и вот этому коту, есть ведь еще другой мир... И ему страстно, до тоски вдруг захотелось в этот другой мир, чтобы самому работать где-нибудь на заводе или в большой мастерской, говорить с кафедры, сочинять, печатать, шуметь, утомляться, страдать... Ему захотелось чего-нибудь такого, что захватило бы его до забвения самого себя, до равнодушия к личному счастью, ощущения которого так однообразны. И в воображении вдруг, как живой, вырос бритый Шебалдин и проговорил с ужасом:

«Вы не читали даже Лессинга! Как вы отстали! Боже, как вы опустились!»

Маня опять стала пить воду. Он взглянул на ее шею, полные плечи и грудь и вспомнил слово, которое когда-то в церкви сказал бригадный генерал: розан.

– Розан, – пробормотал он и засмеялся.

В ответ ему под кроватью заворчала сонная Мушка:

«Ррр... нга-нга-нга...»

Тяжелая злоба, точно холодный молоток, повернулась в его душе, и ему захотелось сказать Мане что-нибудь грубое и даже вскочить и ударить ее. Началось сердцебиение.

– Так, значит, – спросил он, сдерживая себя, – если я ходил к вам в дом, то непременно должен был жениться на тебе?

– Конечно. Ты сам это отлично понимаешь.

– Мило.

И через минуту опять повторил:

– Мило.

Чтобы не сказать лишнего и успокоить сердце, Никитин пошел к себе в кабинет и лег на диван без подушки, потом полежал на полу, на ковре.

«Какой вздор! – успокаивал он себя. – Ты – педагог, работаешь на благороднейшем поприще… Какого же тебе еще нужно другого мира? Что за чепуха!»

Но тотчас же он с уверенностью говорил себе, что он вовсе не педагог, а чиновник, такой же бездарный и безличный, как чех, преподаватель греческого языка; никогда у него не было призвания к учительской деятельности, с педагогией он знаком не был и ею никогда не интересовался, обращаться с детьми не умеет; значение того, что он преподавал, было ему неизвестно, и, быть может, даже он учил тому, что не нужно. Покойный Ипполит Ипполитыч был откровенно туп, и все товарищи и ученики знали, кто он и чего можно ждать от него; он же, Никитин, подобно чеху, умеет скрывать свою тупость и ловко обманывает всех, делая вид, что у него, слава богу, все идет хорошо. Эти новые мысли пугали Никитина, он отказывался от них, называл их глупыми и верил, что все это от нервов, что сам же он будет смеяться над собой…

И в самом деле, под утро он уже смеялся над своею нервностью и называл себя бабой, но для него уже было ясно, что покой потерян, вероятно, навсегда и что в двухэтажном нештукатуренном доме счастье для него уже невозможно. Он догадывался, что иллюзия иссякла и уже начиналась новая, нервная, сознательная жизнь, которая не в ладу с покоем и личным счастьем.

На другой день, в воскресенье, он был в гимназической церкви и виделся там с директором и товарищами. Ему казалось, что все они были заняты только тем, что тщательно скрывали свое невежество и недовольство жизнью, и сам он, чтобы не выдать им своего беспокойства, приятно улыбался и говорил о пустяках. Потом он ходил на вокзал и видел там, как пришел и ушел почтовый поезд, и ему приятно было, что он один и что ему не нужно ни с кем разговаривать.

Дома застал он тестя и Варю, которые пришли к нему обедать. Варя была с заплаканными глазами и жаловалась на головную боль, а Шелестов ел очень много и говорил о том, как теперешние молодые люди ненадежны и как мало в них джентльменства.

– Это хамство! – говорил он. – Так я ему прямо и скажу: это хамство, милостивый государь!

Никитин приятно улыбался и помогал Мане угощать гостей, но после обеда пошел к себе в кабинет и заперся.

Мартовское солнце светило ярко, и сквозь оконные стекла падали на стол горячие лучи. Было еще только двадцатое число, но уже ездили на колесах, и в саду шумели скворцы. Похоже было на то, что сейчас вот войдет Манюся, обнимет одною рукой за шею и скажет, что подали к крыльцу верховых лошадей или шарабан, и спросит, что ей надеть, чтобы не озябнуть. Начиналась весна такая же чудесная, как и в прошлом году, и обещала те же радости… Но Никитин думал о том, что хорошо бы взять теперь отпуск и уехать в Москву и остановиться там на Неглинном в знакомых номерах. В соседней комнате пили кофе и говорили о штабс-капитане Полянском, а он старался не слушать и писал в своем дневнике: «Где я, боже мой?! Меня окружает пошлость и пошлость. Скучные, ничтожные люди, горшочки со сметаной, кувшины с молоком, тараканы, глупые женщины… Нет ничего страшнее, оскорбительнее, тоскливее пошлости. Бежать отсюда, бежать сегодня же, иначе я сойду с ума!»

1894

ДОМ С МЕЗОНИНОМ (РАССКАЗ ХУДОЖНИКА)

I

Это было шесть-семь лет тому назад, когда я жил в одном из уездов Т-ой губернии, в имении помещика Белокурова, молодого человека, который вставал очень рано, ходил в поддевке, по вечерам пил пиво и все жаловался мне, что он нигде и ни в ком не встречает сочувствия. Он жил в саду во флигеле, а я в старом барском доме, в громадной зале с колоннами, где не было никакой мебели, кроме широкого дивана, на котором я спал, да еще стола, на котором я раскладывал пасьянс. Тут всегда, даже в тихую погоду, что-то гудело в старых амосовских печах, а во время грозы весь дом дрожал и, казалось, трескался на части, и было немножко страшно, особенно ночью, когда все десять больших окон вдруг освещались молнией.

Обреченный судьбой на постоянную праздность, я не делал решительно ничего. По целым часам я смотрел в свои окна на небо, на птиц, на аллеи, читал все, что привозили мне с почты, спал. Иногда я уходил из дому и до позднего вечера бродил где-нибудь.

Однажды, возвращаясь домой, я нечаянно забрел в какую-то незнакомую усадьбу. Солнце уже пряталось, и на цветущей ржи растянулись вечерние тени. Два ряда старых, тесно посаженных, очень высоких елей стояли, как две сплошные стены, образуя мрачную красивую аллею. Я легко перелез через изгородь и пошел по этой аллее, скользя по еловым иглам, которые тут на вершок покрывали землю. Было тихо, темно, и только высоко на вершинах кое-где дрожал яркий золотой свет и переливал радугой в сетях паука. Сильно, до духоты пахло хвоей. Потом я повернул на длинную липовую аллею. И тут тоже запустение и старость; прошлогодняя листва печально шелестела под ногами, и в сумерках между деревьями прятались тени. Направо, в старом фруктовом саду, нехотя, слабым голосом пела иволга, должно быть тоже старушка. Но вот и липы кончились; я прошел мимо белого дома с террасой и с мезонином, и передо мною неожиданно развернулся вид на барский двор и на широкий пруд с купальней, с толпой зеленых ив, с деревней на том берегу, с высокой узкой колокольней, на которой горел крест, отражая в себе заходившее солнце. На миг на меня повеяло очарованием чего-то родного, очень знакомого, будто я уже видел эту самую панораму когда-то в детстве.

А у белых каменных ворот, которые вели со двора в поле, у старинных крепких ворот со львами, стояли две девушки. Одна из них, постарше, тонкая, бледная, очень красивая, с целой копной каштановых волос на голове, с маленьким упрямым ртом, имела строгое выражение и на меня едва обратила внимание; другая же, совсем еще молоденькая – ей было семнадцать-восемнадцать лет, не больше, – тоже тонкая и бледная, с большим ртом и с большими глазами, с удивлением посмотрела на меня, когда я проходил мимо, сказала что-то по-английски и сконфузилась, и мне показалось, что и эти два милых лица мне давно уже знакомы. И я вернулся домой с таким чувством, как будто видел хороший сон.

Вскоре после этого как-то в полдень, когда я и Белокуров гуляли около дома, неожиданно, шурша по траве, въехала во двор рессорная коляска, в которой сидела одна из тех девушек. Это была старшая. Она приехала с подписным листом просить на погорельцев. Не глядя на нас, она очень серьезно и обстоятельно рассказала нам, сколько сгорело домов в селе Сиянове, сколько мужчин, женщин и детей осталось без крова и что намерен предпринять на первых порах погорельческий комитет[1], членом которого она теперь была. Давши нам подписаться, она спрятала лист и тотчас же стала прощаться.

– Вы совсем забыли нас, Петр Петрович, – сказала она Белокурову, подавая ему руку. – Приезжайте, и если monsieur[2] N (она назвала мою фамилию) захочет взглянуть, как живут почитатели его таланта, и пожалует к нам, то мама и я будем очень рады.

Я поклонился.

Когда она уехала, Петр Петрович стал рассказывать. Эта девушка, по его словам, была из хорошей семьи, и звали ее Лидией Волчаниновой, а имение, в котором она жила с матерью и сестрой, так же как и село на другом берегу пруда, называлось Шелковкой. Отец ее когда-то занимал видное место в Москве и умер в чине тайного советника. Несмотря на хорошие средства, Волчаниновы жили в деревне безвыездно, лето и зиму, и Лидия была учительницей в земской школе[3] у себя в Шелковке и получала двадцать пять рублей в месяц. Она тратила на себя только эти деньги и гордилась, что живет на собственный счет.

– Интересная семья, – сказал Белокуров. – Пожалуй, сходим к ним как-нибудь. Они будут вам очень рады.

---

[1] Погорельческий комитет – общественная организация, создаваемая для оказания помощи погорельцам.

[2] Господин (*фр.*).

[3] Зе́мская школа – в дореволюционной России начальная школа в сельских местностях, содержавшаяся на средства земств.

Как-то после обеда, в один из праздников, мы вспомнили про Волчаниновых и отправились к ним в Шелковку. Они, мать и обе дочери, были дома. Мать, Екатерина Павловна, когда-то, по-видимому, красивая, теперь же сырая не по летам, больная одышкой, грустная, рассеянная, старалась занять меня разговором о живописи. Узнав от дочери, что я, быть может, приеду в Шелковку, она торопливо припомнила два-три моих пейзажа, какие видела на выставках в Москве, и теперь спрашивала, что я хотел в них выразить. Лидия или, как ее звали дома, Лида, говорила больше с Белокуровым, чем со мной. Серьезная, не улыбаясь, она спрашивала его, почему он не служит в земстве и почему до сих пор не был ни на одном земском собрании.

– Нехорошо, Петр Петрович, – говорила она укоризненно. – Нехорошо. Стыдно.

– Правда, Лида, правда, – соглашалась мать. – Нехорошо.

– Весь наш уезд находится в руках Балагана, – продолжала Лида, обращаясь ко мне. – Сам он председатель управы[1] и все должности в уезде роздал своим племянникам и зятьям и делает что хочет. Надо бороться. Молодежь должна составить из себя сильную партию, но вы видите, какая у нас молодежь. Стыдно, Петр Петрович!

Младшая сестра, Женя, пока говорили о земстве, молчала. Она не принимала участия в серьезных разговорах, ее в семье еще не считали взрослой и, как маленькую, называли Мисюсь, потому что в детстве она называла так *мисс,* свою гувернантку. Все время она смотрела на меня с любопытством и, когда я осматривал в альбоме фотографии, объясняла мне: «Это дядя... Это крёстный папа» – и водила пальчиком по портретам, и в это время по-детски касалась меня своим плечом, и я близко видел ее слабую неразвитую грудь, тонкие плечи, косу и худенькое тело, туго стянутое поясом.

---

[1] Председатель управы – глава земской управы, исполнительного органа уездного или губернского земства.

Мы играли в крокет и lown-tennis[1], гуляли по саду, пили чай, потом долго ужинали. После громадной пустой залы с колоннами мне было как-то не по себе в этом небольшом уютном доме, в котором не было на стенах олеографий[2] и прислуге говорили «вы», и все мне казалось молодым и чистым благодаря присутствию Лиды и Мисюсь, и все дышало порядочностью. За ужином Лида опять говорила с Белокуровым о земстве, о Балагине, о школьных библиотеках. Это была живая, искренняя, убежденная девушка, и слушать ее было интересно, хотя говорила она много и громко – быть может, оттого, что привыкла говорить в школе. Зато мой Петр Петрович, у которого еще со студенчества осталась манера всякий разговор сводить на спор, говорил скучно, вяло и длинно, с явным желанием казаться умным и передовым человеком. Жестикулируя, он опрокинул рукавом соусник, и на скатерти образовалась большая лужа, но, кроме меня, казалось, никто не заметил этого.

Когда мы возвращались домой, было темно и тихо.

– Хорошее воспитание не в том, что не прольешь соуса на скатерть, а в том, что ты не заметишь, если это сделает кто-нибудь другой, – сказал Белокуров и вздохнул. – Да, прекрасная, интеллигентная семья. Отстал я от хороших людей, ах как отстал! А всё дела, дела! Дела!

Он говорил о том, как много приходится работать, когда хочешь стать образцовым сельским хозяином. А я думал: какой это тяжелый и ленивый малый! Он когда говорил о чем-нибудь серьезно, то с напряжением тянул «э-э-э-э» и работал так же, как говорил, – медленно, всегда опаздывая, пропуская сроки. В его деловитость я плохо верил уже потому, что письма, которые я поручал ему отправлять на почту, он по целым неделям таскал у себя в кармане.

---

[1] Ла́ун-теннис – игра в мяч *(англ.)*.

[2] Олеогра́фия – цветная печатная репродукция с картины, писанной масляными красками.

– Тяжелее всего, – бормотал он, идя рядом со мной, – тяжелее всего, что работаешь и ни в ком не встречаешь сочувствия. Никакого сочувствия!

II

Я стал бывать у Волчаниновых. Обыкновенно я сидел на нижней ступени террасы; меня томило недовольство собой, было жаль своей жизни, которая протекала так быстро и неинтересно, и я все думал о том, как хорошо было бы вырвать из своей груди сердце, которое стало у меня таким тяжелым. А в это время на террасе говорили, слышался шорох платьев, перелистывали книгу. Я скоро привык к тому, что днем Лида принимала больных, раздавала книжки и часто уходила в деревню с непокрытой головой, под зонтиком, а вечером громко говорила о земстве, о школах. Эта тонкая, красивая, неизменно строгая девушка с маленьким, изящно очерченным ртом всякий раз, когда начинался деловой разговор, говорила мне сухо:

– Это для вас неинтересно.

Я был ей несимпатичен. Она не любила меня за то, что я пейзажист и в своих картинах не изображаю народных нужд и что я, как ей казалось, был равнодушен к тому, во что она так крепко верила. Помнится, когда я ехал по берегу Байкала, мне встретилась девушка-бурятка, в рубахе и в штанах из синей дабы[1], верхом на лошади; я спросил у нее, не продаст ли она мне свою трубку, и, пока мы говорили, она с презрением смотрела на мое европейское лицо и на мою шляпу, и в одну минуту ей надоело говорить со мной, она гикнула и поскакала прочь. И Лида точно так же презирала во мне чужого. Внешним образом она никак не выражала своего нерасположения ко мне, но я чувствовал его и, сидя на нижней ступени террасы, испытывал раздражение и говорил, что лечить мужиков, не будучи врачом, значит обманывать их и что легко быть благодетелем, когда имеешь две тысячи десятин.

---

[1] Даба́ – китайская бумажная ткань.

А ее сестра Мисюсь не имела никаких забот и проводила свою жизнь в полной праздности, как я. Вставши утром, она тотчас же бралась за книгу и читала, сидя на террасе в глубоком кресле, так что ножки ее едва касались земли, или пряталась с книгой в липовой аллее, или шла за ворота в поле. Она читала целый день, с жадностью глядя в книгу, и только потому, что взгляд ее иногда становился усталым, ошеломленным и лицо сильно бледнело, можно было догадаться, как это чтение утомляло ее мозг. Когда я приходил, она, увидев меня, слегка краснела, оставляла книгу и с оживлением, глядя мне в лицо своими большими глазами, рассказывала о том, что случилось, например, о том, что в людской загорелась сажа или что работник поймал в пруду большую рыбу. В будни она ходила обыкновенно в светлой рубашечке и темно-синей юбке. Мы гуляли вместе, рвали вишни для варенья, катались в лодке, и, когда она прыгала, чтобы достать вишню, или работала веслами, сквозь широкие рукава просвечивали ее тонкие, слабые руки. Или я писал этюд, а она стояла возле и смотрела с восхищением.

В одно из воскресений, в конце июля, я пришел к Волчаниновым утром, часов в десять. Я ходил по парку, держась подальше от дома, и отыскивал белые грибы, которых в то лето было очень много, и ставил около них метки, чтобы потом подобрать их вместе с Женей. Дул теплый ветер. Я видел, как Женя и ее мать, обе в светлых праздничных платьях, прошли из церкви домой, и Женя придерживала от ветра шляпу. Потом я слышал, как на террасе пили чай.

Для меня, человека беззаботного, ищущего оправдания для своей постоянной праздности, эти летние праздничные утра в наших усадьбах всегда были необыкновенно привлекательны. Когда зеленый сад, еще влажный от росы, весь сияет от солнца и кажется счастливым, когда около дома пахнет резедой и олеандром, молодежь только что вернулась из церкви и пьет чай в саду, и когда все так мило одеты и веселы, и когда знаешь, что все это здоровые, сытые, красивые люди весь длинный день ничего не будут делать, то хочется, чтобы вся жизнь была такою. И теперь я думал то же самое и ходил по саду, готовый ходить так, без дела и без цели, весь день, все лето.

Пришла Женя с корзиной; у нее было такое выражение, как будто она знала или предчувствовала, что найдет меня в саду. Мы подбирали грибы и говорили, и когда она спрашивала о чем-нибудь, то заходила вперед, чтобы видеть мое лицо.

– Вчера у нас в деревне произошло чудо, – сказала она. – Хромая Пелагея была больна целый год, никакие доктора и лекарства не помогали, а вчера старуха пошептала, и прошло.

– Это не важно, – сказал я. – Не следует искать чудес только около больных и старух. Разве здоровье не чудо? А сама жизнь? Что непонятно, то и есть чудо.

– А вам не страшно то, что непонятно?

– Нет. К явлениям, которых я не понимаю, я подхожу бодро и не подчиняюсь им. Я выше их. Человек должен сознавать себя выше львов, тигров, звезд, выше всего в природе. Даже выше того, что непонятно и кажется чудесным, иначе он не человек, а мышь, которая всего боится.

Женя думала, что я, как художник, знаю очень многое и могу верно угадывать то, чего не знаю. Ей хотелось, чтобы я ввел ее в область вечного и прекрасного, в этот высший свет, в котором, по ее мнению, я был своим человеком, и она говорила со мной о Боге, о вечной жизни, о чудесном. И я, не допускавший, что я и мое воображение после смерти погибнем навеки, отвечал: «Да, люди бессмертны», «Да, нас ожидает вечная жизнь». А она слушала, верила и не требовала доказательств.

Когда мы шли к дому, она вдруг остановилась и сказала:

– Наша Лида замечательный человек. Не правда ли? Я ее горячо люблю и могла бы каждую минуту пожертвовать для нее жизнью. Но скажите, – Женя дотронулась до моего рукава пальцем, – скажите, почему вы с ней всё спорите? Почему вы раздражены?

– Потому что она не права.

Женя отрицательно покачала головой, и слезы показались у нее на глазах.

– Как это непонятно! – проговорила она.

В это время Лида только что вернулась откуда-то и, стоя около крыльца с хлыстом в руках, стройная, красивая, освещенная солнцем, приказывала что-то работнику. Торопясь и громко разговаривая, она приняла двух-трех больных, потом с деловым, озабоченным видом ходила по комнатам, отворяя то один шкап, то другой, уходила в мезонин; ее долго искали и звали обедать; и пришла она, когда мы уже съели суп. Все эти мелкие подробности я почему-то помню и люблю, и весь этот день живо помню, хотя не произошло ничего особенного. После обеда Женя читала, лежа в глубоком кресле, а я сидел на нижней ступени террасы. Мы молчали. Все небо заволокло облаками, и стал накрапывать редкий, мелкий дождь. Было жарко, ветер давно уже стих, и казалось, что этот день никогда не кончится. К нам на террасу вышла Екатерина Павловна, заспанная, с веером.

– О мама, – сказала Женя, целуя у нее руку, – тебе вредно спать днем.

Они обожали друг друга. Когда одна уходила в сад, то другая уже стояла на террасе и, глядя на деревья, окликала: «Ау, Женя!» или: «Мамочка, где ты?». Они всегда вместе молились, и обе одинаково верили и хорошо понимали друг друга, даже когда молчали. И к людям они относились одинаково. Екатерина Павловна также скоро привыкла и привязалась ко мне и, когда я не появлялся два-три дня, присылала узнать, здоров ли я. На мои этюды она смотрела тоже с восхищением и с такою же болтливостью и так же откровенно, как Мисюсь, рассказывала мне, что случилось, и часто поверяла мне свои домашние тайны.

Она благоговела перед своей старшей дочерью. Лида никогда не ласкалась, говорила только о серьезном; она жила своею особенною жизнью и для матери и для сестры была такою же священной, немного загадочной особой, как для матросов адмирал, который все сидит у себя в каюте.

– Наша Лида замечательный человек, – говорила часто мать. – Не правда ли?

И теперь, пока накрапывал дождь, мы говорили о Лиде.

– Она замечательный человек, – сказала мать и прибавила вполголоса тоном заговорщицы, испуганно оглядываясь: – Таких днем с огнем поискать, хотя, знаете ли, я начинаю немножко беспокоиться. Школа, аптечки, книжки – все это хорошо, но зачем крайности? Ведь ей уже двадцать четвертый год, пора о себе серьезно подумать. Этак за книжками и аптечками и не увидишь, как жизнь пройдет... Замуж нужно...

Женя, бледная от чтения, с помятою прической, приподняла голову и сказала как бы про себя, глядя на мать:

– Мамочка, все зависит от воли Божией!

И опять погрузилась в чтение.

Пришел Белокуров в поддевке и в вышитой сорочке. Мы играли в крокет и lown-tennis, потом, когда потемнело, долго ужинали, и Лида опять говорила о школах и о Балагине, который забрал в свои руки весь уезд. Уходя в этот вечер от Волчаниновых, я уносил впечатление длинного-длинного праздного дня, с грустным сознанием, что все кончается на этом свете, как бы ни было длинно. Нас до ворот провожала Женя, и оттого, быть может, что она провела со мной весь день от утра до вечера, я почувствовал, что без нее мне как будто скучно и что вся эта милая семья близка мне; и в первый раз за все лето мне захотелось писать.

– Скажите, отчего вы живете так скучно, так неколоритно? – спросил я у Белокурова, идя с ним домой. – Моя жизнь скучна, тяжела, однообразна, потому что я художник, я странный человек, я издерган с юных дней завистью, недовольством собой, неверием в свое дело, я всегда беден, я бродяга, но вы-то, вы, здоровый, нормальный человек, помещик, барин, – отчего вы живете так неинтересно, так мало берете от жизни? Отчего, например, вы до сих пор не влюбились в Лиду или Женю?

– Вы забываете, что я люблю другую женщину, – ответил Белокуров.

Это он говорил про свою подругу, Любовь Ивановну, жившую с ним вместе во флигеле. Я каждый день видел, как эта дама, очень полная, пухлая, важная, похожая на откормленную гусыню, гуляла по саду в русском костюме с бусами, всегда под зонтиком, и прислуга то и дело звала ее то кушать, то чай пить. Года три назад она наняла один из флигелей под дачу да так и осталась жить у Белокурова, по-видимому навсегда. Она была старше его лет на десять и управляла им строго, так что, отлучаясь из дому, он должен был спрашивать у нее позволения. Она часто рыдала мужским голосом, и тогда я посылал сказать ей, что если она не перестанет, то я съеду с квартиры; и она переставала.

Когда мы пришли домой, Белокуров сел на диван и нахмурился в раздумье, а я стал ходить по зале, испытывая тихое волнение, точно влюбленный. Мне хотелось говорить про Волчаниновых.

– Лида может полюбить только земца, увлеченного так же, как она, больницами и школами, – сказал я. – О, ради такой девушки можно и не только стать земцем, но даже истаскать, как в сказке, железные башмаки. А Мисюсь? Какая прелесть эта Мисюсь!

Белокуров длинно, растягивая «э-э-э-э», заговорил о болезни века – пессимизме. Говорил он уверенно и таким тоном, как будто я спорил с ним. Сотни верст пустынной, однообразной, выгоревшей степи не могут нагнать такого уныния, как один человек, когда он сидит, говорит и неизвестно, когда он уйдет.

– Дело не в пессимизме и не в оптимизме, – сказал я раздраженно, – а в том, что у девяноста девяти из ста нет ума.

Белокуров принял это на свой счет, обиделся и ушел.

III

– В Малозёмове гостит князь, тебе кланяется, – говорила Лида матери, вернувшись откуда-то и снимая перчатки. – Рассказывал много интересного… Обещал опять поднять в губернском собрании вопрос о медицинском пункте в Малозёмове, но говорит: мало надежды. – И, обратясь ко мне, она сказала: – Извините, я все забываю, что для вас это не может быть интересно.

Я почувствовал раздражение.

– Почему же неинтересно? – спросил я и пожал плечами. – Вам не угодно знать мое мнение, но, уверяю вас, этот вопрос меня живо интересует.

– Да?

– Да. По моему мнению, медицинский пункт в Малозёмове вовсе не нужен.

Мое раздражение передалось и ей; она посмотрела на меня, прищурив глаза, и спросила:

– Что же нужно? Пейзажи?

– И пейзажи не нужны. Ничего там не нужно.

Она кончила снимать перчатки и развернула газету, которую только что привезли с почты; через минуту она сказала тихо, очевидно сдерживая себя:

– На прошлой неделе умерла от родов Анна, а если бы поблизости был медицинский пункт, то она осталась бы жива. И господа пейзажисты, мне кажется, должны бы иметь какие-нибудь убеждения на этот счет.

– Я имею на этот счет очень определенное убеждение, уверяю вас, – ответил я, а она закрылась от меня газетой, как бы не желая слушать. – По-моему, медицинские пункты, школы, библиотечки, аптечки при существующих условиях служат только порабощению. Народ опутан цепью великой, и вы не рубите этой цепи, а лишь прибавляете новые звенья – вот вам мое убеждение.

Она подняла на меня глаза и насмешливо улыбнулась, а я продолжал, стараясь уловить свою главную мысль:

– Не то важно, что Анна умерла от родов, а то, что все эти Анны, Мавры, Пелагеи с раннего утра до потемок гнут спины, болеют от непосильного труда, всю жизнь дрожат за голодных и больных детей, всю жизнь боятся смерти и болезней, всю жизнь лечатся, рано блекнут, рано старятся и умирают в грязи и в вони; их дети, подрастая, начинают ту же музыку, и так проходят сотни лет, и миллиарды людей живут хуже животных – только ради куска хлеба, испытывая постоянный страх. Весь ужас их положения в том, что им некогда о душе подумать, некогда вспомнить о своем образе и подобии; голод, холод, животный страх, масса труда, точно снеговые обвалы, загородили им все пути к духовной деятельности, именно к тому самому, что отличает человека от животного и составляет единственное, ради чего стоит жить. Вы приходите к ним на помощь с больницами и школами, но этим не освобождаете их от пут, а, напротив, еще больше порабощаете, так как, внося в их жизнь новые предрассудки, вы увеличиваете число их потребностей, не говоря уже о том, что за мушки и за книжки они должны платить земству и, значит, сильнее гнуть спину.

– Я спорить с вами не стану, – сказала Лида, опуская газету, – я уже это слышала. Скажу вам только одно: нельзя сидеть сложа руки. Правда, мы не спасаем человечества и, быть может, во многом ошибаемся, но мы делаем то, что можем, и мы правы. Самая высокая и святая задача культурного человека – это служить ближним, и мы пытаемся служить, как умеем. Вам не нравится, но ведь на всех не угодишь.

– Правда, Лида, правда, – сказала мать.

В присутствии Лиды она всегда робела и, разговаривая, тревожно поглядывала на нее, боясь сказать что-нибудь лишнее или неуместное; и никогда она не противоречила ей, а всегда соглашалась: «Правда, Лида, правда».

– Мужицкая грамотность, книжки с жалкими наставлениями и прибаутками и медицинские пункты не могут уменьшить ни невежества, ни смертности, так же как свет из ваших окон не может осветить этого громадного сада, – сказал я. – Вы не даете ничего, вы своим вмешательством в жизнь этих людей создаете лишь новые потребности, новый повод к труду.

– Ах, боже мой, но ведь нужно же делать что-нибудь! – сказала Лида с досадой, и по ее тону было заметно, что мои рассуждения она считает ничтожными и презирает их.

– Нужно освободить людей от тяжкого физического труда, – сказал я. – Нужно облегчить их ярмо, дать им передышку, чтобы они не всю свою жизнь проводили у печей, корыт и в поле, но имели бы также время подумать о душе, о Боге, могли бы пошире проявить свои духовные способности. Призвание всякого человека в духовной деятельности – в постоянном искании правды и смысла жизни. Сделайте же для них ненужным грубый, животный труд, дайте им почувствовать себя на свободе, и тогда увидите, какая, в сущности, насмешка эти книжки и аптечки. Раз человек сознает свое истинное призвание, то удовлетворять его могут только религия, науки, искусства, а не эти пустяки.

– Освободить от труда! – усмехнулась Лида. – Разве это возможно?

– Да. Возьмите на себя долю их труда. Если бы все мы, городские и деревенские жители, все без исключения, согласились поделить между собою труд, который затрачивается вообще человечеством на удовлетворение физических потребностей, то на каждого из нас, быть может, пришлось бы не более двух-трех часов в день. Представьте, что все мы, богатые и бедные, работаем только три часа в день, а остальное время у нас свободно. Представьте еще, что мы, чтобы еще менее зависеть от своего тела и менее трудиться, изобретаем машины, заменяющие труд, мы стараемся сократить число наших потребностей до минимума. Мы закаляем себя, наших детей, чтобы они не боялись голода, холода и мы не дрожали бы постоянно за их здоровье, как дрожат Анна, Мавра и Пелагея. Представьте, что мы не лечимся, не держим аптек, табачных фабрик, винокуренных заводов, – сколько свободного времени у нас остается в конце концов! Все мы сообща отдаем этот досуг наукам и искусствам. Как иногда мужики миром починяют дорогу, так и все мы сообща, миром, искали бы правды и смысла жизни, и – я уверен в этом – правда была бы открыта очень скоро, человек избавился бы от этого постоянного мучительного, угнетающего страха смерти и даже от самой смерти.

– Вы, однако, себе противоречите, – сказала Лида. – Вы говорите – наука, наука, а сами отрицаете грамотность.

– Грамотность, когда человек имеет возможность читать только вывески на кабаках да изредка книжки, которых не понимает, – такая грамотность держится у нас со времен Рюрика, гоголевский Петрушка давно уже читает, между тем деревня какая была при Рюрике, такая и осталась до сих пор. Не грамотность нужна, а свобода для широкого проявления духовных способностей. Нужны не школы, а университеты.

– Вы и медицину отрицаете.

– Да. Она была бы нужна только для изучения болезней как явлений природы, а не для лечения их. Если уж лечить, то не болезни, а причины их. Устраните главную причину – физический труд, и тогда не будет болезней. Не признаю я науки, которая лечит, – продолжал я возбужденно. – Науки и искусства, когда они настоящие, стремятся не к временным, не к частным целям, а к вечному и общему, – они ищут правды и смысла жизни, ищут Бога, душу, а когда их пристегивают к нуждам и злобам дня, к аптечкам и библиотечкам, то они только осложняют, загромождают жизнь. У нас много медиков, фармацевтов, юристов, стало много грамотных, но совсем нет биологов, математиков, философов, поэтов. Весь ум, вся душевная энергия ушли на удовлетворение временных, преходящих нужд... У ученых, писателей и художников кипит работа, по их милости удобства жизни растут с каждым днем, потребности тела множатся, между тем до правды еще далеко, и человек по-прежнему остается самым хищным и самым нечистоплотным животным, и все клонится к тому, чтобы человечество в своем большинстве выродилось и утеряло навсегда всякую жизнеспособность. При таких условиях жизнь художника не имеет смысла, и чем он талантливее, тем страннее и непонятнее его роль, так как на поверку выходит, что работает он для забавы хищного, нечистоплотного животного, поддерживая существующий порядок. И я не хочу работать и не буду… Ничего не нужно, пусть земля провалится в тартарары!

– Мисюська, выйди, – сказала Лида сестре, очевидно находя мои слова вредными для такой молодой девушки.

Женя грустно посмотрела на сестру и на мать и вышла.

– Подобные милые вещи говорят обыкновенно, когда хотят оправдать свое равнодушие, – сказала Лида. – Отрицать больницы и школы легче, чем лечить и учить.

– Правда, Лида, правда, – согласилась мать.

– Вы угрожаете, что не станете работать, – продолжала Лида. – Очевидно, вы высоко цените ваши работы. Перестанем же спорить, мы никогда не споемся, так как самую несовершенную из всех библиотечек и аптечек, о которых вы только что отзывались так презрительно, я ставлю выше всех пейзажей в свете. – И тотчас же, обратясь к матери, она заговорила совсем другим тоном: – Князь очень похудел и сильно изменился с тех пор, как был у нас… Его посылают в Виши[1].

Она рассказывала матери про князя, чтобы не говорить со мной. Лицо у нее горело, и, чтобы скрыть свое волнение, она низко, точно близорукая, нагнулась к столу и делала вид, что читает газету. Мое присутствие было неприятно. Я простился и пошел домой.

IV

На дворе было тихо; деревня по ту сторону пруда уже спала, не было видно ни одного огонька, и только на пруде едва светились бледные отражения звезд. У ворот со львами стояла Женя неподвижно, поджидая меня, чтобы проводить.

– В деревне все спят, – сказал я ей, стараясь разглядеть в темноте ее лицо, и увидел устремленные на меня темные, печальные глаза. – И кабатчик и конокрады покойно спят, а мы, порядочные люди, раздражаем друг друга и спорим.

---

[1] Виши́ – город и курорт в центральной Франции.

Была грустная августовская ночь – грустная, потому что уже пахло осенью; покрытая багровым облаком, восходила луна и еле-еле освещала дорогу и по сторонам ее темные озимые поля. Часто падали звезды. Женя шла со мной рядом по дороге и старалась не глядеть на небо, чтобы не видеть падающих звезд, которые почему-то пугали ее.

– Мне кажется, вы правы, – сказала она, дрожа от ночной сырости. – Если бы люди все сообща могли отдаться духовной деятельности, то они скоро узнали бы всё.

– Конечно. Мы высшие существа, и если бы в самом деле мы сознали всю силу человеческого гения и жили бы только для высших целей, то в конце концов мы стали бы как боги. Но этого никогда не будет – человечество выродится, и от гения не останется и следа.

Когда не стало видно ворот, Женя остановилась и торопливо пожала мне руку.

– Спокойной ночи, – проговорила она, дрожа; плечи ее были покрыты только одной рубашечкой, и она сжалась от холода. – Приходите завтра.

Мне стало жутко от мысли, что я останусь один, раздраженный, недовольный собой и людьми; и я сам уже старался не глядеть на падающие звезды.

– Побудьте со мной еще минуту, – сказал я. – Прошу вас.

Я любил Женю. Должно быть, я любил ее за то, что она встречала и провожала меня, за то, что смотрела на меня нежно и с восхищением. Как трогательно прекрасны были ее бледное лицо, тонкая шея, тонкие руки, ее слабость, праздность, ее книги. А ум? Я подозревал у нее недюжинный ум, меня восхищала широта ее воззрений, быть может, потому, что она мыслила иначе, чем строгая, красивая Лида, которая не любила меня. Я нравился Жене как художник, я победил ее сердце своим талантом, и мне страстно хотелось писать только для нее, и я мечтал о ней, как о своей маленькой королеве, которая вместе со мной будет владеть этими деревьями, полями, туманом, зарею, этою природой, чудесной, очаровательной, но среди которой я до сих пор чувствовал себя безнадежно одиноким и ненужным.

– Останьтесь еще минуту, – попросил я. – Умоляю вас.

Я снял с себя пальто и прикрыл ее озябшие плечи; она, боясь показаться в мужском пальто смешной и некрасивой, засмеялась и сбросила его, и в это время я обнял ее и стал осыпать поцелуями ее лицо, плечи, руки.

– До завтра! – прошептала она и осторожно, точно боясь нарушить ночную тишину, обняла меня. – Мы не имеем тайн друг от друга, я должна сейчас рассказать все маме и сестре... Это так страшно! Мама ничего, мама любит вас, но Лида!

Она побежала к воротам.

– Прощайте! – крикнула она.

И потом минуты две я слышал, как она бежала. Мне не хотелось домой, да и незачем было идти туда. Я постоял немного в раздумье и тихо поплелся назад, чтобы еще взглянуть на дом, в котором она жила, милый, наивный старый дом, который, казалось, окнами своего мезонина глядел на меня, как глазами, и понимал все. Я прошел мимо террасы, сел на скамью около площадки для lown-tennis в темноте под старым вязом и отсюда смотрел на дом. В окнах мезонина, в котором жила Мисюсь, блеснул яркий свет, потом покойный зеленый – это лампу накрыли абажуром. Задвигались тени... Я был полон нежности, тишины и довольства собою, довольства, что сумел увлечься и полюбить, и в то же время я чувствовал неудобство от мысли, что в это же самое время, в нескольких шагах от меня, в одной из комнат этого дома живет Лида, которая не любит, быть может, ненавидит меня. Я сидел и все ждал, не выйдет ли Женя, прислушивался, и мне казалось, будто в мезонине говорят.

Прошло около часа. Зеленый огонь погас, и не стало видно теней. Луна уже стояла высоко над домом и освещала спящий сад, дорожки; георгины и розы в цветнике перед домом были отчетливо видны и казались все одного цвета. Становилось очень холодно. Я вышел из сада, подобрал на дороге свое пальто и не спеша побрел домой.

Когда на другой день после обеда я пришел к Волчаниновым, стеклянная дверь в сад была открыта настежь. Я посидел на террасе, поджидая, что вот-вот за цветником на площадке или на одной из аллей покажется Женя или донесется ее голос из комнат; потом я прошел в гостиную, в столовую. Не было ни души. Из столовой я прошел длинным коридором в переднюю, потом назад. Тут в коридоре было несколько дверей, и за одной из них раздавался голос Лиды.

– Вороне где-то… Бог… – говорила она громко и протяжно, вероятно диктуя. – Бог послал кусочек сыру… Вороне… где-то… Кто там? – окликнула она вдруг, услышав мои шаги.

– Это я.

– А! Простите, я не могу сейчас выйти к вам, я занимаюсь с Дашей.

– Екатерина Павловна в саду?

– Нет, она с сестрой уехала сегодня утром к тете в Пензенскую губернию. А зимой, вероятно, они поедут за границу… – добавила она, помолчав. – Вороне где-то Бо-ог послал ку-у-сочек сыру…

Я вышел в переднюю и, ни о чем не думая, стоял и смотрел оттуда на пруд и на деревню, а до меня доносилось:

– Кусочек сыру… Вороне где-то Бог послал кусочек сыру…

И я ушел из усадьбы тою же дорогой, какой пришел сюда в первый раз, только в обратном порядке: сначала со двора в сад, мимо дома, потом по липовой аллее… Тут догнал меня мальчишка и подал записку. «Я рассказала все сестре, и она требует, чтобы я рассталась с вами, – прочел я. – Я была бы не в силах огорчить ее своим неповиновением. Бог даст вам счастья, простите меня. Если бы вы знали, как я и мама горько плачем!»

Потом темная еловая аллея, обвалившаяся изгородь… На том поле, где тогда цвела рожь и кричали перепела, теперь бродили коровы и спутанные лошади. Кое-где на холмах ярко зеленела озимь. Трезвое, будничное настроение овладело мной, и мне стало стыдно всего, что я говорил у Волчаниновых, и по-прежнему стало скучно жить. Придя домой, я уложился и вечером уехал в Петербург.

Больше я уже не видел Волчаниновых. Как-то недавно, едучи в Крым, я встретил в вагоне Белокурова. Он по-прежнему был в поддевке и в вышитой сорочке и, когда я спросил его о здоровье, ответил: «Вашими молитвами». Мы разговорились. Имение свое он продал и купил другое, поменьше, на имя Любови Ивановны. Про Волчаниновых сообщил он немного. Лида, по его словам, жила по-прежнему в Шелковке и учила в школе детей; мало-помалу ей удалось собрать около себя кружок симпатичных ей людей, которые составили из себя сильную партию и на последних земских выборах «прокатили» Балагина, державшего до того времени в своих руках весь уезд. Про Женю же Белокуров сообщил только, что она не жила дома и была неизвестно где.

Я уже начинаю забывать про дом с мезонином, и лишь изредка, когда пишу или читаю, вдруг ни с того ни с сего припомнится мне то зеленый огонь в окне, то звук моих шагов, раздававшихся в поле ночью, когда я, влюбленный, возвращался домой и потирал руки от холода. А еще реже, в минуты, когда меня томит одиночество и мне грустно, я вспоминаю смутно, и мало-помалу мне почему-то начинает казаться, что обо мне тоже вспоминают, меня ждут и что мы встретимся...

Мисюсь, где ты?

1986

О ЛЮБВИ

На другой день к завтраку подавали очень вкусные пирожки, раков и бараньи котлеты; и пока ели, приходил наверх повар Никанор справиться, что гости желают к обеду. Это был человек среднего роста, с пухлым лицом и маленькими глазами, бритый, и казалось, что усы у него были не бриты, а выщипаны.

Алехин рассказал, что красивая Пелагея была влюблена в этого повара. Так как он был пьяница и буйного нрава, то она не хотела за него замуж, но соглашалась жить так. Он же был очень набожен, и религиозные убеждения не позволяли ему жить так; он требовал, чтобы она шла за него, и иначе не хотел, и бранил ее, когда бывал пьян, и даже бил. Когда он бывал пьян, она пряталась наверху и рыдала, и тогда Алехин и прислуга не уходили из дому, чтобы защитить ее в случае надобности.

Стали говорить о любви.

– Как зарождается любовь, – сказал Алехин, – почему Пелагея не полюбила кого-нибудь другого, более подходящего к ней по ее душевным и внешним качествам, а полюбила именно Никанора, этого мурло, – тут у нас все зовут его мурлом, – поскольку в любви важны вопросы личного счастья – все это неизвестно и обо всем этом можно трактовать как угодно. До сих пор о любви была сказана только одна неоспоримая правда, а именно, что «тайна сия велика есть», все же остальное, что писали и говорили о любви, было не решением, а только постановкой вопросов, которые так и оставались неразрешенными. То объяснение, которое, казалось бы, годится для одного случая, уже не годится для десяти других, и самое лучшее, по-моему, – это объяснять каждый случай в отдельности, не пытаясь обобщать. Надо, как говорят доктора, индивидуализировать каждый отдельный случай.

– Совершенно верно, – согласился Буркин.

– Мы, русские, порядочные люди, питаем пристрастие к этим вопросам, остающимся без разрешения. Обыкновенно любовь поэтизируют, украшают ее розами, соловьями, мы же, русские, украшаем нашу любовь этими роковыми вопросами, и притом выбираем из них самые неинтересные. В Москве, когда я еще был студентом, у меня была подруга жизни, милая дама, которая всякий раз, когда я держал ее в объятиях, думала о том, сколько я буду выдавать ей в месяц и почем теперь говядина за фунт. Так и мы, когда любим, то не перестаем задавать себе вопросы: честно это или не честно, умно или глупо, к чему поведет эта любовь и так далее. Хорошо это или нет, я не знаю, но что это мешает, не удовлетворяет, раздражает – это я знаю.

Было похоже, что он хочет что-то рассказать. У людей, живущих одиноко, всегда бывает на душе что-нибудь такое, что они охотно бы рассказали. В городе холостяки нарочно ходят в баню и в рестораны, чтобы только поговорить, и иногда рассказывают банщикам или официантам очень интересные истории, в деревне же обыкновенно они изливают душу перед своими гостями. Теперь в окна было видно серое небо и деревья, мокрые от дождя, в такую погоду некуда было деваться и ничего больше не оставалось, как только рассказывать и слушать.

– Я живу в Софьине и занимаюсь хозяйством уже давно, – начал Алехин, – с тех пор, как кончил в университете. По воспитанию я белоручка, по наклонностям – кабинетный человек, но на имении, когда я приехал сюда, был большой долг, а так как отец мой задолжал отчасти потому, что тратил на мое образование, то я решил, что не уеду отсюда и буду работать, пока не уплачу этого долга. Я решил так и начал тут работать, признаюсь, не без некоторого отвращения. Здешняя земля дает немного, и, чтобы сельское хозяйство было не в убыток, нужно пользоваться трудом крепостных или наемных батраков, что почти одно и то же, или же вести свое хозяйство на крестьянский лад, то есть работать в поле самому, со своей семьей. Середины тут нет. Но я тогда не вдавался в такие тонкости. Я не оставлял в покое ни одного клочка земли, я сгонял всех мужиков и баб из соседних деревень, работа у меня тут кипела неистовая; я сам тоже пахал, сеял, косил и при этом скучал и брезгливо морщился, как деревенская кошка, которая с голоду ест на огороде огурцы; тело мое болело, и я спал на ходу. В первое время мне казалось, что эту рабочую жизнь я могу легко помирить со своими культурными привычками; для этого стоит только, думал я, держаться в жизни известного внешнего порядка. Я поселился тут наверху, в парадных комнатах, и завел так, что после завтрака и обеда мне подавали кофе с ликерами, и, ложась спать, я читал на ночь «Вестник Европы». Но как-то пришел наш батюшка, отец Иван, и в один присест выпил все мои ликеры; и «Вестник Европы» пошел тоже к поповнам, так как летом, особенно во время покоса, я не успевал добраться до своей постели и засыпал в сарае, в санях, или где-нибудь в лесной сторожке, – какое уж тут чтение? Я мало-помалу перебрался вниз, стал обедать в людской кухне, и из прежней роскоши у меня осталась только вся эта прислуга, которая еще служила моему отцу и которую уволить мне было бы больно.

В первые же годы меня здесь выбрали в почетные мировые судьи. Кое-когда приходилось наезжать в город и принимать участие в заседаниях съезда и окружного суда, и это меня развлекало. Когда поживешь здесь безвыездно месяца два-три, особенно зимой, то в конце концов начинаешь тосковать по черном сюртуке. А в окружном суде были и сюртуки, и мундиры, и фраки, все юристы, люди, получившие общее образование; было с кем поговорить. После спанья в санях, после людской кухни сидеть в кресле, в чистом белье, в легких ботинках, с цепью на груди – это такая роскошь!

В городе меня принимали радушно, я охотно знакомился. И из всех знакомств самым основательным и, правду сказать, самым приятным для меня было знакомство с Лугановичем, товарищем председателя окружного суда. Его вы знаете оба: милейшая личность. Это было как раз после знаменитого дела поджигателей; разбирательство продолжалось два дня, мы были утомлены. Луганович посмотрел на меня и сказал:

– Знаете что? Пойдемте ко мне обедать.

Это было неожиданно, так как с Луגановичем я был знаком мало, только официально, и ни разу у него не был. Я только на минуту зашел к себе в номер, чтобы переодеться, и отправился на обед. И тут мне представился случай познакомиться с Анной Алексеевной, женой Лугановича. Тогда она была еще очень молода, не старше двадцати двух лет, и за полгода до того у нее родился первый ребенок. Дело прошлое, и теперь бы я затруднился определить, что, собственно, в ней было такого необыкновенного, что мне так понравилось в ней, тогда же за обедом для меня все было неотразимо ясно; я видел женщину молодую, прекрасную, добрую, интеллигентную, обаятельную, женщину, какой я раньше никогда не встречал; и сразу я почувствовал в ней существо близкое, уже знакомое, точно это лицо, эти приветливые, умные глаза я видел уже когда-то в детстве, в альбоме, который лежал на комоде у моей матери.

В деле поджигателей обвинили четырех евреев, признали шайку, и, по-моему, совсем неосновательно. За обедом я очень волновался, мне было тяжело, и уж не помню, что я говорил, только Анна Алексеевна все покачивала головой и говорила мужу:

– Дмитрий, как же это так?

Луганович – это добряк, один из тех простодушных людей, которые крепко держатся мнения, что раз человек попал под суд, то, значит, он виноват и что выражать сомнение в правильности приговора можно не иначе как в законном порядке, на бумаге, но никак не за обедом и не в частном разговоре.

– Мы с вами не поджигали, – говорил он мягко, – и вот нас же не судят, не сажают в тюрьму.

И оба, муж и жена, старались, чтобы я побольше ел и пил; по некоторым мелочам, по тому, например, как оба они вместе варили кофе, и по тому, как они понимали друг друга с полуслова, я мог заключить, что живут они мирно, благополучно и что они рады гостю. После обеда играли на рояле в четыре руки, потом стало темно, и я уехал к себе. Это было в начале весны. Затем все лето провел я в Софьине безвыездно, и было мне некогда даже подумать о городе, но воспоминание о стройной белокурой женщине оставалось во мне все дни; я не думал о ней, но точно легкая тень ее лежала на моей душе.

Позднею осенью в городе был спектакль с благотворительной целью. Вхожу я в губернаторскую ложу (меня пригласили туда в антракте), смотрю – рядом с губернаторшей Анна Алексеевна, и опять то же самое неотразимое, бьющее впечатление красоты и милых ласковых глаз, и опять то же чувство близости.

Мы сидели рядом, потом ходили в фойе.

– Вы похудели, – сказала она. – Вы были больны?

– Да. У меня простужено плечо, и в дождливую погоду я дурно сплю.

– У вас вялый вид. Тогда, весной, когда вы приходили обедать, вы были моложе, бодрее. Вы тогда были воодушевлены и много говорили, были очень интересны, и, признаюсь, я даже увлеклась вами немножко. Почему-то часто в течение лета вы приходили мне на память, и сегодня, когда я собиралась в театр, мне казалось, что я вас увижу.

И она засмеялась.

– Но сегодня у вас вялый вид, – повторила она. – Это вас старит.

На другой день я завтракал у Лугановичей; после завтрака они поехали к себе на дачу, чтобы распорядиться там насчет зимы, и я с ними. С ними же вернулся в город и в полночь пил у них чай в тихой семейной обстановке, когда горел камин, и молодая мать все уходила взглянуть, спит ли ее девочка. И после этого в каждый свой приезд я непременно бывал у Лугановичей. Ко мне привыкли, и я привык. Обыкновенно входил я без доклада, как свой человек.

– Кто там? – слышался из дальних комнат протяжный голос, который казался мне таким прекрасным.

– Это Павел Константиныч, – отвечала горничная или няня.

Анна Алексеевна выходила ко мне с озабоченным лицом и всякий раз спрашивала:

– Почему вас так долго не было? Случилось что-нибудь?

Ее взгляд, изящная, благородная рука, которую она подавала мне, ее домашнее платье, прическа, голос, шаги всякий раз производили на меня все то же впечатление чего-то нового, необыкновенного в моей жизни и важного. Мы беседовали подолгу и подолгу молчали, думая каждый о своем, или же она играла мне на рояле. Если же никого не было дома, то я оставался и ждал, разговаривал с няней, играл с ребенком или же в кабинете лежал на турецком диване и читал газету, а когда Анна Алексеевна возвращалась, то я встречал ее в передней, брал от нее все ее покупки, и почему-то всякий раз эти покупки я нес с такой любовью, с таким торжеством, точно мальчик.

Есть пословица: «Не было у бабы хлопот, так купила порося». Не было у Лугановичей хлопот, так подружились они со мной. Если я долго не приезжал в город, то, значит, я был болен или что-нибудь случилось со мной, и они оба сильно беспокоились. Они беспокоились, что я, образованный человек, знающий языки, вместо того чтобы заниматься наукой или литературным трудом, живу в деревне, верчусь как белка в колесе, много работаю, но всегда без гроша. Им казалось, что я страдаю, и если я говорю, смеюсь, ем, то только для того чтобы скрыть свои страдания, и даже в веселые минуты, когда мне было хорошо, я чувствовал на себе их пытливые взгляды. Они были особенно трогательны, когда мне в самом деле приходилось тяжело, когда меня притеснял какой-нибудь кредитор или не хватало денег для срочного платежа; оба, муж и жена, шептались у окна, потом он подходил ко мне и с серьезным лицом говорил:

– Если вы, Павел Константинович, в настоящее время нуждаетесь в деньгах, то я и жена просим вас не стесняться и взять у нас.

И уши краснели у него от волнения. А случалось, что, точно так же, пошептавшись у окна, он подходил ко мне, с красными ушами, и говорил:

– Я и жена убедительно просим вас принять от нас вот этот подарок.

И подавал запонки, портсигар или лампу; и я за это присылал им из деревни битую птицу, масло и цветы. Кстати сказать, оба они были состоятельные люди. В первое время я часто брал взаймы и был не особенно разборчив, брал, где только возможно, но никакие силы не заставили бы меня взять у Лугановичей. Да что говорить об этом!

Я был несчастлив. И дома, и в поле, и в сарае я думал о ней, я старался понять тайну молодой, красивой, умной женщины, которая выходит за неинтересного человека, почти за старика (мужу было больше сорока лет), имеет от него детей, – понять тайну этого неинтересного человека, добряка, простака, который рассуждает с таким скучным здравомыслием, на балах и вечеринках держится около солидных людей, вялый, ненужный, с покорным, безучастным выражением, точно его привели сюда продавать, который верит, однако, в свое право быть счастливым, иметь от нее детей; и я все старался понять, почему она встретилась именно ему, а не мне, и для чего это нужно было, чтобы в нашей жизни произошла такая ужасная ошибка.

А приезжая в город, я всякий раз по ее глазам видел, что она ждала меня; и она сама признавалась мне, что еще с утра у нее было какое-то особенное чувство, она угадывала, что я приеду. Мы подолгу говорили, молчали, но мы не признавались друг другу в нашей любви и скрывали ее робко, ревниво. Мы боялись всего, что могло бы открыть нашу тайну нам же самим. Я любил нежно, глубоко, но я рассуждал, я спрашивал себя, к чему может повести наша любовь, если у нас не хватит сил бороться с нею; мне казалось невероятным, что эта моя тихая, грустная любовь вдруг оборвет счастливое течение жизни ее мужа, детей, всего этого дома, где меня так любили и где мне так верили. Честно ли это? Она пошла бы за мной, но куда? Куда бы я мог увести ее? Другое дело, если бы у меня была красивая, интересная жизнь, если б я, например, боролся за освобождение родины или был знаменитым ученым, артистом, художником, а то ведь из одной обычной, будничной обстановки пришлось бы увлечь ее в другую такую же или еще более будничную. И как бы долго продолжалось наше счастье? Что было бы с ней в случае моей болезни, смерти или просто если бы мы разлюбили друг друга?

И она, по-видимому, рассуждала подобным же образом. Она думала о муже, о детях, о своей матери, которая любила ее мужа, как сына. Если б она отдалась своему чувству, то пришлось бы лгать или говорить правду, а в ее положении то и другое было бы одинаково страшно и неудобно. И ее мучил вопрос: принесет ли мне счастье ее любовь, не осложнит ли она моей жизни, и без того тяжелой, полной всяких несчастий? Ей казалось, что она уже недостаточно молода для меня, недостаточно трудолюбива и энергична, чтобы начать новую жизнь, и она часто говорила с мужем о том, что мне нужно жениться на умной, достойной девушке, которая была бы хорошей хозяйкой, помощницей, – и тотчас же добавляла, что во всем городе едва ли найдется такая девушка.

Между тем годы шли. У Анны Алексеевны было уже двое детей. Когда я приходил к Лугановичам, прислуга улыбалась приветливо, дети кричали, что пришел дядя Павел Константиныч, и вешались мне на шею; все радовались. Не понимали, что делалось в моей душе, и думали, что я тоже радуюсь. Все видели во мне благородное существо. И взрослые и дети чувствовали, что по комнате ходит благородное существо, и это вносило в их отношения ко мне какую-то особую прелесть, точно в моем присутствии и их жизнь была чище и красивее. Я и Анна Алексеевна ходили вместе в театр, всякий раз пешком; мы сидели в креслах рядом, плечи наши касались, я молча брал из ее рук бинокль и в это время чувствовал, что она близка мне, что она моя, что нам нельзя друг без друга, но, по какому-то странному недоразумению, выйдя из театра, мы всякий раз прощались и расходились, как чужие. В городе уже говорили о нас бог знает что, но из всего, что говорили, не было ни одного слова правды.

В последние годы Анна Алексеевна стала чаще уезжать то к матери, то к сестре; у нее уже бывало дурное настроение, являлось сознание неудовлетворенной, испорченной жизни, когда не хотелось видеть ни мужа, ни детей. Она уже лечилась от расстройства нервов.

Мы молчали, и все молчали, а при посторонних она испытывала какое-то странное раздражение против меня; о чем бы я ни говорил, она не соглашалась со мной, и если я спорил, то она принимала сторону моего противника. Когда я ронял что-нибудь, то она говорила холодно:

– Поздравляю вас.

Если, идя с ней в театр, я забывал взять бинокль, то потом она говорила:

– Я так и знала, что вы забудете.

К счастью или к несчастью, в нашей жизни не бывает ничего, что не кончалось бы рано или поздно. Наступило время разлуки, так как Лугановича назначили председателем в одной из западных губерний. Нужно было продавать мебель, лошадей, дачу. Когда ездили на дачу и потом возвращались и оглядывались, чтобы в последний раз взглянуть на сад, на зеленую крышу, то было всем грустно, и я понимал, что пришла пора прощаться не с одной только дачей. Было решено, что в конце августа мы проводим Анну Алексеевну в Крым, куда посылали ее доктора, а немного погодя уедет Луганович с детьми в свою западную губернию.

Мы провожали Анну Алексеевну большой толпой. Когда она уже простилась с мужем и детьми и до третьего звонка оставалось одно мгновение, я вбежал к ней в купе, чтобы положить на полку одну из ее корзинок, которую она едва не забыла; и нужно было проститься. Когда тут, в купе, взгляды наши встретились, душевные силы оставили нас обоих, я обнял ее, она прижалась лицом к моей груди, и слезы потекли из глаз; целуя ее лицо, плечи, руки, мокрые от слёз, – о, как мы были с ней несчастны! – я признался ей в своей любви, и со жгучей болью в сердце я понял, как ненужно, мелко и как обманчиво было все то, что нам мешало любить. Я понял, что когда любишь, то в своих рассуждениях об этой любви нужно исходить от высшего, от более важного, чем счастье или несчастье, грех или добродетель в их ходячем смысле, или не нужно рассуждать вовсе.

Я поцеловал в последний раз, пожал руку, и мы расстались – навсегда. Поезд уже шел. Я сел в соседнем купе – оно было пусто – и до первой станции сидел тут и плакал. Потом пошел к себе в Софьино пешком…

Пока Алехин рассказывал, дождь перестал и выглянуло солнце. Буркин и Иван Иваныч вышли на балкон; отсюда был прекрасный вид на сад и на плёс, который теперь на солнце блестел, как зеркало. Они любовались и в то же время жалели, что этот человек с добрыми, умными глазами, который рассказывал им с таким чистосердечием, в самом деле вертелся здесь, в этом громадном имении, как белка в колесе, а не занимался наукой или чем-нибудь другим, что делало бы его жизнь более приятной; и они думали о том, какое, должно быть, скорбное лицо было у молодой дамы, когда он прощался с ней в купе и целовал ей лицо и плечи. Оба они встречали ее в городе, а Буркин был даже знаком с ней и находил ее красивой.

1898

ИОНЫЧ

I

Когда в губернском городе С. приезжие жаловались на скуку и однообразие жизни, то местные жители, как бы оправдываясь, говорили, что, напротив, в С. очень хорошо, что в С. есть библиотека, театр, клуб, бывают балы, что, наконец, есть умные, интересные, приятные семьи, с которыми можно завести знакомства. И указывали на семью Туркиных, как на самую образованную и талантливую.

Эта семья жила на главной улице, возле губернатора, в собственном доме. Сам Туркин, Иван Петрович, полный, красивый брюнет с бакенами, устраивал любительские спектакли с благотворительною целью, сам играл старых генералов и при этом кашлял очень смешно. Он знал много анекдотов, шарад, поговорок, любил шутить и острить, и всегда у него было такое выражение, что нельзя было понять, шутит он или говорит серьезно. Жена его, Вера Иосифовна, худощавая, миловидная дама в pince-nez[1], писала повести и романы и охотно читала их вслух своим гостям. Дочь, Екатерина Ивановна, молодая девушка, играла на рояле. Одним словом, у каждого члена семьи был какой-нибудь свой талант. Туркины принимали гостей радушно и показывали им свои таланты весело, с сердечной простотой. В их большом каменном доме было просторно и летом прохладно, половина окон выходила в старый тенистый сад, где весной пели соловьи; когда в доме сидели гости, то в кухне стучали ножами, во дворе пахло жареным луком – и это всякий раз предвещало обильный и вкусный ужин.

---

[1] Пенсне (*фр.*).

И доктору Старцеву, Дмитрию Ионычу, когда он был только что назначен земским врачом и поселился в Дялиже, в девяти верстах от С., тоже говорили, что ему, как интеллигентному человеку, необходимо познакомиться с Туркиными. Как-то зимой на улице его представили Ивану Петровичу; поговорили о погоде, о театре, о холере, последовало приглашение. Весной, в праздник – это было Вознесение, – после приема больных, Старцев отправился в город, чтобы развлечься немножко и, кстати, купить себе кое-что. Он шел пешком, не спеша (своих лошадей у него еще не было), и все время напевал:

Когда еще я не́ пил слез из чаши бытия…[1]

В городе он пообедал, погулял в саду, потом как-то само собой пришло ему на память приглашение Ивана Петровича, и он решил сходить к Туркиным, посмотреть, что это за люди.

– Здравствуйте пожалуйста, – сказал Иван Петрович, встречая его на крыльце. – Очень, очень рад видеть такого приятного гостя. Пойдемте, я представлю вас своей благоверной. Я говорю ему, Верочка, – продолжал он, представляя доктора жене, – я ему говорю, что он не имеет никакого римского права[2] сидеть у себя в больнице, он должен отдавать свой досуг обществу. Не правда ли, душенька?

– Садитесь здесь, – говорила Вера Иосифовна, сажая гостя возле себя. – Вы можете ухаживать за мной. Мой муж ревнив, это Отелло[3], но ведь мы постараемся вести себя так, что он ничего не заметит.

– Ах ты, цыпка, баловница… – нежно пробормотал Иван Петрович и поцеловал ее в лоб. – Вы очень кстати пожаловали, – обратился он опять к гостю, – моя благоверная написала болыпинский роман и сегодня будет читать его вслух.

---

[1] Строка из романса М. Л. Яковлева «Элегия» (1823) на стихи Н. И. Дельвига.

[2] Римское право – раздел юридической науки, изучающий законы древнеримской империи. Каламбур Ивана Петровича построен на смешении двух значений слова «право»:прямого – иметь право, то есть позволение сделать что-либо, и переносного – «право» как совокупность законов.

[3] Оте́лло – герой одноименной трагедии У. Шекспира.

– Жанчик, – сказала Вера Иосифовна мужу, – dites gue Гоп nous donne du the[1].

Старцеву представили Екатерину Ивановну, восемнадцатилетнюю девушку, очень похожую на мать, такую же худощавую и миловидную. Выражение у нее было еще детское и талия тонкая, нежная; и девственная, уже развитая грудь, красивая, здоровая, говорила о весне, настоящей весне. Потом пили чай с вареньем, с медом, с конфетами и с очень вкусными печеньями, которые таяли во рту. С наступлением вечера мало-помалу сходились гости, и к каждому из них Иван Петрович обращал свои смеющиеся глаза и говорил:

– Здравствуйте пожалуйста.

Потом все сидели в гостиной с очень серьезными лицами, и Вера Иосифовна читала свой роман. Она начала так: «Мороз крепчал...» Окна были отворены настежь, слышно было, как на кухне стучали ножами и доносился запах жареного лука... В мягких, глубоких креслах было покойно, огни мигали так ласково в сумерках гостиной; и теперь, в летний вечер, когда долетали с улицы голоса, смех и потягивало со двора сиренью, трудно было понять, как это крепчал мороз и как заходившее солнце освещало своими холодными лучами снежную равнину и путника, одиноко шедшего по дороге; Вера Иосифовна читала о том, как молодая красивая графиня устраивала у себя в деревне школы, больницы, библиотеки и как она полюбила странствующего художника, – читала о том, чего никогда не бывает в жизни, и все-таки слушать было приятно, удобно, и в голову шли все такие хорошие, покойные мысли, – не хотелось вставать.

– Недурственно... – тихо проговорил Иван Петрович.

А один из гостей, слушая и уносясь мыслями куда-то очень, очень далеко, сказал едва слышно:

– Да... действительно...

---

[1] Скажи, чтобы нам подали чаю (*фр.*).

Прошел час, другой. В городском саду по соседству играл оркестр и пел хор песенников. Когда Вера Иосифовна закрыла свою тетрадь, то минут пять молчали и слушали «Лучинушку», которую пел хор, и эта песня передавала то, чего не было в романе и что бывает в жизни.

– Вы печатаете свои произведения в журналах? – спросил у Веры Иосифовны Старцев.

– Нет, – отвечала она, – я нигде не печатаю. Напишу и спрячу у себя в шкапу. Для чего печатать? – пояснила она. – Ведь мы имеем средства.

И все почему-то вздохнули.

– А теперь ты, Котик, сыграй что-нибудь, – сказал Иван Петрович дочери.

Подняли у рояля крышку, раскрыли ноты, лежавшие уже наготове. Екатерина Ивановна села и обеими руками ударила по клавишам; и потом тотчас же опять ударила изо всей силы, и опять, и опять; плечи и грудь у нее содрогались, она упрямо ударяла все по одному месту, и казалось, что она не перестанет, пока не вобьет клавишей внутрь рояля. Гостиная наполнилась громом; гремело все: и пол, и потолок, и мебель... Екатерина Ивановна играла трудный пассаж, интересный именно своею трудностью, длинный и однообразный, и Старцев, слушая, рисовал себе, как с высоты горы сыплются камни, сыплются и все сыплются, и ему хотелось, чтобы они поскорее перестали сыпаться, и в то же время Екатерина Ивановна, розовая от напряжения, сильная, энергичная, с локоном, упавшим на лоб, очень нравилась ему. После зимы, проведенной в Дялиже, среди больных и мужиков, сидеть в гостиной, смотреть на это молодое, изящное и, вероятно, чистое существо и слушать эти шумные, надоедливые, но все же культурные звуки, – было так приятно, так ново...

– Ну, Котик, сегодня ты играла как никогда, – сказал Иван Петрович со слезами на глазах, когда его дочь кончила и встала. – «Умри, Денис, лучше не напишешь»[1]

[1] «Умри, Денис, лучше не напишешь» – слова, по преданию, сказанные князем Г. А. Потемкиным Д. И. Фонвизину после того, как он прослушал его комедию «Недоросль».

Все окружили ее, поздравляли, изумлялись, уверяли, что давно уже не слыхали такой музыки, а она слушала молча, чуть улыбаясь, на всей ее фигуре было написано торжество.

– Прекрасно! превосходно!

– Прекрасно! – сказал и Старцев, поддаваясь общему увлечению. – Вы где учились музыке? – спросил он у Екатерины Ивановны. – В консерватории?

– Нет, в консерваторию я еще только собираюсь, а пока училась здесь, у мадам Завловской.

– Вы кончили курс в здешней гимназии?

– О нет! – ответила за нее Вера Иосифовна. – Мы приглашали учителей на дом, в гимназии же или в институте, согласитесь, могли быть дурные влияния; пока девушка растет, она должна находиться под влиянием одной только матери.

– А все-таки в консерваторию я поеду, – сказала Екатерина Ивановна.

– Нет, Котик любит свою маму. Котик не станет огорчать папу и маму.

– Нет, поеду! Поеду! – сказала Екатерина Ивановна, шутя и капризничая, и топнула ножкой.

А за ужином уже Иван Петрович показывал свои таланты. Он, смеясь одними только глазами, рассказывал анекдоты, острил, предлагал смешные задачи и сам же решал их и все время говорил на своем необыкновенном языке, выработанном долгими упражнениями в остроумии и, очевидно, давно уже вошедшем у него в привычку: большинский, недурственно, покорчило вас благодарю…

Но это было не все. Когда гости, сытые и довольные, толпились в передней, разбирая свои пальто и трости, около них суетился лакей Павлуша или, как его звали здесь, Пава, мальчик лет четырнадцати, стриженый, с полными щеками.

– А ну-ка, Пава, изобрази! – сказал ему Иван Петрович.

Пава стал в позу, поднял вверх руку и проговорил трагическим тоном:

– Умри, несчастная!

И все захохотали.

«Занятно», – подумал Старцев, выходя на улицу.

Он зашел еще в ресторан и выпил пива, потом отправился пешком к себе в Дялиж. Шел он и всю дорогу напевал:

Твой голос для меня и ласковый и томный…[1]

Пройдя девять верст и потом ложась спать, он не чувствовал ни малейшей усталости, а, напротив, ему казалось, что он с удовольствием прошел бы еще верст двадцать.

«Недурственно…» – вспомнил он, засыпая, и засмеялся.

II

Старцев все собирался к Туркиным, но в больнице было очень много работы, и он никак не мог выбрать свободного часа. Прошло больше года таким образом в трудах и одиночестве; но вот из города принесли письмо в голубом конверте…

Вера Иосифовна давно уже страдала мигренью, но в последнее время, когда Котик каждый день пугала, что уедет в консерваторию, припадки стали повторяться все чаще. У Туркиных перебывали все городские врачи; дошла наконец очередь и до земского. Вера Иосифовна написала ему трогательное письмо, в котором просила его приехать и облегчить ее страдания. Старцев приехал и после этого стал бывать у Туркиных часто, очень часто… Он в самом деле немножко помог Вере Иосифовне, и она всем гостям уже говорила, что это необыкновенный, удивительный доктор. Но ездил он к Туркиным уже не ради ее мигрени…

Праздничный день. Екатерина Ивановна кончила свои длинные, томительные экзерсисы на рояле. Потом долго сидели в столовой и пили чай, и Иван Петрович рассказывал что-то смешное. Но вот звонок; нужно было идти в переднюю встречать какого-то гостя; Старцев воспользовался минутой замешательства и сказал Екатерине Ивановне шепотом, сильно волнуясь:

---

[1] Неточная строка из романса «Ночь» (1823) А. Г. Рубинштейна на стихи А. С. Пушкина.

– Ради бога, умоляю вас, не мучайте меня, пойдемте в сад!

Она пожала плечами, как бы недоумевая и не понимая, что ему нужно от нее, но встала и пошла.

– Вы по три, по четыре часа играете на рояле, – говорил он, идя за ней, – потом сидите с мамой, и нет никакой возможности поговорить с вами. Дайте мне хоть четверть часа, умоляю вас.

Приближалась осень, и в старом саду было тихо, грустно и на аллеях лежали темные листья; уже рано смеркалось.

– Я не видел вас целую неделю, – продолжал Старцев, – а если бы вы знали, какое это страдание! Сядемте. Выслушайте меня.

У обоих было любимое место в саду – скамья под старым широким кленом. И теперь сели на эту скамью.

– Что вам угодно? – спросила Екатерина Ивановна сухо, деловым тоном.

– Я не видел вас целую неделю, я не слышал вас так долго. Я страстно хочу, я жажду вашего голоса! Говорите.

Она восхищала его своею свежестью, наивным выражением глаз и щек. Даже в том, как сидело на ней платье, он видел что-то необыкновенно милое, трогательное своей простой и наивной грацией. И в то же время, несмотря на эту наивность, она казалась ему очень умной и развитой не по летам. С ней он мог говорить о литературе, об искусстве, о чем угодно, мог жаловаться ей на жизнь, на людей, хотя во время серьезного разговора, случалось, она вдруг некстати начинала смеяться или убегала в дом. Она, как почти все с—ие девушки, много читала (вообще же в С. читали очень мало, и в здешней библиотеке так и говорили, что если бы не девушки и не молодые евреи, то хоть закрывай библиотеку); это бесконечно нравилось Старцеву, он с волнением спрашивал у нее всякий раз, о чем она читала в последние дни, и, очарованный, слушал, когда она рассказывала.

– Что вы читали на этой неделе, пока мы не виделись? – спросил он теперь. – Говорите, прошу вас.

– Я читала Писемского.

– Что именно?

– «Тысяча душ», – ответила Котик. – А как смешно звали Писемского: Алексей Феофилактыч!

– Куда же вы? – ужаснулся Старцев, когда она вдруг встала и пошла к дому. – Мне необходимо поговорить с вами, я должен объясниться… Побудьте со мной хоть пять минут! Заклинаю вас!

Она остановилась, как бы желая что-то сказать, потом неловко сунула ему в руку записку и побежала в дом и там опять села за рояль.

«Сегодня в одиннадцать часов вечера, – прочел Старцев, – будьте на кладбище возле памятника Деметти».

«Ну уж это совсем неумно, – подумал он, придя в себя. – При чем тут кладбище? Для чего?»

Было ясно: Котик дурачилась. Кому, в самом деле, придет серьезно в голову назначить свидание ночью, далеко за городом, на кладбище, когда это легко можно устроить на улице, в городском саду? И к лицу ли ему, земскому доктору, умному, солидному человеку, вздыхать, получать записочки, таскаться по кладбищам, делать глупости, над которыми смеются теперь даже гимназисты? К чему поведет этот роман? Что скажут товарищи, когда узнают? Так думал Старцев, бродя в клубе около столов, а в половине одиннадцатого вдруг взял и поехал на кладбище.

У него уже была своя пара лошадей и кучер Пантелеймон в бархатной жилетке. Светила луна. Было тихо, тепло, но тепло по-осеннему. В предместье, около боен, выли собаки. Старцев оставил лошадей на краю города, в одном из переулков, а сам пошел на кладбище пешком. «У всякого свои странности, – думал он. – Котик тоже странная, и – кто знает? – быть может, она не шутит, придет», – и он отдался этой слабости, пустой надежде, и она опьянила его.

С полверсты он прошел полем. Кладбище обозначалось вдали темной полосой, как лес или большой сад. Показалась ограда из белого камня, ворота… При лунном свете на воротах можно было прочесть: «Грядет час в онь же…» Старцев вошел в калитку, и первое, что он увидел, это белые кресты и памятники по обе стороны широкой аллеи и черные тени от них и от тополей; и кругом далеко было видно белое и черное, и сонные деревья склоняли свои ветви над белым. Казалось, что здесь было светлей, чем в поле; листья кленов, похожие на лапы, резко выделялись на желтом песке аллей и на плитах, и надписи на памятниках были ясны. На первых порах Старцева поразило то, что он видел теперь первый раз в жизни и чего, вероятно, больше уже не случится видеть, – мир, не похожий ни на что другое, – мир, где так хорош и мягок лунный свет, точно здесь его колыбель, где нет жизни, нет и нет, но в каждом темном тополе, в каждой могиле чувствуется присутствие тайны, обещающей жизнь тихую, прекрасную, вечную. От плит и увядших цветов, вместе с осенним запахом листьев, веет прощением, печалью и покоем.

Кругом безмолвие; в глубоком смирении с неба смотрели звезды, и шаги Старцева раздавались так резко и некстати. И только когда в церкви стали бить часы и он вообразил самого себя мертвым, зарытым здесь навеки, то ему показалось, что кто-то смотрит на него, и он на минуту подумал, что это не покой и не тишина, а глухая тоска небытия, подавленное отчаяние…

Памятник Деметти в виде часовни, с ангелом наверху; когда-то в С. была проездом итальянская опера, одна из певиц умерла, ее похоронили и поставили этот памятник. В городе уже никто не помнил о ней, но лампадка над входом отражала лунный свет и, казалось, горела.

Никого не было. Да и кто пойдет сюда в полночь? Но Старцев ждал, и, точно лунный свет подогревал в нем страсть, ждал страстно и рисовал в воображении поцелуи, объятия. Он посидел около памятника с полчаса, потом прошелся по боковым аллеям, со шляпой в руке, поджидая и думая о том, сколько здесь, в этих могилах, зарыто женщин и девушек, которые были красивы, очаровательны, которые любили, сгорали по ночам страстью, отдаваясь ласке. Как, в сущности, нехорошо шутит над человеком мать-природа, как обидно сознавать это! Старцев думал так, и в то же время ему хотелось закричать, что он хочет, что он ждет любви во что бы то ни стало; перед ним белели уже не куски мрамора, а прекрасные тела, он видел формы, которые стыдливо прятались в тени деревьев, ощущал тепло, и это томление становилось тягостным...

И точно опустился занавес, луна ушла под облака, и вдруг все потемнело кругом. Старцев едва нашел ворота – уже было темно, как в осеннюю ночь, – потом часа полтора бродил, отыскивая переулок, где оставил своих лошадей.

– Я устал, едва держусь на ногах, – сказал он Пантелеймону.

И, садясь с наслаждением в коляску, он подумал:

«Ох, не надо бы полнеть!»

III

На другой день вечером он поехал к Туркиным делать предложение. Но это оказалось неудобным, так как Екатерину Ивановну в ее комнате причесывал парикмахер. Она собиралась в клуб на танцевальный вечер.

Пришлось опять долго сидеть в столовой и пить чай. Иван Петрович, видя, что гость задумчив и скучает, вынул из жилетного кармана записочки, прочел смешное письмо немца управляющего о том, как в имении испортились все запирательства и обвалилась застенчивость.

«А приданого они дадут, должно быть, немало», – думал Старцев, рассеянно слушая.

После бессонной ночи он находился в состоянии ошеломления, точно его опоили чем-то сладким и усыпляющим, на душе было туманно, но радостно, тепло, и в то же время в голове какой-то холодный, тяжелый кусочек рассуждал:

«Остановись, пока не поздно! Пара ли она тебе? Она избалована, капризна, спит до двух часов, а ты дьячковский сын, земский врач...»

«Ну что ж? – думал он. – И пусть».

«К тому же если ты женишься на ней, – продолжал кусочек, – то ее родня заставит тебя бросить земскую службу и жить в городе».

«Ну что ж? – думал он. – В городе так в городе. Дадут приданое, заведем обстановку...»

Наконец вошла Екатерина Ивановна в бальном платье, декольте, хорошенькая, чистенькая, и Старцев залюбовался и пришел в такой восторг, что не мог выговорить ни одного слова, а только смотрел на нее и смеялся.

Она стала прощаться, и он – оставаться тут ему было уже незачем – поднялся, говоря, что ему пора домой: ждут больные.

– Делать нечего, – сказал Иван Петрович, – поезжайте; кстати же подвезете Котика в клуб.

На дворе накрапывал дождь, было очень темно, и только по хриплому кашлю Пантелеймона можно было угадать, где лошади. Подняли у коляски верх.

– Я иду по ковру, ты идешь, пока врешь, – говорил Иван Петрович, усаживая дочь в коляску, – он идет, пока врет... Трогай! Прощайте пожалуйста!

Поехали.

– А я вчера был на кладбище, – начал Старцев. – Как это невеликодушно и немилосердно с вашей стороны...

– Вы были на кладбище?

– Да, я был там и ждал вас почти до двух часов. Я страдал...

– И страдайте, если вы не понимаете шуток.

Екатерина Ивановна, довольная, что так хитро подшутила над влюбленным и что ее так сильно любят, захохотала и вдруг вскрикнула от испуга, так как в это самое время лошади круто поворачивали в ворота клуба и коляска накренилась. Старцев обнял Екатерину Ивановну за талию; она, испуганная, прижалась к нему, и он не удержался и страстно поцеловал ее в губы, в подбородок и сильнее обнял.

– Довольно, – сказала она сухо.

И через мгновение ее уже не было в коляске, и городовой около освещенного подъезда клуба кричал отвратительным голосом на Пантелеймона:

– Чего стал, ворона? Проезжай дальше!

Старцев поехал домой, но скоро вернулся. Одетый в чужой фрак и белый жесткий галстук, который как-то все топорщился и хотел сползти с воротничка, он в полночь сидел в клубе в гостиной и говорил Екатерине Ивановне с увлечением:

– О, как мало знают те, которые никогда не любили! Мне кажется, никто еще не описал верно любви, и едва ли можно описать это нежное, радостное, мучительное чувство, и кто испытал его хоть раз, тот не станет передавать его на словах. К чему предисловия, описания? К чему ненужное красноречие? Любовь моя безгранична... Прошу, умоляю вас, – выговорил наконец Старцев, – будьте моей женой!

– Дмитрий Ионыч, – сказала Екатерина Ивановна с очень серьезным выражением, подумав. – Дмитрий Ионыч, я очень вам благодарна за честь, я вас уважаю, но... – она встала и продолжала стоя, – о, извините, быть вашей женой я не могу. Будем говорить серьезно. Дмитрий Ионыч, вы знаете, больше всего в жизни я люблю искусство, я безумно люблю, обожаю музыку, ей я посвятила всю свою жизнь. Я хочу быть артисткой, я хочу славы, успехов, свободы, а вы хотите, чтобы я продолжала жить в этом городе, продолжала эту пустую, бесполезную жизнь, которая стала для меня невыносима. Сделаться женой – о нет, простите! Человек должен стремиться к высшей, блестящей цели, а семейная жизнь связала бы меня навеки. Дмитрий Ионыч (она чуть-чуть улыбнулась, так как, произнеся «Дмитрий Ионыч», вспомнила «Алексей Феофилактыч»), Дмитрий Ионыч, вы добрый, благородный, умный человек, вы лучше всех... – у нее слезы навернулись на глазах, – я сочувствую вам всей душой, но... но вы поймете...

И, чтобы не заплакать, она отвернулась и вышла из гостиной.

У Старцева перестало беспокойно биться сердце. Выйдя из клуба на улицу, он прежде всего сорвал с себя жесткий галстук и вздохнул всей грудью. Ему было немножко стыдно, и самолюбие его было оскорблено – он не ожидал отказа, – и не верилось, что все его мечты, томления и надежды привели его к такому глупенькому концу, точно в маленькой пьесе на любительском спектакле. И жаль было своего чувства, этой своей любви, так жаль, что, кажется, взял бы и зарыдал или изо всей силы хватил бы зонтиком по широкой спине Пантелеймона.

Дня три у него дело валилось из рук, он не ел, не спал, но, когда до него дошел слух, что Екатерина Ивановна уехала в Москву поступать в консерваторию, он успокоился и зажил по-прежнему.

Потом, иногда вспоминая, как он бродил по кладбищу или как ездил по всему городу и отыскивал фрак, он лениво потягивался и говорил:

– Сколько хлопот, однако!

IV

Прошло четыре года. В городе у Старцева была уже большая практика. Каждое утро он спешно принимал больных у себя в Дялиже, потом уезжал к городским больным, уезжал уже не на паре, а на тройке с бубенчиками, и возвращался домой поздно ночью. Он пополнел, раздобрел и неохотно ходил пешком, так как страдал одышкой. И Пантелеймон тоже пополнел, и чем он больше рос в ширину, тем печальнее вздыхал и жаловался на свою горькую участь: езда одолела!

Старцев бывал в разных домах и встречал много людей, но ни с кем не сходился близко. Обыватели своими разговорами, взглядами на жизнь и даже своим видом раздражали его. Опыт научил его мало-помалу, что пока с обывателем играешь в карты или закусываешь с ним, то это мирный, благодушный и даже неглупый человек, но стоит только заговорить с ним о чем-нибудь несъедобном, например о политике или науке, как он становится в тупик или заводит такую философию, тупую и злую, что остается только рукой махнуть и отойти. Когда Старцев пробовал заговорить даже с либеральным обывателем, например, о том, что человечество, слава богу, идет вперед и что со временем оно будет обходиться без паспортов и без смертной казни, то обыватель глядел на него искоса и недоверчиво и спрашивал: «Значит, тогда всякий может резать на улице кого угодно?» А когда Старцев в обществе, за ужином или чаем, говорил о том, что нужно трудиться, что без труда жить нельзя, то всякий принимал это за упрек и начинал сердиться и назойливо спорить. При всем том обыватели не делали ничего, решительно ничего, и не интересовались ничем, и никак нельзя было придумать, о чем говорить с ними. И Старцев избегал разговоров, а только закусывал и играл в винт, и когда заставал в каком-нибудь доме семейный праздник и его приглашали откушать, то он садился и ел молча, глядя в тарелку; и все, что в это время говорили, было неинтересно, несправедливо, глупо, он чувствовал раздражение, волновался, но молчал, и за то, что он всегда сурово молчал и глядел в тарелку, его прозвали в городе «поляк надутый», хотя он никогда поляком не был.

От таких развлечений, как театр и концерты, он уклонялся, но зато в винт играл каждый вечер, часа по три, с наслаждением.

Было у него еще одно развлечение, в которое он втянулся незаметно, мало-помалу, – это по вечерам вынимать из карманов бумажки, добытые практикой, и, случалось, бумажек – желтых и зеленых, от которых пахло духами и уксусом, и ладаном, и ворванью[1], – было понапихано во все карманы рублей на семьдесят; и, когда собиралось несколько сот, он отвозил в «Общество взаимного кредита» и клал там на текущий счет.

За все четыре года после отъезда Екатерины Ивановны он был у Туркиных только два раза, по приглашению Веры Иосифовны, которая все еще лечилась от мигрени. Каждое лето Екатерина Ивановна приезжала к родителям погостить, но он не видел ее ни разу; как-то не случалось.

Но вот прошло четыре года. В одно тихое, теплое утро в больницу принесли письмо. Вера Иосифовна писала Дмитрию Ионычу, что очень соскучилась по нем, и просила его непременно пожаловать к ней и

---

[1] Во́рвань – вытопленный жир морских животных и некоторых рыб.

облегчить ее страдания, и кстати же сегодня день ее рождения. Внизу была приписка: «К просьбе мамы присоединяюсь и я. *К.*».

Старцев подумал и вечером поехал к Туркиным.

– А, здравствуйте пожалуйста! – встретил его Иван Петрович, улыбаясь одними глазами. – Бонжурте.

Вера Иосифовна, уже сильно постаревшая, с белыми волосами, пожала Старцеву руку, манерно вздохнула и сказала:

– Вы, доктор, не хотите ухаживать за мной, никогда у нас не бываете, я уже стара для вас. Но вот приехала молодая, быть может, она будет счастливее.

А Котик? Она похудела, побледнела, стала красивее и стройнее; но уже это была Екатерина Ивановна, а не Котик; уже не было прежней свежести и выражения детской наивности. И во взгляде и в манерах было что-то новое – несмелое и виноватое, точно здесь, в доме Туркиных, она уже не чувствовала себя дома.

– Сколько лет, сколько зим! – сказала она, подавая Старцеву руку, и было видно, что у нее тревожно билось сердце; и, пристально, с любопытством глядя ему в лицо, она продолжала: – Как вы пополнели! Вы загорели, возмужали, но, в общем, вы мало изменились.

И теперь она ему нравилась, очень нравилась, но чего-то уже недоставало в ней или что-то было лишнее, – он и сам не мог бы сказать, что именно, но что-то уже мешало ему чувствовать, как прежде. Ему не нравилась ее бледность, новое выражение, слабая улыбка, голос, а немного погодя уже не нравилось платье, кресло, в котором она сидела, не нравилось что-то в прошлом, когда он едва не женился на ней. Он вспомнил о своей любви, о мечтах и надеждах, которые волновали его четыре года назад, – и ему стало неловко.

Пили чай со сладким пирогом. Потом Вера Иосифовна читала вслух роман, читала о том, чего никогда не бывает в жизни, а Старцев слушал, глядя на ее седую красивую голову, и ждал, когда она кончит.

«Бездарен, – думал он, – не тот, кто не умеет писать повестей, а тот, кто их пишет и не умеет скрыть этого».

– Недурственно, – сказал Иван Петрович.

Потом Екатерина Ивановна играла на рояле шумно и долго, и, когда кончила, ее долго благодарили и восхищались ею.

«А хорошо, что я на ней не женился», – подумал Старцев.

Она смотрела на него и, по-видимому, ждала, что он предложит ей пойти в сад, но он молчал.

– Давайте же поговорим, – сказала она, подходя к нему. – Как вы живете? Что у вас? Как? Я все эти дни думала о вас, – продолжала она нервно, – я хотела послать вам письмо, хотела сама поехать к вам в Дялиж, и я уже решила поехать, но потом раздумала, – бог знает, как вы теперь ко мне относитесь. Я с таким волнением ожидала вас сегодня. Ради бога, пойдемте в сад.

Они пошли в сад и сели там на скамью под старым кленом, как четыре года назад. Было темно.

– Как же вы поживаете? – спросила Екатерина Ивановна.

– Ничего, живем понемножку, – ответил Старцев.

И ничего не мог больше придумать. Помолчали.

– Я волнуюсь, – сказала Екатерина Ивановна и закрыла руками лицо, – но вы не обращайте внимания. Мне так хорошо дома, я так рада видеть всех и не могу привыкнуть. Сколько воспоминаний! Мне казалось, что мы будем говорить с вами без умолку, до утра.

Теперь он видел близко ее лицо, блестящие глаза, и здесь, в темноте, она казалась моложе, чем в комнате, и даже как будто вернулось к ней ее прежнее детское выражение. И в самом деле, она с наивным любопытством смотрела на него, точно хотела поближе разглядеть и понять человека, который когда-то любил ее так пламенно, с такой нежностью и так несчастливо; ее глаза благодарили его за эту любовь. И он вспомнил все, что было, все малейшие подробности, как он бродил по кладбищу, как потом под утро, утомленный, возвращался к себе домой, и ему вдруг стало грустно и жаль прошлого. В душе затеплился огонек.

– А помните, как я провожал вас на вечер в клуб? – сказал он. – Тогда шел дождь, было темно…

Огонек все разгорался в душе, и уже хотелось говорить, жаловаться на жизнь…

– Эх! – сказал он со вздохом. – Вы вот спрашиваете, как я поживаю. Как мы поживаем тут? Да никак. Старимся, полнеем, опускаемся. День да ночь – сутки прочь, жизнь проходит тускло, без впечатлений, без мыслей… Днем нажива, а вечером клуб, общество картежников, алкоголиков, хрипунов, которых я терпеть не могу. Что хорошего?

– Но у вас работа, благородная цель в жизни. Вы так любили говорить о своей больнице. Я тогда была какая-то странная, воображала себя великой пианисткой. Теперь все барышни играют на рояле, и я тоже играла, как все, и ничего во мне не было особенного; я такая же пианистка, как мама писательница. И конечно, я вас не понимала тогда, но потом, в Москве, я часто думала о вас. Я только о вас и думала. Какое это счастье быть земским врачом, помогать страдальцам, служить народу! Какое счастье! – повторила Екатерина Ивановна с увлечением. – Когда я думала о вас в Москве, вы представлялись мне таким идеальным, возвышенным…

Старцев вспомнил про бумажки, которые он по вечерам вынимал из карманов с таким удовольствием, и огонек в душе погас.

Он встал, чтобы идти к дому. Она взяла его под руку.

– Вы лучший из людей, которых я знала в своей жизни, – продолжала она. – Мы будем видеться, говорить, не правда ли? Обещайте мне. Я не пианистка, на свой счет я уже не заблуждаюсь и не буду при вас ни играть, ни говорить о музыке.

Когда вошли в дом и Старцев увидел при вечернем освещении ее лицо и грустные, благодарные, испытующие глаза, обращенные на него, то почувствовал беспокойство и подумал опять: «А хорошо, что я тогда не женился».

Он стал прощаться.

– Вы не имеете никакого римского права уезжать без ужина, – говорил Иван Петрович, провожая его. – Это с вашей стороны весьма перпендикулярно. А ну-ка изобрази! – сказал он, обращаясь в передней к Паве.

Пава, уже не мальчик, а молодой человек с усами, стал в позу, поднял вверх руку и сказал трагическим голосом:

– Умри, несчастная!

Все это раздражало Старцева. Садясь в коляску и глядя на темный дом и сад, которые были ему так милы и дороги когда-то, он вспомнил все сразу: и романы Веры Иосифовны, и шумную игру Котика, и остроумие Ивана Петровича, и трагическую позу Павы – и подумал, что если самые талантливые люди во всем городе так бездарны, то каков же должен быть город.

Через три дня Пава принес письмо от Екатерины Ивановны.

«Вы не едете к нам. Почему? – писала она. – Я боюсь, что вы изменились к нам; я боюсь, и мне страшно от одной мысли об этом. Успокойте же меня, приезжайте и скажите, что все хорошо.

Мне необходимо поговорить с вами. Ваша *Е. Т.*».

Он прочел это письмо, подумал и сказал Паве:

– Скажи, любезный, что сегодня я не могу приехать, я очень занят. Приеду, скажи, так дня через три.

Но прошло три дня, прошла неделя, а он все не ехал. Как-то, проезжая мимо дома Туркиных, он вспомнил, что надо бы заехать хоть на минутку, но подумал и… не заехал.

И больше уж он никогда не бывал у Туркиных.

V

Прошло еще несколько лет. Старцев еще больше пополнел, ожирел, тяжело дышит и уже ходит, откинув назад голову. Когда он, пухлый, красный, едет на тройке с бубенчиками и Пантелеймон, тоже пухлый и красный, с мясистым затылком, сидит на козлах, протянув вперед прямые, точно деревянные, руки, и кричит встречным: «Прррава держи!» – то картина бывает внушительная, и кажется, что едет не человек, а языческий бог. У него в городе громадная практика, некогда вздохнуть, и уже есть имение и два дома в городе, и он облюбовывает себе еще третий, повыгоднее, и когда ему в «Обществе взаимного кредита» говорят про какой-нибудь дом, назначенный к торгам, то он без церемоний идет в этот дом и, проходя через все комнаты, не обращая внимания на неодетых женщин и детей, которые глядят на него с изумлением и страхом, тычет во все двери палкой и говорит:

– Это кабинет? Это спальня? А тут что?

И при этом тяжело дышит и вытирает со лба пот.

У него много хлопот, но все же он не бросает земского места; жадность одолела, хочется поспеть и здесь и там. В Дялиже и в городе его зовут уже просто Ионычем. «Куда это Ионыч едет?» Или: «Не пригласить ли на консилиум Ионыча?»

Вероятно, оттого, что горло заплыло жиром, голос у него изменился, стал тонким и резким. Характер у него тоже изменился: стал тяжелым, раздражительным. Принимая больных, он обыкновенно сердится, нетерпеливо стучит палкой 6 пол и кричит своим неприятным голосом:

– Извольте отвечать только на вопросы! Не разговаривать!

Он одинок. Живется ему скучно, ничто его не интересует.

За все время, пока он живет в Дялиже, любовь к Котику была его единственной радостью и, вероятно, последней. По вечерам он играет в клубе в винт и потом сидит один за большим столом и ужинает. Ему прислуживает лакей Иван, самый старый и почтенный, подают ему лафит № 17, и уже все – и старшины клуба, и повар, и лакей – знают, что он любит и чего не любит, стараются изо всех сил угодить ему, а то, чего доброго, рассердится вдруг и станет стучать палкой 6 пол.

Ужиная, он изредка оборачивается и вмешивается в какой-нибудь разговор:

– Это вы про что? А? Кого?

И когда, случается, по соседству за каким-нибудь столом заходит речь о Туркиных, то он спрашивает:

– Это вы про каких Туркиных? Это про тех, что дочка играет на фортепьянах?

Вот и все, что можно сказать про него.

А Туркины? Иван Петрович не постарел, нисколько не изменился и по-прежнему все острит и рассказывает анекдоты; Вера Иосифовна читает гостям свои романы по-прежнему охотно, с сердечной простотой. А Котик играет на рояле каждый день, часа по четыре. Она заметно постарела, похварывает и каждую осень уезжает с матерью в Крым. Провожая их на вокзале, Иван Петрович, когда трогается поезд, утирает слезы и кричит:

– Прощайте пожалуйста!

И машет платком.

1898

СЛУЧАЙ ИЗ ПРАКТИКИ

Профессор получил телеграмму из фабрики Ляликовых: его просили поскорее приехать. Была больна дочь какой-то госпожи Ляликовой, по-видимому владелицы фабрики, и больше ничего нельзя было понять из этой длинной, бестолково составленной телеграммы. И профессор сам не поехал, а вместо себя послал своего ординатора Королева.

Нужно было проехать от Москвы две станции и потом на лошадях версты четыре. За Королевым выслали на станцию тройку; кучер был в шляпе с павлиньим пером и на все вопросы отвечал громко, по-солдатски: «Никак нет!», «Точно так!». Был субботний вечер, заходило солнце. От фабрики к станции толпами шли рабочие и кланялись лошадям, на которых ехал Королев. И его пленял вечер, и усадьбы, и дачи по сторонам, и березы, и это тихое настроение кругом, когда, казалось, вместе с рабочими теперь, накануне праздника, собирались отдыхать и поле, и лес, и солнце, – отдыхать и, быть может, молиться...

Он родился и вырос в Москве, деревни не знал и фабриками никогда не интересовался и не бывал на них. Но ему случалось читать про фабрики и бывать в гостях у фабрикантов и разговаривать с ними; и когда он видел какую-нибудь фабрику издали или вблизи, то всякий раз думал о том, что вот снаружи все тихо и смирно, а внутри, должно быть, непроходимое невежество и тупой эгоизм хозяев, скучный, нездоровый труд рабочих, дрязги, водка, насекомые. И теперь, когда рабочие почтительно и пугливо сторонились коляски, он в их лицах, картузах, в походке угадывал физическую нечистоту, пьянство, нервность, растерянность.

Въехали в фабричные ворота. По обе стороны мелькали домики рабочих, лица женщин, белье и одеяла на крыльцах. «Берегись!» – кричал кучер, не сдерживая лошадей. Вот широкий двор без травы, на нем пять громадных корпусов с трубами, друг от друга поодаль, товарные склады, бараки, и на всем какой-то серый налёт, точно от пыли. Там и сям, как оазисы в пустыне, жалкие садики и зеленые или красные крыши домов, в которых живет администрация. Кучер вдруг осадил лошадей, и коляска остановилась у дома, выкрашенного заново в серый цвет; тут был палисадник с сиренью, покрытой пылью, и на желтом крыльце сильно пахло краской.

– Пожалуйте, господин доктор, – говорили женские голоса в сенях и в передней; и при этом слышались вздохи и шепот. – Пожалуйте, заждались… чистое горе. Вот сюда пожалуйте.

Госпожа Ляликова, полная, пожилая дама, в черном шелковом платье с модными рукавами, но, судя по лицу, простая, малограмотная, смотрела на доктора с тревогой и не решалась подать ему руку, не смела. Рядом с ней стояла особа с короткими волосами, в pince-nez, в пестрой цветной кофточке, тощая и уже не молодая. Прислуга называла ее Христиной Дмитриевной, и Королев догадался, что это гувернантка. Вероятно, ей, как самой образованной в доме, было поручено встретить и принять доктора, потому что она тотчас же, торопясь, стала излагать причины болезни, с мелкими, назойливыми подробностями, но не говоря, кто болен и в чем дело.

Доктор и гувернантка сидели и говорили, а хозяйка стояла неподвижно у двери, ожидая. Из разговора Королев понял, что больна Лиза, девушка двадцати лет, единственная дочь госпожи Ляликовой, наследница; она давно уже болела и лечилась у разных докторов, а в последнюю ночь, с вечера до утра, у нее было такое сердцебиение, что все в доме не спали; боялись, как бы не умерла.

– Она у нас, можно сказать, с малолетства была хворенькая, – рассказывала Христина Дмитриевна певучим голосом, то и дело вытирая губы рукой. – Доктора говорят – нервы, но когда она была маленькая, доктора ей золотуху внутрь вогнали, так вот, думаю, может, от этого.

Пошли к больной. Совсем уже взрослая, большая, хорошего роста, но некрасивая, похожая на мать, с такими же маленькими глазами и с широкой, неумеренно развитой нижней частью лица, непричесанная, укрытая до подбородка, она в первую минуту произвела на Королева впечатление существа несчастного, убогого, которого из жалости пригрели здесь и укрыли, и не верилось, что это была наследница пяти громадных корпусов.

– А мы к вам, – начал Королев, – пришли вас лечить. Здравствуйте.

Он назвал себя и пожал ей руку, – большую, холодную, некрасивую руку. Она села и, очевидно, давно уже привыкшая к докторам, равнодушная к тому, что у нее были открыты плечи и грудь, дала себя выслушать.

– У меня сердцебиение, – сказала она. – Всю ночь был такой ужас... я едва не умерла от ужаса! Дайте мне чего-нибудь.

– Дам, дам! Успокойтесь.

Королев осмотрел ее и пожал плечами.

– Сердце, как следует, – сказал он, – все обстоит благополучно, все в порядке. Нервы, должно быть, подгуляли немножко, но это так обыкновенно. Припадок, надо думать, уже кончился, ложитесь себе спать.

В это время принесли в спальню лампу. Больная прищурилась на свет и вдруг охватила голову руками и зарыдала. И впечатление существа убогого и некрасивого вдруг исчезло, и Королев уже не замечал ни маленьких глаз, ни грубо развитой нижней части лица; он видел мягкое страдальческое выражение, которое было так разумно и трогательно, и вся она казалась ему стройной, женственной, простой, и хотелось уже успокоить ее не лекарствами, не советом, а простым ласковым словом. Мать обняла ее голову и прижала к себе. Сколько отчаяния, сколько скорби на лице у старухи! Она, мать, вскормила, вырастила дочь, не жалела ничего, всю жизнь отдала на то, чтоб обучить ее французскому языку, танцам, музыке, приглашала для нее десяток учителей, самых лучших докторов, держала гувернантку и теперь не понимала, откуда эти слезы, зачем столько мук, не понимала и терялась, и у нее было виноватое, тревожное, отчаянное выражение, точно она упустила что-то еще очень важное, чего-то еще не сделала, кого-то еще не пригласила, а кого – неизвестно.

– Лизанька, ты опять... ты опять, – говорила она, прижимая к себе дочь. – Родная моя, голубушка, деточка моя, скажи, что с тобой? Пожалей меня, скажи.

Обе горько плакали. Королев сел на край постели и взял Лизу за руку.

– Полноте, стоит ли плакать? – сказал он ласково. – Ведь на свете нет ничего такого, что заслуживало бы этих слёз. Ну, не будем плакать, не нужно это...

А сам подумал:

«Замуж бы ее пора...»

– Наш фабричный доктор давал ей калибромати, – сказала гувернантка, – но ей от этого, я замечаю, только хуже. По-моему, уж если давать от сердца, то капли... забыла, как они называются... Ландышевые, что ли.

И опять пошли всякие подробности. Она перебивала доктора, мешала ему говорить, и на лице у нее было написано старание, точно она полагала, что, как самая образованная женщина в доме, она была обязана вести с доктором непрерывный разговор, и непременно о медицине.

Королеву стало скучно.

– Я не нахожу ничего особенного, – сказал он, выходя из спальни и обращаясь к матери. – Если вашу дочь лечил фабричный врач, то пусть и продолжает лечить. Лечение до сих пор было правильное, и я не вижу необходимости менять врача. Для чего менять? Болезнь такая обыкновенная, ничего серьезного...

Он говорил не спеша, надевая перчатки, а госпожа Ляликова стояла неподвижно и смотрела на него заплаканными глазами.

– До десятичасового поезда осталось полчаса, – сказал он, – надеюсь, я не опоздаю.

– А вы не можете у нас остаться? – спросила она, и опять слезы потекли у нее по щекам. – Совестно вас беспокоить, но будьте так добры... ради бога, – продолжала она вполголоса, оглядываясь на дверь, – переночуйте у нас. Она у меня одна... единственная дочь... Напугала прошлую ночь, опомниться не могу... Не уезжайте, бога ради...

Он хотел сказать ей, что у него в Москве много работы, что дома его ждет семья; ему было тяжело провести в чужом доме без надобности весь вечер и всю ночь, но он поглядел на ее лицо, вздохнул и стал молча снимать перчатки.

В зале и гостиной для него зажгли все лампы и свечи. Он сидел у рояля и перелистывал ноты, потом осматривал картины на стенах, портреты. На картинах, написанных масляными красками, в золотых рамах, были виды Крыма, бурное море с корабликом, католический монах с рюмкой, и все это сухо, зализанно, бездарно... На портретах ни одного красивого, интересного лица, все широкие скулы, удивленные глаза; у Ляликова, отца Лизы, маленький лоб и самодовольное лицо, мундир мешком сидит на его большом непородистом теле, на груди медаль и знак Красного Креста. Культура бедная, роскошь случайная, не осмысленная, неудобная, как этот мундир; полы раздражают своим блеском, раздражает люстра, и вспоминается почему-то рассказ про купца, ходившего в баню с медалью на шее...

Из передней доносился шепот, кто-то тихо храпел. И вдруг со двора послышались резкие, отрывистые, металлические звуки, каких Королев раньше никогда не слышал и каких не понял теперь; они отозвались в его душе странно и неприятно.

«Кажется, ни за что не остался бы тут жить...» – подумал он и опять принялся за ноты.

– Доктор, пожалуйте закусить! – позвала вполголоса гувернантка.

Он пошел ужинать. Стол был большой, со множеством закусок и вин, но ужинали только двое: он да Христина Дмитриевна. Она пила мадеру, быстро кушала и говорила, поглядывая на него через pince-nez:

– Рабочие нами очень довольны. На фабрике у нас каждую зиму спектакли, сами рабочие играют, ну, чтения с волшебным фонарем, великолепная чайная, и, кажется, чего уж. Они нам очень приверженные и, когда узнали, что Лизаньке хуже стало, заказали молебен. Необразованные, а ведь тоже чувствуют.

– Похоже, у вас в доме нет ни одного мужчины, – сказал Королев.

– Ни одного. Петр Никанорыч помер полтора года назад, и мы одни остались. Так и живем втроем. Летом здесь, а зимой в Москве, на Полянке. Я у них уже одиннадцать лет живу. Как своя.

К ужину подавали стерлядь, куриные котлеты и компот; вина были дорогие, французские.

– Вы, доктор, пожалуйста, без церемоний, – говорила Христина Дмитриевна, кушая, утирая рот кулачком, и видно было, что она жила здесь в свое полное удовольствие. – Пожалуйста, кушайте.

После ужина доктора отвели в комнату, где для него была приготовлена постель. Но ему не хотелось спать, было душно, и в комнате пахло краской; он надел пальто и вышел.

На дворе было прохладно; уже брезжил рассвет, и в сыром воздухе ясно обозначались все пять корпусов с их длинными трубами, бараки и склады. По случаю праздника не работали, было в окнах темно, и только в одном из корпусов горела еще печь, два окна были багровы, и из трубы вместе с дымом изредка выходил огонь. Далеко за двором кричали лягушки и пел соловей.

Глядя на корпуса и на бараки, где спали рабочие, он опять думал о том, о чем думал всегда, когда видел фабрики. Пусть спектакли для рабочих, волшебные фонари, фабричные доктора, разные улучшения, но все же рабочие, которых он встретил сегодня по дороге со станции, ничем не отличаются по виду от тех рабочих, которых он видел давно в детстве, когда еще не было фабричных спектаклей и улучшений. Он, как медик, правильно судивший о хронических страданиях, коренная причина которых была непонятна и неизлечима, и на фабрики смотрел как на недоразумение, причина которого была тоже неясна и неустранима, и все улучшения в жизни фабричных он не считал лишними, но приравнивал их к лечению неизлечимых болезней.

«Тут недоразумение, конечно… – думал он, глядя на багровые окна. – Тысячи полторы-две фабричных работают без отдыха, в нездоровой обстановке, делая плохой ситец, живут впроголодь и только изредка в кабаке отрезвляются от этого кошмара; сотня людей надзирает за работой, и вся жизнь этой сотни уходит на записывание штрафов, на брань, несправедливости, и только двое-трое, так называемые хозяева, пользуются выгодами, хотя совсем не работают и презирают плохой ситец. Но какие выгоды, как пользуются ими? Ляликова и ее дочь несчастны, на них жалко смотреть, живет в свое удовольствие только одна Христина Дмитриевна, пожилая, глуповатая девица в pince-nez. И выходит так, значит, что работают все эти пять корпусов и на восточных рынках продается плохой ситец для того только, чтобы Христина Дмитриевна могла кушать стерлядь и пить мадеру».

Вдруг раздались странные звуки, те самые, которые Королев слышал до ужина. Около одного из корпусов кто-то бил в металлическую доску, бил и тотчас же задерживал звук, так что получались короткие, резкие, нечистые звуки, похожие на «дер… дер… дер…». Затем полминуты тишины, и у другого корпуса раздались звуки, такие же отрывистые и неприятные, уже более низкие, басовые – «дрын… дрын… дрын…». Одиннадцать раз. Очевидно, это сторожа били одиннадцать часов.

Послышалось около третьего корпуса: «жак… жак… жак…». И так около всех корпусов и потом за бараками и за воротами. И похоже было, как будто среди ночной тишины издавало эти звуки само чудовище с багровыми глазами, сам дьявол, который владел тут и хозяевами и рабочими и обманывал и тех и других.

Королев вышел со двора в поле.

– Кто идет? – окликнули его у ворот грубым голосом.

«Точно в остроге…» – подумал он и ничего не ответил.

Здесь соловьи и лягушки были слышнее, чувствовалась майская ночь. Со станции доносился шум поезда; кричали где-то сонные петухи, но все же ночь была тиха, мир покойно спал. В поле, недалеко от фабрики, стоял сруб, тут был сложен материал для постройки. Королев сел на доски и продолжал думать:

«Хорошо чувствует себя здесь только одна гувернантка, и фабрика работает для ее удовольствия. Но это так кажется, она здесь только подставное лицо. Главный же, для кого здесь все делается, – это дьявол».

И он думал о дьяволе, в которого не верил, и оглядывался на два окна, в которых светился огонь. Ему казалось, что этими багровыми глазами смотрел на него сам дьявол, та неведомая сила, которая создала отношения между сильными и слабыми, эту грубую ошибку, которую теперь ничем не исправишь. Нужно, чтобы сильный мешал жить слабому, таков закон природы, но это понятно и легко укладывается в мысль только в газетной статье или в учебнике, в той же каше, какую представляет из себя обыденная жизнь, в путанице всех мелочей, из которых сотканы человеческие отношения, это уже не закон, а логическая несообразность, когда и сильный и слабый одинаково падают жертвой своих взаимных отношений, невольно покоряясь какой-то направляющей силе, неизвестной, стоящей вне жизни, посторонней человеку. Так думал Королев, сидя на досках, и мало-помалу им овладело настроение, как будто эта неизвестная, таинственная сила в самом деле была близко и смотрела. Между тем восток становился все бледнее, время шло быстро. Пять корпусов и трубы на сером фоне рассвета, когда кругом не было ни души, точно вымерло все, имели особенный вид, не такой, как днем; совсем вышло из памяти, что тут внутри паровые двигатели, электричество, телефоны, но как-то все думалось о свайных постройках, о каменном веке, чувствовалось присутствие грубой, бессознательной силы…

И опять послышалось:

– Дер… дер… дер… дер…

Двенадцать раз. Потом тихо, тихо полминуты и – раздается в другом конце двора:

– Дрын… дрын… дрын…

«Ужасно неприятно!» – подумал Королев.

– Жак… жак… – раздалось в третьем месте отрывисто, резко, точно с досадой, – жак… жак…

И чтобы пробить двенадцать часов, понадобилось минуты четыре. Потом затихло; и опять такое впечатление, будто вымерло все кругом.

Королев посидел еще немного и вернулся в дом, но еще долго не ложился. В соседних комнатах шептались, слышалось шлепанье туфель и босых ног.

«Уж не опять ли с ней припадок?» – подумал Королев.

Он вышел, чтобы взглянуть на больную. В комнатах было уже совсем светло, и в зале, на стене и на полу, дрожал слабый солнечный свет, проникший сюда сквозь утренний туман. Дверь в комнату Лизы была отворена, и сама она сидела в кресле около постели, в капоте, окутанная в шаль, непричесанная. Шторы на окнах были опущены.

– Как вы себя чувствуете? – спросил Королев.

– Благодарю вас.

Он потрогал пульс, потом поправил ей волосы, упавшие на лоб.

– Вы не спите, – сказал он. – На дворе прекрасная погода, весна, поют соловьи, а вы сидите в потемках и о чем-то думаете.

Она слушала и глядела ему в лицо; глаза у нее были грустные, умные, и было видно, что она хочет что-то сказать ему.

– Часто это с вами бывает? – спросил он.

Она пошевелила губами и ответила:

– Часто. Мне почти каждую ночь тяжело.

В это время на дворе сторожа начали бить два часа. Послышалось «дер… дер…», и она вздрогнула.

– Вас беспокоят эти стуки? – спросил он.

– Не знаю. Меня тут все беспокоит, – ответила она и задумалась. – Все беспокоит. В вашем голосе мне слышится участие, мне с первого взгляда на вас почему-то показалось, что с вами можно говорить обо всем.

– Говорите, прошу вас.

– Я хочу сказать вам свое мнение. Мне кажется, что у меня не болезнь, а беспокоюсь я и мне страшно, потому что так должно и иначе быть не может. Даже самый здоровый человек не может не беспокоиться, если у него, например, под окном ходит разбойник. Меня часто лечат, – продолжала она, глядя себе в колени, и улыбнулась застенчиво, – я, конечно, очень благодарна и не отрицаю пользы лечения, но мне хотелось бы поговорить не с доктором, а с близким человеком, с другом, который бы понял меня, убедил бы меня, что я права или не права.

– Разве у вас нет друзей? – спросил Королев.

– Я одинока. У меня есть мать, я люблю ее, но все же я одинока. Так жизнь сложилась... Одинокие много читают, но мало говорят и мало слышат, жизнь для них таинственна; они мистики и часто видят дьявола там, где его нет. Тамара у Лермонтова была одинока и видела дьявола.

– А вы много читаете?

– Много. Ведь у меня все время свободно, от утра до вечера. Днем читаю, а по ночам – пустая голова, вместо мыслей какие-то тени.

– Вы что-нибудь видите по ночам? – спросил Королев.

– Нет, но я чувствую...

Она опять улыбнулась и подняла глаза на доктора и смотрела так грустно, так умно; и ему казалось, что она верит ему, хочет говорить с ним искренно и что она думает так же, как он. Но она молчала и, быть может, ждала, не заговорит ли он.

И он знал, что сказать ей; для него было ясно, что ей нужно поскорее оставить пять корпусов и миллион, если он у нее есть, оставить этого дьявола, который по ночам смотрит; для него было ясно также, что так думала и она сама и только ждала, чтобы кто-нибудь, кому она верит, подтвердил это.

Но он не знал, как это сказать. Как? У приговоренных людей стесняются спрашивать, за что они приговорены; так и у очень богатых людей неловко бывает спрашивать, для чего им так много денег, отчего они так дурно распоряжаются своим богатством, отчего не бросают его, даже когда видят в нем свое несчастье; и если начинают разговор об этом, то выходит он обыкновенно стыдливый, неловкий, длинный.

«Как сказать? – раздумывал Королев. – Да и нужно ли говорить?»

И он сказал то, что хотел, не прямо, а окольным путем:

– Вы в положении владелицы фабрики и богатой наследницы недовольны, не верите в свое право и теперь вот не спите, это, конечно, лучше, чем если бы вы были довольны, крепко спали и думали, что все обстоит благополучно. У вас почтенная бессонница; как бы ни было, она хороший признак. В самом деле, у родителей наших был бы немыслим такой разговор, как вот у нас теперь; по ночам они не разговаривали, а крепко спали, мы же, наше поколение, дурно спим, томимся, много говорим и все решаем, правы мы или нет. А для наших детей или внуков вопрос этот – правы они или нет – будет уже решен. Им будет виднее, чем нам. Хорошая будет жизнь лет через пятьдесят, жаль только, что мы не дотянем. Интересно было бы взглянуть.

– Что же будут делать дети и внуки? – спросила Лиза.

– Не знаю... Должно быть, побросают всё и уйдут.

– Куда уйдут?

– Куда?.. Да куда угодно, – сказал Королев и засмеялся. – Мало ли куда можно уйти хорошему, умному человеку.

Он взглянул на часы.

– Уже солнце взошло, однако, – сказал он. – Вам пора спать. Раздевайтесь и спите себе во здравие. Очень рад, что познакомился с вами, – продолжал он, пожимая ей руку. – Вы славный, интересный человек. Спокойной ночи!

Он пошел к себе и лег спать.

На другой день утром, когда подали экипаж, все вышли на крыльцо проводить его. Лиза была по-праздничному в белом платье, с цветком в волосах, бледная, томная; она смотрела на него, как вчера, грустно и умно, улыбалась, говорила, и все с таким выражением, как будто хотела сказать ему что-то особенное, важное, – только ему одному. Было слышно, как пели жаворонки, как звонили в церкви. Окна в фабричных корпусах весело сияли, и, проезжая через двор и потом по дороге к станции, Королев уже не помнил ни о рабочих, ни о свайных постройках, ни о дьяволе, а думал о том времени, быть может уже близком, когда жизнь будет такою же светлой и радостной, как это тихое воскресное утро; и думал о том, как это приятно в такое утро, весной, ехать на тройке в хорошей коляске и греться на солнышке.

ДУШЕЧКА

Оленька, дочь отставного коллежского асессора Племянникова, сидела у себя во дворе на крылечке задумавшись. Было жарко, назойливо приставали мухи, и было так приятно думать, что скоро уже вечер. С востока надвигались темные дождевые тучи, и оттуда изредка потягивало влагой.

Среди двора стоял Кукин, антрепрене[1] и содержатель увеселительного сада «Тиволи», квартировавший тут же во дворе, во флигеле, и глядел на небо.

– Опять! – говорил он с отчаянием. – Опять будет дождь! Каждый день дожди, каждый день дожди – точно нарочно! Ведь это петля! Это разоренье! Каждый день страшные убытки!

Он всплеснул руками и продолжал, обращаясь к Оленьке:

– Вот вам, Ольга Семеновна, наша жизнь. Хоть плачь! Работаешь, стараешься, мучишься, ночей не спишь, все думаешь, как бы лучше, – и что же? С одной стороны, публика невежественная, дикая. Даю ей самую лучшую оперетку, феерию[2], великолепных куплетистов, но разве ей это нужно? Разве она в этом понимает что-нибудь? Ей нужен балаган! Ей подавай пошлость! С другой стороны, взгляните на погоду. Почти каждый вечер дождь. Как зарядило с десятого мая, так потом весь май и июнь, просто ужас! Публика не ходит, но ведь я за аренду плачу? Артистам плачу?

На другой день под вечер опять надвигались тучи, и Кукин говорил с истерическим хохотом:

---

[1] Антрепренёр – театральный предприниматель *(фр.)*.

[2] Фее́рия – пышное театральное представление сказочного содержания.

– Ну что ж? И пускай! Пускай хоть весь сад зальет, хоть меня самого! Чтоб мне не было счастья ни на этом, ни на том свете! Пускай артисты подают на меня в суд! Что суд? Хоть на каторгу в Сибирь! Хоть на эшафот! Ха-ха-ха!

И на третий день то же...

Оленька слушала Кукина молча, серьезно, и, случалось, слезы выступали у нее на глазах. В конце концов несчастья Кукина тронули ее, она его полюбила. Он был мал ростом, тощ, с желтым лицом, с зачесанными височками, говорил жидким тенорком, и когда говорил, то кривил рот; и на лице у него всегда было написано отчаяние, но все же он возбудил в ней настоящее, глубокое чувство. Она постоянно любила кого-нибудь и не могла без этого. Раньше она любила своего папашу, который теперь сидел больной, в темной комнате, в кресле, и тяжело дышал; любила свою тетю, которая иногда, раз в два года, приезжала из Брянска; а еще раньше, когда училась в прогимназии[1], любила своего учителя французского языка. Это была тихая, добродушная, жалостливая барышня с кротким, мягким взглядом, очень здоровая. Глядя на ее полные розовые щеки, на мягкую белую шею с темной родинкой, на добрую, наивную улыбку, которая бывала на ее лице, когда она слушала что-нибудь приятное, мужчины думали: «Да, ничего себе...» – и тоже улыбались, а гостьи-дамы не могли удержаться, чтобы вдруг среди разговора не схватить ее за руку и не проговорить в порыве удовольствия:

– Душечка!

Дом, в котором она жила со дня рождения и который в завещании был записан на ее имя, находился на окраине города, в Цыганской слободке, недалеко от сада «Тиволи»; по вечерам и по ночам ей слышно было, как в саду играла музыка, как лопались с треском ракеты, и ей казалось, что это Кукин воюет со своей судьбой и берет приступом своего главного врага – равнодушную публику; сердце у нее сладко замирало, спать совсем не хотелось, и когда под утро он

---

[1] Прогимна́зия – неполная гимназия.

возвращался домой, она тихо стучала в окошко из своей спальни и, показывая ему сквозь занавески только лицо и одно плечо, ласково улыбалась…

Он сделал предложение, и они повенчались. И когда он увидал как следует ее шею и полные, здоровые плечи, то всплеснул руками и проговорил:

– Душечка!

Он был счастлив, но так как в день свадьбы и потом ночью шел дождь, то с его лица не сходило выражение отчаяния.

После свадьбы жили хорошо. Она сидела у него в кассе, смотрела за порядками в саду, записывала расходы, выдавала жалованье, и ее розовые щеки, милая, наивная, похожая на сияние улыбка мелькали то в окошечке кассы, то за кулисами, то в буфете. И она уже говорила своим знакомым, что самое замечательное, самое важное и нужное на свете – это театр и что получить истинное наслаждение и стать образованным и гуманным можно только в театре.

– Но разве публика понимает это? – говорила она. – Ей нужен балаган! Вчера у нас шел «Фауст наизнанку», и почти все ложи были пустые, а если бы мы с Ванечкой поставили какую-нибудь пошлость, то, поверьте, театр был бы битком набит. Завтра мы с Ванечкой ставим «Орфея в аду», приходите.

И что говорил о театре и об актерах Кукин, то повторяла и она. Публику она, так же как и он, презирала за равнодушие к искусству и за невежество, на репетициях вмешивалась, поправляла актеров, смотрела за поведением музыкантов, и когда в местной газете неодобрительно отзывались о театре, то она плакала и потом ходила в редакцию объясняться.

Актеры любили ее и называли «мы с Ванечкой» и «душечкой»; она жалела их и давала им понемножку взаймы, и если, случалось, ее обманывали, то она только потихоньку плакала, но мужу не жаловалась.

И зимой жили хорошо. Сняли городской театр на всю зиму и сдавали его на короткие сроки то малороссийской труппе, то фокуснику, то местным любителям. Оленька полнела и вся сияла от удовольствия, а Кукин худел и желтел и жаловался на страшные убытки, хотя всю зиму дела шли недурно. По ночам он кашлял, а она поила его малиной и липовым цветом, натирала одеколоном, кутала в свои мягкие шали.

– Какой ты у меня славненький! – говорила она совершенно искренне, приглаживая ему волосы. – Какой ты у меня хорошенький!

В Великом посту он уехал в Москву набирать труппу, а она без него не могла спать, все сидела у окна и смотрела на звезды. И в это время она сравнивала себя с курами, которые тоже всю ночь не спят и испытывают беспокойство, когда в курятнике нет петуха. Кукин задержался в Москве и писал, что вернется к Святой, и в письмах уже делал распоряжения насчет «Тиволи». Но под Страстной понедельник, поздно вечером, вдруг раздался зловещий стук в ворота; кто-то бил в калитку, как в бочку: бум! бум! бум! Сонная кухарка, шлепая босыми ногами по лужам, побежала отворять.

– Отворите, сделайте милость! – говорил кто-то за воротами глухим басом. – Вам телеграмма!

Оленька и раньше получала телеграммы от мужа, но теперь почему-то так и обомлела. Дрожащими руками она распечатала телеграмму и прочла следующее:

«Иван Петрович скончался сегодня скоропостижно сючала ждем распоряжений хохороны вторник».

Так и было напечатано в телеграмме «хохороны» и какое-то еще непонятное слово «сючала»; подпись была режиссера опереточной труппы.

– Голубчик мой! – зарыдала Оленька. – Ванечка мой миленький, голубчик мой! Зачем же я с тобой повстречалася? Зачем я тебя узнала и полюбила? На кого ты покинул свою бедную Оленьку, бедную, несчастную?..

Кукина похоронили во вторник, в Москве, на Ваганькове; Оленька вернулась домой в среду и как только вошла к себе, то повалилась на постель и зарыдала так громко, что слышно было на улице и в соседних дворах.

– Душечка! – говорили соседки, крестясь. – Душечка Ольга Семеновна, матушка, как убивается!

Три месяца спустя как-то Оленька возвращалась от обедни, печальная, в глубоком трауре. Случилось, что с нею шел рядом тоже возвращавшийся из церкви один из ее соседей, Василий Андреич Пустовалов, управляющий лесным складом купца Бабакаева. Он был в соломенной шляпе и в белом жилете с золотой цепочкой и походил больше на помещика, чем на торговца.

– Всякая вещь имеет свой порядок, Ольга Семеновна, – говорил он степенно, с сочувствием в голосе, – и если кто из наших ближних умирает, то, значит, так Богу угодно, и в этом случае мы должны себя помнить и переносить с покорностью.

Доведя Оленьку до калитки, он простился и пошел далее. После этого весь день слышался ей его степенный голос, и едва она закрывала глаза, как мерещилась его темная борода. Он ей очень понравился. И, по-видимому, она тоже произвела на него впечатление, потому что немного погодя к ней пришла пить кофе одна пожилая дама, мало ей знакомая, которая как только села за стол, то немедля заговорила о Пустовалове, о том, что он хороший, солидный человек и что за него с удовольствием пойдет всякая невеста. Через три дня пришел с визитом и сам Пустовалов; он сидел недолго, минут десять, и говорил мало, но Оленька его полюбила, так полюбила, что всю ночь не спала и горела, как в лихорадке, а утром послала за пожилой дамой. Скоро ее просватали, потом была свадьба.

Пустовалов и Оленька, поженившись, жили хорошо. Обыкновенно он сидел в лесном складе до обеда, потом уходил по делам, и его сменяла Оленька, которая сидела в конторе до вечера и писала там счета и отпускала товар.

– Теперь лес с каждым годом дорожает на двадцать процентов, – говорила она покупателям и знакомым. – Помилуйте, прежде мы торговали местным лесом, теперь же Васечка должен каждый год ездить за лесом в Могилевскую губернию. А какой тариф! – говорила она, в ужасе закрывая обе щеки руками. – Какой тариф!

Ей казалось, что она торгует лесом уже давно-давно, что в жизни самое важное и нужное – это лес, и что-то родное, трогательное слышалось ей в словах: балка, кругляк, тес, шелевка, безымянка, решетник, лафет, горбыль… По ночам, когда она спала, ей снились целые горы досок и теса, длинные, бесконечные вереницы подвод, везущих лес куда-то далеко за город; снилось ей, как целый полк двенадцатиаршинных, пятивершковых бревен стоймя шел войной на лесной склад, как бревна, балки и горбыли стукались, издавая гулкий звук сухого дерева, все падало и опять вставало, громоздясь друг на друга; Оленька вскрикивала во сне, и Пустовалов говорил ей нежно:

– Оленька, что с тобой, милая? Перекрестись!

Какие мысли были у мужа, такие и у нее. Если он думал, что в комнате жарко или что дела теперь стали тихие, то так думала и она. Муж ее не любил никаких развлечений и в праздники сидел дома, и она тоже.

– И всё вы дома или в конторе, – говорили знакомые. – Вы бы сходили в театр, душечка, или в цирк.

– Нам с Васечкой некогда по театрам ходить, – отвечала она степенно. – Мы люди труда, нам не до пустяков. В театрах этих что хорошего?

По субботам Пустовалов и она ходили ко всенощной, в праздники – к ранней обедне и, возвращаясь из церкви, шли рядышком, с умиленными лицами, от обоих хорошо пахло, и ее шелковое платье приятно шумело; а дома пили чай со сдобным хлебом и с разными вареньями, потом кушали пирог. Каждый день в полдень во дворе и за воротами, на улице, вкусно пахло борщом и жареной бараниной или уткой, а в постные дни – рыбой, и мимо ворот нельзя было пройти без того, чтобы не захотелось есть. В конторе всегда кипел самовар, и покупателей угощали чаем с бубликами. Раз в неделю супруги ходили в баню и возвращались оттуда рядышком, оба красные.

– Ничего, живем хорошо, – говорила Оленька знакомым, – слава Богу. Дай Бог всякому жить, как мы с Васечкой.

Когда Пустовалов уезжал в Могилевскую губернию за лесом, она сильно скучала и по ночам не спала, плакала. Иногда по вечерам приходил к ней полковой ветеринарный врач Смирнин, молодой человек, квартировавший у нее во флигеле. Он рассказывал ей что-нибудь или играл с нею в карты, и это ее развлекало. Особенно интересны были рассказы из его собственной семейной жизни; он был женат и имел сына, но с женой разошелся, так как она ему изменила, и теперь он ее ненавидел и высылал ей ежемесячно по сорока рублей на содержание сына. И, слушая об этом, Оленька вздыхала и покачивала головой, и ей было жаль его.

– Ну, спаси вас Господи, – говорила она, прощаясь с ним и провожая его со свечой до лестницы. – Спасибо, что поскучали со мной, дай Бог вам здоровья, Царица Небесная...

И все она выражалась так степенно, так рассудительно, подражая мужу; ветеринар уже скрывался внизу за дверью, а она окликала его и говорила:

– Знаете, Владимир Платоныч, вы бы помирились с вашей женой. Простили бы ее хоть ради сына!.. Мальчишечка-то небось все понимает.

А когда возвращался Пустовалов, она рассказывала ему вполголоса про ветеринара и его несчастную семейную жизнь, и оба вздыхали и покачивали головами и говорили о мальчике, который, вероятно, скучает по отце, потом, по какому-то странному течению мыслей, оба становились перед образами, клали земные поклоны и молились, чтобы Бог послал им детей.

И так прожили Пустоваловы тихо и смирно, в любви и полном согласии шесть лет. Но вот как-то зимой Василий Андреич в складе, напившись горячего чаю, вышел без шапки отпускать лес, простудился и занемог. Его лечили лучшие доктора, но болезнь взяла свое, и он умер, проболев четыре месяца. И Оленька опять овдовела.

– На кого же ты меня покинул, голубчик мой? – рыдала она, похоронив мужа. – Как же я теперь буду жить без тебя, горькая я и несчастная? Люди добрые, пожалейте меня, сироту круглую...

Она ходила в черном платье с плерезами[1] и уже отказалась навсегда от шляпки и перчаток, выходила из дому редко, только в церковь или на могилку мужа, и жила дома как монашенка. И только когда прошло шесть месяцев, она сняла плерезы и стала открывать на окнах ставни. Иногда уже видели по утрам, как она ходила за провизией на базар со своей кухаркой, но о том, как она жила у себя теперь и что делалось у нее в доме, можно было только догадываться. По тому, например, догадывались, что видели, как как она в своем садике пила чай с ветеринаром, а он читал ей вслух газету, и еще по тому, что, встретясь на почте с одной знакомой дамой, она сказала:

– У нас в городе нет правильного ветеринарного надзора, и от этого много болезней. То и дело слышишь, люди заболевают от молока и заражаются от лошадей и коров. О здоровье домашних животных, в сущности, надо заботиться так же, как о здоровье людей.

Она повторяла мысли ветеринара и теперь была обо всем такого же мнения, как он. Было ясно, что она не могла прожить без привязанности и одного года и нашла свое новое счастье у себя во флигеле. Другую бы осудили за это, но об Оленьке никто не мог подумать дурно, и все было так понятно в ее жизни. Она и ветеринар никому не говорили о перемене, какая произошла в их отношениях, и старались скрыть, но это им не удавалось, потому что у Оленьки не могло быть тайн. Когда к нему приходили гости, его сослуживцы по полку, то она, наливая им чай или подавая ужинать, начинала говорить о чуме на рогатом скоте, о жемчужной болезни, о городских бойнях, а он страшно конфузился и, когда уходили гости, хватал ее за руку и шипел сердито:

– Я ведь просил тебя не говорить о том, чего ты не понимаешь! Когда мы, ветеринары, говорим между собой, то, пожалуйста, не вмешивайся. Это, наконец, скучно!

А она смотрела на него с изумлением и с тревогой и спрашивала:

– Володечка, о чем же мне говорить?

---

[1] Плере́зы – белые нашивки на черном траурном платье (*фр.*).

И она со слезами на глазах обнимала его, умоляла не сердиться, и оба были счастливы.

Но, однако, это счастье продолжалось недолго. Ветеринар уехал вместе с полком, уехал навсегда, так как полк перевели куда-то очень далеко, чуть ли не в Сибирь. И Оленька осталась одна.

Теперь уже она была совершенно одна. Отец давно уже умер, и кресло его валялось на чердаке, запыленное, без одной ножки. Она похудела и подурнела, и на улице встречные уже не глядели на нее, как прежде, и не улыбались ей; очевидно, лучшие годы уже прошли, остались позади, и теперь начиналась какая-то новая жизнь, неизвестная, о которой лучше не думать. По вечерам Оленька сидела на крылечке, и ей слышно было, как в «Тиволи» играла музыка и лопались ракеты, но это уже не вызывало никаких мыслей. Глядела она безучастно на свой пустой двор, ни о чем не думала, ничего не хотела, а потом, когда наступала ночь, шла спать и видела во сне свой пустой двор. Ела и пила она точно поневоле.

А главное, что хуже всего, у нее уже не было никаких мнений. Она видела кругом себя предметы и понимала все, что происходило кругом, но ни о чем не могла составить мнения и не знала, о чем ей говорить. А как это ужасно – не иметь никакого мнения! Видишь, например, как стоит бутылка, или идет дождь, или едет мужик на телеге, но для чего эта бутылка, или дождь, или мужик, какой в них смысл, сказать не можешь и даже за тысячу рублей ничего не сказал бы. При Кукине и Пустовалове и потом при ветеринаре Оленька могла объяснить все и сказала бы свое мнение о чем угодно, теперь же и среди мыслей, и в сердце у нее была такая же пустота, как и на дворе. И так жутко и так горько, как будто объелась полыни.

Город мало-помалу расширялся во все стороны; Цыганскую слободку уже называли улицей, и там, где были сад «Тиволи» и лесные склады, выросли уже дома и образовался ряд переулков. Как быстро бежит время! Дом у Оленьки потемнел, крыша заржавела, сарай покосился, и весь двор порос бурьяном и колючей крапивой. Сама Оленька постарела, подурнела; летом она сидит на крылечке, и на душе у нее по-прежнему и пусто, и нудно, и отдает полынью, а зимой сидит она у окна и глядит на снег. Повеет ли весной, донесет ли ветер звон соборных колоколов, и вдруг нахлынут воспоминания о прошлом, сладко сожмется сердце, и из глаз польются обильные слезы, но это только на минуту, а там опять пустота, и неизвестно, зачем живешь. Черная кошечка Брыска ласкается и мягко мурлычет, но не трогают Оленьку эти кошачьи ласки. Это ли ей нужно! Ей бы такую любовь, которая захватила бы все ее существо, всю душу, разум, дала бы ей мысли, направление жизни, согрела бы ее стареющую кровь. И она стряхивает с подола черную Брыску и говорит ей с досадой:

– Поди, поди... Нечего тут!

И так день за днем, год за годом, – и ни одной радости, и нет никакого мнения. Что сказала Мавра-кухарка, то и хорошо.

В один жаркий июльский день, под вечер, когда по улице гнали городское стадо и весь двор наполнился облаками пыли, вдруг кто-то постучал в калитку. Оленька пошла сама отворять и как взглянула, так и обомлела: за воротами стоял ветеринар Смирнин, уже седой и в штатском платье. Ей вдруг вспомнилось все, она не удержалась, заплакала и положила ему голову на грудь, не сказавши ни одного слова, и в сильном волнении не заметила, как оба потом вошли в дом, как сели чай пить.

– Голубчик мой! – бормотала она, дрожа от радости. – Владимир Платоныч! Откуда Бог принес?

– Хочу здесь совсем поселиться, – рассказывал он. – Подал в отставку и вот приехал попробовать счастья на воле, пожить оседлой жизнью. Да и сына пора уже отдавать в гимназию. Вырос. Я-то, знаете ли, помирился с женой.

– А где же она? – спросила Оленька.

– Она с сыном в гостинице, а я вот хожу и квартиру ищу.

– Господи, батюшка, да возьмите у меня дом! Чем не квартира? Ах, господи, да я с вас ничего и не возьму, – заволновалась Оленька и опять заплакала. – Живите тут, а с меня и флигеля довольно. Радость-то, господи!

На другой день уже красили на доме крышу и белили стены, и Оленька, подбоченясь, ходила по двору и распоряжалась. На лице ее засветилась прежняя улыбка, и вся она ожила, посвежела, точно очнулась от долгого сна. Приехала жена ветеринара, худая, некрасивая дама с короткими волосами и с капризным выражением, и с нею мальчик, Саша, маленький не по летам (ему шел уже десятый год), полный, с ясными голубыми глазами и с ямочками на щеках. И едва мальчик вошел во двор, как побежал за кошкой, и тотчас же послышался его веселый, радостный смех.

– Тетенька, это ваша кошка? – спросил он у Оленьки. – Когда она у вас ощенится, то, пожалуйста, подарите нам одного котеночка. Мама очень боится мышей.

Оленька поговорила с ним, напоила его чаем, и сердце у нее в груди стало вдруг теплым и сладко сжалось, точно этот мальчик был ее родной сын. И когда вечером он, сидя в столовой, повторял уроки, она смотрела на него с умилением и с жалостью и шептала:

– Голубчик мой, красавчик… Деточка моя, и уродился же ты такой умненький, такой беленький.

– Островом называется, – прочел он, – часть суши, со всех сторон окруженная водою.

– Островом называется часть суши… – повторила она, и это было ее первое мнение, которое она высказала с уверенностью после стольких лет молчания и пустоты в мыслях.

И она уже имела свои мнения и за ужином говорила с родителями Саши о том, как теперь детям трудно учиться в гимназиях, но что все-таки классическое образован[1] лучше реального[2], так как из гимназии всюду открыта дорога: хочешь – иди в доктора, хочешь – в инженеры.

---

[1] Классическое образование – среднее образование, в курс которого входило изучение классических языков: латыни и древнегреческого.

[2] Реальное – среднее образование, в курсе которого уделялось больше внимания точным и естественным наукам.

Саша стал ходить в гимназию. Его мать уехала в Харьков к сестре и не возвращалась; отец его каждый день уезжал куда-то осматривать гурты и, случалось, не живал дома дня по три, и Оленьке казалось, что Сашу совсем забросили, что он лишний в доме, что он умирает с голоду; и она перевела его к себе во флигель и устроила его там в маленькой комнате.

И вот уже прошло полгода, как Саша живет у нее во флигеле. Каждое утро Оленька входит в его комнату; он крепко спит, подложив руку под щеку, не дышит. Ей жаль будить его.

– Сашенька, – говорит она печально, – вставай, голубчик! В гимназию пора.

Он встает, одевается, молится Богу, потом садится чай пить; выпивает три стакана чаю и съедает два больших бублика и пол французского хлеба с маслом. Он еще не совсем очнулся от сна и потому не в духе.

– А ты, Сашенька, нетвердо выучил басню, – говорит Оленька и глядит на него так, будто провожает его в дальнюю дорогу. – Забота мне с тобой. Уж ты старайся, голубчик, учись… Слушайся родителей.

– Ах, оставьте, пожалуйста! – говорит Саша.

Затем он идет по улице в гимназию, сам маленький, но в большом картузе, с ранцем на спине. За ним бесшумно идет Оленька.

– Сашенька-а! – окликает она.

Он оглядывается, а она сует ему в руку финик или карамельку. Когда поворачивают в тот переулок, где стоит гимназия, ему становится совестно, что за ним идет высокая, полная женщина; он оглядывается и говорит:

– Вы, тетя, идите домой, а теперь уже я сам дойду.

Она останавливается и смотрит ему вслед не мигая, пока он не скрывается в подъезде гимназии. Ах, как она его любит! Из ее прежних привязанностей ни одна не была такой глубокой, никогда еще раньше ее душа не покорялась так беззаветно, бескорыстно и с такой отрадой, как теперь, когда в ней все более и более разгоралось материнское чувство. За этого чужого ей мальчика, за его ямочки на щеках, за картуз она отдала бы всю свою жизнь, отдала бы с радостью, со слезами умиления. Почему? А кто ж его знает – почему?

Проводив Сашу в гимназию, она возвращается домой тихо, такая довольная, покойная, любвеобильная; ее лицо, помолодевшее за последние полгода, улыбается, сияет; встречные, глядя на нее, испытывают удовольствие и говорят ей:

– Здравствуйте, душечка Ольга Семеновна! Как поживаете, душечка?

– Трудно теперь стало в гимназии учиться, – рассказывает она на базаре. – Шутка ли, вчера в первом классе задали басню наизусть, да перевод латинский, да задачу… Ну, где тут маленькому?

И она начинает говорить об учителях, об уроках, об учебниках – то же самое, что говорит о них Саша.

В третьем часу вместе обедают, вечером вместе готовят уроки и плачут. Укладывая его в постель, она долго крестит его и шепчет молитву, потом, ложась спать, грезит о том будущем, далеком и туманном, когда Саша, кончив курс, станет доктором или инженером, будет иметь собственный большой дом, лошадей, коляску, женится и у него родятся дети… Она засыпает и все думает о том же, и слезы текут у нее по щекам из закрытых глаз. И черная кошечка лежит у нее под боком и мурлычет:

«Мур… мур… мур…»

Вдруг сильный стук в калитку. Оленька просыпается и не дышит от страха; сердце у нее сильно бьется. Проходит полминуты, и опять стук.

«Это телеграмма из Харькова, – думает она, начиная дрожать всем телом. – Мать требует Сашу к себе в Харьков… О господи!»

Она в отчаянии; у нее холодеют голова, ноги, руки, и кажется, что несчастнее ее нет человека во всем свете. Но проходит еще минута, слышатся голоса – это ветеринар вернулся домой из клуба.

«Ну, слава богу», – думает она.

От сердца мало-помалу отстает тяжесть, опять становится легко; она ложится и думает о Саше, который спит крепко в соседней комнате и изредка говорит в бреду:

– Я ттебе! Пошел вон! Не дерись!

1899

ДАМА С СОБАЧКОЙ

I

Говорили, что на набережной появилось новое лицо: дама с собачкой. Дмитрий Дмитрии Гуров, проживший в Ялте уже две недели и привыкший тут, тоже стал интересоваться новыми лицами. Сидя в павильоне у Верне, он видел, как по набережной прошла молодая дама, невысокого роста блондинка, в берете; за нею бежал белый шпиц.

И потом он встречал ее в городском саду и на сквере, по нескольку раз в день. Она гуляла одна, все в том же берете, с белым шпицем; никто не знал, кто она, и называли ее просто так: дама с собачкой.

«Если она здесь без мужа и без знакомых, – соображал Гуров, – то было бы не лишнее познакомиться с ней».

Ему не было еще сорока, но у него была уже дочь двенадцати лет и два сына-гимназиста. Его женили рано, когда он был еще студентом второго курса, и теперь жена казалась в полтора раза старше его. Это была женщина высокая, с темными бровями, прямая, важная, солидная и, как она сама себя называла, мыслящая. Она много читала, не писала в письмах ъ, называла мужа не Дмитрием, а Димитрием, а он втайне считал ее недалекой, узкой, неизящной, боялся ее и не любил бывать дома. Изменять ей он начал уже давно, изменял часто и, вероятно, поэтому о женщинах отзывался почти всегда дурно, и когда в его присутствии говорили о них, то он называл их так:

– Низшая раса!

Ему казалось, что он достаточно научен горьким опытом, чтобы называть их как угодно, но все же без «низшей расы» он не мог бы прожить и двух дней. В обществе мужчин ему было скучно, не по себе, с ними он был неразговорчив, холоден, но когда находился среди женщин, то чувствовал себя свободно и знал, о чем говорить с ними и как держать себя; и даже молчать с ними ему было легко. В его наружности, в характере, во всей его натуре было что-то привлекательное, неуловимое, что располагало к нему женщин, манило их; он знал об этом, и самого его тоже какая-то сила влекла к ним.

Опыт многократный, в самом деле горький опыт, научил его давно, что всякое сближение, которое вначале так приятно разнообразит жизнь и представляется милым и легким приключением, у порядочных людей, особенно у москвичей, тяжелых на подъем, нерешительных, неизбежно вырастает в целую задачу, сложную чрезвычайно, и положение в конце концов становится тягостным. Но при всякой новой встрече с интересною женщиной этот опыт как-то ускользал из памяти, и хотелось жить, и все казалось так просто и забавно.

И вот однажды, под вечер, он обедал в саду, а дама в берете подходила не спеша, чтобы занять соседний стол. Ее выражение, походка, платье, прическа говорили ему, что она из порядочного общества, замужем, в Ялте в первый раз и одна, что ей скучно здесь... В рассказах о нечистоте местных нравов много неправды, он презирал их и знал, что такие рассказы в большинстве сочиняются людьми, которые сами бы охотно грешили, если б умели; но когда дама села за соседний стол в трех шагах от него, ему вспомнились эти рассказы о легких победах, о поездках в горы, и соблазнительная мысль о скорой, мимолетной связи, о романе с неизвестною женщиной, которой не знаешь по имени и фамилии, вдруг овладела им.

Он ласково поманил к себе шпица и, когда тот подошел, погрозил ему пальцем. Шпиц заворчал. Гуров опять погрозил.

Дама взглянула на него и тотчас же опустила глаза.

– Он не кусается, – сказала она и покраснела.

– Можно дать ему кость? – И когда она утвердительно кивнула головой, он спросил приветливо: – Вы давно изволили приехать в Ялту?

– Дней пять.

– А я уже дотягиваю здесь вторую неделю.

Помолчали немного.

– Время идет быстро, а между тем здесь такая скука! – сказала она, не глядя на него.

– Это только принято говорить, что здесь скучно. Обыватель живет у себя где-нибудь в Белёве или Жиздре – и ему не скучно, а приедет сюда: «Ах, скучно! ах, пыль!» Подумаешь, что он из Гренады приехал.

Она засмеялась. Потом оба продолжали есть молча, как незнакомые; но после обеда пошли рядом – и начался шутливый, легкий разговор людей свободных, довольных, которым все равно, куда бы ни идти, о чем ни говорить. Они гуляли и говорили о том, как странно освещено море; вода была сиреневого цвета, такого мягкого и теплого, и по ней от луны шла золотая полоса. Говорили о том, как душно после жаркого дня. Гуров рассказал, что он москвич, по образованию филолог, но служит в банке; готовился когда-то петь в частной опере, но бросил, имеет в Москве два дома… А от нее он узнал, что она выросла в Петербурге, но вышла замуж в С., где живет уже два года, что пробудет она в Ялте еще с месяц и за ней, быть может, приедет ее муж, которому тоже хочется отдохнуть. Она никак не могла объяснить, где служит ее муж – в губернском правлении или в губернской земской управе, и это ей самой было смешно. И узнал еще Гуров, что ее зовут Анной Сергеевной.

Потом у себя в номере он думал о ней, о том, что завтра она, наверное, встретится с ним. Так должно быть. Ложась спать, он вспомнил, что она еще так недавно была институткой, училась, все равно как теперь его дочь, вспомнил, сколько еще несмелости, угловатости было в ее смехе, в разговоре с незнакомым, – должно быть, это первый раз в жизни она была одна, в такой обстановке, когда за ней ходят и на нее смотрят и говорят с ней только с одною тайною целью, о которой она не может не догадываться. Вспомнил он ее тонкую, слабую шею, красивые серые глаза.

«Что-то в ней есть жалкое все-таки», – подумал он и стал засыпать.

II

Прошла неделя после знакомства. Был праздничный день. В комнатах было душно, а на улицах вихрем носилась пыль, срывало шляпы. Весь день хотелось пить, и Гуров часто заходил в павильон и предлагал Анне Сергеевне то воды с сиропом, то мороженого. Некуда было деваться.

Вечером, когда немного утихло, они пошли на мол, чтобы посмотреть, как придет пароход. На пристани было много гуляющих; собрались встречать кого-то, держали букеты. И тут отчетливо бросались в глаза две особенности нарядной ялтинской толпы: пожилые дамы были одеты как молодые, и было много генералов.

По случаю волнения на море пароход пришел поздно, когда уже село солнце, и, прежде чем пристать к молу, долго поворачивался. Анна Сергеевна смотрела в лорнетку на пароход и на пассажиров, как бы отыскивая знакомых, и когда обращалась к Гурову, то глаза у нее блестели. Она много говорила, и вопросы у нее были отрывисты, и она сама тотчас же забывала, о чем спрашивала; потом потеряла в толпе лорнетку.

Нарядная толпа расходилась, уже не было видно лиц, ветер стих совсем, а Гуров и Анна Сергеевна стояли, точно ожидая, не сойдет ли еще кто с парохода. Анна Сергеевна уже молчала и нюхала цветы, не глядя на Гурова.

– Погода к вечеру стала получше, – сказал он. – Куда же мы теперь пойдем? Не поехать ли нам куда-нибудь?

Она ничего не ответила.

Тогда он пристально поглядел на нее и вдруг обнял ее и поцеловал в губы, и его обдало запахом и влагой цветов, и тотчас же он пугливо огляделся: не видел ли кто?

– Пойдемте к вам... – проговорил он тихо.

И оба пошли быстро.

У нее в номере было душно, пахло духами, которые она купила в японском магазине. Гуров, глядя на нее теперь, думал: «Каких только не бывает в жизни встреч!» От прошлого у него сохранилось воспоминание о беззаботных, добродушных женщинах, веселых от любви, благодарных ему за счастье, хотя бы очень короткое; и о таких, – как, например, его жена, – которые любили без искренности, с излишними разговорами, манерно, с истерией, с таким выражением, как будто то была не любовь, не страсть, а что-то более значительное; и о таких двухтрех, очень красивых, холодных, у которых вдруг промелькало на лице хищное выражение, упрямое желание взять, выхватить у жизни больше, чем она может дать, и это были не первой молодости, капризные, не рассуждающие, властные, неумные женщины, и когда Гуров охладевал к ним, то красота их возбуждала в нем ненависть, и кружева на их белье казались ему тогда похожими на чешую.

Но тут все та же несмелость, угловатость неопытной молодости, неловкое чувство; и было впечатление растерянности, как будто кто вдруг постучал в дверь. Анна Сергеевна, эта «дама с собачкой», к тому, что произошло, отнеслась как-то особенно, очень серьезно, точно к своему падению, – так казалось, и это было странно и некстати. У нее опустились, завяли черты и по сторонам лица печально висели длинные волосы, она задумалась в унылой позе, точно грешница на старинной картине.

– Нехорошо, – сказала она. – Вы же первый меня не уважаете теперь.

На столе в номере был арбуз. Гуров отрезал себе ломоть и стал есть не спеша. Прошло, по крайней мере, полчаса в молчании.

Анна Сергеевна была трогательна, от нее веяло чистотой порядочной, наивной, мало жившей женщины; одинокая свеча, горевшая на столе, едва освещала ее лицо, но было видно, что у нее нехорошо на душе.

– Отчего бы я мог перестать уважать тебя? – спросил Гуров. – Ты сама не знаешь, что говоришь.

– Пусть Бог меня простит! – сказала она, и глаза у нее наполнились слезами. – Это ужасно.

– Ты точно оправдываешься.

– Чем мне оправдаться? Я дурная, низкая женщина, я себя презираю и об оправдании не думаю. Я не мужа обманула, а самое себя. И не сейчас только, а уже давно обманываю. Мой муж, быть может, честный, хороший человек, но ведь он лакей! Я не знаю, что он делает там, как служит, а знаю только, что он лакей. Мне, когда я вышла за него, было двадцать лет, меня томило любопытство, мне хотелось чего-нибудь получше; ведь есть же, – говорила я себе, – другая жизнь. Хотелось пожить! Пожить и пожить… Любопытство меня жгло… вы этого не понимаете, но, клянусь Богом, я уже не могла владеть собой, со мной что-то делалось, меня нельзя было удержать, я сказала мужу, что больна, и поехала сюда… И здесь все ходила, как в угаре, как безумная… и вот я стала пошлой, дрянной женщиной, которую всякий может презирать…

Гурову было уже скучно слушать, его раздражал наивный тон, это покаяние, такое неожиданное и неуместное; если бы не слезы на глазах, то можно было бы подумать, что она шутит или играет роль.

– Я не понимаю, – сказал он тихо, – что же ты хочешь?

Она спрятала лицо у него на груди и прижалась к нему.

– Верьте, верьте мне, умоляю вас… – говорила она. – Я люблю честную, чистую жизнь, а грех мне гадок, я сама не знаю, что делаю. Простые люди говорят: нечистый попутал. И я могу теперь про себя сказать, что меня попутал нечистый.

– Полно, полно… – бормотал он.

Он смотрел ей в неподвижные, испуганные глаза, целовал ее, говорил тихо и ласково, и она понемногу успокоилась, и веселость вернулась к ней; стали оба смеяться.

Потом, когда они вышли, на набережной не было ни души, город со своими кипарисами имел совсем мертвый вид, но море еще шумело и билось о берег; один баркас качался на волнах, и на нем сонно мерцал фонарик.

Нашли извозчика и поехали в Ореанду.

– Я сейчас внизу, в передней, узнал твою фамилию: на доске написано фон Дидериц, – сказал Гуров. – Твой муж немец?

– Нет, у него, кажется, дед был немец, но сам он православный.

В Ореанде сидели на скамье, недалеко от церкви, смотрели вниз, на море, и молчали. Ялта была едва видна сквозь утренний туман, на вершинах гор неподвижно стояли белые облака. Листва не шевелилась на деревьях, кричали цикады, и однообразный, глухой шум моря, доносившийся снизу, говорил о покое, о вечном сне, какой ожидает нас. Так шумело внизу, когда еще тут не было ни Ялты, ни Ореанды, теперь шумит и будет шуметь так же равнодушно и глухо, когда нас не будет. И в этом постоянстве, в полном равнодушии к жизни и смерти каждого из нас кроется, быть может, залог нашего вечного спасения, непрерывного движения жизни на земле, непрерывного совершенства. Сидя рядом с молодой женщиной, которая на рассвете казалась такой красивой, успокоенный и очарованный в виду этой сказочной обстановки – моря, гор, облаков, широкого неба, Гуров думал о том, как, в сущности, если вдуматься, все прекрасно на этом свете, все, кроме того, что мы сами мыслим и делаем, когда забываем о высших целях бытия, о своем человеческом достоинстве.

Подошел какой-то человек – должно быть, сторож, – посмотрел на них и ушел. И эта подробность показалась такой таинственной и тоже красивой. Видно было, как пришел пароход из Феодосии, освещенный утренней зарей, уже без огней.

– Роса на траве, – сказала Анна Сергеевна после молчания.

– Да. Пора домой.

Они вернулись в город.

Потом каждый полдень они встречались на набережной, завтракали вместе, обедали, гуляли, восхищались морем. Она жаловалась, что дурно спит и что у нее тревожно бьется сердце, задавала все одни и те же вопросы, волнуемая то ревностью, то страхом, что он недостаточно ее уважает. И часто на сквере или в саду, когда вблизи их никого не было, он вдруг привлекал ее к себе и целовал страстно. Совершенная праздность, эти поцелуи среди белого дня, с оглядкой и страхом, как бы кто не увидел, жара, запах моря и постоянное мелькание перед глазами праздных, нарядных, сытых людей точно переродили его; он говорил Анне Сергеевне о том, как она хороша, как соблазнительна, был нетерпеливо страстен, не отходил от нее ни на шаг, а она часто задумывалась и все просила его сознаться, что он ее не уважает, нисколько не любит, а только видит в ней пошлую женщину. Почти каждый вечер попозже они уезжали куда-нибудь за город, в Ореанду или на водопад; и прогулка удавалась, впечатления неизменно всякий раз были прекрасны, величавы.

Ждали, что приедет муж. Но пришло от него письмо, в котором он извещал, что у него разболелись глаза, и умолял жену поскорее вернуться домой. Анна Сергеевна заторопилась.

– Это хорошо, что я уезжаю, – говорила она Гурову. – Это сама судьба.

Она поехала на лошадях, и он провожал ее. Ехали целый день. Когда она садилась в вагон курьерского поезда и когда пробил второй звонок, она говорила:

– Дайте я погляжу на вас еще... Погляжу еще раз. Вот так.

Она не плакала, но была грустна, точно больна, и лицо у нее дрожало.

– Я буду о вас думать... вспоминать, – говорила она. – Господь с вами, оставайтесь. Не поминайте лихом. Мы навсегда прощаемся, это так нужно, потому что не следовало бы вовсе встречаться. Ну, Господь с вами.

Поезд ушел быстро, его огни скоро исчезли, и через минуту уже не было слышно шума, точно все сговорилось нарочно, чтобы прекратить поскорее это сладкое забытье, это безумие. И, оставшись один на платформе и глядя в темную даль, Гуров слушал крик кузнечиков и гудение телеграфных проволок с таким чувством, как будто только что проснулся. И он думал о том, что вот в его жизни было еще одно похождение или приключение, и оно тоже уже кончилось, и осталось теперь воспоминание... Он был растроган, грустен и испытывал легкое раскаяние; ведь эта молодая женщина, с которой он больше уже никогда не увидится, не была с ним счастлива; он был приветлив с ней и сердечен, но все же в обращении с ней, в его тоне и ласках сквозила тенью легкая насмешка, грубоватое высокомерие счастливого мужчины, который к тому же почти вдвое старше ее. Все время она называла его добрым, необыкновенным, возвышенным; очевидно, он казался ей не тем, чем был на самом деле, значит, невольно обманывал ее…

Здесь, на станции, уже пахло осенью, вечер был прохладный.

«Пора и мне на север, – думал Гуров, уходя с платформы. – Пора!»

III

Дома в Москве уже все было по-зимнему, топили печи, и по утрам, когда дети собирались в гимназию и пили чай, было темно, и няня ненадолго зажигала огонь. Уже начались морозы. Когда идет первый снег, в первый день езды на санях, приятно видеть белую землю, белые крыши, дышится мягко, славно, и в это время вспоминаются юные годы. У старых лип и берез, белых от инея, добродушное выражение, они ближе к сердцу, чем кипарисы и пальмы, и вблизи них уже не хочется думать о горах и море.

Гуров был москвич, вернулся он в Москву в хороший, морозный день, и когда надел шубу и теплые перчатки и прошелся по Петровке и когда в субботу вечером услышал звон колоколов, то недавняя поездка и места, в которых он был, утеряли для него все очарование. Мало-помалу он окунулся в московскую жизнь, уже с жадностью прочитывал по три газеты в день и говорил, что не читает московских газет из принципа. Его уже тянуло в рестораны, клубы, на званые обеды, юбилеи, и уже ему было лестно, что у него бывают известные адвокаты и артисты и что в Докторском клубе он играет в карты с профессором. Уже он мог съесть целую порцию селянки на сковородке…

Пройдет какой-нибудь месяц, и Анна Сергеевна, казалось ему, покроется в памяти туманом и только изредка будет сниться с трогательной улыбкой, как снились другие. Но прошло больше месяца, наступила глубокая зима, а в памяти все было ясно, точно расстался он с Анной Сергеевной только вчера. И воспоминания разгорались все сильнее. Доносились ли в вечерней тишине в его кабинет голоса детей, приготовлявших уроки, слышал ли он романс или орган в ресторане или завывала в камине метель, как вдруг воскресало в памяти все: и то, что было на молу, и раннее утро с туманом на горах, и пароход из Феодосии, и поцелуи. Он долго ходил по комнате, и вспоминал, и улыбался, и потом воспоминания переходили в мечты, и прошедшее в воображении мешалось с тем, что будет. Анна Сергеевна не снилась ему, а шла за ним всюду, как тень, и следила за ним. Закрывши глаза, он видел ее как живую, и она казалась красивее, моложе, нежнее, чем была; и сам он казался себе лучше, чем был тогда, в Ялте. Она по вечерам глядела на него из книжного шкафа, из камина, из угла, он слышал ее дыхание, ласковый шорох ее одежды. На улице он провожал взглядом женщин, искал, нет ли похожей на нее...

И уже томило сильное желание поделиться с кем-нибудь своими воспоминаниями. Но дома нельзя было говорить о своей любви, а вне дома - не с кем. Не с жильцами же и не в банке. И о чем говорить? Разве он любил тогда? Разве было что-нибудь красивое, поэтическое, или поучительное, или просто интересное в его отношениях к Анне Сергеевне? И приходилось говорить неопределенно о любви, о женщинах, и никто не догадывался, в чем дело, и только жена шевелила своими темными бровями и говорила:

- Тебе, Димитрий, совсем не идет роль фата.

Однажды ночью, выходя из Докторского клуба со своим партнером, чиновником, он не удержался и сказал:

- Если бы вы знали, с какой очаровательной женщиной я познакомился в Ялте!

Чиновник сел в сани и поехал, но вдруг обернулся и окликнул:

- Дмитрий Дмитрии!

- Что?

- А давеча вы были правы: осетрина-то с душком!

Эти слова, такие обычные, почему-то вдруг возмутили Гурова, показались ему унизительными, нечистыми. Какие дикие нравы, какие лица! Что за бестолковые ночи, какие неинтересные, незаметные дни! Неистовая игра в карты, обжорство, пьянство, постоянные разговоры всё об одном. Ненужные дела и разговоры всё об одном отхватывают на свою долю лучшую часть времени, лучшие силы, и в конце концов остается какая-то куцая, бескрылая жизнь, какая-то чепуха, и уйти и бежать нельзя, точно сидишь в сумасшедшем доме или в арестантских ротах!

Гуров не спал всю ночь и возмущался и затем весь день провел с головной болью. И в следующие ночи он спал дурно, все сидел в постели и думал или ходил из угла в угол. Дети ему надоели, банк надоел, не хотелось никуда идти, ни о чем говорить.

В декабре на праздниках он собрался в дорогу и сказал жене, что уезжает в Петербург хлопотать за одного молодого человека – и уехал в С. Зачем? Он и сам не знал хорошо. Ему хотелось повидаться с Анной Сергеевной и поговорить, устроить свидание, если можно.

Приехал он в С. утром и занял в гостинице лучший номер, где весь пол был обтянут серым солдатским сукном и была на столе чернильница, серая от пыли, со всадником на лошади, у которого была поднята рука со шляпой, а голова отбита. Швейцар дал ему нужные сведения: фон Дидериц живет на Старо-Гончарной улице, в собственном доме, – это недалеко от гостиницы, живет хорошо, богато, имеет своих лошадей, его все знают в городе. Швейцар выговаривал так: Дрыдыриц.

Гуров не спеша пошел на Старо-Гончарную, отыскал дом. Как раз против дома тянулся забор, серый, длинный, с гвоздями.

«От такого забора убежишь», – думал Гуров, поглядывая то на окна, то на забор.

Он соображал: сегодня день неприсутственный, и муж, вероятно, дома. Да и все равно, было бы бестактно войти в дом и смутить. Если же послать записку, то она, пожалуй, попадет в руки мужу, и тогда все можно испортить. Лучше всего положиться на случай. И он все ходил по улице и около забора и поджидал этого случая. Он видел, как в ворота вошел нищий и на него напали собаки, потом, час спустя, слышал игру на рояли, и звуки доносились слабые, неясные. Должно быть, Анна Сергеевна играла. Парадная дверь вдруг отворилась, и из нее вышла какая-то старушка, а за нею бежал знакомый белый шпиц. Гуров хотел позвать собаку, но у него вдруг забилось сердце, и он от волнения не мог вспомнить, как зовут шпица.

Он ходил, и все больше и больше ненавидел серый забор, и уже думал с раздражением, что Анна Сергеевна забыла о нем и, быть может, уже развлекается с другим, и это так естественно в положении молодой женщины, которая вынуждена с утра до вечера видеть этот проклятый забор. Он вернулся к себе в номер и долго сидел на диване, не зная, что делать, потом обедал, потом долго спал.

«Как все это глупо и беспокойно, – думал он, проснувшись и глядя на темные окна: был уже вечер. – Вот и выспался зачем-то. Что же я теперь ночью буду делать?»

Он сидел на постели, покрытой дешевым серым, точно больничным, одеялом, и дразнил себя с досадой:

«Вот тебе и дама с собачкой... Вот тебе и приключение... Вот и сиди тут».

Еще утром, на вокзале, ему бросилась в глаза афиша с очень крупными буквами: шла в первый раз «Гейша». Он вспомнил об этом и поехал в театр.

«Очень возможно, что она бывает на первых представлениях», – думал он.

Театр был полон. И тут, как вообще во всех губернских театрах, был туман повыше люстры, шумно беспокоилась галерка; в первом ряду перед началом представления стояли местные франты, заложив руки назад; и тут, в губернаторской ложе, на первом месте сидела губернаторская дочь в боа, а сам губернатор скромно прятался за портьерой, и видны были только его руки; качался занавес, оркестр долго настраивался. Все время, пока публика входила и занимала места, Гуров жадно искал глазами.

Вошла и Анна Сергеевна. Она села в третьем ряду, и когда Гуров взглянул на нее, то сердце у него сжалось, и он понял ясно, что для него теперь на всем свете нет ближе, дороже и важнее человека; она, затерявшаяся в провинциальной толпе, эта маленькая женщина, ничем не замечательная, с вульгарною лорнеткой в руках, наполняла теперь всю его жизнь, была его горем, радостью, единственным счастьем, какого он теперь желал для себя; и под звуки плохого оркестра, дрянных обывательских скрипок, он думал о том, как она хороша. Думал и мечтал.

Вместе с Анной Сергеевной вошел и сел рядом молодой человек с небольшими бакенами, очень высокий, сутулый; он при каждом шаге покачивал головой и, казалось, постоянно кланялся. Вероятно, это был муж, которого она тогда в Ялте, в порыве горького чувства, обозвала лакеем. И в самом деле, в его длинной фигуре, в бакенах, в небольшой лысине было что-то лакейски-скромное, улыбался он сладко, и в петлице у него блестел какой-то ученый значок, точно лакейский номер.

В первом антракте муж ушел курить, она осталась в кресле. Гуров, сидевший тоже в партере, подошел к ней и сказал дрожащим голосом, улыбаясь насильно:

– Здравствуйте.

Она взглянула на него и побледнела, потом еще раз взглянула с ужасом, не веря глазам, и крепко сжала в руках вместе веер и лорнетку, очевидно борясь с собой, чтобы не упасть в обморок. Оба молчали. Она сидела, он стоял, испуганный ее смущением, не решаясь сесть рядом. Запели настраиваемые скрипки и флейта, стало вдруг страшно, казалось, что из всех лож смотрят. Но вот она встала и быстро пошла к выходу; он – за ней, и оба шли бестолково, по коридорам, по лестницам, то поднимаясь, то спускаясь, и мелькали у них перед глазами какие-то люди в судейских, учительских и удельных мундирах, и все со значками; мелькали дамы, шубы на вешалках, дул сквозной ветер, обдавая запахом табачных окурков. И

Гуров, у которого сильно билось сердце, думал: «О господи! И к чему эти люди, этот оркестр...»

И в эту минуту он вдруг вспомнил, как тогда вечером на станции, проводив Анну Сергеевну, говорил себе, что все кончилось и они уже никогда не увидятся. Но как еще далеко было до конца!

На узкой, мрачной лестнице, где было написано «ход в амфитеатр», она остановилась.

– Как вы меня испугали! – сказала она, тяжело дыша, все еще бледная, ошеломленная. – О, как вы меня испугали! Я едва жива. Зачем вы приехали? Зачем?

– Но поймите, Анна, поймите... – проговорил он вполголоса, торопясь. – Умоляю вас, поймите...

Она глядела на него со страхом, с мольбой, с любовью, глядела пристально, чтобы покрепче задержать в памяти его черты.

– Я так страдаю! – продолжала она, не слушая его. – Я все время думала только о вас, я жила мыслями о вас. И мне хотелось забыть, забыть, но зачем, зачем вы приехали?

Повыше, на площадке, два гимназиста курили и смотрели вниз, но Гурову было все равно, он привлек к себе Анну Сергеевну и стал целовать ее лицо, щеки, руки.

– Что вы делаете, что вы делаете! – говорила она в ужасе, отстраняя его от себя. – Мы с вами обезумели. Уезжайте сегодня же, уезжайте сейчас... Заклинаю вас всем святым, умоляю... Сюда идут!

По лестнице снизу вверх кто-то шел.

– Вы должны уехать... – продолжала Анна Сергеевна шепотом. – Слышите, Дмитрий Дмитрия? Я приеду к вам в Москву. Я никогда не была счастлива, я теперь несчастна и никогда, никогда не буду счастлива, никогда! Не заставляйте же меня страдать еще больше! Клянусь, я приеду в Москву. А теперь расстанемся! Мой милый, добрый, дорогой мой, расстанемся!

Она пожала ему руку и стала быстро спускаться вниз, все оглядываясь на него, и по глазам ее было видно, что она в самом деле не была счастлива... Гуров постоял немного, прислушался, потом, когда все утихло, отыскал свою вешалку и ушел из театра.

IV

И Анна Сергеевна стала приезжать к нему в Москву. Раз в два-три месяца она уезжала из С. и говорила мужу, что едет посоветоваться с профессором насчет своей женской болезни, – и муж верил и не верил. Приехав в Москву, она останавливалась в «Славянском базаре» и тотчас же посылала к Гурову человека в красной шапке. Гуров ходил к ней, и никто в Москве не знал об этом.

Однажды он шел к ней таким образом в зимнее утро (посыльный был у него накануне вечером и не застал). С ним шла его дочь, которую хотелось ему проводить в гимназию, это было по дороге. Валил крупный мокрый снег.

– Теперь три градуса тепла, а между тем идет снег, – говорил Гуров дочери. – Но ведь это тепло только на поверхности земли, в верхних же слоях атмосферы совсем другая температура.

– Папа, а почему зимой не бывает грома?

Он объяснил и это. Он говорил и думал о том, что вот он идет на свидание и ни одна живая душа не знает об этом и, вероятно, никто не будет знать. У него были две жизни: одна явная, которую видели и знали все, кому это нужно было, полная условной правды и условного обмана, похожая совершенно на жизнь его знакомых и друзей, и другая – протекавшая тайно. И по какому-то странному стечению обстоятельств, быть может случайному, все, что было для него важно, интересно, необходимо, в чем он был искренен и не обманывал себя, что составляло зерно его жизни, происходило тайно от других, все же, что было его ложью, его оболочкой, в которую он прятался, чтобы скрыть правду, как, например, его служба в банке, споры в клубе, его «низшая раса», хождение с женой на юбилеи, – все это было явно. И по себе он судил о других, не верил тому, что видел, и всегда предполагал, что у каждого человека под покровом тайны, как под покровом ночи, проходит его настоящая, самая интересная жизнь. Каждое личное существование держится на тайне, и, быть может, отчасти поэтому культурный человек так нервно хлопочет о том, чтобы уважалась личная тайна.

Проводив дочь в гимназию, Гуров отправился в «Славянский базар». Он снял шубу внизу, поднялся наверх и тихо постучал в дверь. Анна Сергеевна, одетая в его любимое серое платье, утомленная дорогой и ожиданием, поджидала его со вчерашнего вечера; она была бледна, глядела на него и не улыбалась, и едва он вошел, как она уже припала к его груди. Точно они не виделись года два, поцелуй их был долгий, длительный.

– Ну, как живешь там? – спросил он. – Что нового?

– Погоди, сейчас скажу... Не могу.

Она не могла говорить, так как плакала. Отвернулась от него и прижала платок к глазам.

«Ну, пускай поплачет, а я пока посижу», – подумал он и сел в кресло.

Потом он позвонил и сказал, чтобы ему принесли чаю; и потом, когда пил чай, она все стояла, отвернувшись к окну... Она плакала от волнения, от скорбного сознания, что их жизнь так печально сложилась: они видятся только тайно, скрываются от людей, как воры! Разве жизнь их не разбита?

– Ну перестань! – сказал он.

Для него было очевидно, что эта их любовь кончится еще не скоро, неизвестно когда. Анна Сергеевна привязывалась к нему все сильнее, обожала его, и было бы немыслимо сказать ей, что все это должно же иметь когда-нибудь конец; да она бы и не поверила этому.

Он подошел к ней и взял ее за плечи, чтобы приласкать, пошутить, и в это время увидел себя в зеркале.

Голова его уже начинала седеть. И ему показалось странным, что он так постарел за последние годы, так подурнел. Плечи, на которых лежали его руки, были теплы и вздрагивали. Он почувствовал сострадание к этой жизни, еще такой теплой и красивой, но, вероятно, уже близкой к тому, чтобы начать блекнуть и вянуть, как его жизнь. За что она его любит так? Он всегда казался женщинам не тем, кем был, и любили они в нем не его самого, а человека, которого создавало их воображение и которого они в своей жизни жадно искали; и потом, когда замечали свою ошибку, то все-таки любили. И ни одна из них не была с ним счастлива. Время шло, он знакомился, сходился, расставался, но ни разу не любил; было все, что угодно, но только не любовь.

И только теперь, когда у него голова стала седой, он полюбил как следует, по-настоящему – первый раз в жизни.

Анна Сергеевна и он любили друг друга, как очень близкие, родные люди, как муж и жена, как нежные друзья; им казалось, что сама судьба предназначила их друг для друга, и было непонятно, для чего он женат, а она замужем; и точно это были две перелетные птицы, самец и самка, которых поймали и заставили жить в отдельных клетках. Они простили друг другу то, чего стыдились в своем прошлом, прощали все в настоящем и чувствовали, что эта их любовь изменила их обоих.

Прежде в грустные минуты он успокаивал себя всякими рассуждениями, какие только приходили ему в голову, теперь же ему было не до рассуждений, он чувствовал глубокое сострадание, хотелось быть искренним, нежным...

– Перестань, моя хорошая, – говорил он, – поплакала – и будет... Теперь давай поговорим, что-нибудь придумаем.

Потом они долго советовались, говорили о том, как избавить себя от необходимости прятаться, обманывать, жить в разных городах, не видеться подолгу. Как освободиться от этих невыносимых пут?

– Как? Как? – спрашивал он, хватая себя за голову. – Как?

И казалось, что еще немного – и решение будет найдено, и тогда начнется новая, прекрасная жизнь; и обоим было ясно, что до конца еще далеко-далеко и что самое сложное и трудное только еще начинается.

НЕВЕСТА

I

Было уже часов десять вечера, и над садом светила полная луна. В доме Шуминых только что кончилась всенощная, которую заказывала бабушка Марфа Михайловна, и теперь Наде – она вышла в сад на минутку – видно было, как в зале накрывали на стол для закуски, как в своем пышном шелковом платье суетилась бабушка; отец Андрей, соборный протоиерей, говорил о чем-то с матерью Нади, Ниной Ивановной, и теперь мать при вечернем освещении сквозь окно почему-то казалась очень молодой; возле стоял сын отца Андрея, Андрей Андреич, и внимательно слушал.

В саду было тихо, прохладно, и темные, покойные тени лежали на земле. Слышно было, как где-то далеко, очень далеко, должно быть за городом, кричали лягушки. Чувствовался май, милый май! Дышалось глубоко, и хотелось думать, что не здесь, а где-то под небом, над деревьями, далеко за городом, в полях и лесах развернулась теперь своя весенняя жизнь, таинственная, прекрасная, богатая и святая, недоступная пониманию слабого, грешного человека. И хотелось почему-то плакать.

Ей, Наде, было уже двадцать три года; с шестнадцати лет она страстно мечтала о замужестве, и теперь наконец она была невестой Андрея Андреича, того самого, который стоял за окном; он ей нравился, свадьба была уже назначена на седьмое июля, а между тем радости не было, ночи спала она плохо, веселье пропало… Из подвального этажа, где была кухня, в открытое окно слышно было, как там спешили, как стучали ножами, как хлопали дверью на блоке;

пахло жареной индейкой и маринованными вишнями. И почему-то казалось, что так теперь будет всю жизнь, без перемены, без конца!

Вот кто-то вышел из дома и остановился на крыльце; это Александр Тимофеич, или попросту Саша, гость, приехавший из Москвы дней десять назад. Когда-то давно к бабушке хаживала за подаянием ее дальняя родственница, Марья Петровна, обедневшая дворянка-вдова, маленькая, худенькая, больная. У нее был сын Саша. Почему-то про него говорили, что он прекрасный художник, и когда у него умерла мать, бабушка, ради спасения души, отправила его в Москву, в Комиссаровское училище; года через два перешел он в училище живописи, пробыл здесь чуть ли не пятнадцать лет и кончил по архитектурному отделению, с грехом пополам, но архитектурой все-таки не занимался, а служил в одной из московских литографий. Почти каждое лето приезжал он, обыкновенно очень больной, к бабушке, чтобы отдохнуть и поправиться.

На нем был теперь застегнутый сюртук и поношенные парусинковые брюки, стоптанные внизу. И сорочка была неглаженая, и весь он имел какой-то несвежий вид. Очень худой, с большими глазами, с длинными, худыми пальцами, бородатый, темный и все-таки красивый. К Шуминым он привык, как к родным, и у них чувствовал себя как дома. И комната, в которой он жил здесь, называлась уже давно Сашиной комнатой.

Стоя на крыльце, он увидел Надю и подошел к ней.

– Хорошо у вас здесь, – сказал он.

– Конечно, хорошо. Вам бы здесь до осени пожить.

– Да, должно, так придется. Пожалуй, до сентября у вас тут поживу.

Он засмеялся без причины и сел рядом.

– А я вот сижу и смотрю отсюда на маму, – сказала Надя. – Она кажется отсюда такой молодой! У моей мамы, конечно, есть слабости, – добавила она, помолчав, – но все же она необыкновенная женщина.

– Да, хорошая… – согласился Саша. – Ваша мама по-своему, конечно, и очень добрая и милая женщина, но… как вам сказать? Сегодня утром рано зашел я к вам в кухню, а там четыре прислуги спят прямо на полу, кроватей нет, вместо постелей лохмотья, вонь, клопы, тараканы... То же самое, что было двадцать лет назад, никакой перемены. Ну, бабушка, бог с ней, на то она и бабушка; а ведь мама небось по-французски говорит, в спектаклях участвует. Можно бы, кажется, понимать.

Когда Саша говорил, то вытягивал перед слушателем два длинных, тощих пальца.

– Мне все здесь как-то дико с непривычки, – продолжал он. – Черт знает, никто ничего не делает. Мамаша целый день только гуляет, как герцогиня какая-нибудь, бабушка тоже ничего не делает, вы – тоже. И жених, Андрей Андреич, тоже ничего не делает.

Надя слышала это и в прошлом году, и, кажется, в позапрошлом и знала, что Саша иначе рассуждать не может, и это прежде смешило ее, теперь же почему-то ей стало досадно.

– Все это старо и давно надоело, – сказала она и встала. – Вы бы придумали что-нибудь поновее.

Он засмеялся и тоже встал, и оба пошли к дому. Она, высокая, красивая, стройная, казалась теперь рядом с ним очень здоровой и нарядной; она чувствовала это, и ей было жаль его и почему-то неловко.

– И говорите вы много лишнего, – сказала она. – Вот вы только что говорили про моего Андрея, но ведь вы его не знаете.

– «Моего Андрея»... Бог с ним, с вашим Андреем! Мне вот молодости вашей жалко.

Когда вошли в залу, там уже садились ужинать. Бабушка или, как ее называли в доме, бабуля, очень полная, некрасивая, с густыми бровями и с усиками, говорила громко, и уже по ее голосу и манере говорить было заметно, что она здесь старшая в доме. Ей принадлежали торговые ряды на ярмарке и старинный дом с колоннами и садом, но она каждое утро молилась, чтобы Бог спас ее от разорения, и при этом плакала. И ее невестка, мать Нади, Нина Ивановна, белокурая, сильно затянутая, в pince-nez и с брильянтами на каждом пальце; и отец Андрей, старик, худощавый, беззубый и с таким выражением, будто собирался рассказать что-то очень смешное; и его сын Андрей Андреич, жених Нади, полный и красивый, с вьющимися волосами, похожий на артиста или художника, – все трое говорили о гипнотизме.

– Ты у меня в неделю поправишься, – сказала бабуля, обращаясь к Саше, – только вот кушай побольше. И на что ты похож!.. – вздохнула она. – Страшный ты стал! Вот уж подлинно, как есть, блудный сын[1].

– Отеческого дара расточив богатство, – проговорил отец Андрей медленно, со смеющимися глазами, – с бессмысленными скоты пасохся, окаянный…

– Люблю я своего батьку, – сказал Андрей Андреич и потрогал отца за плечо. – Славный старик. Добрый старик.

Все помолчали. Саша вдруг засмеялся и прижал ко рту салфетку.

– Стало быть, вы верите в гипнотизм? – спросил отец Андрей у Нины Ивановны.

– Я не могу, конечно, утверждать, что я верю, – ответила Нина Ивановна, придавая своему лицу очень серьезное, даже строгое выражение, – но должна сознаться, что в природе есть много таинственного и непонятного.

– Совершенно с вами согласен, хотя должен прибавить от себя, что вера значительно сокращает нам область таинственного.

Подали большую, очень жирную индейку. Отец Андрей и Нина Ивановна продолжали свой разговор. У Нины Ивановны блестели брильянты на пальцах, потом на глазах заблестели слезы, она заволновалась.

– Хотя я и не смею спорить с вами, – сказала она, – но, согласитесь, в жизни так много неразрешимых загадок!

– Ни одной, смею вас уверить.

---

[1] Блу́дный сын – персонаж из библейской легенды, рассказывающей о юноше, ушедшем из родного дома. Он долго блуждал по свету, терпел разные лишения и, в конце концов убедившись, что хорошо только дома, вернулся к отцу и был встречен им с радостью и прощен.

После ужина Андрей Андреич играл на скрипке, а Нина Ивановна аккомпанировала на рояле. Он десять лет назад кончил в университете по филологическому факультету, но нигде не служил, определенного дела не имел и лишь изредка принимал участие в концертах с благотворительною целью; и в городе называли его артистом.

Андрей Андреич играл; все слушали молча. На столе тихо кипел самовар, и только один Саша пил чай. Потом, когда пробило двенадцать, лопнула вдруг струна на скрипке; все засмеялись, засуетились и стали прощаться.

Проводив жениха, Надя пошла к себе наверх, где жила с матерью (нижний этаж занимала бабушка). Внизу, в зале, стали тушить огни, а Саша все еще сидел и пил чай. Пил он чай всегда подолгу, по-московски, стаканов по семи в один раз. Наде, когда она разделась и легла в постель, долго еще было слышно, как внизу убирала прислуга, как сердилась бабуля. Наконец все затихло, и только слышалось изредка, как в своей комнате, внизу, покашливал басом Саша.

II

Когда Надя проснулась, было, должно быть, часа два, начинался рассвет. Где-то далеко стучал сторож. Спать не хотелось, лежать было очень мягко, неловко. Надя, как во все прошлые майские ночи, села в постели и стала думать. А мысли были все те же, что в прошлую ночь, однообразные, ненужные, неотвязчивые мысли о том, как Андрей Андреич стал ухаживать за ней и сделал ей предложение, как она согласилась и потом мало-помалу оценила этого доброго, умного человека. Но почему-то теперь, когда до свадьбы осталось не больше месяца, она стала испытывать страх, беспокойство, как будто ожидало ее что-то неопределенное, тяжелое.

«Тик-ток, тик-ток… – лениво стучал сторож. – Тик-ток…»

В большое старое окно виден сад, дальше кусты густо цветущей сирени, сонной и вялой от холода; и туман, белый, густой, тихо подплывает к сирени, хочет закрыть ее. На далеких деревьях кричат сонные грачи.

– Боже мой, отчего мне так тяжело!

Быть может, то же самое испытывает перед свадьбой каждая невеста. Кто знает! Или тут влияние Саши? Но ведь Саша уже несколько лет подряд говорит все одно и то же, как по писаному, и когда говорит, то кажется наивным и странным. Но отчего же все-таки Саша не выходит из головы? отчего?

Сторож уже давно не стучит. Под окном и в саду зашумели птицы, туман ушел из сада, все кругом озарилось весенним светом, точно улыбкой. Скоро весь сад, согретый солнцем, обласканный, ожил, и капли росы, как алмазы, засверкали на листьях, и старый, давно запущенный сад в это утро казался таким молодым, нарядным.

Уже проснулась бабуля. Закашлял грубым басом Саша. Слышно было, как внизу подали самовар, как двигали стульями.

Часы идут медленно. Надя давно уже встала и давно уже гуляла в саду, а все еще тянется утро.

Вот Нина Ивановна, заплаканная, со стаканом минеральной воды. Она занималась спиритизмом, гомеопатией, много читала, любила поговорить о сомнениях, которым была подвержена, и все это, казалось Наде, заключало в себе глубокий, таинственный смысл. Теперь Надя поцеловала мать и пошла с ней рядом.

– О чем ты плакала, мама? – спросила она.

– Вчера на ночь стала я читать повесть, в которой описывается один старик и его дочь. Старик служит где-то, ну и в дочь его влюбился начальник. Я не дочитала, но там есть такое одно место, что трудно было удержаться от слёз, – сказала Нина Ивановна и отхлебнула из стакана. – Сегодня утром вспомнила и тоже всплакнула.

– А мне все эти дни так невесело, – сказала Надя, помолчав. – Отчего я не сплю по ночам?

– Не знаю, милая. А когда я не сплю по ночам, то закрываю глаза крепко-крепко, вот этак, и рисую себе Анну Каренину, как она ходит и как говорит, или рисую что-нибудь историческое, из Древнего мира…

Надя почувствовала, что мать не понимает ее и не может понять. Почувствовала это первый раз в жизни, и ей даже страшно стало, захотелось спрятаться; и она ушла к себе в комнату.

А в два часа сели обедать. Была среда, день постный, и потому бабушке подали постный борщ и леща с кашей.

Чтобы подразнить бабушку, Саша ел и свой скоромный суп, и постный борщ. Он шутил все время, пока обедали, но шутки у него выходили громоздкие, непременно с расчетом на мораль, и выходило совсем не смешно, когда он, перед тем как сострить, поднимал вверх свои очень длинные, исхудалые, точно мертвые пальцы, и когда приходило на мысль, что он очень болен и, пожалуй, недолго еще протянет на этом свете, тогда становилось жаль его до слёз.

После обеда бабушка ушла к себе в комнату отдыхать. Нина Ивановна недолго поиграла на рояле и потом тоже ушла.

– Ах, милая Надя, – начал Саша свой обычный послеобеденный разговор, – если бы вы послушались меня! если бы!

Она сидела глубоко в старинном кресле, закрыв глаза, а он тихо ходил по комнате из угла в угол.

– Если бы вы поехали учиться! – говорил он. – Только просвещение и святые люди интересны, только они и нужны. Ведь чем больше будет таких людей, тем скорее настанет Царствие Божие на земле. От вашего города тогда мало-помалу не останется камня на камне – все полетит вверх дном, все изменится, точно по волшебству. И будут тогда здесь громадные, великолепнейшие дома, чудесные сады, фонтаны необыкновенные, замечательные люди… Но главное не это. Главное то, что толпы в нашем смысле, в каком она есть теперь, этого зла тогда не будет, потому что каждый человек будет веровать и каждый будет знать, для чего он живет, и ни один не будет искать опоры в толпе. Милая, голубушка, поезжайте! Покажите всем, что эта неподвижная, серая, грешная жизнь надоела вам. Покажите это хоть себе самой!

– Нельзя, Саша. Я выхожу замуж.

– Э, полно! Кому это нужно?

Вышли в сад, прошлись немного.

– И как бы там ни было, милая моя, надо вдуматься, надо понять, как нечиста, как безнравственна эта ваша праздная жизнь, – продолжал Саша. – Поймите же, ведь если, например, вы, и ваша мать, и ваша бабулька ничего не делаете, то, значит, за вас работает кто-то другой, вы заедаете чью-то чужую жизнь, а разве это чисто, не грязно?

Надя хотела сказать: «Да, это правда»; хотела сказать, что она понимает; но слезы показались у нее на глазах, она вдруг притихла, сжалась вся и ушла к себе.

Перед вечером приходил Андрей Андреич и, по обыкновению, долго играл на скрипке. Вообще он был неразговорчив и любил скрипку, быть может, потому, что во время игры можно было молчать. В одиннадцатом часу, уходя домой, уже в пальто, он обнял Надю и стал жадно целовать ее лицо, плечи, руки.

– Дорогая, милая моя, прекрасная!.. – бормотал он. – О, как я счастлив! Я безумствую от восторга!

И ей казалось, что это она уже давно слышала, очень давно, или читала где-то... в романе, в старом, оборванном, давно уже заброшенном.

В зале Саша сидел у стола и пил чай, поставив блюдечко на свои длинные пять пальцев; бабуля раскладывала пасьянс; Нина Ивановна читала.

Трещал огонек в лампадке, и все, казалось, было тихо, благополучно. Надя простилась и пошла к себе наверх, легла и тотчас же уснула. Но, как и в прошлую ночь, едва забрезжил свет, она уже проснулась. Спать не хотелось, на душе было непокойно, тяжело. Она сидела, положив голову на колени, и думала о женихе, о свадьбе... Вспомнила она почему-то, что ее мать не любила своего покойного мужа и теперь ничего не имела, жила в полной зависимости от своей свекрови, бабули. И Надя, как ни думала, не могла сообразить, почему до сих пор она видела в своей матери что-то особенное, необыкновенное, почему не замечала простой, обыкновенной, несчастной женщины.

И Саша не спал внизу – слышно было, как он кашлял. Это странный, наивный человек, думала Надя, и в его мечтах, во всех этих чудесных садах, фонтанах необыкновенных чувствуется что-то нелепое; но почему-то в его наивности, даже в этой нелепости столько прекрасного, что едва она только вот подумала о том, не поехать ли ей учиться, как все сердце, всю грудь обдало холодком, залило чувством радости, восторга.

– Но лучше не думать, лучше не думать... – шептала она. – Не надо думать об этом.

«Тик-ток... – стучал сторож где-то далеко. – Тик-ток... тик-ток...»

III

Саша в середине июня стал вдруг скучать и засобирался в Москву.

– Не могу я жить в этом городе, – говорил он мрачно. – Ни водопровода, ни канализации!

Я есть за обедом брезгаю: в кухне грязь невозможнейшая...

– Да погоди, блудный сын! – убеждала бабушка почему-то шепотом. – Седьмого числа свадьба!

– Не желаю.

– Хотел ведь у нас до сентября прожить!

– А теперь вот не желаю. Мне работать нужно!

Лето выдалось сырое и холодное, деревья были мокрые, все в саду глядело неприветливо, уныло, хотелось в самом деле работать. В комнатах, внизу и наверху, слышались незнакомые женские голоса, стучала у бабушки швейная машина – это спешили с приданым. Одних шуб за Надей давали шесть, и самая дешевая из них, по словам бабушки, стоила триста рублей! Суета раздражала Сашу; он сидел у себя в комнате и сердился; но все же его уговорили остаться, и он дал слово, что уедет первого июля, не раньше.

Время шло быстро. На Петров день после обеда Андрей Андреич пошел с Надей на Московскую улицу, чтобы еще раз осмотреть дом, который наняли и давно уже приготовили для молодых. Дом двухэтажный, но убран был пока только верхний этаж. В зале блестящий пол, выкрашенный под паркет, венские стулья, рояль, пюпитр для скрипки. Пахло краской. На стене в золотой раме висела большая картина, написанная красками, – нагая дама и около нее лиловая ваза с отбитой ручкой.

– Чудесная картина, – проговорил Андрей Андреич и из уважения вздохнул. – Это художника Шишмачевского.

Дальше была гостиная с круглым столом, диваном и креслами, обитыми ярко-голубой материей.

Над диваном большой фотографический портрет отца Андрея в камилавке[1] и в орденах. Потом вошли в столовую с буфетом, потом в спальню; здесь в полумраке стояли рядом две кровати, и похоже было, что когда обставляли спальню, то имели в виду, что всегда тут будет очень хорошо и иначе быть не может. Андрей Андреич водил Надю по комнатам и все время держал ее за талию; а она чувствовала себя слабой, виноватой, ненавидела все эти комнаты, кровати, кресла, ее мутило от нагой дамы. Для нее уже ясно было, что она разлюбила Андрея Андреича или, быть может, не любила его никогда; но как это сказать, кому сказать и для чего, она не понимала и не могла понять, хотя думала об этом все дни, все ночи… Он держал ее за талию, говорил так ласково, скромно, так был счастлив, расхаживая по этой своей квартире; а она видела во всем одну только пошлость, глупую, наивную, невыносимую пошлость, и его рука, обнимавшая ее талию, казалась ей жесткой и холодной, как обруч. И каждую минуту она готова была убежать, зарыдать, броситься в окно. Андрей Андреич привел ее в ванную и здесь дотронулся до крана, вделанного в стену, и вдруг потекла вода.

---

[1] Камила́вка – высокий цилиндрический головной убор, дававшийся православным священникам как почетная награда.

– Каково? – сказал он и рассмеялся. – Я велел сделать на чердаке бак на сто ведер, и вот мы с тобой теперь будем иметь воду.

Прошлись по двору, потом вышли на улицу, взяли извозчика. Пыль носилась густыми тучами, и казалось, вот-вот пойдет дождь.

– Тебе не холодно? – спросил Андрей Андреич, щурясь от пыли.

Она промолчала.

– Вчера Саша, ты помнишь, упрекнул меня в том, что я ничего не делаю, – сказал он, помолчав немного. – Что же, он прав! Бесконечно прав! Я ничего не делаю и не могу делать. Дорогая моя, отчего это? Отчего мне так противна даже мысль о том, что я когда-нибудь нацеплю на лоб кокарду[1] и пойду служить? Отчего мне так не по себе, когда я вижу адвоката, или учителя латинского языка, или члена управы? О, матушка-Русь! О, матушка-Русь, как еще много ты носишь на себе праздных и бесполезных! Как много на тебе таких, как я, многострадальная!

И то, что он ничего не делал, он обобщал, видел в этом знамение времени.

– Когда женимся, – продолжал он, – то пойдем вместе в деревню, дорогая моя, будем там работать! Мы купим себе небольшой клочок земли с садом, рекой, будем трудиться, наблюдать жизнь… О, как это будет хорошо!

Он снял шляпу, и волосы развевались у него от ветра, а она слушала его и думала: «Боже, домой хочу! Боже!» Почти около самого дома они обогнали отца Андрея.

– А вот и отец идет! – обрадовался Андрей Андреич и замахал шляпой.

– Люблю я своего батьку, право, – сказал он, расплачиваясь с извозчиком. – Славный старик. Добрый старик.

Вошла Надя в дом сердитая, нездоровая, думая о том, что весь вечер будут гости, что надо занимать их, улыбаться, слушать скрипку,

---

[1] Нацеплю на лоб кокарду – то есть поступлю на государственную службу и надену форму.

слушать всякий вздор и говорить только о свадьбе. Бабушка, важная, пышная в своем шелковом платье, надменно, какою она всегда казалась при гостях, сидела у самовара. Вошел отец Андрей со своей хитрой улыбкой.

– Имею удовольствие и благодатное утешение видеть вас в добром здоровье, – сказал он бабушке, и трудно было понять, шутит это он или говорит серьезно.

IV

Ветер стучал в окна, в крышу; слышался свист, и в печи домовой жалобно и угрюмо напевал свою песенку. Был первый час ночи. В доме все уже легли, но никто не спал, и Наде все чуялось, что внизу играют на скрипке. Послышался резкий стук, должно быть, сорвалась ставня. Через минуту вошла Нина Ивановна в одной сорочке, со свечой.

– Что это застучало, Надя? – спросила она.

Мать, с волосами, заплетенными в одну косу, с робкой улыбкой, в эту бурную ночь казалась старше, некрасивее, меньше ростом. Наде вспомнилось, как еще недавно она считала свою мать необыкновенной и с гордостью слушала слова, какие она говорила; а теперь никак не могла вспомнить этих слов; все, что приходило на память, было так слабо, ненужно.

В печке раздалось пение нескольких басов и даже послышалось: «А-ах, бо-оже мой!» Надя села в постели и вдруг схватила себя крепко за волосы и зарыдала.

– Мама, мама, – проговорила она, – родная моя, если бы ты знала, что со мной делается! Прошу тебя, умоляю, позволь мне уехать! Умоляю!

– Куда? – спросила Нина Ивановна, не понимая, и села на кровать. – Куда уехать?

Надя долго плакала и не могла выговорить ни слова.

– Позволь мне уехать из города! – сказала она наконец. – Свадьбы не должно быть и не будет, пойми! Я не люблю этого человека... И говорить о нем не могу.

– Нет, родная моя, нет, – заговорила Нина Ивановна быстро, страшно испугавшись. – Ты успокойся, – это у тебя от нерасположения духа. Это пройдет. Это бывает. Вероятно, ты повздорила с Андреем; но милые бранятся – только тешатся.

– Ну, уйди, мама, уйди! – зарыдала Надя.

– Да, – сказала Нина Ивановна, помолчав. – Давно ли ты была ребенком, девочкой, а теперь уже невеста. В природе постоянный обмен веществ. И не заметишь, как сама станешь матерью и старухой, и будет у тебя такая же строптивая дочка, как у меня.

– Милая, добрая моя, ты ведь умна, ты несчастна, – сказала Надя, – ты очень несчастна, – зачем же ты говоришь пошлости? Бога ради, зачем?

Нина Ивановна хотела что-то сказать, но не могла выговорить ни слова, всхлипнула и ушла к себе. Басы опять загудели в печке, стало вдруг страшно. Надя вскочила с постели и быстро пошла к матери. Нина Ивановна, заплаканная, лежала в постели, укрывшись голубым одеялом, и держала в руках книгу.

– Мама, выслушай меня! – проговорила Надя. – Умоляю тебя, вдумайся и пойми! Ты только пойми, до какой степени мелка и унизительна наша жизнь. У меня открылись глаза, я теперь все вижу. И что такое твой Андрей Андреич? Ведь он же неумен, мама! Господи боже мой! Пойми, мама, он глуп!

Нина Ивановна порывисто села.

– Ты и твоя бабка мучаете меня! – сказала она, всхлипнув. – Я жить хочу! Жить! – повторила она и раза два ударила кулачком по груди. – Дайте же мне свободу! Я еще молода, я жить хочу, а вы из меня старуху сделали!..

Она горько заплакала, легла и свернулась под одеялом калачиком и показалась такой маленькой, жалкой, глупенькой. Надя пошла к себе, оделась и, севши у окна, стала поджидать утра. Она всю ночь сидела и думала, а кто-то со двора все стучал в ставню и насвистывал.

Утром бабушка жаловалась, что в саду ночью ветром посбивало все яблоки и сломало одну старую сливу. Было серо, тускло, безотрадно, хоть огонь зажигай; все жаловались на холод, и дождь стучал в окна.

После чаю Надя вошла к Саше и, не сказав ни слова, стала на колени в углу у кресла и закрыла лицо руками.

– Что? – спросил Саша.

– Не могу... – проговорила она. – Как я могла жить здесь раньше, не понимаю, не постигаю! Жениха я презираю, себя презираю, презираю всю эту праздную, бессмысленную жизнь...

– Ну, ну... – проговорил Саша, не понимая еще, в чем дело. – Это ничего... Это хорошо.

– Эта жизнь опостылела мне, – продолжала Надя, – я не вынесу здесь и одного дня. Завтра же я уеду отсюда. Возьмите меня с собой, ради бога!

Саша минуту смотрел на нее с удивлением; наконец он понял и обрадовался, как ребенок. Он взмахнул руками и начал притоптывать туфлями, как бы танцуя от радости.

– Великолепно! – говорил он, потирая руки. – Боже, как это хорошо!

А она глядела на него не мигая большими влюбленными глазами, как очарованная, ожидая, что он тотчас же скажет ей что-нибудь значительное, безграничное по своей важности; он еще ничего не сказал ей, но уже ей казалось, что перед нею открывается нечто новое и широкое, чего она раньше не знала, и уже она смотрела на него, полная ожиданий, готовая на все, хотя бы на смерть.

– Завтра я уезжаю, – сказал он, подумав, – и вы поедете на вокзал провожать меня... Ваш багаж я заберу в свой чемодан и билет вам возьму; а во время третьего звонка вы войдете в вагон – мы и поедем. Проводите меня до Москвы, а там вы одни поедете в Петербург. Паспорт у вас есть?

– Есть.

– Клянусь вам, вы не пожалеете и не раскаетесь, – сказал Саша с увлечением. – Поедете, будете учиться, а там пусть вас носит судьба. Когда перевернете вашу жизнь, то все изменится. Главное – перевернуть жизнь, а все остальное не нужно. Итак, значит, завтра поедем?

– О, да! Бога ради!

Наде казалось, что она очень взволнована, что на душе у нее тяжело, как никогда, что теперь до самого отъезда придется страдать и мучительно думать; но едва она пришла к себе наверх и прилегла на постель, как тотчас же уснула и спала крепко, с заплаканным лицом, с улыбкой, до самого вечера.

V

Послали за извозчиком. Надя, уже в шляпе и пальто, пошла наверх, чтобы еще раз взглянуть на мать, на все свое; она постояла в своей комнате около постели, еще теплой, осмотрелась, потом пошла тихо к матери. Нина Ивановна спала, в комнате было тихо. Надя поцеловала мать и поправила ей волосы, постояла минуты две... Потом не спеша вернулась вниз.

На дворе шел сильный дождь. Извозчик с крытым верхом, весь мокрый, стоял у подъезда.

– Не поместишься с ним, Надя, – сказала бабушка, когда прислуга стала укладывать чемоданы. – И охота в такую погоду провожать! Оставалась бы дома. Ишь ведь дождь какой!

Надя хотела сказать что-то и не могла. Вот Саша подсадил Надю, укрыл ей ноги пледом. Вот и сам он поместился рядом.

– В добрый час! Господь благословит! – кричала с крыльца бабушка. – Ты же, Саша, пиши нам из Москвы!

– Ладно. Прощайте, бабуля!

– Сохрани тебя Царица Небесная!

– Ну, погодка! – проговорил Саша.

Надя теперь только заплакала. Теперь уже для нее ясно было, что она уедет непременно, чему она все-таки не верила, когда прощалась с бабушкой, когда глядела на мать. Прощай, город! И все ей вдруг припомнилось: и Андрей, и его отец, и новая квартира, и нагая дама с вазой; и все это уже не пугало, не тяготило, а было наивно, мелко и уходило все назад и назад. А когда сели в вагон и поезд тронулся, то все это прошлое, такое большое и серьезное, сжалось в комочек, и разворачивалось громадное, широкое будущее, которое до сих пор было там мало заметно. Дождь стучал в окна вагона, было видно только зеленое поле, мелькали телеграфные столбы да птицы на проволоках, и радость вдруг перехватила ей дыхание: она вспомнила, что она едет на волю, едет учиться, а это все равно что когда-то очень давно называлось уходить в казачество. Она и смеялась, и плакала, и молилась.

– Ничего-о! – говорил Саша, ухмыляясь. – Ниче-го-о!

VI

Прошла осень, за ней прошла зима. Надя уже сильно тосковала и каждый день думала о матери и о бабушке, думала о Саше. Письма из дому приходили тихие, добрые, и, казалось, все уже было прощено и забыто. В мае, после экзаменов, она, здоровая, веселая, поехала домой и на пути остановилась в Москве, чтобы повидаться с Сашей. Он был все такой же, как и прошлым летом, – бородатый, со всклокоченной головой, все в том же сюртуке и парусинковых брюках, все с теми же большими прекрасными глазами; но вид у него был нездоровый, замученный, он и постарел, и похудел, и все покашливал. И почему-то показался он Наде серым, провинциальным.

– Боже мой, Надя приехала! – сказал он и весело рассмеялся. – Родная моя, голубушка!

Посидели в литографии, где было накурено и сильно, до духоты пахло тушью и красками; потом пошли в его комнату, где было накурено, наплевано; на столе возле остывшего самовара лежала разбитая тарелка с темной бумажкой, и на столе и на полу было множество мертвых мух. И тут было видно по всему, что личную жизнь свою Саша устроил неряшливо, жил как придется, с полным презрением к удобствам, и если бы кто-нибудь заговорил с ним об его личном счастье, об его личной жизни, о любви к нему, то он бы ничего не понял и только бы засмеялся.

– Ничего, все обошлось благополучно, – рассказывала Надя торопливо. – Мама приезжала ко мне осенью в Петербург, говорила, что бабушка не сердится, а только все ходит в мою комнату и крестит стены.

Саша глядел весело, но покашливал и говорил надтреснутым голосом, и Надя все вглядывалась в него и не понимала, болен ли он на самом деле серьезно, или ей это только так кажется.

– Саша, дорогой мой, – сказала она, – а ведь вы больны!

– Нет, ничего. Болен, но не очень...

– Ах, боже мой! – заволновалась Надя. – Отчего вы не лечитесь, отчего не бережете своего здоровья? Дорогой мой, милый Саша! – проговорила она, и слезы брызнули у нее из глаз; и почему-то в воображении ее выросли и Андрей Андреич, и голая дама с вазой, и все ее прошлое, которое казалось теперь таким же далеким, как детство; и заплакала она оттого, что Саша уже не казался ей таким новым, интеллигентным, интересным, каким был в прошлом году. – Милый Саша, вы очень, очень больны. Я бы не знаю что сделала, чтобы вы не были так бледны и худы. Я вам так обязана! Вы не можете даже представить себе, как много вы сделали для меня, мой хороший Саша! В сущности, для меня вы теперь самый близкий, самый родной человек.

Они посидели, поговорили; и теперь, после того как Надя провела зиму в Петербурге, от Саши, от его слов, от улыбки и от всей его фигуры веяло чем-то отжитым, старомодным, давно спетым и, быть может, уже ушедшим в могилу.

– Я послезавтра на Волгу поеду, – сказал Саша, – ну а потом на кумыс. Хочу кумыса попить. А со мной едет один приятель с женой. Жена удивительный человек; все сбиваю ее, уговариваю, чтоб она учиться пошла. Хочу, чтобы жизнь свою перевернула.

Поговоривши, поехали на вокзал. Саша угощал чаем, яблоками; а когда поезд тронулся и он, улыбаясь, помахивал платком, то даже по ногам его видно было, что он очень болен и едва ли проживет долго.

Приехала Надя в свой город в полдень. Когда она ехала с вокзала домой, то улицы казались ей очень широкими, а дома – маленькими, приплюснутыми; людей не было, и только встретился немец-настройщик в рыжем пальто. И все дома точно пылью покрыты. Бабушка, совсем уже старая, по-прежнему полная и некрасивая, охватила Надю руками и долго плакала, прижавшись лицом к ее плечу, и не могла оторваться. Нина Ивановна тоже сильно постарела и подурнела, как-то осунулась вся, но все еще по-прежнему была затянута, и брильянты блестели у нее на пальцах.

– Милая моя! – говорила она, дрожа всем телом. – Милая моя!

Потом сидели и молча плакали. Видно было, что и бабушка и мать чувствовали, что прошлое потеряно навсегда и бесповоротно: нет уже ни положения в обществе, ни прежней чести, ни права приглашать к себе в гости; так бывает, когда среди легкой, беззаботной жизни вдруг нагрянет ночью полиция, сделает обыск, и хозяин дома, окажется, растратил, подделал, – и прощай тогда навеки легкая, беззаботная жизнь!

Надя пошла наверх и увидела ту же постель, те же окна с белыми наивными занавесками, а в окнах тот же сад, залитый солнцем, веселый, шумный. Она потрогала свой стол, посидела, подумала. И обедала хорошо, и пила чай со вкусными, жирными сливками, но чего-то уже не хватало, чувствовалась пустота в комнатах, и потолки были низки. Вечером она легла спать, укрылась, и почему-то было смешно лежать в этой теплой, очень мягкой постели.

Пришла на минутку Нина Ивановна, села, как садятся виноватые, робко и с оглядкой.

– Ну как, Надя? – спросила она, помолчав. – Ты довольна? Очень довольна?

– Довольна, мама.

Нина Ивановна встала и перекрестила Надю и окна.

– А я, как видишь, стала религиозной, – сказала она. – Знаешь, я теперь занимаюсь философией и все думаю, думаю… И для меня теперь многое стало ясно как день. Прежде всего надо, мне кажется, чтобы вся жизнь проходила как сквозь призму.

– Скажи, мама, как здоровье бабушки?

– Как будто бы ничего... Когда ты уехала тогда с Сашей и пришла от тебя телеграмма, то бабушка как прочла, так и упала; три дня лежала без движения. Потом все Богу молилась и плакала. А теперь ничего.

Она встала и прошлась по комнате.

«Тик-ток... – стучал сторож. – Тик-ток, тик-ток...»

– Прежде всего надо, чтобы вся жизнь проходила как бы сквозь призму, – сказала она, – то есть, другими словами, надо, чтобы жизнь в сознании делилась на простейшие элементы, как бы на семь основных цветов, и каждый элемент надо изучать в отдельности.

Что еще сказала Нина Ивановна и когда она ушла, Надя не слышала, так как скоро уснула.

Прошел май, настал июнь. Надя уже привыкла к дому. Бабушка хлопотала за самоваром, глубоко вздыхала; Нина Ивановна рассказывала по вечерам про свою философию; она по-прежнему проживала в доме, как приживалка, и должна была обращаться к бабушке за каждым двугривенным. Было много мух в доме, и потолки в комнатах, казалось, становились все ниже и ниже. Бабуля и Нина Ивановна не выходили на улицу из страха, чтобы им не встретились отец Андрей и Андрей Андреич. Надя ходила по саду, по улице, глядела на дома, на серые заборы, и ей казалось, что в городе все давно уже состарилось, отжило и все только ждет не то конца, не то начала чего-то молодого, свежего. О, если бы поскорее наступила эта новая, ясная жизнь, когда можно будет прямо и смело смотреть в глаза своей судьбе, сознавать себя правым, быть веселым, свободным! А такая жизнь рано или поздно настанет! Ведь будет же время, когда от бабушкина дома, где все так устроено, что четыре прислуги иначе жить не могут, как только в одной комнате, в подвальном этаже, в нечистоте, – будет же время, когда от этого дома не останется и следа и о нем забудут, никто не будет помнить. И Надю развлекали только мальчишки из соседнего двора; когда она гуляла по саду, они стучали в забор и дразнили ее со смехом:

– Невеста! Невеста!

Пришло из Саратова письмо от Саши. Своим веселым, танцующим почерком он писал, что путешествие по Волге ему удалось вполне, но что в Саратове он прихворнул немного, потерял голос и уже две недели лежит в больнице. Она поняла, что это значит, и предчувствие, похожее на уверенность, овладело ею. И ей было неприятно, что это предчувствие и мысли о Саше не волновали ее так, как раньше. Ей страстно хотелось жить, хотелось в Петербург, и знакомство с Сашей представлялось уже милым, но далеким, далеким прошлым! Она не спала всю ночь и утром сидела у окна прислушиваясь. И в самом деле, послышались голоса внизу; встревоженная бабушка стала о чем-то быстро спрашивать. Потом заплакал кто-то… Когда Надя сошла вниз, то бабушка стояла в углу и молилась, и лицо у нее было заплакано. На столе лежала телеграмма.

Надя долго ходила по комнате, слушая, как плачет бабушка, потом взяла телеграмму, прочла. Сообщалось, что вчера утром в Саратове от чахотки скончался Александр Тимофеевич или попросту Саша.

Бабушка и Нина Ивановна пошли в церковь заказывать панихиду, а Надя долго еще ходила по комнатам и думала. Она ясно сознавала, что жизнь ее перевернута, как хотел того Саша, что она здесь одинокая, чужая, ненужная и что все ей тут не нужно, все прежнее оторвано от нее и исчезло, точно сгорело, и пепел разнесся по ветру. Она вошла в Сашину комнату, постояла тут.

«Прощай, милый Саша!» – думала она, и впереди ей рисовалась жизнь новая, широкая, просторная, и эта жизнь, еще неясная, полная тайн, увлекала и манила ее.

Она пошла к себе наверх укладываться, а на другой день утром простилась со своими и, живая, веселая, покинула город, – как полагала, навсегда.

1903

ОГЛАВЛЕНИЕ

www.ingramcontent.com/pod-product-compliance
Lightning Source LLC
Chambersburg PA
CBHW060617310726
48982CB00003B/586